나는 고백한다 2

Jo confesso

JO CONFESSO
by Jaume Cabré

The translation of this work has been supported by the Institut Ramon Llull.
이 책은 Institut Ramon Llull로부터 번역 지원을 받았습니다.

세계문학전집 370

나는 고백한다 2

Jo confesso

자우메 카브레 지음

권가람 옮김

민음사

차례

일러두기

1. 이 책은 『나는 고백한다(Jo confesso)』(Proa, 2011)를 번역 대본으로 사용했다.
2. 국립국어원의 한글 맞춤법과 외국어 표기법을 따랐다. 다만 카탈루냐어 고유 명사의 경우 자음은 동카탈루냐식 발음을, 모음은 서카탈루냐식 발음을 기준으로 표기했다. 카탈루냐 학회와 발렌시아 학술원은 두 지역의 발음을 모두 표준으로 인정한다. 모음 표기는 국립국어원의 카탈루냐어 한글 표기 규정이 없는 상황에서 모음 약화 현상을 반영하지 않는 서카탈루냐어식 발음을 기준으로 하는 편이 한국어 화자에게 좀 더 직관적인 표기가 될 것이라 판단했다.
3. 카탈루냐어 원문에서 독일어, 라틴어 등 다른 외국어로 서술된 묘사 혹은 대화문은 한국어로 그 뜻을 번역하고 괄호에 해당 외국어임을 표시했다.

4부

팔림프세스투스[*]

하나의 모래 알갱이로부터 스스로를 지켜 낼 수 있는
구조물은 존재하지 않는다.
── 미셸 투르니에[**]

---

[*] Palimpsestus. 서양 중세 종이가 발명되기 전, 비싼 양피지를 재활용하기 위해 이미 쓰여진 내용을 갈아 내거나 썻어 낸 후, 다른 내용을 덮어 써 기록한 양피지 사본을 말한다. 재록양피지라고도 한다.

[**] Michel Tournier(1924~2016). 프랑스 소설가. 신화와 고대 전설을 통해 중산층의 가치를 전복하는 이야기들을 주로 썼다. 대표작으로 『방드르디, 태평양의 끝』, 『마왕』이 있다.

24

오래전 지구가 평평하고 세상의 끝에 도달한 거침없는 여행자들이 차가운 안개에 부딪치거나 어두운 절벽 아래로 몸을 던졌을 때 자기 삶을 주님께 헌신하고자 마음먹은 신성한 남자가 있었다. 그는 니콜라우 에이메리크라는 카탈루냐 태생으로 지로나[1] 수도원에 있는 도미니크 수도사들의 성신학 교수로 잘 알려진 자였다. 그의 종교적인 열성은 카탈루냐와 발렌시아 왕국에서 사악한 이단을 숭배하는 자들에게 엄격한 종교 재판을 행하는 것으로 이어졌다. 니콜라우 에이메리크는 1900년 11월 25일 바덴바덴에서 태어났다. 그는 친위대의 중령으로 빠르게 승진했으며, 아우슈비츠에서 수용소 총책임자로 영예로운 첫 임기를 마친 뒤 1944년 헝가리 문제를 해결

---

1) 카탈루냐의 북동쪽에 위치한 도시로 지로나주의 주도다.

하는 기수로 나서게 되었다. 법률 문서에서 그는 마요르카 왕국 출신인 고집불통 라몬 율[2]의 저서 『필로소피카 아모리스』가 변태적인 이단의 성향을 띠었다고 적었다. 마찬가지로 발렌시아, 알코이, 바르셀로나, 사라고사, 알카니스, 몽펠리에 혹은 어떤 다른 곳에서 누구라도 그 책을 읽거나 퍼뜨리거나 가르치거나 복사하거나 전염성 강한 라몬 율의 이단 사상을 고찰하는 것은 왜곡된 이단 행위라고 명시했다. 그것은 예수 그리스도가 아닌 악마의 사상이라는 이유였다. 그리하여 그는 이 문서가 1367년 7월 13일 지로나에서 작성된 것임을 서명하여 보증했다.

"진행하게. 열이 좀 나지만 잠자리에 드는 것은……."

"걱정 말고 가셔도 좋습니다, 성하."

니콜라우 수사는 열기 때문에 맺힌 눈썹의 땀을 닦고는 젊은 비서인 미켈 데 수스케다 수사를 바라보며 깨끗한 글씨로 고발장을 마무리 지었다. 그리고 밖으로 나왔다. 거리는 불타는 태양에 녹아내리고 있었다. 곧장 성 아게다 예배당의 그늘진 곳으로 뛰어 들어가 숨을 돌렸다. 그는 예배당 한가운데에 무릎을 꿇고 앉아 성수단 앞에서 고개를 숙였다. 주여, 저에게 힘을 주소서, 인간의 나약함에 굴복하게 하지 마소서. 중상모략, 소문, 질투, 거짓이 제 용기를 흔들지 않게 하소서. 참되고 유일한 신념을 위한 제 행동을 비판하는 것은 오직 왕이신 주

---

2) Ramon Llull(1232~1315). 마요르카 태생의 수학자, 철학자, 신학자로 수많은 카탈루냐어 문학 작품을 남겼다.

님의 권한으로 행해지게 하소서, 주여. 진실에 대한 엄격한 감시의 사명을 통해 주님을 섬기는 것을 멈추지 않도록 힘을 주소서. 짧은 날숨에 아멘을 외친 그는 이상하게 모든 것을 태울 듯이 뜨거운 태양이 서쪽 산맥을 어루만질 때까지 무릎을 꿇은 채 자리를 지켰다. 머릿속을 비우고서 기도하는 자의 자세로 그는 진리의 주님과 대화를 나누었다.

창을 뚫고 들어오던 빛이 약해지기 시작하자 니콜라우 수사는 들어올 때와 똑같은 힘을 회복하여 예배당을 떠났다. 바깥에서 그는 백리향과 땅에서 퍼져 나오는 마른 잡초들의 냄새를 힘차게 들이마셨다. 수 세대의 기억 속에서 가장 더웠던 날의 열기로 인해 땅은 여전히 뜨거웠다. 끓는 이마의 땀을 닦고 좁은 길 끝에 자리한 회색 돌로 지어진 건물을 향했다. 입구에서 그는 조바심을 다스려야 했다. 그때 어떤 여자가 언제나 남편처럼 구는 살트의 사팔뜨기 남자와 함께 느릿느릿 건물로 들어갔기 때문이다. 여자는 제 몸보다 훨씬 더 큰 무를 담은 포대를 지고 있었다.

"꼭 이 문을 이용해야겠소?"

니콜라우 수사는 그를 맞이하러 나온 미켈 수사에게 짜증 섞인 목소리로 말했다.

"정원 쪽 입구는 물에 잠겼습니다, 성하."

니콜라우 에이메리크 수사는 모든 것이 준비되었는지 퉁명스러운 목소리로 물었다. 그리고 방으로 향하는 긴 걸음 내내 오, 주여, 제 모든 힘은 끊임없이 당신의 진실을 지켜 내는 데 쏠려 있습니다라고 생각했다. 저 밝은 빛의 끝에서 저를 심판하는 것은 인간이 아닌 오직 당신이니 제게 힘을 주소서.

나는 이제 죽은 몸이군. 조제프 샤롬은 생각했다. 다시 재판실로 돌아온 악마 같은 종교 재판관의 어두운 눈빛을 견디기가 너무 힘들었다. 그는 고함을 치며 질문을 쏟아 냈고 대답을 재촉했다.

"무슨 성체를 말씀하시는 겁니까?" 긴 침묵 후에 샤롬 박사는 겁에 질린 목소리로 말했다.

재판관은 자리에서 일어나 심문실에 들어온 후 세 번째로 이마에 흐르는 땀을 닦았다. 그리고 자우메 마야가 신성한 성체에 대한 대가로 얼마를 지불했느냐는 질문을 되풀이했다.

"무슨 말씀을 하시는지 모르겠습니다. 저는 자우메 마야라는 사람이 누구인지 모릅니다. 성체에 대해서도 들어 본 바가 없고요."

"그 말인즉 당신이 유대인이라는 뜻이군."

"음…… 저는 유대인이 맞습니다. 맞아요, 성하. 이미 알고 계시는군요. 제 가족과 유대인 지구에 사는 모든 사람들은 왕의 보호를 받습니다."

"유대인 지구에서 유일한 수호자는 신일세. 그것을 잊지 말도록."

주님에 대한 불신이 죄인 줄 알지만, 덕망 있는 조제프 샤롬 박사는 생각했다. 가장 높으신 주님, 지금 어디에 계시나이까.

길고 길었던 한 시간 동안 니콜라우 수사는 성인과 같은 참을성을 발휘하여 두통과 신경과민을 무릅쓰고 이 추악한 창조물이 신성한 성체에 대해 저지른 비도덕적인 범죄를 파헤치기 위해 노력했다. 그 범죄 내용은 신의 뜻에 따른 꼼꼼한 보고서에 자세히 기록되어 있었다. 하지만 조제프 샤롬은 했던 말만 계속 되풀이할 뿐이었다. 이름은 조제프 샤롬이며, 유대인 구역에서 태어나 내내 살았고, 의술을 익혔고, 유대인 구역 안팎에서 산모들의 출산을 주로 돌보아 왔다. 또한 그의 삶은 이 같은 전문 지식을 실행하는 이외에 특별한 게 없다는 것이다.

"그리고 안식일이면 유대교 회당에도 가고 말이야."

"왕께서 그것을 금지하지 않으셨습니다."

"왕은 영혼의 근본을 이야기할 수 없다네. 자네는 신성한 성체에 대해 비도덕적인 범죄를 저질러 고소당했어. 혹시 변호할 말이라도 있는가?"

"대체 누가 고발한 겁니까?"

"그건 자네가 알 바 아니지."

"아닙니다, 알아야 합니다. 이는 중상모략입니다. 그 정보원이 누구냐에 따라 저를 모함하는 이유를⋯⋯."

"지금 선한 기독교인이 거짓을 고할 수도 있다고 암시하는 건가?" 니콜라우 수사는 놀란 듯 굳은 얼굴로 말했다.

"그렇고말고요, 성하."

"그 진술은 자네에게 전혀 도움이 되지 않을 걸세. 기독교인을 모욕하는 것은 주 예수 그리스도를 욕하는 것이나 마찬가지거든. 자네 손으로 죽음에 이르게 한 그분 말일세."

나의 가장 높고 자비로운 주 여호와여, 당신만이 유일한 창조주이십니다.

니콜라우 에이메리크 재판관은 그를 경멸한 나머지 눈을 쳐다보지도 않은 채 걱정스레 이마를 쓸어 넘겼다. 그리고 그의 구금을 담당하던 집행관들에게 엄격한 고문을 명령했다. 한 시간 내로 진술서에 서명을 받아 오시오.

"어떠한 고문이 좋을까요, 성하?" 미켈 수사가 물었다.

"고문대를 이용하게. 「사도신경」을 한 번 외우는 시간만큼. 그리고 밧줄에 매달 필요가 있다면 「주기도문」을 한 번 돌리게."

"성하……."

"그래도 기억이 안 난다고 하면 필요한 만큼 반복하게."

그는 시선을 내리고 있던 미켈 데 수스케다 수사에게 다가가 거의 속삭이다시피 명령했다. 자우메 마야에게 전해, 또다시 어떤 유대인에게든 성체를 팔거나 선물로 주었다가는 다시 소환될 거라고 말일세.

"우리는 그 자우메 마야가 누구인지 모릅니다." 그는 숨을 크게 들이마셨다. "존재하지 않는 자일 수도 있습니다."

하지만 독실한 남자는 극심한 두통과 그 고통이 신에 대한 속죄라는 생각에 집중하느라 그 말이 들리지 않았다.

지로나의 조제프 샤롬 박사는 고문대에서, 그리고 갈고리에 매달려 살이, 힘줄이 끊어지던 차였다. 그는 네, 신의 이름을 걸고 제가 그랬습니다, 말씀하시는 그 남자에게 돈을 주었습니다, 그러니까 제발 멈춰 주십시오라고 외쳤다.

"그리고 성체로 무엇을 했는가?" 미켈 데 수스케다 수사는 고문대 앞에 앉아 기구를 타고 흘러내리는 피를 애써 외면하며 물었다.

"모릅니다. 뭐든 시키는 대로 진술하겠습니다, 하지만 제발 더 돌리지 말아 주세요……."

"조심해, 기절하면 서명이고 뭐고 다 끝나니까."

"뭐 어떻습니까? 이미 죄를 시인했는데요."

"좋아. 그럼 자네가 직접 니콜라우 수사한테 이야기하게. 그래, 자네, 빨간 머리. 죄수가 고문으로 거의 잠을 못 잤다고 보고하게나. 성하가 손수 자네들을 신성한 재판을 방해한 죄로 고문대에 올릴 거야. 우리 둘 다." 그는 몹시 화가 나서 말했다. "대체 성하를 아직도 모른단 말인가?"

"그러나 만일……."

"알겠네. 내가 자네들의 고문 기록을 공증하겠네. 어서 서둘러, 당장."

"어디 보자. 머리카락을 이렇게 잡고. 자, 말해 봐. 신성한 성체로 무얼 했지? 내 말이 안 들려? 이봐, 샤롬, 젠장!"

"신성한 종교 재판소에서 불경스러운 말은 자제하게." 미켈 수사가 화를 내며 말했다. "선한 기독교인처럼 행동하라는 말이야."

해가 완전히 넘어가고 횃불이 재판소를 밝혔다. 불꽃의 떨림이 마치 샤롬의 영혼 같았다. 그는 반쯤 정신이 나가서 니콜라우 에이메리크가 우렁찬 목소리로 읽어 내려가는 최종 판결문을 들었다. 증인들도 착석해 있었다. 최종 판결은 정화를 목적으로 하는 화형이었다. 집행일은 성 야고보의 날 전날 밤으로 정해졌다. 그가 개종을 통해 회개했다면 육체의 죽음은 피하지 못하더라도 영혼만은 구제받을 수도 있었을 것이다. 니콜라우 수사는 최종 판결문에 서명한 후 미켈 수사에게 경고했다.

"죄수들의 혀를 먼저 자르도록 하게. 잊지 말고."

"재갈을 물리는 것으로 충분하지 않겠습니까, 성하?"

"죄수들의 혀를 먼저 잘라야 한다니까." 니콜라우 수사는 성인군자 같은 인내심을 발휘하며 말했다. "어떠한 자비도 용납할 수 없네."

"하지만 성하……."

"그자들도 아주 오래 걸린다는 것을 알아. 재갈을 물어뜯는단 말일세……. 그리고 나는 장작 앞의 이교도들이 불을 붙이기 전부터 좀 조용했으면 하거든. 말을 하게 내버려 두었다가는 화형식의 경건함이 온갖 저주와 불경스러움으로 심각하게 손상될 수 있으니."

"이곳에서는 그런 적이 한 번도……."

"예이다[3]에서는 그렇게 한다네. 그리고 내가 재판관의 자리에 있는 동안에는 절대 용납 못 하네." 칠흑같이 어두워 소름이 돋을 지경인 눈빛으로 미켈 수사를 바라보고 낮은 목소

---

3) 카탈루냐주 서쪽에 위치한 예이다주의 주도.

리로 말했다. "절대 용납할 수 없지." 그가 목소리를 높였다. "내가 말할 때는 눈을 똑바로 보란 말이야, 미켈 수사! 절대 안 된다니까."

그는 자리에서 일어나 비서, 죄수, 증인 들에게 눈길도 주지 않은 채 급히 재판정을 떠났다. 주교 회의의 저녁 식사 자리에 초대받았기 때문이었다. 이미 늦은 데다 하루 종일 더웠던 날씨에 두통과 발열로 심기가 불편한 상태였다.

밖에서는 매서운 추위가 몰아쳐 무섭게 퍼붓던 비가 조용한 눈으로 바뀌었다. 눈이 끊임없이 내렸다. 건물 안에서 그는 와인 잔을 들고 거기에 비친 무지갯빛을 바라보며 중얼거렸다. 부유하고 매우 종교적인 가정 환경과 도덕적으로 엄격했던 가정 교육은 내가 막중한 임무를 수행하는 데, 즉 조국 내부의 적에 대항하는 충실한 파수꾼이 되는 데, 그리고 힘러의 명확한 지침을 통해 전달되는 총통의 직접 명령을 수행하는 데 큰 역할을 하는 것 같습니다. 박사, 굉장한 와인입니다.

"고맙습니다. 제 어설픈 집에서 이렇게 한잔할 수 있다니 영광입니다."

"어설프지만 안락한 집이에요."

그는 두 번째 모금을 들이켰다. 바깥은 이미 눈이 추위라는 수수하고 두꺼운 침대보로 지구의 치부를 덮고 있었다. 와인이 몸을 데워 주었다. 친위대 중령 루돌프 회스는 1320년 비가 많이 내리던 가을에 지로나에서 태어났다. 그 오래전 지구가 평평하고 거침없는 여행자들이 호기심과 환상으로 눈이 휘둥그레져 세상의 끝을 보고 싶다고 했을 때 회스 중령은 머리를 마주하고, 그렇게 인정받으며, 사회적 지위를 지닌 보이트 박사와 함께 와인을 마시게 된 것을 특별히 자랑스러워했다. 이 사실을 동료에게 흘리고 싶어 안달이 날 지경이었다. 아, 물론 아주 우연하게 말이다. 인생은 정말 아름답다. 특히 이제 지구가 다시 평평하니 총통의 평온한 눈길의 도움으로 그들은 인류에게 힘과 권력과 진실과 미래가 어디에 있는지 보여 주고, 한 치의 실수 없이 이상에 도달하는 것과 동정심이 절대 양립 불가함을 가르치고 있었다. 제국의 힘은 무한했으며, 역사 속 모든 에이메리크들의 행동을 아이들의 놀이로 바꾸어 놓았다. 와인의 취기와 더불어 그에게 숭고한 문구가 떠올랐다.

"저에게 명령은 신성한 것입니다. 아무리 수행하기 어려운 임무라도 말이지요. 친위대 대원으로서 조국을 위한 임무 완수를 위해 제 개인을 기꺼이 희생할 수 있습니다. 열네 살이 되던 1334년, 제가 태어난 지로나의 도미니크 수도회에 들어간 것도 그래서지요. 그리고 평생을 진실을 밝히는 데 바쳤습니다. 사람들은 저를 잔인하다 했고, 페레 대왕[4]은 저를 미워하고 질투했습니다. 제가 제거되기를 바랐을 겁니다. 하지만 저는 무심하게 자리를 지켰습니다. 신앙에 반대하는 자라면 저는 왕이든 아버지든 비호하지 않을 것이기 때문입니다. 저는 무엇보다도 진실만을 섬기는 자입니다. 그 앞에서는 어머

---

4) 페레 4세(Pere IV d'Aragó, 1319~1387). 1336~1387년에 아라곤 왕국을 통치했으며, 그 기간 마요르카를 재정복했다.

니도 제 출신도 중요하지 않습니다. 제 입에서 진실 이외의 것은 발견하지 못하실 겁니다, 존경하는 주교님."

주교는 직접 니콜라우 수사의 잔을 채워 주었다. 그는 화가 나서 무슨 맛인지도 모르고 잔을 들이켰다. 그는 말을 이었다. 저는 망명을 떠나야 했고, 페레왕의 명령으로 종교 재판관의 자리에서 물러났고, 여기 지로나 도미니크 수도회의 주교 대리로 선출되었지요. 하지만 당신이 모르는 것은 망할 왕이 우르바 교황에게 압력을 행사하여 결국 임명이 취소되었다는 겁니다.

"저는 몰랐습니다."

주교는 편한 의자에 앉았지만 허리를 펴고 긴장한 채 어떻게 종교 재판소장이 옷소매로 이마의 땀을 훔치는지 가만히 지켜보았다.「주기도문」을 두 번쯤 외웠을 시간이 흘렀다.

"성하, 괜찮으십니까?"

"그렇소."

주교는 아무 말도 않고 와인을 한 모금 마셨다.

"그렇지만 지금은 다시 주교 대리를 맡고 계시지요."

"신에 대한 제 지조와 맹세, 신의 신성한 자비가 종교 재판소장으로서의 직책과 존엄을 회복하게 해 주었지요."

"모두 잘되도록 하기 위함입니다."

"그렇습니다, 하지만 왕은 여차하면 다시 망명을 떠나야 할 거라며 저를 협박하고, 제 친구들이 그가 저를 살해하려 한다고 알려 주었습니다."

주교는 꽤 오랜 시간 동안 생각했다. 마침내 존경하는 주교는 소심한 손가락을 들어 올리고 말했다. 페레왕이 주장하길 율의 작품을 고발하고자 하는 당신의 집착이…….

"율 말입니까?" 에이메리크가 소리쳤다. "자비로운 주교님, 율의 작품을 읽어 보셨는지요?"

"음…… 나는…… 그래요. 읽었소."

"그런데요?"

에이메리크의 검은 눈빛은 영혼을 꿰뚫는 듯했다. 자비로운 주교는 침을 꿀꺽 삼켰다.

"어떻게 말해야 할지 모르겠군요. 저로서는…… 읽었고말고요. 어쨌든 저는…….' 그는 항복한 듯이 말했다. "저는 신학자가 아닙니다."

"저는 공학자가 아닙니다만 아우슈비츠의 소각기가 쉬지 않고 스물네 시간 돌아가도록 하는 데 성공했습니다. 그리고 부하들에게 유대인 특공대 쥐새끼들이 미쳐 날뛰지 않도록 감시하는 역할을 맡겼지요."

"그것이 어떻게 가능했습니까, 회스 수용소장님?"

"글쎄요. 진리의 설파를 통해서랄까요. 굶주린 모든 영혼들에게 복음주의의 교리는 오직 하나뿐임을 알려 주었습니다. 그리고 제 신성한 임무는 인간의 실수와 죄악이 교회의 본질을 파괴하지 않도록 막는 것임을 알려 주었지요. 그리하여 저는 모든 이단을 처리하기 위해 봉사하며, 이를 위한 가장 효율적인 방법은 새롭게 발견된 이교도나 회개했다가 다시 이단이 된 자들을 제거하는 것입니다."

"그렇다 하더라도 왕은…….'

"대종교 재판소장이자 주교 대리는 로마를 떠날 때부터 이 사실을 잘 알고 있었습니다. 그는 페레왕의 저를 향한 적개심을 알고 있었고, 감사하게 생각했지요. 그럼에도 불구하고 저는 혐오스럽고 위험하기 짝이 없는 라몬 율의 모든 작품과 책들에 대한 고발을 멈추지 않았습니다. 절차를 진행하던 몇 년 동안 그는 이에 대해 아무 말이 없더군요. 그리고 아주 감격스러웠던 성 미사에서 그가 설교할 차례가 되었을 때 보잘것없는 제 성품을 모범적인 예로 들며 수용소장으로서 처음이자 마지막 본보기라고 저를 추켜세웠습니다. 발렌시아, 카탈루냐, 아라곤, 마요르카의 어떤 왕이 무어라 하든 저는 스스로를 매우 행복한 인간이라고 생각합니다. 왜냐하면 제가 선언했고 제 인생을 통해 책임지게 될 가장 성스러운 맹세를 지켜 냈기 때문입니다. 그런데 문제는 그 여자였습니다."

"한 가지 알아 둘 게……." 주교는 망설이더니 조심스레 말했다. "조심하시오. 나는 그들이 사형 선고를 받을 만한 잘못을 하지 않았다고 말하려는 게 아니오." 그는 잔에 담긴 와인색을 바라보았다. 화형장의 불꽃과 같은 붉은색이었다. "단지……."

"단지 뭡니까?" 에이메리크가 참지 못하고 물었다.

"꼭 불태워 죽여야 합니까?"

"화형은 모든 그리스도교의 일반적인 관행입니다. 그렇습니다, 자비로운 주교님."

"끔찍한 죽음이오."

"지금 당장 몸에 열이 심해서 불평은 하지 않겠습니다. 저는 성스러운 교회의 일을 계속해 나가겠습니다."

"화형은 끔찍한 것이라 말씀드렸습니다."

"하지만 그만한 가치가 있습니다!" 성하는 감정이 폭발했다. "신성 모독과 오류의 아집이 더욱 끔찍합니다. 자비로운 주교님, 동의하지 않으십니까?"

텅 빈 회랑을 바라보며 나는 나만의 생각에 잠겼다. 문득 혼자였음을 깨달았다. 주변을 둘러보았다. 코르넬리아는 어디로 가 버렸지?

베벤하우젠 수도원 회랑의 한쪽 구석에서 참을성 있는 여행객들이 질서 정연하게 대기 중이었다. 코르넬리아만 보이지 않았다. 아, 저기 있구나. 그녀는 혼자 생각에 잠겨 회랑 한가운데를 걸어가는 중이었다. 언제나 예측 불가능한 사람이었다. 나는 다소 욕망 어린 시선으로 바라보았고, 그녀는 내 시선을 눈치챈 것 같았다. 나를 등진 채 걸음을 멈추더니 투어를 시작하기 위한 인원수를 기다리던 관광객 무리를 향해 돌아섰다. 내가 손을 흔들었지만 눈치를 채지 못했거나 아니면 나를 못 본 체하고 있었다. 코르넬리아. 내 앞에 있던 분수에 참새 한 마리가 날아와 물을 홀짝이고 앙증맞게 소리 높여 울었다. 아드리아는 몸을 떨었다.

성 야고보의 날 하루 전 땅거미가 질 무렵 조제프 샤롬의 유일한 위안은 니콜라우 수사의 시선을 피한 것이었다. 교회의 수호자는 지독한 고열로 침대에 앓아누워 있었다. 그렇다 하더라도 대종교 재판소장의 비서이자 조수인 미켈 데 수스케다 수사의 상대적인 무기력함이 그의 고난, 고통, 혹은 공포를 덜어 주지는 못했다. 끓어오르는 태양에 타들어 가던 낮을 지나 황혼이 느릿느릿 성 야고보의 날 전야를 엄습할 즈음 두 여자와 한 남자가 짐 싣는 안장과 추억이 가득한 바구니, 그리고 잠든 아이 다섯 명을 실은 당나귀 세 마리를 몰고 가고 있었다. 유대인 구역에서 도망쳐 나와 전날 먼저 도망친 두 가족의 뒤를 따라서 테르강의 둑으로 향하는 길이었다. 사랑하는 지로나에 열여섯 세대에 이르는 샤롬 집안과 메이르스 집안 사람들을 남겨 두고 떠났다. 고결했지만 배은망덕한 도시였다. 불쌍한 조제프를 삼켜 버린 불의의 연기는 아직도 천천히 타올랐다. 그는 질투심을 느낀 익명의 밀고자에게 희생당했다. 별빛을 받아 윤곽을 드러낸 성당의 우뚝 솟은 벽을 마지막으로 볼 수 있었던 순간 유일하게 깨어 있던 사랑스러운 샤롬은 당나귀 위에서 조용히 눈물을 흘렸다. 하룻밤 사이에 너무나 많은 죽음을 목격한 탓이었다. 에스타르티트에서 몇몇 믿을 만한 지인들이 그들을 기다리고 있었다. 재앙이 밀어닥치는 것을 보자 상황이 여의치 않았던 조제프 샤롬과 마소트 본세뇨르는 며칠 전 배를 빌려 두었다. 그 재앙은 어디에서 오는지, 누구에게 닥치는지 전혀 알 길이 없었다.

배는 따뜻한 서풍을 타고 악몽으로부터 점점 멀어져 갔다. 다음 날 저녁 배는 메노르카의 시우타데야에 도착했고, 여섯 명을 더 태웠다. 그리고 사흘 후 시칠리아의 팔레르모에 도착하여 나흘 동안 머물렀다. 티레니아해의 거친 물결을 지나면서 뱃멀미를 겪었기 때문이다. 어느 정도 기운을 회복하고 나서 다시 바람의 도움을 받아 그들은 이오니아해를 건너 알바니아의 두러스에 닿았다. 통곡으로부터 도망쳐 안식일에 그들이 속삭이는 소리를 불경스럽다고 여기지 않는 곳을 찾아 길을 떠났던 여섯 가족은 그곳에서 내렸다. 두러스의 유대인들이 그들을 따뜻하게 맞아 주었기 때문이다.

도망치던 소녀들 중 한 명이었던 귀염둥이 샤롬은 나중에 그곳에서 자식을 낳아 길렀다. 손자들과 증손자들이 그곳에서 태어났다. 여든 살이 되어서도 그녀는 여전히 지로나 유대인 구역의 적막했던 거리를 떠올렸다. 별빛 아래 윤곽이 보였지만 눈물에 희미해진 거대한 기독교 대성당도 떠올렸다. 그리움에도 불구하고 샤롬 메이르 씨[5] 가족은 삶을 살아 냈고, 두러스에서 십이 대에 걸쳐 번영을 일구었다. 시간이 꾸준히 흘러 사악한 이교도들에 의해 불태워진 선대에 대한 기억은 흩어지고 자녀의 자녀의 자녀의 기억 속에서는 완전히 사라졌다. 그들이 사랑하는 지로나의 이름이 아련해진 것처럼 말이다. 유대력 5420년의 화창한 날이자 기독교력 1660년의 범죄가 가득했던 그날 에마누엘 메이르는 흑해로의 상거래에 돈이 넘쳐 난다는 소식에 귀가 솔깃했다. 도망자인 귀염둥이 샤롬의 8대손인 에마누엘 메이르는 흑해 연안 불가리아의 부산한 도시 바르나로 이주했다. 오스만 제국이 한창 부상하던 시절이었다. 대체로 루터교 경향이 짙었던 독일에서 열렬한 가톨릭 신자였던 부모님은 제가 신부가 되기를 바랐지요. 꽤

---

5) 소녀 샤롬이 지로나로부터 함께 도망친 메이르가 사람과 결혼하여 샤롬 메이르 가문이 새롭게 탄생했음을 암시한다.

오랫동안 저도 고민을 했습니다.

"좋은 신부가 되었을 겁니다, 회스 중령."

"그랬을 겁니다."

"제가 장담합니다. 무엇을 하든 잘하시니까요."

회스 중령은 당연하다는 듯 칭찬에 한껏 코가 높아졌다. 그는 좀 더 무게를 잡으며 한술 더 뜨려 들었다.

"제 미덕처럼 말씀하신 것이 제 치명적인 약점일 수도 있습니다. 특히 친위 대장 힘러가 방문하는 지금 같은 때는 말이죠."

"그 이유가 무엇입니까?"

"저는 수용소장으로서 시스템의 허점에 책임이 있습니다. 예를 들면 마지막 치클론 B 가스 충전 때 예비 비축량이 많아야 둘 혹은 세 통만 남았는데도 장교는 제게 보고하거나 추가 주문을 넣을 생각조차 하지 않았습니다. 그래서 저는 다른 곳에 가 있는 트럭을 불러오도록 특별히 부탁을 해야 했지요. 장교에게 소리를 지르고 싶은 마음이 굴뚝같았지만 참았습니다. 이곳 아우슈비츠에서는 모두가 제한된 조건하에서 일하니까요."

"아마도 다하우 수용소 경험이……."

"심리적인 측면에서 그 차이가 매우 큽니다. 다하우에는 죄수들이 있었어요."

"제가 알기로는 그들 중 많은 수가 죽었고, 여전히 죽어 가고 있다던데요."

"그래요, 보이트 소령. 하지만 다하우는 죄수들 수용소요.

아우슈비츠 비르케나우는 쥐새끼들을 박멸하기 위해 고안되고, 만들어지고, 계획된 곳이란 말이오. 만일 유대인이 인간이 아닌 게 사실이 아니었다면 우리는 지옥에 사는 느낌이었을 겁니다. 가스실과 소각로와 그 불길, 혹은 타고 남은 것들을 다시 태우기 위해 숲에 파 놓은 구덩이들로 통하는 문이 달린 지옥이지요. 그들이 보내오는 잔해는 양이 너무 많아 어떻게 처리할 수가 없단 말이오. 수용소 일에 직접적 관련이 없는 사람에게 이 이야기는 처음으로 털어놓습니다, 의사 선생."

"가끔 속 시원히 털어놓는 것도 필요하지요, 회스 중령."

"비밀 유지에 관한 당신의 직업 윤리를 믿겠습니다. 왜냐하면 친위대장이⋯⋯."

"물론입니다. 기독교인으로서 당신은⋯⋯. 말하자면 정신과 의사는 고해 신부와 마찬가지입니다. 당신이 될 수도 있었던 그 고해 신부 말입니다."

이왕 다 털어놓은 마당에 수용소장 회스는 잠시 그 여자에 관해 털어놓을까 망설였다. 강한 충동이 들었지만 겨우 참았다. 하마터면 말을 꺼낼 뻔했다. 와인을 좀 더 조심해야겠어. 그리고 그는 말을 이었다. 자신들에게 믿고 맡겨진 임무를 수행하려면 제 병사들은 강인해야 합니다. 그런데 어느 날 십 대도 아닌 서른이 넘은 병사가 막사 안 동료들 앞에서 울음을 터뜨리더란 말입니다.

보이트 박사는 손님을 쳐다보고 흠칫 놀랐지만 모른 척했다. 박사는 그가 와인 한 잔을 모두 들이켜도록 두었다. 그리고 그도 간절히 물어봐 주기를 바랐을 질문을 던지기 전에 몇 초를 더 기다렸다.

"그래서 어떻게 됐습니까?"

"브루노, 브루노, 정신 차려!"

그러나 브루노는 정신이 돌아오지 않았다. 그는 울부짖으며 눈과 입으로 고통을 뱉어 내고 있었다. 마테우스 병장은 어쩔 줄을 몰라 하며 상관에게 보고했다. 삼 분쯤 지나 수용소의 총책임자이자 친위대 중령인 루돌프 회스가 도착했을 때 브루노 뤼브케 이병은 여전히 울부짖으며 권총을 꺼내 자신의 목구멍을 겨누었다. 친위대는 하나! 모두가 하나의 친위대!

"정신 차려라, 이병!" 루돌프 회스 중령이 소리쳤다. 하지만 그는 울면서 총열을 목구멍 안에 넣고 있었다. 상관이 그를 막기 위해 움직였고, 브루노 뤼브케는 곧 지옥으로 떨어져 비르케나우로부터, 자신들이 숨 쉬어야 할 재로부터, 그의 우르술라와 똑같이 생긴, 그가 그날 오후 가스실에 밀어 넣었고 유대인 특공대의 유대인 쥐새끼가 머리카락을 밀어서 소각장의 시체 더미에 올리는 모습을 본 그 어린 소녀의 눈빛으로부터 도망칠 희망을 품고 방아쇠를 당겼다.

회스는 피 웅덩이를 베개 삼아 비열한 자칼의 생김새를 하고 누워 있는 병사를 경멸하듯이 바라보았다. 이 기회를 이용하여 그는 충격받은 병사들 앞에서 연설을 시작했다. 제군들이 신의 이름으로 행하고, 신성한 가톨릭과 열두 제자의 신의를 적으로부터 보호하고자 하는 믿음으로 행동한다는 절대적인 확신을 갖는 것보다 더 큰 내적 위로와 영혼의 기쁨은 없다. 적들은 그 확신을 제거할 때까지 쉬지 않고 움직일 것입니다, 미켈 수사. 언젠가 한 번만 더 자기 죄를 시인한 죄수들의 혀를 자르기를 망설이거나 그 사실을 공개적으로 논의한다면 내가 그대의 헌신을 인정하는 만큼 신성한 종교 재판관으로서 불필요한 그대의 무기력과 나약함을 상부에 고발할 거요.

"자비를 베풀어 주십사 말씀드렸습니다, 성하."

"그대는 나약함과 자비를 혼동하고 있군요." 니콜라우 에이메리크 수사는 화를 참느라 몸을 부들부들 떨었다. "계속 고집을 피우면 아주 중대한 불복종죄로 재판받을 거요."

미켈 수사는 고개를 숙이고 두려움에 몸을 떨었다. 그의 영혼은 쪼그라들고 있었다. 상관이 그의 무기력함을 나약함이 아닌 이단들과의 결탁에서 비롯되었다고 의심하기 시작했기 때문이다.

"주님의 사랑을 베푸소서, 성하!"

"주님의 이름을 함부로 부르지 마시오. 그리고 나약함이 그대를 배신자나 진리의 적으로 만들 수 있음을 명심하시오."

니콜라우 수사는 손으로 얼굴을 감싸더니 잠깐 동안 열렬하게 기도했다. 깊은 성찰 끝에 그는 숨어 있던 목소리를 들을 수 있었다. 우리만이 죄악에 주의를 기울이는 눈이며, 우리가 교회의 수호자이며, 미켈 형제, 우리만이 진실을 알고, 화형대에 보내지 못한 것을 후회하는 혐오스러운 율의 경우처럼 이단에게 가하는 처벌이 그의 신체에든 원고에든 아무리 가혹해 보일지라도 우리는 법과 정의를 집행하고 있음을 기억해야 하고, 이것은 정확히 말해 잘못이기보다 큰 공적이오. 그리고 우리는 주님에 대해서만 책임을 지오. 인간이 아닌. 미켈 수사, 정의에 대한 허기와 갈증이 있는 자들이 행복하다면 정의를 실행하는 자들은 훨씬 더 큰 기쁨을 느끼는 거요. 특히 우리 임무가 친위대의 정직함, 애국심, 강인함을 완전히 신뢰하는 존경하는 총통에 의해 직접 설계된 것임을 생각할 때면 더욱 그렇지. 아니면 총통의 계획에 의심을 두는 자가 있는가? 그는 도전적으로 권위를 부리며 그들 사이를 조용히 걸으면서 병사 한 명 한 명의 눈을 바라보았다. 혹은 친위대장 힘러의 의사 결정 능력을 의심하는 자가 있는가? 내일 오후 그가 도착했을 때 뭐라고 말하겠는가? 응? 오 초간 침묵을 지킨후 그는 극적으로 말했다. 이 썩은 고기를 치우란 말이야!

그는 와인 네다섯 잔을 더 들이켜더니 기억이 가물가물한 몇몇 사실들을 더 설명했다. 영웅적인 장면들을 떠올리며 기쁨에 취해 다 이야기해 버렸다.

루돌프 회스는 보이트 박사의 숙소에서 나왔다. 꽤 안심이 되었지만 약간 어지러움을 느꼈다. 그가 걱정하는 것은 비르케나우의 지옥 같은 상황이 아니라 인간의 나약함이었다. 인간이 얼마나 엄숙한 맹세를 하든 죽음을 그렇게 가까이에서 견디지는 못한다. 인간 영혼은 강철과 같지 않고, 이 때문에 수많은 실수를 저질러 왔다. 그리고 그 실수를 반복하는 것보다 더욱 끔찍한 일은 없다. 왜냐하면……. 정말 역겨운 일이다. 다행스럽게도 그는 그 여자의 존재를 암시조차 하지 않았다. 그리고 나는 그럴 의도는 없었지만 그녀가 다른 방문객들에게 미소 짓지 않는지 그가 코르넬리아를 지켜보았다는 것을 깨달았다. 질투심으로 가득한 남자가 되고 싶지는 않아. 나는 생각했다. 하지만 이것은 단지 그녀가……. 드디어! 열 명이 모여 투어가 시작되었다. 가이드는 회랑에 들어서며 이제 방문하게 될 베벤하우젠 수도원은 1180년 루돌프 1세에 의해 튀빙겐에 세워졌으며, 1806년 세속화되었다고 말했다. 나는 코르넬리아를 열심히 찾다가 훤칠한 남자 옆에 서 있는 그녀를 발견했다. 남자는 코르넬리아에게 미소 짓고 있었다. 그리고 마침내 그녀가 나를 바라보았다. 베벤하우젠은 쌀쌀했다. 세속화되었다는 게 무슨 뜻입니까? 키가 작고 머리가 벗겨진 남자가 물었다.

그날 밤 루돌프와 헤드비히 회스는 함께 잠자리에 들지 않았다. 보이트 박사와의 대화가 자꾸 떠오르면서 생각이 복잡해졌다. 내가 말을 너무 많이 했나? 세 번째인지 네 번째인지, 아니면 일곱 번째 잔인지, 그것을 들이켠 후 하지 말아야 할 말들을 한 것은 아닐까? 완벽함에 대한 그의 광적인 집착은 지난 몇 주간 부하들의 엄청난 실수에 직면하여 삐걱거리고 있었다. 친위대장 힘러에게 그의 일처리가 완벽하지 못하다는 인상을 갖도록 해서는 절대 안 될 일이었다. 모든 일이 내가 도미니크 수도회에 들어간 이후 시작되었기 때문이었다. 수도회는 총통의 명령에 대한 나의 절대적인 신념으로 움직이고 있었다. 자비로운 안젤름 코폰스 수사의 지도를 받던 수련 기간에 우리는 인간의 고통 앞에서 강인해지는 법을 배웠다. 모든 친위대원들은 총통에 대한 절대적인 헌신을 위해 자신의 인격을 완전히 희생하는 법을 알아야 했기 때문이다. 그리고 수도회의 가장 기본적인 임무는 바로 내부의 위험을 제거하는 거였다. 진정한 신념 앞에서 이단의 존재는 신앙을 부정하는 자들보다 훨씬 더 위험하다. 이단은 교회의 가르침을 받고, 그 내부에 존재하지만, 동시에 전염성이 강한 독성을 품어 신성한 교회의 영적 요소들을 타락시킨다. 이 문제를 한 번에 해결하기 위해 1941년 신성한 종교 재판을 더 이상 아이들 놀이처럼 다루어서는 안 되며, 모든 유대인을 모조리 없애 버리라는 결정이 내려졌다. 그리고 공포가 필요하면 공포를 무한대로 발산할 것. 잔혹함이 필요하면 잔혹함을 무한대로 드러낼 것. 역사는 기록에 남는 것이기 때문이다. 물론 강철 같은 심장과 의지를 가진 진정한 영웅만이 그러한 어려운 목표를 달성하고 용감한 행동을 실행할 것이다. 나는 충직하고 성실히 훈련된 수사로서 그 임무를 수행했다. 1944년까지 나를 포함한 오직 소수의 의사만이 친위대장의 최종 명령을 알고 있었다. 병자와 아이들부터 처리를 시작하고, 아직 일할 수 있는 자들은 오직 경제적 목적을 위해 이용하라는 것이었다. 나는 친위대에 맹세했듯이 절대적으로 자발적인 의지를 갖고 임무를 수행했다. 따라서 교회는 유대인을 단순히 신앙심이 부족한 집단으로 보는 것이 아니라 우리 사이에서 생명을 유지하며 자신의 이단을 완강하게 고집하는 이교도로 정의한다. 그들의 이단은 우리 주 예수 그리스도를 십자가에 못 박을 때부터 시작되었고, 거짓된 믿음을 결코 철회하지 않는 경직된 태도와 함께 모든 시공간에 전파되어 왔다. 기독교의 자녀들을 산 제물로 바치는 풍습을 영속시키고, 신성한 성찬식에 반대되는 혐오스러운 의식들을 발전시켰다. 앞에서 이야기한 신성한 성찬식을 세속화한 이단 조제프 샤롬이 대표적인 예다. 이것이 바로 아우슈비츠에 소속된 모든 수용소 책임자들에게 전달된 명령이 그토록 엄격했던 이유다. 소각로는 좁고, 이에 따라 소각장의 수용력이 좌우되었다. 수확물은 차고 넘쳐 너무 많은 쥐들이 잡혔다. 해결책은 우리 손에 달려 있었다. 그러나 순수하게 이상적인 목표치를 달성하기란 어려운 일이었다. 실제로 1번과 2번 소각로가 스물네 시간 내에 처리할 수 있는 시신이 2000구 정도였고, 고장을 막기 위해서 그 이상은 무리였다.

"다른 두 소각로는요?" 네 번째 와인 잔을 들이켜기 전 보이트 박사가 물었다.

"3번과 4번은 상당한 애를 먹이는 중입니다. 하루에 1500구를 간신히 처리하는 데 그치고 있습니다. 여간 실망스러운 것이 아니지요. 만일 상관들이 기계를 조금이라도 잘 아는 사람들의 말에 귀를 기울인다면⋯⋯." 박사, 이를 상관에 대한 비난으로 이해하지는 마시오. 아마 다섯 잔쯤 들이켰을 무렵 그가 말했다. 처리할 일들이 한두 가지가 아닙니다. 그리고 동정심과 비슷한 유의 감정은 친위대의 마음속에서 완전히 몰아내야 할 뿐만 아니라 엄중히 처벌됩니다. 모두 조국의 번영을 위해서지요.

"그럼⋯⋯ 소각된 후의 잔해들은 어떻게 처리합니까?"

"큰 트럭이 와서 재를 비스와강에 실어다 버리지요. 그 강은 하루에도 수 톤의 재를 바다로 흘려보냅니다. 그 재는 바로 죽음 그 자체입니다. 지로나에서 수련 기간에 안셀 코폰스 수사의 명강의였던 라틴 고전 수업 때 배운 대로 말입니다."

"무슨 이야기를 하는 거요?"

"저는 그저 임시 기록관일 뿐입니다, 성하. 저는……."

"아니, 방금 뭐라고 했소, 이 몹쓸 자식……?"

"그러니까…… 조제프 샤롬이 불길에 휩싸이기 전 저주를 퍼부었습니다."

"혀를 자르지 않았단 말인가?"

"미켈 수사가 금지했습니다. 그에게 주어진 권한으로……."

"미켈 수사가? 미켈 데 수스케다 수사 말이오?" 그는 「성모송」의 절반이 끝나 갈 무렵까지 아무 말이 없었다. "그 썩은 고기를 내 앞에 끌고 오시오."

베를린에서 도착한 친위대장 하인리히 힘러는 마음이 넓은 편이었다. 그는 현명한 사람으로 루돌프 회스의 부하들이 어떠한 심적 압박을 받고 있을지 알아차리고 나를 부끄럽게 만들던 부족한 점들을 우아하게, 뭐가 우아한지는 모르겠지만 모른 척하며 넘겼다. 비록 유대인 문제를 마무리하는 것이 시급하고 우리는 일을 절반밖에 진척시키지 못했다는 사실로 인해 그 귀족적인 이마에 그림자가 드리워졌지만 매일 처리되는 시신 숫자에 그는 흡족해했다. 나의 어떠한 계획에 대해서도 왈가왈부하지 않았다. 그리고 수용소 관계자들과의 아주 감격적인 행사에서 내 겸손한 태도는 모든 계급의 사령관들이 고등 재판소에서 모범으로 삼을 만하다고 치켜세웠다.

인생의 신성한 맹세들에 충실해 왔던 나는 스스로를 행복한 인간이라고 여길 수 있었다. 하지만 문제는 그 여자였다.

헤드비히 회스 부인이 몇몇 여인들과 시내에 식료품을 구입하러 나간 수요일, 회스 중령은 그녀가 경호원들과 함께 그 눈빛과 그 사랑스러운 얼굴과 너무나 완벽했던 나머지 진짜 인간의 것처럼 보이는 그 손을 하고 집에 오기를 기다렸다. 그는 책상에 일이 많이 쌓인 것처럼 굴며 그녀가 바닥을 쓰는 모습을 지켜보았다. 하루에 두 번씩 바닥을 청소했지만 언제나 고운 재가 금방 쌓였다.

"성하…… 이곳에 계신지 몰랐습니다."

"신경 쓰지 말고 계속하게."

결국 긴장된 며칠이 지나서 곁눈질, 악마 같은 광적인 상상력이 갈수록 강력해지며 육신의 악마가 니콜라우 에이메리크 수사의 강철 같은 의지를 사로잡았다. 신성한 복장을 했지만 더 이상은 참을 수 없어 여자를 뒤에서 와락 끌어안고 말았다. 손은 욕정을 불러일으키는 여자의 가슴을 세게 누르고 있었으며, 수십 가지 달콤한 맛을 약속한 그녀의 뒷목에 가냘픈 턱을 들이댔다. 겁에 질린 여자는 장작 꾸러미를 손에서 떨어뜨리고 뻣뻣하게 굳어 무엇을 어떻게 할지 모른 채 어두운 현관 벽에 기대어 서 있었다. 그녀는 소리를 질러야 할지, 도망쳐야 할지, 아니면 반대로 교회에 더 열심히 봉사해야 할지 판단이 서지 않았다.

"치마를 걷어 올려." 에이메리크는 옷에 두른 열다섯 개의 구슬로 만들어진 묵주를 풀며 말했다.

죄수 번호 615428. 1944년 1월 불가리아로부터 도착한 수송 차량 A27번. 가스실에 들어가기 직전 최후의 순간에 그녀는 목숨을 구했다. 허드렛일을 하기 적합하다고 생각한 누군가의 결정 덕분이었다. 그녀는 공포에 질려 나치 장교의 눈을 똑바로 쳐다보지 못했다. 그리고 생각했다. 오, 주여, 자비로운 신이시여, 다시 저에게 고통을 내리지 마소서. 회스 중령은 화를 내는 대신에 이해한다는 태도로 명령을 되풀이했다. 반응을 보이지 않자 난폭함보다는 조급함이 앞서 그녀를 안락의자에 밀쳤다. 그리고 옷을 찢고는 눈과 얼굴을 차례로 쓰다듬었다. 오, 달콤한 눈빛. 그가 뚫고 들어갔을 때 연약함과 절멸감에서 오는 야생의 미에 도취되어 죄수 번호 615428이 영원히 그의 살결에 각인되리라는 것을 알았다. 615428은 무덤까지 가지고 가야 할 비밀이었다. 그는 황급히 자리에서 일어나 상황을 마무리 지으며 옷매무새를 고쳤다. 그리고 여자에게 육, 일, 오, 사, 이, 팔, 옷 입어 하고 명령을 내렸다. 서둘러. 그는 아무 일 없었다는 사실을 분명히 한 후 만일 이 일을 누구에게라도 발설할 경우 주술을 사용한 혐의로 남편인 살트의 사팔뜨기만 아니라 아들과 어머니를 고발할 거라고 했다. 너는 악의 술수를 부려서 나를 꼬드기고자 한 마녀 그 이상도 이하도 아니다.

며칠 동안 작전은 계속되었다. 죄수 번호 615428은 발가벗은 채 무릎을 꿇어야 했고, 회스 중령은 그녀에게 침투해 들어갔다. 위대한 니콜라우 에이메리크는 숨을 헐떡이며 그 재수없는 살트의 사팔뜨기에게 한마디라도 뻥긋했다가는 당장 마녀 죄목으로 화형장에 보내 버리겠다고 말했다. 나에게 주술을 부렸어. 죄수 번호 615428은 긍정도 부정도 하지 못했다. 그저 공포에 질려 울음을 터뜨릴 뿐이었다.

"허리에 감는 묵주를 못 보았는가?" 성하가 말했다. "만일 자네가 훔친 거라면 그 대가를 치르게 될 걸세."

멍청한 보이트 박사가 바이올린에 관심을 가지고 어떠한 종교 재판관도 허용하지 않을 선을 넘고 말았을 때 그것은 더 이상 비밀이 아니었다. 보이트 박사가 게임에서 이겨 수용소 총책임자 에이메리크는 악기를 책상 위에 쿵 하고 내려놓을 수밖에 없었다.

"고해 성사의 비밀을 어디 한번 떠벌리고 다녀 보지그래."

"저는 신부가 아닙니다."

보이트 소령이 욕심 넘치는 손으로 바이올린을 집어 들었다. 루돌프 회스는 방문을 세게 닫고 나가 심문관실의 예배당으로 달려가 무릎을 꿇고 두 시간 동안 기도를 올렸다. 육신의 유혹 앞에 나약해짐을 용서하소서. 새로 부임한 비서관이 첫 번째 판결 심사에 나타나지 않은 그를 찾아 나설 때까지 기도는 계속되었고, 그를 발견했을 때는 신성한 헌신과 경건함으로 한껏 고양된 상태였다. 니콜라우 수사는 자리에서 일어나 비서관에게 다음 날까지 찾지 말라고 이른 후 접수실로 발걸음을 옮겼다.

"죄수 번호 615428."

"잠시만 기다려 주십시오, 중령. 네. 불가리아발 수송 차량 A27. 올해 1월 13일에 들어왔습니다."

"이름이 뭔가?"

"엘리자베타 메이레바입니다. 기록이 있는 몇 안 되는 자들 중 하나입니다."

"뭐라고 적혔나?"

헨슈 상병은 서류철을 확인하더니 파일을 꺼내 엘리자베타 메이레바, 18세, 바르나의 라자르 메이레프와 사라 메이레바의 딸이라고 읽어 내려갔다. 이게 다입니다. 무슨 문제라도 있습니까, 중령?

엘리자베타, 달콤하고, 요정 같은 눈, 마녀 같은 눈, 촉촉한 이끼 같은 입술을 가졌지. 지나치게 깡마른 것은 아쉬운 점이었다.

"어떤 불만 사항이라도 있습니까, 중령?"

"아니, 아니야…… 그런데 당장 일반 수용소로 보내는 절차를 시작하게."

"가사 임무를 십육 일간 더 해야 합니다."

"병장, 이건 명령이야."

"저는……."

"상관으로부터의 명령이 뭔지 모르나, 자네? 그리고 내가 말할 때는 자리에서 일어나."

"네, 중령님!"

"그럼 집행하도록."

"성부와 성자와 성령의 이름으로 당신의 죄를 용서합니다.(라틴어) 중령."

"아멘." 니콜라우 수사는 존경하는 고해 신부의 영대에 걸린 금십자가에 공손히 입을 맞추며 대답했다. 그의 영혼은 고해를 통해 안식을 되찾았다.

"너희 가톨릭 신자들은 고해 성사를 하면 되니까 좋은 점이 많아." 회랑의 한가운데를 거닐던 코르넬리아가 말했다. 그녀는 봄빛을 만끽하며 팔을 쭉 뻗었다.

"나는 가톨릭 신자가 아니야. 종교가 없어. 너는?"

코르넬리아는 어깨를 으쓱했다. 적당한 대답을 찾지 못할 때면 어깨를 으쓱이며 조용해지곤 했다. 아드리아는 그녀가 대화 주제를 불편해한다고 여겼다.

"믿지 않는 사람의 입장에서 볼 때는 말이지." 나는 말을 이었다. "루터교 신자들이 더 나아 보여. 신의 자비로움이 중개자 없이 우리를 직접 해방한다잖아."

"이 이야기는 별로 하고 싶지 않아." 신경이 곤두선 코르넬리아가 말했다.

"왜?"

"글쎄, 이런 주제는 죽음을 생각하게 만들거든. 내가 뭘 알겠어!" 그녀는 그의 팔을 잡아끌었다. 그들은 함께 베벤하우젠 수도원을 빠져나왔다. "얼른 와, 버스 놓치겠어."

버스에 오른 아드리아는 풍경을 멍하니 바라보며 사라에 대해 생각하기 시작했다. 정신이 느슨해질 때면 늘 그랬듯이 말이다. 기억 속에서 사라의 얼굴이 점차 희미해진다는 사실이 안타까웠다. 눈동자는 짙었다. 그런데 검은색이었던가? 아니면 진한 갈색? 사라, 네 눈동자가 무슨 색이지? 사라, 왜 떠났어? 코르넬리아가 그의 손을 잡아 아드리아는 슬픈 웃음을 지어 보였다. 오후가 되면 튀빙겐의 카페들을 돌아다닐 예정이었다. 우선 맥주를 한잔 들이켜고, 충분히 배를 채웠다 싶을 때 따뜻한 차를 마신 후 도이치 하우스에서 저녁 식사를 하는 것이다. 학업과 연주회에 가는 게 전부였던 아드리아는 튀빙겐에서 더 이상 무엇을 할 수 있을지 잘 떠오르지 않았다. 횔덜린 읽기. 촘스키가 얼마나 멍청했는지, 생성 문법은 말도 안 되는 쓰레기라고 비난하는 코셰리우의 강의 듣기.

브레히트바우 앞에서 내렸을 때 코르넬리아는 그날 저녁 집에 오지 말라고 그의 귀에 속삭였다.

"왜?"

"바쁘거든."

그들은 입맞춤을 나누지 않고 서로 헤어졌고, 아드리아는 영혼 한가운데로 현기증이 올라오는 것을 느꼈다. 다 당신 때문이야. 내가 살아야 할 이유를 남겨 놓지 않은 채 당신은 떠나 버렸어. 우리는 고작 몇 달 동안 만났을 뿐이야, 사라. 하지만 나는 당신과 함께 구름 속에서 살았고, 당신은 내게 일어날 수 있는 일 중에 최고의 사건이었어. 당신이 떠나기 전까지는 말이지. 그리고 튀빙겐에 도착한 아드리아는 고통스러운 기억에서 벗어나 네 달 동안 필사적으로 공부에 열중했다. 코셰리우의 수업에 등록하는 것은 실패했지만 몰래 청강하는 데 성공했고, 새로운 건물로 이전한 브레히트바우의 모든 학회, 세미나, 집담회, 공개 회의에 참여했으며, 그중에서도 특히 부르제 건물에 자주 들렀다. 갑자기 겨울이 닥쳤을 때 방의 전기

난방 장치는 추위를 충분히 막아 주지 못했지만 사라에 대한 생각을 잊기 위해 계속 공부에 집중했다. 당신이 한마디 말도 없이 떠나 버렸기 때문이야. 슬픔이 깊어질 때면 그는 코가 시리도록 네카어강의 제방을 따라 횔덜린 탑까지 걸었다. 무엇이라도 하지 않으면 사랑 때문에 정신줄을 놓아 버릴 것만 같았다. 그러던 어느 날 눈이 점차 녹고 다시 녹색이 보이기 시작했을 때 그는 초록색 그림자의 작은 차이들을 느낄 수 있도록 그만 슬픔이 가시면 좋겠다고 생각했다. 그리고 그해 여름 멀리 어머니의 집에 돌아갈 생각이 들지 않아 그는 삶을 바꾸기로 마음먹었다. 조금 웃기도 하고, 기숙사에서 함께 생활하는 사람들과 맥주를 마시거나 학과의 클럽 하우스에 자주 나갔다. 그저 웃기 위해서 웃음을 터뜨리기도 했고, 지겹거나 깜짝 놀랄 줄거리의 영화를 보러 가기도 했다. 사랑 때문에 죽지 않기 위해서였다. 그러자 그때까지 느끼지 못했던 설렘으로 학생들을 다르게 바라보기 시작했다. 계절이 변하면서 그들은 외투와 모자를 벗었고, 이것은 그에게 또 다른 기쁨이었다. 그 덕택에 달아난 사라의 얼굴이 점점 희미해졌다. 하지만 나를 일생 따라다닌 질문은 여전히 지워지지 않았다. 울면서, 또다시 그런 일을 겪을 수는 없어 되뇌며 도망쳤다는 당신의 말은 도대체 무슨 뜻이었을까. 그런데 미학사 I 수업에서 아드리아는 검은색 곱슬머리를 길게 늘어뜨린 여학생 뒤에 앉게 되었다. 오펜바흐 출신의 코르넬리아 브렌델이라는 소녀로 그 눈빛을 볼 때면 정신이 어질어질해졌다. 그녀의 마음을 도저히 얻을 수 없겠다는 생각에 더 눈여겨보게 되었다. 아드리아가 웃음 짓자 그녀도 미소로 답했다. 곧 학교 바에서 함께 커피를 마셨고, 그녀는 어쩌면 너는 외국인 억양이 하나도 없니, 나는 네가 독일인인 줄 알았어, 정말이야라고 말했다. 커피를 마신 후 봄기운이 물씬 피어오르는 공원을 함께 거닐었다. 코르넬리아는 처음으로 내가 잠자리를 한 여인이 되었지, 사라. 나는 그녀를 꼭 끌어안았고……. 내 잘못이야,(라틴어) 사라. 때때로 그녀가 하는 말을 완전히 이해하지 못했지만 나는 그녀를 사랑하기 시작했다. 그녀의 눈빛에 저항하는 방법도 터득했다. 나는 코르넬리아가 좋았다. 그렇게 몇 달을 함께 보냈다. 그녀에게 걷잡을 수 없이 빠져들었다. 그래서 두 번째 겨울이 시작되고 베벤하우젠 수도원에서 돌아오던 날 그녀가 자기 집에 오지 말라고 했을 때 나는 걱정스러운 마음이 들었다.

"왜?"

"바쁠 예정이거든."

그들은 입맞춤을 나누지 않고 서로 헤어졌고, 아드리아는 영혼 한가운데로 현기증이 올라오는 것을 느꼈다. 왜냐하면 여자에게 이봐, 이봐, 바쁠 거라는 말이 무슨 말이야? 하고 묻는 게 적절한지 아닌지 판단이 서지 않았기 때문이다. 아니면 그녀가 모든 것을 그에게 설명할 필요가 없을 만큼 성인이라는 사실을 좀 더 신중하게 인정해야 하는가. 그런가? 그런데 연인이잖아? 코르넬리아 브렌델, 아드리아 아르데볼 이 보스크가 네 연인이기를 원해? 코르넬리아 브렌델에게 비밀이 있을까?

아드리아는 코르넬리아가 빌헬름가로 떠나는 것을 지켜보

며 어떠한 설명도 요구하지 않았다. 결국 그 자신이야말로 코르넬리아에게 말하지 않은 비밀이 있었기 때문이다. 예를 들면 그는 아직 사라에 대해 아무 말도 하지 않았다. 이런, 하지만 그녀가 떠난 지 이 분도 채 안 되어서 아무런 설명도 없이 그냥 가도록 한 데 대한 후회가 밀려왔다. 그리스어 시간에도, 경험철학 시간에도 그녀는 보이지 않았다. 하나도 놓치고 싶어 하지 않던 도덕 철학 공개 세미나에도 마찬가지였다. 자신이 너무 부끄러워 야콥스가를 향해 걸었다. 슈미드토르가 모퉁이에 숨어 서 있던 나는 더욱 부끄러워졌다. 마치 12번 버스를 기다리는 것 같았다. 열 대 혹은 열두 대의 12번을 보내고 여전히 매서운 추위에 발이 부서질 것만 같은 상태로 그곳에 서 있었다. 코르넬리아의 비밀을 알아내고 싶었다.

오후 5시가 되어 온몸이 얼어붙었을 때 코르넬리아가 자신의 비밀과 함께 나타났다. 항상 입던 외투를 걸치고 있었다. 아주 예쁘고 코르넬리아다운 모습이었다. 그녀의 비밀은 베벤하우젠의 회랑에서 알게 된 키가 크고, 금발이고, 잘생기고, 유머가 넘치는 소년이었다. 건물 안으로 들어가기 전 그는 코르넬리아에게 입을 맞추었다. 나보다 훨씬 능숙해 보이는 입맞춤이었다. 문제는 여기서부터 시작되었다. 내가 뒤를 밟은 것이 문제가 아니었다. 거실의 커튼을 치던 코르넬리아는 아드리아가 집 앞 모퉁이에 서서 얼어붙은 채 놀란 눈을 하고서 의심 가득한 눈빛으로 그녀를 바라보며 12번을 기다리고 있는 모습을 보았다. 그날 밤 거리에서 나는 울음을 터뜨렸다. 집에 도착했을 때 베르나트로부터 편지가 한 통 와 있었다. 몇 달째 소식이 없던 그의 편지에서는 기쁨이 묻어났다. 그녀 이름은 테클라야. 그리고 내가 원하든 말든 나를 보러 오겠다는 거였다.

내가 튀빙겐에 머물게 되면서 베르나트와 관계가 다소 소원해졌다. 나는 편지를 쓰는 타입이 아니었다. 음, 적어도 젊을 때는 그랬다. 그가 살아 있다는 첫 번째 신호는 팔마에서 날아온 몹시 위험한 한 통의 엽서였다. 프랑코 정권의 군사 검열하에 쓰인 그 엽서에서 베르나트는 장교 부대를 위해 코넷을 연주하고 있으며, 외출을 금할 때는 혼자 연주하거나 바이올린을 연습할 때는 끽끽거리며 다른 병사들의 신경을 건드린다고 했다. 인생이 혐오스러워. 군부도. 정권도. 다 죽어 버리라지. 너는 어떻게 지내? 주소가 적혀 있지 않아서 아드리아는 그의 부모님 집으로 답장을 보냈다. 코르넬리아에 대해 언급했지만 자세히 이야기하지는 않았던 듯하다. 나는 여름에 바르셀로나로 내려갔다. 어머니가 내 계좌에 입금해 준 돈으로 약간의 돈을 지불하자 이미 의사가 된 토티 달마우는 나를 군인 병원에 보내 간단한 검사를 받게 했다. 나는 아주 심각한 심장 호흡계 질환으로 인해 조국을 위한 임무를 수행하기 어렵다는 사실을 증명하는 진단서를 가지고 그곳을 나왔다. 스스로 정당하다고 생각하는 이유를 위해서라면 아드리아는 자신이 가진 부패의 연줄을 움직일 줄 알았다. 그리고 결코 후회하지 않았다. 어떠한 독재 정권도 내 인생에 일 년 육 개월 혹은 이 년을 요구할 권리가 없다, 아멘.

25

그는 테클라와 함께 오려고 했다. 우리 집에 침대가 하나뿐이야. 그들은 호스텔에서 묵으면 될 일이니 굳이 할 필요가 없는 멍청한 소리였다. 그리고 결국 일이 많다며 테클라는 오지 못했다. 그가 나중에 말하기를 테클라의 부모님이 그렇게 키가 크고, 머리가 길고, 서글픈 눈빛을 한 연인과 그렇게 긴 여행을 하도록 허락하지 않았다고 했다. 나는 베르나트가 그녀와 함께 나타나지 않아 내심 기뻤다. 그러지 않았으면 우리는 정말로 대화를 거의 나누지 못했을 테니 말이다. 아드리아는 숨을 쉴 수조차 없을 만큼 부러워하며 말했을 것이다. 여자에 빠져서 뭐 하는 거야, 친구를 우선으로 생각해야지, 무슨 말인지 알겠나? 어리석은 놈. 친구 말이다! 더구나 나는 여어엇 같은 질투심과 코르넬리아로 인한 내 심장병이 오, 내 사랑, 당신을 생각할 때와 마찬가지의 결말을 향해 간다는 절망감으로 그 말을 했을 것이다. 한 가지 나은 점은 있었다. 코르넬리아의 경우 비밀을 알게 되었다는 것이다. 정확히는 비밀들이다. 하지만 당신은…… 아직도 나는 당신이 왜 파리로 떠났는지 되묻곤 한다. 그래서 그는 연습용 바이올린을 들고 혼자 왔다. 수많은 이야깃거리도 함께 가져왔다. 키가 약간 자란 것 같았다. 나보다 머리 반 정도가 더 커 보였다. 그리고 세상을 조금 더 인내심을 가지고 바라보기 시작했다. 심지어 가끔은 열을 올리지 않고 웃음만 짓기도 했다. 인생이란 그런 거지.

"사랑에 빠졌군?"

그러자 그의 미소는 더 깊어졌다. 응, 맞아, 사랑에 빠졌지. 정신을 못 차릴 정도야. 내가 등을 돌리자마자 다른 남자와 떠나 버린 코르넬리아로 인해 혼란스러워하던 나와는 달랐다. 그녀는 많은 '새로운 경험'을 할 나이다. 나는 베르나트의 평온한 미소가 부러웠다. 다만 나를 걱정시키는 사소한 일이 한 가지 있었다. 방에 짐을 풀었을 때 그는 내 접이식 침대 위에서 바이올린 케이스를 열었다. 바이올린 연주를 어느 정도 전문적인 직업으로 삼는 이들은 케이스에 바이올린만 넣어 다니지 않는다. 보통 그들 삶의 절반이 그곳에 들어 있다. 두세 개의 활, 현을 위한 송진, 사진 한두 장, 옆 주머니의 악보, 여분의 현, 현지 잡지에 실린 유일한 비평까지. 그리고 서류 파일. 거기에 아무렇게나 스테이플러로 철한 문서가 하나 있었고, 베르나트는 그것을 나에게 건네주었다. 자, 읽어 봐.

"이게 뭐야?"

"짧은 이야기야. 난 작가야."

나는 작가야라고 말하는 태도가 상당히 거슬렸다. 사실대로 말하자면 내 인생 내내 거슬렸다. 늘 그랬던 것처럼 요령도 눈치도 없이 그는 그 자리에서 당장 내가 자기 글을 읽기를 바랐다. 나는 그것을 집어 들고 제목과 길이를 가늠해 보고는 좀 이따 차분히 읽어 봐야겠다고 말했다.

"물론 그렇고말고. 잠시 나가서 산책하고 올게."

"아니. 오늘 밤에 읽을 거야, 내가 보통 독서하는 시간에 말이지. 테클라에 대해 말해 봐."

그는 그녀가 이렇고 저렇고를 미주알고주알 말했다. 볼에 아주 사랑스러운 보조개가 패었고, 리세우 음악원에서 만났다고 했다. 슈만 오중주를 연주할 때 그녀는 피아노를, 그는 악장을 맡았다.

"웃긴 사실은 그녀가 피아노를 연주하면서 이름까지 테클라[6]라는 거야."

"잘됐네. 연주 실력은 좋아?"

그가 원하는 대로 했다면 하루 종일 집 안에 갇혀 있었을 것이다. 나는 외투를 집어 들고 그에게 따라오라고 했다. 그를 도이체스 하우스로 데려갔다. 늘 그렇듯 그곳은 사람들로 가득했다. 나는 혹시나 코르넬리아와 마주치지 않을지, 혹은 그녀의 '새로운 경험'을 목격하지 않을지 곁눈질하느라 베르나트와의 대화에 완전히 몰입하지 못했다. 그는 혹시나 해서 나와 같은 것을 주문하고는 네가 그리워, 하지만 더 넓은 유럽에

---

6) 카탈루냐어로 '테클라(Tecla)'는 '건반'을 의미한다.

서 공부하는 것이 그다지 내키지 않아라고 말문을 열었다.

"뭔가 잘못 생각하는 것 같은데."

"내륙을 여행하는 게 더 좋아. 그래서 글을 쓰기 시작했지."

"말도 안 되는 소리야. 넌 좀 돌아다녀야 해. 너한테 붙은 먼지를 풀풀 털어 줄 스승들을 찾아서 말이야."

"이거 맛이 왜 이래."

"자우어크라우트야."

"뭐라고?"

"양배추절임. 익숙해질 거야."

잠시 코르넬리아의 얼굴을 잊고 있었다. 소시지를 반쯤 먹는 동안 그녀의 얼굴은 더 떠오르지 않았고 거의 생각조차 하지 않았다.

"바이올린을 관두고 싶어." 그가 말했다. 아마 나를 자극하려고 한 말 같았다.

"그건 절대 안 돼."

"누구 기다리는 사람 있어?"

"아니. 왜?"

"아니, 꼭…… 그러니까 누굴 기다리기라고 하는 것 같아 보여서."

"왜 바이올린을 관둔다는 거야?"

"너는 왜 그만둔 건데?"

"이미 알잖아. 나도 몰라."

"나도 모르겠어. 네가 기억하는지 모르겠지만 내 연주에는 영혼이 없어."

"밖에서 공부하면 영혼을 찾을 수 있을 거야. 크레머나 아니면 그 누구지, 펄만이라는 자와 수업을 하는 거야. 아니면 스턴에게 가서 연주를 한번 들어봐 달라고 해. 야, 너 정말. 유럽에는 우리가 모르는 훌륭한 스승이 많아. 달려 보란 말이야. 불태워 보라고. 아니면 미국으로 건너가든가."

"솔리스트로서 미래가 보이지 않아."

"헛소리."

"그만해, 네가 뭘 안다고. 이 이상으로 더는 할 수 없다고."

"좋아. 그럼 오케스트라의 존경받는 바이올린 연주자가 되면 어때."

"여전히 세상을 정복하고 싶단 말이야."

"네가 스스로 결정하는 거지. 전부를 걸거나 그러지 않거나. 보면대를 보면서 충분히 세상을 정복할 수도 있지."

"아니야. 점점 환상이 사라지고 있어."

"실내악을 할 때는? 그때도 기분이 별로야?"

이 질문에 베르나트는 약간 망설이며 주저하는 듯하더니 벽을 바라보았다. 나는 그가 망설이도록 내버려 두었다. 그때 코르넬리아가 '새로운 경험'의 팔짱을 끼고 나타났기 때문이다. 나는 그대로 사라지고 싶었다. 하지만 시선을 뗄 수 없었다. 그들은 나를 못 본 척하며 내 뒤에 앉았다. 등 뒤에서 섬뜩한 공허가 느껴졌다.

"어쩌면."

"뭐라고?"

베르나트는 이해 못 하겠다는 듯 나를 바라보았다. 그리고

인내심을 가지고,

"실내악을 할 때면 기분이 좋은 편인 것 같아."

그날 오후 베르나트의 실내악은 전혀 나의 안중에 없었다. 나에게 우선순위는 등 뒤의 공허함, 혹은 가려움이었다. 나는 금발의 종업원을 보는 척하며 고개를 돌렸다. 코르넬리아는 코팅된 메뉴의 소시지 목록을 살펴보며 크게 웃고 있었다. '새로운 경험'은 엉뚱하기 짝이 없는 엄청난 콧수염을 길러 충분히 혐오감을 살 만했다. 열흘 전 함께 있던 그녀의 비밀인 키큰 금발과 완전히 반대였다.

"너 뭐 잘못 먹었니?"

"나? 무슨 말이야?"

"모르겠어. 너는 마치……."

아드리아는 옆을 지나던 여종업원에게 미소를 지어 보이며 약간의 빵을 주문했다. 그리고 베르나트를 보며 계속해, 계속해, 응, 미안…….

"어 그러니까 내가 실내악을 연주할 때는 어쩌면……."

"그렇지? 베토벤 전곡을 테클라와 연주한다고 생각해 보면……?"

등 뒤의 가려움은 점점 커져서 내가 무슨 말을 하는지 전혀 생각할 수가 없었다.

"응, 할 수 있지. 그런데 왜? 누가 우리에게 연주회를 열자고 제안하겠어? 엘피판 녹음을 하겠냐고? 안 그래?"

"넌 너무 바라는 게 많아. 그냥 연주를 할 수 있다는 것만으로도…… 잠깐만."

나는 일어나 화장실로 갔다. 코르넬리아와 그녀의 '새로운 경험' 앞을 지나치며 그녀를 바라보았다. 그녀가 고개를 들고 나를 보더니 안녕이라고 인사한 후 소시지 메뉴를 계속 탐색했다. 안녕. 마치 세상에서 가장 별것 아닌 일처럼 말했다. 영원한 사랑을 맹세하고 함께 밤도 보냈는데. '새로운 경험'을 대동하고 나와 마주치자 안녕이라고 인사하고는 소시지 메뉴를 계속 읽어 나가다니. 나는 하마터면 야, 내 소시지도 꽤 맛있어라고 말할 뻔했다. 화장실에 가는 동안 나는 '새로운 경험'이 바이에른 억양으로 말하는 것을 들었다. 저기 소시지를 먹는 남자는 누구지? 나는 음식을 가득 얹은 쟁반을 든 여자 종업원들에게 길을 내주느라 화장실 쪽으로 가는 바람에 코르넬리아의 대답을 듣지 못했다.

밤에 묘지를 산책하기 위해서 우리는 철조망 울타리를 뛰어넘어야 했다. 날씨가 몹시 추웠지만 그는 실내악을 상상하면서, 나는 '새로운 경험들'을 알아 가면서 세상의 모든 맥주를 들이켠 우리 둘에게는 최적의 조건이었다. 나는 베르나트에게 문헌학 사이에 듣는 히브리어 수업과 철학 수업에 대해 이야기했다. 그리고 계속 학업에 열중하는 삶을 살고자 하는 내 결정도 알려 주었다. 학교에서 수업을 하게 되면 굉장히 신날 것 같아. 아니면 독립적으로 연구하는 학자로 살지 뭐.

"그럼 돈벌이는 어떻게 하려고? 만약 네가 돈을 벌 필요가 있다면 말이야."

"밥이야 항상 네 집에 먹으러 가면 되지."

"이제 할 줄 아는 언어가 몇 개야?"

"너 바이올린 관두지 마."

"그러기 직전이야."

"그럼 왜 악기를 가져온 거야?"

"손가락이나 풀려고. 일요일에 테클라네 집에서 연주하기로 했거든."

"잘됐네, 안 그래?"

"그렇지, 그렇고말고. 신나는 일이야. 하지만 그쪽 부모님에게 좋은 인상을 남겨야 해."

"어떤 곡을 연주하기로 했는데?"

"세자르 프랑크."

확신하건대 잠깐 동안 둘은 프랑크의 소나타 도입부를 떠올리고 있었다. 두 악기가 나누는 우아한 대화는 더 큰 기쁨의 시작을 알릴 뿐이었다.

"바이올린을 그만둔 것이 아쉬워." 내가 말했다.

"아주 적절한 때 불평을 하는군, 계집애 같으니라고."

"굳이 이 이야기를 하는 건 몇 달 후 네가 후회하면서 너를 말리지 않았다고 나에게 화낼까 봐 그러는 거야."

"내 꿈은 작가인 것 같아."

"글을 쓰는 것은 좋아. 하지만 악기를 그만둘 필요는……."

"이래라저래라 좀 그만할래, 제발?"

"꺼져 버려."

"사라에 대해 들은 건 없고?"

우리는 길의 끝까지, 프란츠 그뤼베의 무덤이 나올 때까지 말없이 걸었다. 나는 코르넬리아와 나의 고민에 대해 말하지 않은 것이 현명한 선택이었음을 깨달았다. 그 시절 이미 나는 나를 보는 타인의 시선에 대해 신경을 썼던 것 같다.

베르나트는 눈길을 주며 답을 재촉했지만 더 이상 묻지 않았다. 추위가 살을 에는 듯했고 눈에서는 눈물이 흘렀다.

"이제 돌아갈까?" 내가 입을 열었다.

"이 그뤼베라는 사람은 누구야?"

아드리아는 생각에 잠긴 얼굴로 굵은 십자가를 바라보았다. 프란츠 그뤼베, 1918~1943. 화가 나서 벌벌 떨리는 손으로 로타르 그뤼베는 그곳의 검은딸기들을 밀쳐 버렸다. 누군가가 모욕을 주기 위해 올려 둔 것이었다. 검은딸기에 상처를 입은 그는 슈베르트의 들장미를 제대로 생각할 수 없었다. 가끔 자신의 나쁜 운명에 대한 생각에 사로잡혔기 때문이다. 그는 사랑스러운 손길로 장미 한 다발을 무덤 위에 놓았다. 아들의 영혼처럼 흰 장미였다.

"당신은 일부러 운명을 시험하는 거야."라고 말하면서도 헤르타는 그와 함께 나서려고 했다. 장미꽃들이 소리를 지르고 있었다.

"더 잃을 게 없어." 그가 덧붙였다. "그 반대야. 영웅적이고 용감한 순교자 아들이라는 선물을 받았지."

그는 주위를 둘러보며 두꺼운 구름 같은 숨을 뱉었다. 그는 흰 장미들이 저항의 비명을 지를 뿐 아니라 저녁이 되면 얼어붙는다는 사실을 알았다. 하지만 프란츠를 묻은 지 한 달이 지났고, 더 이상 걸을 수 없을 때까지 매달 16일 그에게 꽃을 가져다주기로 안나와 약속했었다. 영웅적이고 용감한 순교자 아들을 위해 유일하게 해 줄 수 있는 것이었다.

"이 그뤼베라는 사람, 유명해?"

"뭐라고?"

"왜 여기에서 멈춰 선 거야?"

"프란츠 그뤼베. 일천구백십팔, 일천구백사십삼."

"누구야?"

"몰라."

"젠장, 튀빙겐은 정말 춥다. 늘 이런 거야?"

로타르 그뤼베는 히틀러가 권력을 쥔 이후로 조용하고 냉소적인 삶을 살았다. 그는 이웃에게 소리 없는 냉소를 드러냈는데, 그들은 이 남자가 문제를 찾아서 만든다며 로타르 그뤼베의 퉁명스러움을 못 본 척했다. 그러면 그는 부루퉁해 혼자 공원을 산책하며 마음속의 안나에게 말하곤 했다. 아무도 반기를 들지 않는다니 어떻게 이럴 수가 있지, 믿을 수가 없네. 프란츠가 대학에서 신질서 수립 이후 모두 폐지되어 버린 법을 공부하고 집으로 돌아와 감격에 겨운 눈을 하며 아버지, 총통의 명령과 기대에 따라 친위대 입단 신청서를 내고 오는 길이에요라고 말했을 때 그의 세상은 뒤집어지고 말았다. 저를 받아 줄 가능성이 높아요, 다섯 혹은 여섯 세대까지 우리가 순수 혈통이라는 사실을 증명했거든요. 로타르는 혼란스럽고 당황하여 말했다. 네게 무슨 일이 일어난 거니, 아들아, 어째서…….

"아버지. 힘과 에너지, 빛, 미래로 가득한 새로운 시대에 들어서는 거예요. 그 이상이 될 거예요, 아버지. 기뻐하셔야 할 일이에요."

열정 가득한 아들 앞에서 로타르는 울음을 터뜨렸다. 아들은 약해 빠졌다며 오히려 그를 다그쳤다. 그날 밤 그는 이 사실을 안나에게 설명하고 안나, 미안하오, 다 내 탓이오, 집에서 멀리 떨어진 곳에 보내 공부하도록 한 내 잘못이오라고 말했다. 그들이 파시즘을 감염시켰소, 사랑하는 안나. 로타르 그뤼베는 한참 동안 탄식했다. 어느 날 다시 집을 떠난 청년 프란츠는 아버지의 비난 가득한 시선을 마주하고 싶지 않아 열의에 가득한 전보 한 장을 아버지에게 보냈다. 아버지, 아무개 지휘의 무장 친위대 3분단의 어쩌고저쩌고는 남쪽 전선에 투입되었습니다. 멈춤. 드디어 제 삶을 총통에게 바칠 수 있습니다. 멈춤. 무슨 일이 생기더라도 저 때문에 눈물 흘리지는 마세요. 멈춤. 발할라[7]에서 영생을 얻을 거예요. 멈춤. 로타르는 눈물을 떨구며 이 사실은 비밀로 해야겠다고 생각했다. 그날 밤 그는 프란츠로부터 혐오스럽기 그지없는 대문자로 쓰인 전보를 받은 사실을 안나에게 이야기하지 않았다.

드라고 그라드니크는 사바돌린카강 근처 예세니체 우체국에서 직원의 빈혈기 있는 작은 목소리를 듣기 위해 덩치 큰 몸을 기울여야만 했다. 봄에 눈이 녹으면서 강은 물살이 거셌다.

---

7) 북유럽 신화에서 오딘을 위해 싸우다 죽은 전사들이 머무는 궁전. '전사자의 큰집' 또는 '기쁨의 집'을 뜻한다.

"뭐라고 하셨소?"

"이 편지는 목적지에 배달이 안 된다고요."

"이유가 뭡니까?" 천둥처럼 울리는 목소리로 말했다.

우체국에서 일하는 노인은 안경을 쓰더니 큰 소리로 읽어 내려갔다. 펠릭스 아르데볼, 283, 발렌시아 울리카, 바르셀로나, 스페인. 그는 편지를 거인에게 되돌려 주며 말했다.

"배달 도중에 분실될 겁니다, 대장. 이 보따리에 있는 모든 편지들이 류블랴나로 갑니다. 더 이상은 가지 않아요."

"난 하사요."

"상관없습니다. 어쨌든 분실됩니다. 지금은 전쟁 중이란 말입니다. 혹시 모르셨습니까?"

그라드니크는 평소와 다르게 협박하듯이 직원을 가리키더니 가능한 한 깊고 언짢은 목소리로 당신, 50파라[8]짜리 우표에 당장 침을 묻혀 봉투에 붙이고 도장을 찍은 다음 보따리에 집어넣어요. 내가 가져갈 테니 배달할 수 있도록 놓아 두시오! 이해하셨소?

바깥에서 부르는 소리가 들렸지만 그라드니크는 감정이 상했을 직원이 나이 든 게릴라의 명령에 따르기를 조용히 기다렸다. 절차가 끝나자 그는 배달이 뜸한 류블랴나행 보따리에 편지 봉투를 넣었다. 덩치 큰 하사는 보따리를 짊어지고 햇볕이 내리쬐는 거리로 나왔다. 트럭에서 발을 동동 구르던 열 명

---

8) 오토만 제국, 터키, 몬테네그로, 알바니아, 유고슬라비아에서 사용되던 옛 통화.

의 남자들은 그가 나오는 것을 보고 시동을 걸며 그를 불렀다. 트럭에는 비슷한 보따리들 예닐곱 개가 줄줄이 놓여 있었다. 블라도 블라디치는 드러누워 담배 연기를 뿜으며 시계를 보았다. 젠장, 하사, 보따리 하나만 찾으면 된다고 했잖소.

우편 보따리와 열댓 명의 게릴라를 실은 트럭은 시동이 걸리지 않았다. 수상한 시트로엥 한 대가 그 앞에 서더니 세 명의 군인이 나와 동료들에게 상황을 설명했다. 종려 주일이었던 그날 크로아티아와 슬로베니아는 나귀를 탄 예수가 예루살렘으로 득의에 찬 입성을 했던 것을 기념하던 참이었어. 그런데 나치 친위대 3중대가 신의 아들을 따르기로 결정하고 의기양양하게 슬로베니아에 들어섰지. 차이가 있다면 전차로. 공군은 베오그라드 시내를 폭격했고, 왕정은 화력전의 제일 첫 줄에 서 있던 왕과 함께 최대한 빠른 걸음으로 도시에서 도망쳤다네, 동지들. 자유를 위해 우리 목숨을 내놓을 때가 되었군. 크란스카고라로 가서 나치 친위 중대의 진격을 멈추는 수밖에. 드라고 그라드니크는 생각하길 죽음의 시간이 다가왔구나, 신의 축복이 내리기를 했다. 나는 크란스카고라에서 무적의 나치 친위대를 막아 내며 전사할 것이다. 그리고 그의 인생 내내 그러했듯 스스로의 운명에 대해 한탄하지 않았다. 캐속을 벗어 두고 조국을 위해 자기 지역에서 활동하는 부대들을 살피러 갔을 때부터 그는 그것이 실수였음을 알았다. 하지만 다른 선택은 불가능했다는 것도 알았다. 그의 앞에 파벨리치가 이끄는 우스타샤 민병대든 친위대 악마든 악이 출현했기 때문이다. 신학은 비극적인 응급 상황 앞에서 우선순위가 아니었다. 그들은 어떠한 악도 마주치지 않고 크란스카고라에 도착해 거의 대부분 병사들이 어쩌면 정보가 잘못되었을 수도 있다고 생각했다. 그런데 그들이 보로브스카 고속 도로에 들어섰을 때 별을 달지 않은 어떤 지휘관이 이십여 일간 손질하지 않은 듯한 수염을 하고 크로아티아 억양으로 드디어 결전의 순간이 다가왔다고 말했다. 그것은 나치즘에 대항하여 목숨을 거는 전투였다. 그대들은 자유를 위해서, 그리고 파시즘에 대항하여 게릴라군을 결성했다. 적군을 향해 어떠한 동정심도 갖지 말도록. 그들은 그런 적이 없을 뿐 아니라 우리한테도 그런 동정심을 베풀지 않을 것이다. 드라고 그라드니크는 연신 아멘을 외치고 싶었다. 그러나 정신을 차렸다. 별을 달지 않은 지휘관은 각각의 방어진이 어떤 역할을 해야 하는지 명쾌하게 설명했다. 그라드니크는 인생에 처음으로 그래, 죽일 때가 됐어라고 생각했다.

"자, 그럼 슬슬 준비하자고. 행운을 비네!"

기관총과 수류탄, 박격포를 든 대부대가 제 위치를 잡았다. 저격수들은 독수리처럼 높은 곳에 올라가야 했다. 열두 명의 저격수들은 재빠르게 방어 진지로 분산되었다. 고래처럼 숨을 씩씩거리던 그라드니크 신부만 예외였다. 저마다 총을 가지고 있었지만 한 명에게 주어진 탄창은 열세 개에 불과했다. 총알이 떨어지면 돌을 사용하도록. 그들이 다가오면 목을 졸라 버려. 하지만 결코 마을로 내려가게 해서는 안 돼. 명중률이 좋은 자들에게는 조준경을 갖춘 나강 리볼버를 지급했다. 이는 결국 자신이 죽여야 할 적군을 유심히 보거나 따라가거나 관찰하거나 관계를 맺거나 하는 데도 능하다는 의미였다.

자신의 헐떡이는 숨에 넘어가 죽을 뻔한 순간 어떤 병사가 도움의 손길을 내밀었다. 블라도 블라디치였다. 그는 이미 황량한 경사로를 겨냥하며 땅에 바짝 엎드려 있었다. 하사, 우리는 대오를 유지해야 하오. 언덕 꼭대기에서는 겁에 질린 꾀꼬리가 울며 그들 위를 날았다. 독일군에게 그들의 위치를 알리고 싶은 모양이었다. 얼마간 침묵이 지속되었고, 그는 숨을 참았다.

"하사, 전쟁 전에는 무슨 일을 하셨소?" 세르비아 출신 게릴라가 경악스러운 억양의 슬로베니아어로 물었다.

"빵을 구웠죠."

"헛소리 마시오. 신부가 아니었습니까?"

"이미 알면서 왜 물어보시오?"

"고해할 것이 있습니다, 신부님."

"나는 전쟁 중입니다. 신부가 아니란 말이오."

"알아요."

"네. 희망에 대해 나는 죄를 지었습니다. 고해할 사람은 바로 나 자신이지요. 내 수도복은……."

그는 갑자기 말을 멈추었다. 황량한 경사로에서 작은 탱크가 둘, 넷, 여덟, 열, 열둘, 제기랄, 신이시여. 이삼십 대, 아니 수천 대의 장갑차가 군인을 가득 싣고 몰려오고 있었다. 그 뒤에는 최소 서너 중대가 이동 중이었다. 꾀꼬리들이 증오와 공포를 개의치 않고 시끄럽게 울었다.

"공격이 시작되면 신부님은 소위가 있는 오른쪽으로, 나는 왼쪽으로 이동합시다. 목표물을 절대 놓치지 마세요."

"저기 제일 키 크고 마른 자 말입니까?"

"그렇습니다. 제가 하는 대로 하세요."

이것이 바로 죽음이 앞에 서성인다는 거로군. 그라드니크는 심장에 통증을 느끼며 생각했다.

마지막 전차가 지나가자 젊은 친위대 중령 프란츠 그뤼베는 분대를 이끌며 왼쪽 언덕을 보았다. 전에 본 적 없는 새들이 그 위를 날고 있었다. 그는 위를 올려다보았다. 굳이 적의 동태를 살피기보다는 유럽 전체가 우리 선지자인 총통의 지휘하에 영도되고 독일이 열등한 인종이 끊임없이 모방해야 하는 이상 사회의 모델이 될 영광의 순간을 상상하기 위해서였다. 언덕 왼쪽으로 크란스카고라의 거의 첫 번째 집들에서는 100여 명의 게릴라들이 크로아티아 지휘관의 공격 신호를 기다리고 있었다. 그 신호는 전차의 기관총에서 발사된 첫 탄환이었다. 1895년 8월 30일 류블랴나에서 태어난 드라고 그라드니크는 출신 도시의 예수회 학교에서 공부했고, 평생 하느님을 위해 살기로 결심했으며, 헌신하려는 염원으로 비엔나 교구 신학교에 들어갔고, 자신의 지적 능력을 기반 삼아 그레고리오 학교에서 신학을 계속 공부하기로 선택했고, 신성한 교회의 위대한 업무를 수행할 운명이었으므로 교황청 성서 연구원에서 성경해석학을 전공했다. 그의 나강 사정거리에 영원히 이어지는 일 분 동안 역겨운 친위대 대원이 나타났을 때 그뤼베는 승자의 자만에 빠져 하늘을 올려다보고 그 중대? 분대? 정찰대?를 이끄는 것을 중단해야 했다.

그리고 전투는 시작되었다. 처음 얼마 동안 병사들은 류블
랴나와 그렇게 멀리 떨어진 곳에서 거센 저항을 맞닥뜨린 데
어리둥절한 모습이었다. 그라드니크는 차분하게 조준경으로
제물의 움직임을 좇으며 드라고, 만일 방아쇠를 당기면 더 이
상 천국에 발을 들여놓을 권한이 없다라고 생각했다. 결국 내
가 죽여야 할 남자와 운명을 같이하는 거다. 땀이 시선을 가리
려 했지만 그는 이를 거부했다. 그는 결심했다. 목표물을 반드
시 조준경 안에 두어야 한다. 드디어 모든 군인이 장전을 마쳤
지만 어디를 조준해야 할지 몰랐다. 아마도 장갑차와 그 안의
적들이 가장 중요한 목표일 것이다.

"지금입니다, 신부님!"

둘은 동시에 방아쇠를 당겼다. 어디를 쏘아야 할지 혼란스
러웠지만 그라드니크는 지휘관의 얼굴을 겨냥했다. 친위대
대원은 갑자기 뒤쪽 벽에 기대더니 총을 떨어뜨리고는 움직
임을 멈추고 주변 상황에 무심해지면서 붉은 피로 얼굴을 물
들었다. 젊은 친위대 중령 프란츠 그뤼베는 자신의 죽음으로
인해 생존자에게 주어질 전투의 영예와 새로운 질서 혹은 영
광스러운 내일을 생각할 틈이 없었다. 머리통이 절반이나 날
아가 이상한 새들이나 총알이 어디에서 날아왔는지 더 이상
생각할 수 없었기 때문이다. 그라드니크는 천국이 가까이 있
는지 염두에 두지 않는 자신을 발견했다. 하고 있는 일을 해치
워야 했기 때문이다. 그는 나강을 장전했다. 그리고 조준경을
맞춘 후 적의 전선을 쓸어 버렸다. 친위대의 하사관 한 명이

병사들에게 대열을 재정비하라고 소리쳤다. 그라드니크는 그 고함 소리를 멈추기 위해 목을 겨냥하여 방아쇠를 당겼다. 그리고 아주 냉정하게 침착함을 잃지 않고 총알을 다시 장전했다. 아직 처리해야 할 지휘관들이 몇 명 더 남아 있었다.

해가 지기 전 친위대 대열은 전사자와 파괴된 전차들을 버려 두고 물러났다. 게릴라들은 맹금류처럼 적진에 내려와 시신 사이를 뒤지기 시작했다. 가끔 제복 없는 지휘관의 권총이 입술을 찡그린 부상자들을 사살하는 소리가 울렸다.

살아남은 게릴라들은 명령에 따라 시신들을 뒤져 무기, 탄총, 신발, 가죽 재킷을 모았다. 드라고 그라드니크는 신비한 기운에 휩싸인 듯 자신이 죽인 첫 번째 병사를 찾아 나섰다. 선한 얼굴을 한 청년은 여전히 벽에 몸을 기댄 채 피범벅이 된 눈은 정면을 응시하고 있었다. 전투모가 완전히 부서지고 얼굴은 피에 물들었다. 그에게 선택권을 줄 수는 없었다. 미안하구나, 애야, 그는 죽은 병사에게 말했다. 그리고 다른 동료 두 명과 함께 군번줄을 모으고 있는 블라도 블라디치를 바라보았다. 그들은 적군이 사상자를 확인하는 데 어려움을 겪도록 시간이 날 때마다 이 작업을 했다. 블라디치는 그라드니크가 죽인 병사에게 다가와 망설이지 않고 군번줄을 두 동강 내 버렸다. 그라드니크는 황급히 말했다.

"잠깐! 그것을 나에게 주시오."

"신부님, 이건 없애야……."

"내가 달라고 하지 않습니까!"

블라디치는 어깨를 으쓱하며 목걸이를 넘겼다.

"사람을 처음 죽여 보았지요?"

그리고 그는 작업을 계속했다. 드라고 그라드니크는 군번줄을 바라보았다. 프란츠 그뤼베. 그가 죽인 첫 번째 사람의 이름은 프란츠 그뤼베였다. 젊은 친위대 중령으로 아마 푸른 눈에 금발일 것이다. 잠시 그의 과부와 부모를 찾아가 위로를 전하고, 그들에게 무릎을 꿇은 후 접니다, 제가 그랬습니다, 고백합니다(라틴어)라고 말하는 모습을 상상했다. 그는 군번줄을 주머니에 집어넣었다.

여전히 무덤 앞에 서서 나는 어깨를 으쓱하고 너무 추워, 이제 그만 돌아가자라고 되풀이해 말했다. 베르나트는 네 맘대로 해, 네가 대장이잖아, 언제나 너는 내 삶을 쥐락펴락했으니까라고 했다.

"헛소리 좀 그만해."

우리 둘 다 추위에 바짝 얼어서 공동묘지의 철조망을 뛰어넘어 세상 밖으로 나오며 바지가 찢어지고 말았다. 우리는 죽은 자들을 추위 속에 외로이 두고 그곳을 떠났다. 그들의 끝나지 않은 이야기도 어둠 속에 남겨 둔 채였다.

나는 그의 글을 읽지 않았다. 베르나트는 베개에 머리를 대자마자 곯아떨어졌다. 긴 여행으로 꽤 피곤했을 것이다. 잠을 청하는 동안 로마 제국 말기의 문화 간 충돌에 대해 생각하는 것이 더 좋았다. 지금의 유럽이라면 가능했을까. 그런데 갑자기 코르넬리아와 사라가 즐거운 상념 속에 침입하면서 나는 슬픔에 잠겼다. 겁쟁이인 나는 가장 친한 친구에게 절대 속마음을 털어놓지 못할 것이다.

결국 베벤하우젠에 가기로 했다. 아드리아가 매우 역사적인 날을 보냈고, 게다가

"아니지. 네 삶이 역사적이지. 너에겐 모든 것이 역사잖아."

"그렇다기보다 모든 것의 역사는 그것의 현재 상태를 설명한다고 봐야지. 오늘은 나에게 역사적인 날이니 베벤하우젠에 가는 거야. 네 말에 따르면 언제나 내가 대장이니까."

상상도 못 해 본 추위였다. 학교 앞 빌헬름가의 가지만 남은 불쌍한 나무들은 좋은 시절이 오리라는 것을 기억하며 끈기 있게 추위를 견뎠다.

"나는 이렇게는 못살아. 손이 얼어 버릴 거고, 그러면 연주를 할 수도⋯⋯."

"바이올린을 관둔다고 했으니 그냥 여기에서 살아."

"테클라가 어떤지 내가 설명했던가?"

"그래." 그는 갑자기 달리기 시작했다. "뛰어. 우리 버스야."

버스 안이 바깥만큼 추웠지만 사람들은 코트의 목 단추를 풀었다. 베르나트는 그녀의 볼에 보조개가 있는데 말이야, 무엇을 닮았냐면⋯⋯.

"배꼽 두 개 같다고 이미 말했잖아."

"쳇, 내 설명을 더 듣고 싶지 않다면⋯⋯."

"사진 없어?"

"이런, 지금 가진 게 없네. 생각도 못 했어."

사실 베르나트는 테클라의 사진을 한 장도 갖고 있지 않았다. 아직 그녀의 사진을 찍은 적이 없기 때문이다. 사진기도 없었다. 또 테클라가 나에게 줄 만한 사진이 없다고 했다. 하

지만 별로 상관없었다. 그녀를 묘사하는 일은 아무래도 지치
지 않았다.

"나는 지겹단 말이야."

"너같이 성격 까칠한 애하고 내가 왜 아직도 말을 섞는지
모르겠단 말이지."

아드리아는 항상 끼고 다니던 서류 가방을 열더니 종이 뭉
치를 꺼내 그에게 펼쳐 보였다.

"왜냐하면 내가 네 헛소리들을 읽으니까."

"젠장, 벌써 읽었어?"

"아니, 아직."

아드리아는 제목을 읽고 더 이상 페이지를 넘기지 않았다.
베르나트는 곁눈질로 그를 힐끔거렸다. 둘 중 누구도 직선 도
로가 끝나고 길 양쪽의 전나무가 눈으로 덮인 협곡에 들어선
것을 알아채지 못했다. 길고 긴 이 분 동안 베르나트는 제목
을 읽는 데 시간이 이렇게 오래 걸린다면…… 어쩌면 그에게
무언가를 떠올리게 했을지도 몰라. 어쩌면 내가 첫 번째 페이
지를 썼을 때처럼 다른 세계로 빠졌을지도. 하지만 아드리아
는 다섯 단어로 된 제목을 읽었을 때 왜 당장 찾아가서 코르넬
리아, 이제 그만하자, 다 끝났어라고 말을 못 하는지 생각하고
있었다. 네 행동은 너무 저질이야, 그거 알아? 이제부터 나는
사라를 그리워하는 데 집중하겠어. 그런데 그는 이 모든 게 거
짓이라는 것을 알았다. 코르넬리아 앞에 서는 순간 마음이 누
그러져 입을 벌리고 그녀가 하자는 대로 할 게 분명했다. 비록
그녀가 '새로운 경험'을 찾아 떠났더라도 말이다. 이런 젠장,

난 왜 이렇게 늘 여자 꽁무니를 쫓아다니는 거지.

"네 마음에 들어? 괜찮지, 그렇지?"

아드리아는 다시 현실로 돌아왔다. 그는 깜짝 놀라 자리에서 일어났다.

"이봐, 여기야!"

그들은 도로 옆 정류장에서 내렸다. 앞에 눈으로 얼어붙은 베벤하우젠 마을이 펼쳐졌다. 백발의 여자가 그들과 함께 내리며 미소 지었다. 아드리아는 문득 생각이 떠올랐다. 이거로 사진 한 장만 찍어 주시겠어요? 그녀는 바구니를 내려놓고 카메라를 받아 들며 물론이죠, 무얼 눌러야 하나요? 물었다.

"바로 여기입니다. 감사합니다, 부인."

둘은 얇은 얼음으로 뒤덮인 마을이 나오도록 자세를 취했다. 마을 풍경은 다소 삭막했다. 여자는 버튼을 누르더니 됐어요라고 말했다. 아드리아는 카메라를 돌려받고 바구니를 들었다. 그는 바구니를 들어 주겠다며 그녀에게 앞서가라고 조용히 손짓했다. 셋이 함께 집들이 있는 곳으로 이어지는 경사로를 걷기 시작했다.

"조심해요." 여자가 말했다. "얼어 버린 아스팔트는 배신을 잘하거든."

"뭐라고 한 거야?" 베르나트는 궁금해 죽겠다는 듯 물었다.

바로 그때 그가 발걸음을 디디다가 미끄러졌고

"바로 그거야." 아드리아가 웃음을 터뜨리며 말했다.

베르나트는 당황하여 얼른 일어났다. 욕이 저절로 튀어나왔지만 괜찮은 척해야 했다. 비탈 꼭대기에 다다르자 아드리아는 여자에게 바구니를 돌려주었다.

"여행하는 중인가요?"

"학생이에요."

그는 손을 내밀며 아드리아 아르데볼입니다라고 말했다.
반가웠습니다.

"헤르타라고 해요." 여자가 말했다. 그리고 조금도 미끄러
워하지 않고 손에 바구니를 들고서 멀어져 갔다.

튀빙겐보다 훨씬 추운 곳이었다. 지독한 날씨였다. 그들은
평온하고 조용한 수도원 회랑에서 10시 정각에 시작하는 가
이드 투어를 기다렸다. 나머지 여행객들은 찬 바람이 덜 들어
오는 현관에 모여 있었다. 그들은 밤바람에 방금 얼어붙은 얼
음을 밟고 있었다.

"정말 아름답다." 베르나트는 경탄하며 말했다.

"난 이곳이 참 좋아. 벌써 여섯 번인가 일곱 번째 방문이야.
봄, 여름, 가을……. 마음을 편안하게 해 주거든."

베르나트는 만족스러운 듯 숨을 내쉬었다. 그리고 수도원
회랑의 아름다움과 평온함을 보고도 어떻게 신앙을 가지지
않을 수 있는지 물었다.

"여기에 살던 사람들은 복수심과 원한에 가득 찬 신을 경배
했지."

"너무 함부로 말하지 마."

"안타까워서 하는 말이야, 베르나트. 농담이 아니라고."

그들이 조용해지자 발밑에서 사르락 사르락 얼음 부서지는

소리만 들렸다. 새들은 얼어붙는 것에 아무런 관심이 없었다. 베르나트는 크게 숨을 들이쉬더니 기관차처럼 두꺼운 구름을 뱉어 냈다. 아드리아는 다시 대화로 돌아갔다.

"기독교의 신은 적개심과 복수심으로 가득 차 있어. 네가 실수하면 회개할 기회는 없지. 왜냐하면 그가 불멸의 지옥으로 널 벌하거든. 정말 적절하지 못한 반응이야. 그런 신과는 아무런 관계도 맺고 싶지 않아."

"하지만……."

"하지만 뭐."

"하지만 그는 사랑의 신이야."

"절대 아니야. 예배에 가지 않거나 이웃으로부터 무얼 훔치면 지옥불에 타 죽게 된다고. 사랑이 대체 어디 있다는 거야."

"넌 부분만 보고 판단하는 거야."

"부정하지는 않을게. 난 전문가가 아니니까." 잠시 말을 멈추었다. "하지만 또 다른 찝찝한 것들이 있어."

"그게 뭔데?"

"악."

"뭐라고?"

"악 말이야. 왜 너의 신이란 자는 그것을 허용하는 거야? 악을 막지 않는단 말이야. 악을 저지른 자들을 영원한 불길로 처벌하는 게 고작이잖아. 왜 악 자체를 막지 않아? 대답해 봐."

"아니…… 그러니까…… 신은 인간의 자유를 존중해."

"그건 영악한 신부들이 그렇게 믿도록 한 거야. 그들조차 악 앞에서 아무런 행동을 취하지 않는 신을 설명하기란 어려운 거지."

"악인은 반드시 처벌을 받아."

"그래, 물론이야. 모든 피해가 이미 발생한 후에 말이지."

"제기랄, 아드리아. 너랑 어떻게 이야기를 해야 할지 모르겠어. 적당한 근거가 없어, 너도 알다시피. 나는 그냥 믿을 뿐이야."

"미안. 그럴 의도는……. 하지만 네가 먼저 이야기를 시작했잖아."

그는 문을 열었다. 가이드의 지시에 따라 소규모 인원이 투어 시작을 준비했다.

"베벤하우젠 수도원은 튀빙겐의 루돌프 1세에 의해 1180년 건립되었고, 1806년 세속화되었습니다."

"세속화됐다는 게 무슨 뜻이죠?"(두꺼운 플라스틱 테 안경을 쓰고 검붉은 색 코트를 입은 여자)

"수도원의 기능을 그만하게 되었다고 보시면 됩니다."

그리고 가이드는 세련되게 방문객들을 칭찬하기 시작했다. 왜냐하면 그들은 슈냅스나 맥주 한 잔보다 12세기와 13세기 건축물을 감상하고자 하는 교양 있는 자들이었기 때문이다. 그는 20세기의 상당 기간 동안 수도원은 그 지역 수많은 정치계 모임이 이루어진 곳이라고 말했다. 최근 연방 정부와 협약을 맺기 전까지 말이다. 이곳은 완벽히 복원되어 예전에 수도원 기능을 할 때의 모습과 시토 수도회 수도사들이 생활할 때의 모습이 어떠했는지 방문객들이 온전히 상상할 수 있게 될 겁니다. 이번 여름에 재건 공사가 시작될 거예요. 다시 저를 따라오세요. 이제는 수도원 예배당에 들어갈 차례입니다. 계단을 주의하세요. 조심하시고요. 부인, 여기를 잡으세요. 다리가 부러지면 저의 굉장한 설명을 놓치시게 됩니다. 이 말에 대부분 사람들이 웃음 지었다.

추위에 얼어붙은 방문객들은 조심스럽게 계단을 디디며 예배당으로 들어갔다. 안에 들어섰을 때 베르나트는 얼어붙은 방문객들 사이에 아드리아가 없다는 사실을 알아차렸다. 흰머리의 가이드가 이 교회는 여전히 후기 고딕 양식의 요소를 간직하고 있습니다, 우리 머리 위 아치형 천장이 대표적이지요라고 말할 때 베르나트는 교회를 나와 다시 회랑으로 돌아갔다. 눈으로 덮인 하얀 바위 위에 아드리아가 뒷모습을 보이고 앉아 무엇을 읽는…… 그렇다! 그의 원고를 읽고 있었다! 그는 살짝 긴장하며 아드리아를 지켜보았다. 카메라를 가져오지 않은 사실이 안타깝게 느껴졌다. 카메라가 있었다면 아드리아, 그의 영적이고 지적인 멘토, 그가 세상에서 가장 신뢰하고 가장 불신하기도 하는 아드리아가 무에서 창조해낸 그의 작품을 읽고 있는 순간을 영원불멸한 형태로 간직했을 것이 분명했기 때문이다. 잠깐 동안 자신이 중요한 인물이라도 된 느낌이었고, 추위도 잊었다. 그는 다시 교회로 들어갔다. 사람들이 무슨 이유 때문인지 훼손된 창문 아래에 서 있었다. 꽁꽁 언 관람객들 중 한 명이 그곳에서 몇 명의 수도사들이 생활했는지 물었다. 수도원이 한참 잘나갔을 때 말이죠.

"15세기에 100여 명 가까이가 생활했던 것으로 알려져 있습니다."가이드가 대답했다.

내 이야기의 전체 페이지 수와 비슷하군, 베르나트는 생각했다. 그리고 친구가 지금쯤 16쪽을 읽고 있겠지, 내가 할 수 있는 일이라고는 집을 떠나는 것뿐이에요라고 엘리사가 말하는 장면인데라고 짐작해 보았다.

"꼬마야, 그런데 어디로 갈 생각이니?"아마데우가 걱정스럽게 물었다.

"꼬마라고 부르지 말아요."엘리사는 갑자기 어깨의 머리카락을 넘기며 화난 목소리로 말했다.

화가 날 때면 엘리사는 작은 배꼽처럼 생긴 보조개가 생겼다. 아마데우는 그것을 보고 또 보며 할 말을 잃고 말았다.

"네?"

"여기 혼자 계시면 안 됩니다. 그룹과 함께 이동하셔야 합니다."

"알겠습니다."몰랐다는 듯 베르나트는 팔을 들어 올리며 그곳을 떠났다. 이야기 속 인물들은 아드리아의 진중한 독서 속에 남겨 두었다. 그리고 계단을 조심스럽게 내려가고 있던 그룹의 마지막 대오에 합류했다. 이런 온도에서 계단은 배신하기 십상이다. 아드리아는 여전히 회랑에서 찬 바람도 잊고 베르나트의 원고를 읽는 중이었다. 잠시나마 베르나트는 세상에서 가장 행복한 사람이었다.

그는 다시 입장료를 지불하고 추워 보이는 새로운 관람객

무리에 섞어 투어를 반복하기로 결정했다. 아드리아는 회랑에서 꿈쩍도 않은 채 고개를 파묻고 글을 읽고 있었다. 얼어붙었으면 어쩌지? 갑자기 공포에 휩싸인 베르나트는 생각에 잠겼다. 아드리아가 얼어 버렸을 경우에 원고를 다 읽지 못했을 거라는 사실을 자신이 가장 아쉬워하리라는 자각은 하지 못했다. 그리고 이번에는 가이드가 독일어로 베벤하우젠 수도원을 지금 방문할 거라고, 1180년 튀빙겐의 루돌프 1세에 의해 건립되었으며 1806년에 세속화되었다고 설명하는 동안 곁눈질로 그를 바라보았다.

"세속화됐다는 말이 무슨 뜻이죠?"(강청색 코트를 입은 키가 크고 마른 청년)

"수도원 기능을 그만하게 되었다고 보시면 됩니다."

그리고 가이드는 세련되게 방문객들을 칭찬하기 시작했다. 왜냐하면 그들은 슈냅스나 맥주 한 잔보다 12세기와 13세기의 건축물을 감상하고자 하는 교양 있는 자들이었기 때문이다. 그는 20세기의 상당 기간 동안 수도원은 그 지역 수많은 정치계 모임이 이루어진 곳이라고 말했다. 최근 연방 정부와 협약을 맺기 전까지 말이다. 이곳은 완벽히 복원되어 예전에 수도원 기능을 할 때의 모습과 시토 수도회 수사들이 생활할 때의 모습이 어떠했는지 방문객들이 온전히 상상할 수 있게 될 것입니다. 이번 여름에 재건 공사가 시작될 거예요. 다시 저를 따라오세요. 이제는 수도원 예배당에 들어갈 차례입니다. 계단을 주의하세요. 조심하시고요. 부인, 여기를 잡으세요. 다리가 부러지면 저의 굉장한 설명을 놓치시게 됩니다. 이 말에 대부분 사람들이 웃음 지었다. 베르나트는 가이드가 이 교회는 여전히 후기 고딕 양식의 요소를 간직하고 있습니다, 우리 머리 위 아치형 천장이 대표적이지요라고 말하는 것을 들었다. 다만 문 뒤에서 그 설명을 들었다. 슬그머니 수도원 회랑으로 돌아가 기둥 뒤에 숨었기 때문이다. 아니야. 아드리아는 얼어붙지 않았어. 아드리아는 종이를 넘겼고, 추위에 떨긴 했지만 다시 원고에 집중했다. 40쪽이나 45쪽쯤 읽고 있을 거야. 베르나트는 계산해 보았다. 아드리아는 사라나 코르넬리아가 엘리사로 변하는 일이 없도록 온갖 노력을 기울이며 글을 읽어 나갔다. 추웠지만 그곳에서 움직이고 싶지 않았다. 40쪽 혹은 45쪽. 엘리사가 자전거를 타고 머리를 흩트리며 칸토의 언덕을 오르는 장면이었다. 지금 생각해 보니 언덕을 오르고 있었다면 자전거를 모는 것만으로도 벅차서 머리를 흩트리기 힘들었을 듯하다. 다시 한번 살펴봐야겠다. 내리막길이라면 가능할지도 모른다. 아, 그럼, 칸토의 내리막길로 고쳐야겠다. 좋았어, 칸토의 내리막길, 그리고 머리를 풀어 흩날리게 한다. 이제 아드리아의 마음에 들 거야, 추위를 잊을 만큼. 그는 발걸음 소리가 들리지 않도록 조심하며 다시 무리로 돌아왔다. 그들은 한 사람인 양 동시에 고개를 들어 격자 모양의 천장을 바라보았다. 상감 세공 기법의 극치였다. 그때 볏짚색 머리를 한 여자가 분더바[9]를 외치며 마치 미학적 소견을 요청

---

[9] Wunderbar. '멋지다, 굉장하다'라는 뜻의 독일어. 작가는 독일인 관광객이 수도원의 건축에 감탄을 표현하는 모습을 실감나게 묘사하기 위해 독일어 표현을 그대로 사용하고 있다.

하듯 베르나트를 바라보았다. 이미 감격에 차 있던 베르나트는 고개를 서너 번 끄덕이면서 긍정의 표시를 했지만 분더바를 외치지는 않았다. 그들은 아마 멀리서 그가 독일인이 아닌 것을 알았을 테고, 그렇게 보이고 싶지도 않았기 때문이다. 그리고 아드리아가 작품에 대한 의견을 이야기하기 전까지 끓어오르는 기쁨으로 팔짝팔짝 뛰며 환희를 곱씹는 일은 없을 것이다. 볏짚색 머리를 한 부인은 베르나트의 모호한 반응에 만족을 표시하며 다시 분더바를, 이번에는 좀 더 작은 목소리로 자기만 들리도록 외쳤다.

네 번째 방문에서 가이드는 베르나트를 의심하는 눈초리로 바라보았다. 베르나트에게 다가와 눈을 들여다보았다. 이 말 없고 고독한 여행객이 가이드에게 장난을 치는 것인지, 아니면 베벤하우젠 수도원의 매력에 푹 빠진 열의에 찬 희생자인지, 아니면 자신의 놀라운 설명에 반했는지 살피는 모양이었다. 베르나트는 긴장으로 구겨 버린 안내 책자를 유심히 들여다보았다. 가이드는 고개를 젓고 혀를 차며 이제 보게 될 베벤하우젠 수도원은 튀빙겐의 루돌프 1세에 의해 1180년 건립되었고, 1806년 세속화되었다고 설명했다.

"분더바. 세속화됐다는 말이 무슨 뜻이죠?"(에스키모처럼 몸을 감싸고 추위로 코가 빨개진 젊고 아름다운 여성)

천장의 아치에 경탄한 다음 회랑으로 빠져나왔을 때 베르나트는 꽁꽁 얼어붙은 방문객들 틈에 숨어 아드리아를 다시 바라보았다. 이제 80쪽쯤 읽을 거야. 엘리사가 이미 연못을 비우고 열두 마리의 붉은 물고기를 죽도록 내버려 두는 감동적인 장면이었다. 그녀는 두 소년한테서 물고기를 빼앗아 그들의 신체를 처벌하는 대신 감정을 벌하기로 마음먹는다. 예상치 못한 결말을 위한 장치였다. 그는 이 부분이 특히 수줍었지만 자랑스러웠다.

그날의 방문객 투어가 모두 끝났다. 베르나트는 회랑에 남아 이제 드러내 놓고 아드리아를 바라보았다. 103쪽을 읽을 차례였다. 그런데 원고를 덮고 앞에 놓인 꽁꽁 얼어 버린 서류 가방을 한참 동안 응시했다. 그가 갑자기 자리에서 일어나 나는 베르나트와 마주쳤다. 이상한 표정을 하고 마치 유령인 듯 나를 바라보았다. 나는 네가 얼어 버린 줄 알았다. 우리는 조용히 그곳을 빠져나왔다. 베르나트가 수줍게 가이드 투어를 하고 싶은지 물어서 나는 필요 없다고 말했다. 이미 그곳을 구석구석 다 외울 정도로 알고 있었기 때문이다.

"나도 마찬가지야." 그가 대답했다.

밖에 나오자마자 나는 당장 따뜻한 차를 마셔야겠다고 말했다.

"좋아, 어땠어?"

아드리아는 어리둥절한 표정으로 친구를 바라보았다. 이거 말이야. 베르나트는 아드리아가 장갑 낀 손에 쥐고 있던 원고 뭉치를 턱으로 가리켰다. 팔 초, 십 초, 아니 고통스러운 1000초가 지나갔다. 그때 아드리아가 베르나트의 눈을 바라보지 않고 정말 최악, 최악이었어. 영혼이 없어. 이야기 속 감정이 하나도 진실하게 느껴지지 않아. 왠지는 모르겠지만 정말 별로 같아. 아마데우가 누구인지도 모르겠고. 최악은 그가 나에게 전혀 중요하게 다가오지 않았다는 거야. 엘리사는 말할 필요도 없지.

"농담하는 거지." 아버지가 하늘나라로 떠났다고 말할 때의 어머니처럼 그는 얼굴에 핏기가 없었다.

"아니야. 네가 음악 대신에 왜 글을 쓰려고 하는지……."

"개자식 같으니라고."

"그럼 왜 나한테 읽으라고 한 거야?"

다음 날 그들은 슈투트가르트역으로 향하는 버스에 올랐다. 튀빙겐에서 열차에 무슨 문제가 생겼기 때문이다. 그들은 각자 다른 풍경을 바라보았다. 베르나트는 적개심이 가득한 침묵 속에 혼란스러워하며 베벤하우젠 수도원 견학 이후부터 내내 음울한 얼굴을 하고 있었다.

"언젠가 네가 말하길 가장 친한 친구라면 서로 속이지 않는다고 했어. 그걸 기억해, 베르나트. 그만 화를 풀라고, 정말."

그는 크고 분명한 목소리로 말했다. 튀빙겐을 출발해 슈투트가르트로 가는 버스 안에서 카탈루냐어로 이야기하는 것이 그에게 묘한 고독감과 모든 처벌에서 자유로워지는 느낌을 주었다.

"미안? 나한테 이야기하는 거야?"

"그래. 그리고 개자식인 네 친한 친구가 진실을 이야기하지 못하고 다른 사람들처럼 행동하는 게 낫다고 생각한다면, 오,

정말 잘했어, 베르나트, 정말 대단한……. 나한테는 아직 마술과 같은 한 방이 부족해. 그러니 너만은 나한테 거짓말을 하지 말아야 해. 다시는 내게 거짓말하지 마, 아드리아. 아니면 친구 사이를 끝내는 게 나을 거야. 이 말들, 기억해? 다 네가 한 말들이야. 너는 더 많은 말을 했어. 예를 들면 네가 진실을 말해 주는 유일한 친구야. 이렇게 말이지." 베르나트는 곁눈질로 그를 바라보았다. "그리고 절대 그런 역할을 그만두지 않을 거야, 베르나트." 앞을 바라보며 그는 덧붙였다. "만일 내가 그 정도로 강인하다면 말이야."

버스는 안개가 자욱하고 축축한 길을 따라 몇 킬로미터를 더 갔다.

"나는 글을 쓸 줄 몰라서 연주를 할 뿐이야." 베르나트는 창문 밖을 내다보며 말했다.

"그래 그 모습이 좋아!" 아드리아가 큰 소리로 말했다. 앞자리에 앉아 있던 여자가 뒤를 돌아보았다. 그들이 의견을 묻기라도 한 것처럼 말이다. 그녀는 슬픈 잿빛의 비 내리는 풍경으로 시선을 옮겼다. 슈투트가르트에 가까워지고 있다는 증거였다. 시끄러운 지중해 사람들. 분명히 터키인들일 거야. 두 터키 소년 중 키가 큰 쪽이 얼굴 표정을 풀고 곁눈질로 친구를 바라보기까지 침묵은 계속되었다.

"그 모습이 좋다니? 무슨 말이야?"

"진실한 예술은 어떤 종류든 실망에서 비롯되는 거야. 기쁨만으로는 탄생하지 않지."

"정말 그렇다면 나는 굉장한 예술가라고."

"이봐, 넌 사랑에 빠졌어. 그걸 잊지 마."

"맞는 말이야. 하지만 심장만 작동하는데 어떻게 해." 케말 베르나트[10]가 힘주어 말했다. "나머지는 다 소용없는걸."

"그 흐름을 지금 당장 바꿔 줄게." 이스마일 아드리아는 진심으로 말했다.

"좋아. 하지만 그럴 수 없을 거야. 서로를 질투하도록 저주받았어."

"저 앞에 있는 부인은 어떤 생각을 할까?"

케말은 여전히 잿빛인 비 내리는 창밖 도시 풍경을 응시하는 그녀에게 시선을 집중했다. 더 이상 심각한 얼굴을 하지 않아도 된다는 사실에 안도를 느꼈다. 아무리 화가 났더라도 계속 그 표정을 하고 있기는 피곤한 노릇이었다. 골똘한 고민 끝에 큰 통찰이라도 떠올린 사람처럼 얼굴이 누그러졌다.

"글쎄. 하지만 저 여자 이름이 우르술라가 분명해."

우르술라가 그를 바라보았다. 그녀는 핸드백을 열었다가 닫았다. 어쩌면 불편함을 감추려는 행동일지도 모른다, 케말은 생각했다.

"그리고 우리 또래 아들이 하나 있지." 이스마일은 덧붙였다.

오르막길이 시작되면서 마차가 삐걱거리기 시작하자 마부는 말의 등을 세게 내리쳤다. 스무 명의 승객을 태우고 가기에

---

10) 버스에 탄 다른 독일 승객이 시끄럽게 떠드는 아드리아와 베르나트를 터키인으로 생각할 것이라고 아드리아는 짐작한다. 이 상황을 상상하면서 아드리아는 자신과 베르나트가 터키인이 된 모습을 그려 보며 각각 이스마일 아드리아, 케말 베르나트라는 터키식 이름을 붙인다.

경사가 너무 가팔랐지만 내기는 내기였다.

"이제 슬슬 돈을 꺼낼 준비를 해도 좋습니다, 하사!" 마부가 말했다.

"아직 꼭대기에 도착하지 않았어요."

하사가 패배하는 기쁨을 맛보고 싶었던 병사들은 숨을 참았다. 그것이 불쌍한 짐승이 비탈을 오르는 데 도움이라도 될 듯이 말이다. 언덕 끝에서는 베트 마을의 집들이 시작되고 있었다. 아주 느리고 고통스러운 오르막길이었다. 마침내 정상에 도착했을 때 마부는 크게 웃음을 터뜨리며 알라는 위대하며, 나 또한 그렇다! 하고 외쳤다. 내 당나귀들도 마찬가지다! 하사, 어떻게 생각하시오?

하사는 마부에게 동전을 건넸고, 케말과 이스마일은 웃음을 참았다. 부끄러움을 털어 내기 위해 하사는 명령을 내렸다.

"전원 하차하도록. 아르메니아 암살자들을 준비시켜!"

마부는 만족스러워하며 작은 시가에 불을 붙였다. 그리고 단단히 무장한 병사들을 바라보며 마차에서 내려 베트 마을의 첫 번째 집으로 들어갔다. 어떤 상황이라도 마주할 준비가 되어 있는 그였다.

"아드리아?"

"응."

"정신이 어디에 팔려 있었던 거야?"

"뭐라고?"

아드리아는 정면을 바라보았다. 우르술라는 외투를 챙겨 입고 다시 풍경을 바라보았다. 터키 청년들의 일 따위에는 관심이 없는 모양이었다.

"어쩌면 이름이 바르바라일지도 몰라."

"응?" 그는 다시 버스로 돌아가려 했다. "맞아. 아니면 울리케이거나."

"만일 그 사실을 알았다면 너를 만나러 오지 않았을 거야."

"뭘 말이야?"

"네가 내 이야기를 별로 마음에 들어 하지 않는다는 사실 말이야."

"다시 써. 다만 완전히 아마데우가 되어서 말이지."

"엘리사가 주인공이야."

"확실해?"

터키 청년들은 조용해졌다. 잠시 후

"음, 이건 어때. 아마데우의 관점에서 이야기를 쓰고⋯⋯."

"알았어, 그래, 좋아. 다시 쓸게. 이제 만족해?"

플랫폼에서 베르나트와 아드리아는 서로를 끌어안았다. 우르술라 부인은 맙소사, 터키인들이란, 이런, 벌건 대낮에 말이야라고 생각하며 플랫폼의 B 구역으로 걸어갔다. 거리가 꽤 먼데도 불구하고 말이다.

베르나트는 여전히 나에게 팔을 두르고서 고마워, 개자식아, 정말이야라고 말했다.

"네가 정말로 하고 싶은 말이 개자식이야 아니면 고맙다는 거야?"

"맘에 안 든다고 해 준 게 정말로 고맙단 거지."

"언제든지 원하면 이곳으로 돌아와, 베르나트."

C 구역으로 기차가 도착한다는 사실을 몰랐던 그들은 플랫폼을 내달리기 시작했다. 우르술라 부인은 이미 자리에 앉아 그들이 지나가는 것을 지켜보았다. 맙소사, 정말 야단스럽군.

베르나트는 숨을 헐떡이며 기차에 올라탔다. 일 분이 훨씬 지나서도 여전히 서서 낯선 이와 몸짓을 해 가며 이야기를 나누고 배낭을 정리한 후 기차표를 보여 주는 그를 볼 수 있었다. 나는 기차에 올라가 그를 도와주어야 할지, 아니면 혼자 일을 해결하도록 두고 신경을 꺼야 할지 알지 못했다. 베르나트가 몸을 숙여 창문 너머로 바라보아 나는 미소를 지어 보였다. 피곤한 몸짓을 하며 자리에 앉아 다시 그를 바라보았다. 절친한 친구를 역에서 떠나보낼 때는 친구가 기차에 오를 때 떠나야 한다. 하지만 아드리아는 이미 늦어 버렸다. 베르나트에게 미소를 지어 보였다. 그들은 서로 시선을 피해야 했다. 둘 다 손목시계를 내려다보았다. 삼 분이 남았다. 용기를 내어 나는 손을 흔들어 작별 인사를 했다. 그는 자리에서 거의 움직이지 않았고, 나는 뒤돌아보지 않고 자리를 떠났다. 역에서 《프랑크푸르터 알게마이네》를 구입해 돌아가는 버스를 기다리는 동안 무엇에라도 집중하기 위해 페이지를 넘기기 시작했다. 달콤 씁쓸했던 베르나트의 짧은 튀빙겐 방문을 얼른 잊고 싶었다. 12쪽, 한 문단짜리 짧은 머리기사. "밤베르크에서 정신과 의사 살해." 밤베르크? 바이에른 지방이었다. 왜 그랬지, 맙소사, 누가 정신과 의사를 노렸단 말이야?

"아리베르트 보이트 씨?"

"접니다."

"미리 예약을 하지 않았어요. 미안합니다."

"괜찮아요, 들어오시죠."

보이트 박사는 정중하게 죽음을 안으로 들였다. 새로운 환자는 대기실의 장식 없는 의자에 앉아 있었고, 의사는 진료실로 들어가며 곧 진료를 보도록 하죠라고 말했다. 대기실에서 서류와 파일 캐비닛을 열었다 닫았다 뒤적이는 소리를 들을 수 있었다. 마침내 의사가 얼굴을 내밀고 죽음을 진료실로 불렀다. 새 환자는 의사가 가리키는 자리에 앉았고, 보이트는 자기 의자에 앉았다.

"어떻게 도와 드릴까요?"

"당신을 죽이러 왔소."

보이트 박사가 무얼 하기도 전에 새 환자는 자리에서 일어나 권총으로 그의 관자놀이를 겨누었다. 박사는 총신의 압력에 밀려 고개를 아래로 내렸다.

"박사, 아무것도 할 필요 없소. 죽음이란 때가 되면 온다는 것을 잘 알지 않소. 예고 없이 말이오."

"당신, 시인이오?" 고개를 조금도 움직이지 않고 그는 땀을 흘리기 시작했다.

"팔레그나미 씨, 짐머만 씨, 보이트 박사……. 아우슈비츠에서 당신의 비인간적인 실험에 희생당한 사람들의 이름으로 당신을 죽이는 거요."

"만일 당신이 사람을 잘못 알았다면 어떻게 하겠소?"

"웃고 말지요. 그런 말은 하지 않는 편이 좋을 겁니다."

"두 배를 지불하겠소."

"돈 때문에 이러는 게 아닙니다."

침묵이 흘렀다. 브리기테와 함께 사우나에 있는 것처럼 박사의 땀이 이미 코를 타고 흘러내리고 있었다. 죽음은 상황을 분명히 해야겠다고 생각했다.

"나는 돈 때문에 사람을 죽이는 일을 합니다. 하지만 당신의 경우는 아니지요. 보이트, 부덴, 회스. 회스의 경우에 우리가 너무 늦었지만 말입니다. 당신으로 인한 희생자들이 당신과 부덴을 죽이는 겁니다."

"용서하시오."

"정말 웃음밖에 나오지 않는군요."

"부덴이 어디에 있는지 알려 줄 수 있소."

"이런, 배신자 같으니. 말해 보시오."

"그 대신 목숨을 살려 주시오."

"대신은 없소."

보이트 박사는 딸꾹질을 참았다. 더 애써 보았지만 소용없었다. 그는 눈을 감고 분노와 무기력으로 울기 시작했다.

"빨리 쏘란 말이야! 한 번에 끝내라고!" 그가 소리쳤다.

"뭐가 그리 급하시오? 나는 시간이 많소."

"무얼 원하시오?"

"이제 당신에게 실험을 한 가지 하지요. 당신의 쥐새끼들 중 하나에게 했던 것처럼 말입니다. 아니면 당신 아들에게 할까요."

"안 됩니다."

"되고말고요."

"거기 누구 없소?" 그는 고개를 들고 싶었지만 권총에 막혀 그러지 못했다.

"자, 너무 걱정 말고." 그는 인내심이 다한 듯 혀를 끌끌 찼다. "어서. 부덴에 대해 아는 대로 말하시오."

"아무것도 모릅니다."

"저런! 그를 구하고 싶소?"

"부덴이 뭐가 중요합니까. 그저 내가 한 일을 후회하는 중입니다."

"고개를 드시오." 죽음은 그의 턱을 잡아 고개를 앞으로 내밀게 했다. "무엇을 기억하시오?"

그의 앞에 어떤 교구의 전시회처럼 사진이 있는 패널에 어둡고 조용한 그림자가 드리웠다. 눈알이 터진 남자들, 무릎이 석류처럼 열려 울고 있는 소년들, 마취 없이 제왕절개를 당한 여자들. 그리고 무엇인지 알아볼 수 없는 몇몇 장면들이 더 떠올랐다.

보이트 박사는 다시 울기 시작하더니 살려 달라고 소리쳤다. 총성이 울리기 전까지 그는 입을 다물 줄 몰랐다.

"밤베르크에서 정신과 의사 살해." "바이에른의 밤베르크시 아리베르트 보이트 박사, 진료실에서 관자놀이에 총상을 입고 숨져." 나의 튀빙겐 생활은 몇 년간 지속되었다. 1972년이었는지 1973년이었는지 정확히 기억나지 않지만 말이다. 지금 기억에 남아 있는 것은 그 길고 추운 몇 달 동안 코르넬리아에 대한 생각으로 고통받았다는 것이다. 보이트 박사에 대해서 나는 아무것도 몰랐다. 아람어 원고를 읽지 않았을뿐더러 지금처럼 많은 것을 알지도 못했고, 당신에게 편지를 보낼 생각도 하지 않았기 때문이다. 몇 주 후에 시험이 있었다. 그리고 매일매일 코르넬리아의 새로운 비밀을 만났다. 아마 당시에는 몰랐던 것 같아, 사라. 하지만 그 시절 어쨌든 누군가가 밤베르크의 정신과 의사를 살해했고, 그가 놀랍게도 코르넬리아와 그녀의 비밀보다 더 내 삶에 밀접하게 연결되어 있었지. 인생은 참 불가사의한 거야, 사라.

26

어머니가 돌아가셨을 때 충분히 눈물을 흘리지 않은 것에 대해 나는 스스로를 두고두고 원망했다. 나의 영웅이자 신기하게도 블룸필드를 인용하지 않고 촘스키를 비판한 코셰리우를 우연히 만나게 되어 정신이 팔려 있었다. 우리를 자극하기 위해 그렇게 행동하는 것을 알았지만 그가 『언어와 정신』을 조롱하던 날 인생과 이러한 논의들이 지겹다고 느끼며 인내심을 잃어 가던 아드리아 아르데볼은 낮은 목소리의 카탈루냐어로 그만하면 됐어요, 교수님, 그만하시라고요, 더 이상 반복하실 필요 없어요라고 말했다. 그러자 코셰리우는 책상을 가로질러 나를 무서운 눈빛으로 바라보았다. 다른 학생들은 모두 벙어리가 되었다.

"뭐가 그만하면 됐다는 겁니까?" 그는 독일어로 나를 다그쳤다.

겁쟁이처럼 나는 가만히 있었다. 그 눈빛과 학생들 앞에서 나를 갈기갈기 찢어 버릴 수 있다는 생각에 나는 움츠러들었다. 그는 내가 『영원 회귀의 신화』[11]를 읽는 것을 발견하고 칭찬한 적도 있었다. 생각해 보면 엘리아데는 훌륭한 학자입니다라고 내게 말했다. 좋은 독서를 하는군요.

"수업 끝나고 내 방으로 와요." 그는 루마니어로 아주 조용히 내게 말했다. 그리고 아무 일도 일어나지 않았던 것처럼 수업은 계속되었다.

코셰리우의 연구실에 들어갔을 때 아드리아 아르데볼은 더이상 다리를 떨지 않았다. 놀라운 일이었다. 코르넬리아 다음으로 사귄 아우구스타와 헤어진 지 정확히 일주일 뒤였다. 그녀는 작별 인사를 할 틈을 주지 않았다. 슈투트가르트의 중요한 팀과 계약을 막 끝낸 2미터에 달하는 어떤 농구 선수와 함께 아무런 설명도 없이 떠나 버렸기 때문이다. 아우구스타와는 좀 더 신중하고 잔잔한 관계였지만 아드리아는 하찮은 일로 몇 번 다툰 이후 거리를 두고 있었다. 멍청한 노릇이었다.(라틴어) 시간이 지난 지금 그는 기분이 썩 좋지 않았고, 코셰리우의 눈빛에 긴장한 자신이 부끄럽게 느껴졌다. 다리를 떨지 않는 것이 어쩌면 당연한 일이었다.

"앉아요."

코셰리우는 루마니아어로 말하고 아르데볼은 카탈루냐어

---

11) 루마니아 태생 비교종교학자 미르체아 엘리아데(Mircea Eliade, 1907~1986)의 저서.

로 대답하는 우스운 상황이었다. 수업을 시작하고 셋째 날 있었던 의도적인 상호간 도발의 연장선상이었다. 그날 코셰리우가 무슨 일입니까, 왜 아무도 질문하지 않죠 하자 입이 근질근질했던 아르데볼은 언어의 내재성에 대해 첫 번째 질문을 던졌다. 코셰리우는 남은 수업 시간을 모조리 그의 질문에 대답하는 데 썼다. 아르데볼이 한 가지를 물어봤다면 그의 대답은 열 가지가 넘었다. 나는 이 순간을 보물처럼 간직하고 있다. 굉장하지만 호락호락하지 않은 스승이 주는 인정 넘치는 선물이었기 때문이다.

자신의 모국어로 말했지만 서로를 온전히 이해할 수 있어 흥미로웠다. 그리고 둘이 산타마리아 델레 그라치에에서 열린 예수와 열두 제자가 참석한 최후의 만찬을 동시에 상상하고 있다는 사실을 알았다. 재밌는 일이었다. 모두 스승의 말을 기다리며 움직임을 절제했지만 자기 것에 집중하던 유다만은 예외였다.

"그 유다라는 자가 누구입니까?"

"당연히 당신이지요. 무슨 수업을 신청했습니까?"

"이것저것 등록했어요. 역사, 철학, 문헌학, 언어학, 신학, 그리스어, 히브리어…… 언어학과가 있는 브레히트바우 건물과 튀빙겐 남쪽의 부르제를 오가며 수업을 듣습니다."

침묵이 흘렀다. 잠시 후 아드리아는 말했다. 모든 것을 공부하고 싶은 나머지 너무…… 너무 괴롭습니다.

"모든 것?"

"모든 것이요."

"그렇군요. 무슨 말인지 이해합니다. 몇 학기째입니까?"

"모든 것이 순조롭게 흘러간다면 9월에 학위를 받습니다."

"논문 주제는 무엇인가요?"

"비코에 대해서요."

"비코?"

"비코입니다."

"마음에 드는군요."

"음…… 저는…… 항상 발견한 것들을 추가합니다, 고치고요. 마무리를 짓는 방법은 잘 모릅니다."

"마감일이 주어지면 언제 끝을 맺어야 하는지 알게 되지요." 그는 중요한 말을 할 때면 늘 그랬듯이 한 손을 들며 말했다. "비코를 새롭게 발굴하다니 반가운 일입니다. 박사 과정도 밟아요, 꼭."

"튀빙겐에 더 머물 수 있다면 그럴 생각입니다."

하지만 나는 튀빙겐에 더 머물 수 없었다. 숙소에 도착했을 때 작은 롤라로부터 날아온 불안한 전보가 기다리고 있었다. 애야, 아드리아. 멈춤. 네 어머니가 돌아가셨다. 멈춤. 나는 눈물을 흘리지 않았다. 어머니가 없는 삶을 상상해 보았지만 지금까지의 내 삶과 크게 달라질 것 같지 않았다. 그래서 다음과 같이 답했다. 울지 말아요, 작은 롤라, 괜찮아요, 멈춤. 무슨 일이 있었던 거예요? 어머니가 아팠던 건 아니죠?

어머니의 근황에 대해 이렇게 물어 조금 부끄러웠다. 몇 달간 어머니의 소식을 아무것도 듣지 못한 상태였다. 가끔 전화를 걸어 아주 짧게 건조한 대화를 나누곤 했다. 어떻게 지내니, 건강은 어때요, 너무 몸 상해 가며 공부하지 마라, 뭐 어때요, 잘 지내라. 대체 가게가 뭐기에 그곳을 돌보는 사람들의 생각을 좀먹는 것일까, 나는 생각했다.

그래, 얘야, 몇 주 동안 편찮으셨어. 그런데 너한테 말하지 말라고 했단다. 상황이 더 나빠질 경우에만 알리라고 했지, 그래서…… 하지만 시간이 충분하지 않았어. 모든 게 너무 빨리 일어났거든. 아주 젊은 나이였는데. 그래, 바로 오늘 아침에 돌아가셨다. 얼른 돌아오렴, 제발, 얘야, 아드리아. 멈춤.

나는 코셰리우의 수업에 두 번을 빠지며 장례식을 주도했다. 어머니는 종교 의례에 따라 장례식을 치르기를 바랐다. 세비, 키코, 그리고 아내들과 로사가 늙고 슬픔에 잠긴 레오 숙모 옆을 지켰다. 로사가 남편은 장례식에 참석하지 못했다고 말하기에 나는 제발, 로사, 사과할 필요 없어. 언제나처럼 완벽하게 차려입은 세실리아는 내가 여전히 카슨 보안관을 주머니에 넣고 다니는 여덟 살 아이인 듯 볼을 꼬집었다. 그리고 번쩍이는 베렝게 씨의 눈을 보았다. 나는 그것이 슬픔과 혼란에서 비롯되었다고 생각했지만 나중에 알고 보니 순수한 기쁨의 눈빛이었다. 내가 잘 모르는 몇몇 여인들과 함께 뒷줄에 있던 작은 롤라의 팔을 붙잡고 가족석까지 데려다주자 그녀는 울음을 터뜨렸다. 그제야 나는 어머니의 죽음을 실감하기 시작했다. 그곳에 수많은 낯선 사람들이 있었다. 아주 많이. 어머니가 그렇게 많은 사람들을 알고 지냈다는 사실이 이상하게 느껴졌다. 나의 장황한 기도는 다음과 같았다. 어머니, 왜 당신과 아버지는 늘 저에게서 거리를 두셨는지 설명해 주지도 않고 떠나셨나요. 서로에게조차 거리를 둔 이유도 설명해 주지 않으셨어요. 아버지의 죽음에 대해 한 번도 진중한 조사를 계속하려 하지 않은 이유도요. 그리고 이것도 말해 주지 않고 돌아가셨네요. 오, 어머니, 왜 저를 한 번도 진심으로 사랑하지 않으셨는지 말이에요. 이런 기도를 하게 된 이유는 그때까지 어머니의 유언장을 읽지 않았기 때문이었다.

집에 발을 들여놓지 않은 지 수개월째였다. 오랜만에 찾은 집은 어느 때보다 조용하게 느껴졌다. 부모님 방에 들어가기가 왠지 어렵게 느껴졌다. 언제나 방은 반쯤 그늘져 있었다. 침대는 어질러지고 매트리스가 밖으로 튀어나왔다. 옷장, 화장대, 거울은 내가 평생 봐 온 그대로였다. 그런데 성난 아버지와 말없는 어머니만 그 자리에 없었다.

식탁에 앉은 작은 롤라는 여전히 검은 상복을 입은 채 멍하니 허공을 바라보고 있었다. 그녀의 의견을 물어보지도 않고 아드리아는 차 끓이는 기구를 찾아 부엌 수납장을 뒤졌다. 작은 롤라는 넋이 나가 자리에서 일어나지도 않았고, 애야, 뭐가 필요하니, 그냥 말해, 내가 만들어 주마라고 말하지도 않았다. 그런 일은 없었다. 작은 롤라는 그저 벽, 혹은 벽을 넘어 아득히 먼 곳을 뚫어지게 바라볼 뿐이었다.

"이걸 좀 마셔요, 나아질 거예요."

작은 롤라는 무의식적으로 컵을 받아 들더니 한 모금 들이켰다. 아마 스스로도 무슨 행동을 하는지 모르는 것 같았다. 조용히 부엌을 빠져나오며 나는 어머니의 죽음에 슬퍼하지 않던 마음이 작은 롤라의 상실감으로 채워지는 것을 느낄 수 있었다. 물론 아드리아도 슬펐다. 다만 그 고통에 압도당하거나 그 슬픔에 마음이 불편해지지 않았다. 그는 아버지가 죽었을 때 공포, 그리고 무엇보다 죄책감이 마음속에 엄습하도록 내버려 두었다. 마찬가지로 지금은 그저 예상치 못한 또 다른 죽음의 바깥에 놓여 있는 것 같았다. 아무런 관련이 없는 것처럼 말이다. 그는 거실 커튼을 열어 햇살이 들어오도록 했다. 햇볕은 발코니를 지나 테이블 너머 벽에 걸린 우르젤의 그림을 비추었다. 흡사 화가가 자연스럽게 그려낸 빛 같았다. 성 마리아 데 제리 데 라 살 수도원의 종각은 정오의 햇살 아래 반짝반짝 빛나며 거의 붉은색을 띠었다. 그가 수없이 관찰했으며 길고 지루한 일요일 오후의 공상을 도와주었던 종각은 삼 층짜리 박공 구조에 다섯 개의 종으로 이루어져 있었다. 다리 한가운데에 멈추어 서서 경이로운 눈빛으로 그것을 바라보곤 했다. 아드리아는 그것과 같은 종각을 다시는 본 적이 없었다. 그제야 아드리아는 그 수도원에 대해 들은 내용이 이해가 되었다. 소금 광산 덕에 최근까지도 꽤 부유하고 힘 있는 수도원이었다는 것이다. 좀 더 자유롭게 감상하기 위해 모자를 들어 올리니 넓고 잘생긴 이마가 트레스푸이 뒤로 지고 있는 햇살을 받은 종각처럼 반짝였다. 늦은 오후 무렵이었던 그 시간 아드리아는 수도사들이 검소한 저녁을 들고 있는 모습을 상상했다.

그들은 백작의 밀정이 아닌지 확인한 후 베네딕트회의 요란하지 않으면서 간소하고 실용적인 호의로 순례자를 맞아들였다. 그는 곧장 식당으로 향했다. 사람들이 꽤 부정확한 라틴어로 우르젤[12]의 주교이자 성인인 오트의 삶과 그가 목숨을 거두어 그곳 성 마리아 수도원에 묻혔다는 방금 전해진 소식을 들으며 조용히 검소한 식사를 하고 있었다. 서른 명 남짓한 수도사들의 슬픔이 가득한 얼굴에 지금보다 행복했던 그 시절에 대한 그리움이 묻어났다.

다음 날 아침 일찍 두 명의 수도사가 성 페레 델 부르갈을 향해 북쪽으로 길을 나섰다. 오, 영원한 슬픔이여, 그곳에서 수도사들은 성물함을 가져와야 했다. 성 마리아 데 제리와 같은 지류에 높이 위치한 그 작은 수도원의 수도사들이 모두 죽어 아무도 남아 있지 않았기 때문이다.

"여행의 목적이 무엇입니까?" 가벼운 식사 후 노게라의 운하를 타고 내려오는 북쪽의 찬 바람을 그대로 맞으며 교회당을 서성이던 수도원장이 예의를 차리며 물었다.

"당신들의 형제 한 명을 찾고 있소."

"여기 수도원 소속입니까?"

"그렇습니다, 신부님. 가족이 보낸 개인적인 메시지를 전해야 합니다."

"누구입니까? 이곳으로 내려오라고 하겠습니다."

"미켈 데 수스케다 수사입니다."

"그런 이름의 수사는 없는 듯합니다만, 선생."

상대가 움찔하는 모습을 알아챈 그는 미안한 듯 어깨를 으

---

12) 카탈루냐 중부 지방의 마을. 앞에서 언급한 화가의 이름과는 다르다.

쓱하며 이번 봄은 정말 춥군요, 선생이라고 말했다.

"미켈 데 수스케다 수사라고 한때 도미니크 수도회 소속이었습니다."

"생소하군요. 그에게 보내는 메시지란 어떤 것이지요?"

아라곤, 발렌시아, 마요르카, 카탈루냐 공국의 종교 재판소장인 고귀하신 니콜라우 에이메리크 수사는 지로나의 자기 수도원에서 임종을 맞이하고 있었다. 젖은 수건으로 열을 다스리며 작은 목소리로 기도하는 세속인 둘이 옆을 지켰다. 문이 열리는 소리에 환자는 벌떡 일어났다. 그는 초점을 모으기가 차츰 어려워지는 것을 느꼈다.

"라몬 데 노야?" 그는 걱정스럽게 말했다. "자네인가?"

"그렇습니다, 성하." 기사는 침대 앞에서 존경을 담아 고개를 숙이며 말했다.

"잠시 자리를 비켜 주게."

"하지만, 성하!" 두 형제는 동시에 외쳤다.

"자리를 비켜 달라 했네." 여전히 무서운 기운으로 그는 말을 뱉었다. 하지만 예전 같은 고함은 아니었다. 더 이상 그럴 힘이 없었다. 두 형제는 움찔하며 더 이상 대꾸 없이 방을 나갔다. 에이메리크는 침대에서 몸을 반쯤 일으키고 앉아 기사를 바라보았다.

"회개할 기회가 있네!"

"오, 주여!"

"자네가 신성한 재판소의 집행부 역할을 해 주어야 한단 말일세."

"제가 용서받을 수 있다면 무슨 명령이든 따르겠습니다."

"내가 자네에게 주는 회개의 기회를 받아들인다면 말이지, 신께서 자네를 용서함은 물론 자네의 영혼이 깨끗해질 걸세. 더는 마음속의 고뇌로 괴로울 일은 없을 거야."

"다른 것은 더 바라지 않습니다, 성하."

"재판소에서 전에 내 개인 비서로 일했던 자 말일세."

"그가 누구이며, 어디에 살고 있습니까?"

"미켈 데 수스케다라는 수사일세. 신성한 재판소를 배신한 대가로 반역에 의한 사형이라는 처분을 받았다네. 이미 몇 년의 세월이 지났건만 집행관들은 그를 찾는 데 실패했지. 그래서 자네같이 결단력 있는 자를 고용하기로 결심한 걸세."

그는 기침을 하기 시작했다. 분명히 대화 도중에 격해진 감정에서 비롯된 것이었다. 간호인 형제 중 한 명이 문을 열었지만 라몬 데 노야는 주저 없이 문을 닫아 버렸다. 니콜라우 수사는 도망 중인 그가 수스케다에 몸을 숨기지는 않았을 것이라고 했다. 카르도나에서 그를 본 사람들이 있었기 때문이다. 재판소의 한 수사관은 그가 베네딕트 수도회에 입단했을 것이라 확신했지만 어느 수도원인지 알아내지 못했다. 그리고 그는 자신의 신성한 임무에 대해 더욱 자세히 설명하기 시작했다. 내가 죽는 것은 문제가 안 된다네. 몇 년이 지났는지도 중요하지 않아. 다만 그를 보거든 이렇게 전하게. 내가 너를 처벌하러 왔다. 그리고 심장에 칼을 꽂고 혀를 도려내어 내게 가져오게. 만일 내가 이미 죽었거든 그것을 내 무덤 앞에 두게. 우리 주님의 의지로 썩어 가도록 말일세.

"그럼 제 영혼은 모든 죄로부터 벗어나는 것입니까?"

"아멘."

"원장 신부님, 개인적인 메시지라 했습니다." 그들이 말없이 성 마리아 데 제리의 서늘한 회랑 끄트머리에 다다랐을 때 방문객은 목청을 높였다.

고귀한 기사가 아무런 위험 징후를 보이지 않아 수도원장은 베네딕트 수도회의 친절을 베풀어 그를 맞이했다. 방문객은 원장님, 저는 당신의 형제 중 한 명을 찾고 있습니다라고 거듭 말했다.

"누구라고 했소?"

"미켈 데 수스케다 수사입니다, 수도원장님."

"우리 중 누구도 그 이름을 하고 있지 않소. 왜 그 사람을 찾으시오?"

"개인적인 용무입니다, 수도원장님. 가족과 관계된 것이지요. 그리고 매우 중요합니다."

"그렇다면 헛걸음을 하신 듯합니다."

"베네딕트 수도회에 수사로 입단하기 전 그는 몇 년간 도미니크 수도회에 있었습니다."

"아, 이제 누구를 말하는지 알겠소." 수도원장은 말을 끊으며 대답했다. "맞아요…… 그는 에스칼로 근처의 성 페레 델 부르갈 지회 소속일 겁니다. 줄리아 데 사우 형제가 꽤 오래전 도미니크회 수사였던 걸로 압니다."

"신의 축복이 함께하길!" 라몬 데 노야는 환호하는 목소리로 대답했다.

"어쩌면 그가 살아 있는 모습을 못 볼 거요."

"무슨 말씀입니까?" 고귀한 기사는 경계하는 목소리로 물었다.

"성 페레에서 수도사 둘이 지냅니다. 어제 우리는 그중 한 명이 죽었다는 소식을 들었습니다. 그 죽은 자가 수도원장님인지 줄리아 형제인지 정확히는 모르겠습니다. 사절단도 확실히 알 수 없다고 합니다."

"그렇다면…… 어떻게……."

"수도회 규범에 따르자면 수도원에 수사가 단 한 명만 남은 경우에 그곳을 닫게 되어 있습니다. 아무리 우리 마음이 아프더라도 말입니다."

"알고 있습니다. 하지만 어떻게……."

"좀 더 날씨가 좋아지길 기다리는 수밖에요."

"알겠습니다, 수도원장님. 그런데 생존자가 제가 찾는 형제인지를 어떻게 알죠?"

"방금 성물함 회수와 생존한 수사의 귀환을 위해 수사 두 명을 그리로 보냈습니다. 그들이 돌아오면 알게 되겠지요."

말없이 각자 자기 생각에 빠져 있었다. 그러다 수도원장이 말했다.

"이런 슬픈 일이 있습니까. 600년간 하루도 거르지 않고 시간을 알리며 주님을 찬양해 온 수도원이 문을 닫는다니 말입니다."

"슬픈 일입니다, 원장 신부님. 저는 수사들을 따라잡을 수 있을지 이제 길을 떠나 보겠습니다."

"그러지 않으셔도 됩니다. 그들을 기다리시지요. 이삼일이면 충분합니다."

"아닙니다, 신부님. 기다릴 시간이 없어요."

"원하시는 대로 하시지요. 그들이 목적지까지 안전하게 안내할 겁니다."

그는 두 손으로 거실의 그림을 떼어 발코니의 좀 더 희미한 빛 아래로 가져갔다. 모데스트 우르젤의 작품「성 마리아 데 제리」. 많은 집들이「최후의 만찬」을 복제한 싸구려 그림을 한 점씩 가지고 있었다면 아드리아네는 우르젤의 그림 한 점이 떡하니 지키고 있었다. 한 손에 그림을 든 아드리아는 부엌으로 들어가 아니라고 하지 마세요라고 작은 롤라에게 말했다. 이 그림을 가져요.

여전히 식탁에 앉아 벽을 바라보고 있던 작은 롤라는 아드리아를 보며 말했다.

"뭐라고?"

"작은 롤라에게 드리려고요".

"무슨 말을 하는지 모르겠구나, 얘야. 네 부모님은……."

"상관없어요. 이제 제가 주인인걸요. 선물로 드릴게요."

"받을 수 없단다."

"이유가 뭐죠?"

"너무 값비싼 거야. 받을 수 없어."

"아니에요. 어머니의 뜻이 아닐까 봐 걱정하시는 건가요."

"상관없어. 분명한 것은 난 이 그림을 받지 않겠다는 거야."

나는 거절당한 우르젤의 그림을 손에 쥐고 그 자리에 그대로 서 있었다.

나는 그림을 원래 있던 자리에 돌려놓았고, 거실은 다시 예전 모습으로 되돌아왔다. 나는 집 안을 구석구석 돌아다녔다. 아버지와 어머니의 서재에 들어가서 이유 없이 서랍을 뒤지기도 했다. 몇 시간 동안 부산을 떨던 나는 일어나서 세탁실로 발걸음을 옮겼다.

"작은 롤라."

"무슨 일이니."

"저는 독일로 돌아가야 해요. 돌아오기까지 육칠 개월은 더 공부해야 해요."

"걱정 마."

"걱정하지 않아요. 제발 이곳에 남아 주세요. 작은 롤라의 집이나 마찬가지예요."

"아니야."

"제 집이기보다는 작은 롤라의 집이에요. 서재만 있으면 저는……."

"나는 삼십일 년 전 네 어머니를 돌보기 위해 이곳에 왔단다. 이제 그녀가 죽었으니 내가 할 일은 끝난 것 같구나."

"작은 롤라, 이곳에 머물러 주세요."

닷새 후 나는 어머니의 유언장을 읽게 되었다. 정확히 말하자면 공증인 카제스가 나와 작은 롤라, 레오 숙모 앞에서 그것을 읽어 주었다. 가는 고음의 찢어지는 목소리로 그는 '성 마리아 데 제리'라는 제목이 붙은 우리 집안의 가보인 모데스트 우르젤의 작품을 내 충직한 친구이자 우리가 언제나 작은 롤라라고 불렀던 돌로르스 카리오에게 일생 한결같이 나를 도와준 데 대한 작은 감사의 표시로 아무런 대가 없이 주고자 한다. 나는 갑자기 웃기 시작했고, 작은 롤라는 울음을 터뜨렸으며, 레오 숙모는 어리둥절하여 우리를 바라보았다. 유언장의 나머지 부분은 봉인된 봉투에 담긴 개인적인 편지를 제외하고는 매우 복잡했다. 카운터 테너는 봉투를 나에게 넘겨주었다. 그 편지는 아드리아, 내 사랑하는 아들아라고 시작되었다. 내 여어엇 같은 인생 동안 한 번도 어머니로부터 들어 본 적 없는 표현이었다.

아드리아, 내 사랑하는 아들아.

어머니가 감정을 드러낸 부분은 이게 끝이었다. 나머지는 가게를 어떻게 운영해야 하는지에 관한 지침이었다. 특히 가게 일에 관심을 가져야 하는 내 도덕적 의무에 대한. 어머니는 베렝게 씨와의 꼬인 관계에 대해 자세히 설명했다. 그는 오래전에 가게에서 돈을 횡령하는 바람에 현재 월급을 고스란히 가게에 바치고 있으며, 돈을 모두 갚으려면 아직 일 년이 더 남았다. 네 아버지가 모든 것을 바쳐 일구어 온 가게이고, 이제 내가 없는데 너마저 손을 떼 버리면 안 된단다. 다만 너는 언제나 네가 원하는 대로 하며 살아왔고 앞으로도 그럴 테니 내 말에 신경이나 쓸지 모르겠구나. 네 아버지가 돌아가시고 난 후 내가 소매를 걷어붙이고 가게로 가서 모두 제자리에 돌려놓으려 한 것처럼 말이다. 네 아버지에 대해 나쁘게 말하고 싶지 않다만 그는 몽상가였어. 나는 가게의 질서를 잡고 합리적인 운영을 해야 했다. 너와 내가 살아갈 수 있는 괜찮은 사업을 일구어야 했단다. 너도 알다시피 최소한의 월급 인상만을 한 채 말이야. 네가 가게를 물려받고 싶어 하지 않는다는 사실이 매우 안타깝단다. 하지만 내가 볼 수 없으니. 그래도 잘 들어 두럼. 그다음에 어머니는 내가 베렝게 씨를 어떻게 대해야 하는지 구체적으로 이야기하며 그것을 따라 달라고 부탁했다. 그러고는 다시 개인적인 이야기로 돌아와 그런데 나는 이 유언을 1975년 1월 20일인 오늘 너에게 적는다. 의사 선생님이 말하길 내가 얼마 살지 못할 수도 있다는구나. 때가 될 때까지 네 공부를 방해하지 말라고 말해 두었다. 이렇게 글을 남기는 까닭은 지금껏 설명한 것 외에 두 가지 사안을 일러두고 싶어서다. 첫째, 나는 교회로 돌아갔단다. 네 아버지와 결혼했을 때 나는 주관이 뚜렷하지 않은 소녀였지. 어떠한 인생을 살고 싶은지에 대해 생각해 본 적이 없었다. 네 아버지가 신은 존재하지 않을 가능성이 높다고 했을 때 아 그렇군요라고 생각했다. 하지만 그 후 교회를 매우 그리워하게 되었다. 특히 내 아버지의 죽음과 죽음으로 찾아온 고독감에 나는 너를 어떻게 대해야 할지 알 수 없었단다.

"저를 어떻게 대해야 하다니요? 사랑해야죠."

"너를 사랑했단다, 아들아."

"한참 멀리서 말이죠."

"우리 가족은 항상 서로에게 애정을 표현하는 데 인색했지. 차가웠고. 그렇다고 해서 나쁜 사람들은 아니었단다."

"어머니. 저를 사랑해 주고, 눈을 바라봐 주고, 제가 무엇을 하고 싶은지 물어봐 주는 거 말이에요."

"네 아버지의 죽음이 다 망쳐 버렸어."

"시도는 해 볼 수 있었잖아요."

"네가 바이올린을 그만둔 것을 결코 용서할 수 없었단다."

"제게 최고가 되라고 강요한 것을 결코 용서할 수 없었어요."

"너는 최고야."

"아니에요. 저는 머리가 좋은 편이에요, 굳이 표현하자면 영재가 맞아요. 하지만 모든 것을 할 수는 없어요. 최고가 되어야 할 의무도 없다고요. 아버지와 어머니는 저한테 잘못하신 거라고요."

"네 아버지는 아니야."

"이제 박사 학위를 끝마쳐 가요. 법학과에 등록하는 일은 없을 거예요. 러시아어 공부도 못 했네요."

"지금이야 그렇지."

"맞아요. 지금이야 그렇죠."

"더 이상 싸우지 말자, 난 이미 죽은 몸이잖니."

"알았어요. 또 무엇을 알아야 한다는 건가요? 아, 그건 그렇고. 어머니, 신은 존재하나요?"

"후회가 남는 일이 많아. 아버지를 죽인 자와 그 이유를 밝히지 못했다는 게 가장 큰 이유지."

"그것을 알아내기 위해 무얼 하기라도 했나요?"

"이제야 소파 뒤에서 나를 염탐했다는 사실을 알겠다. 내가 생각도 못 했던 것을 넌 알고 있구나."

"그건 아니에요. 사창가가 무엇인지 알게 되었지만 누가 아버지를 죽였는지에 대해서는 알지 못한다고요."

"이봐, 저기, 검은 옷의 과부가 올라오는 중이야." 오카냐 조사관은 공포에 질려서 머리로 경감의 사무실 쪽을 가리키며 말했다.

"확실해?"

"왜 아직까지 여기에 오도록 두는 거야?"

"아무튼 저 여자는……."

플라센시아 경감은 남은 샌드위치를 서랍에 집어넣고 자리에서 일어나 창문 너머로 유리아가의 교통을 살폈다. 문 앞에고 아르데볼 씨의 부인의 기척이 느껴졌을 때 몸을 돌렸다.

"이렇게 놀라울 때가."

"안녕하세요."

"며칠 동안이나……."

"그래요. 그게…… 제가 조사를 좀……."

책상 위 차갑게 식은 재떨이에는 반쯤 피우다 만 시가가 있었고 방 안 가득 그 냄새가 가득했다.

"그래서요?"

"아리베르트 보이트입니다, 경감님. 사업에 얽힌 복수였어요, 경감님. 아니면 개인적인 원한에 의한 복수로 볼 수도 있겠네요. 하지만 사창가나 강간당한 소녀에 관한 이야기는 어디에도 없습니다. 왜 그렇게 말도 안 되는 이야기를 지어냈는지 모르겠네요."

"저는 언제나 명령에 충실할 뿐입니다."

"저는 아닙니다, 경감님. 사실을 은폐한 죄로 이 사건을 재판에······."

"저를 웃기지 마십시오!" 그는 말을 사정없이 끊었다. "스페인은 다행히도 민주주의가 아니지요. 이곳에서는 선한 자들이 이깁니다."

"곧 소환장을 받게 되실 거예요. 상부에 책임이 있다면 수사가 미진했던 부분을 공략할 겁니다."

"무슨 미진한 부분이요?"

"누군가가 살인자를 처벌하지 않고 방임한 혐의지요. 그 누군가는 범죄자를 체포도 하지 않고 내버려 두었습니다."

"순진하게 굴지 마시죠. 수사에서 어떤 미진한 부분도 발견하지 못할 겁니다. 왜냐하면 그런 게 없을 테니까."

"왜 재판으로 끌고 가지 않았나요, 어머니?"

플라센시아 경감은 여전히 코와 입으로 연기를 내뿜으며 자리에 앉았다. 어머니는 그 앞에 더 서 있을 생각이었다.

"있고말고요!" 어머니가 말했다.

"부인, 저도 일을 봐야 합니다." 먹다 남은 샌드위치를 떠올린 경감이 대답했다.

"나치란 말입니다. 아주 평화롭게 살고 있어요. 만일 아직 죽지 않았다면 말이죠."

"이름을 대세요. 이름 없이는 다 허황된 사실일 뿐입니다."

"나치란 말입니다. 아리베르트 보이트. 이름을 말하고 있잖아요!"

"좋은 하루 보내세요, 부인."

"범죄가 발생한 오후에 남편은 피녜이로인지를 만나러 아테네우로 간다고 했어요…….”

“어머니, 왜 재판까지 가지 않았나요?”

“……하지만 사실이 아니었습니다, 피녜이로와 만나지 않았어요. 어떤 경감이 그와 통화했습니다.”

“이름이요. 부인. 바르셀로나에 수많은 경감이 있습니다.”

“그것은 함정이었어요. 아리베르트 보이트는 스페인 경찰의 비호 아래 활동했어요.”

“방금 하신 말씀 때문에 감옥에 가실 수도 있습니다.”

“어머니, 왜 재판까지 가지 않았어요?”

“그 남자는 스스로를 통제하지 못했던 것 같습니다. 남편에게 상처만 입히려 했던 듯해요. 아마 겁을 주려고 말이죠. 그런데 결국 그를 죽이고 모든 것을 망쳐 버렸어요.”

“말이 되는 소리를 하세요, 부인.”

“그를 체포하는 대신에 출국시켜 버린 거예요. 그렇게 된 게 맞지요, 플라센시아 경감님?”

“부인, 소설을 너무 많이 읽으신 것 같군요.”

“아니라고 확실히 말씀드릴 수 있습니다.”

“제 화를 계속 돋우거나 경찰 업무를 방해하면 결코 결과가 좋지 않을 겁니다. 당신, 그리고 당신 여자 친구, 당신 자식 모두 말이오. 세상 끝까지 도망가도 소용없을 거요.”

“어머니, 제가 방금 무슨 말을 들은 거죠?”

“무슨 말이라니?”

“여자 친구라니요?”

경감은 자신이 내뱉은 말의 효과를 살피기 위해 한 걸음 물러셨다. 그리고 말에 쐐기를 박았다.

"당신이 자주 어울리는 주변에 이 소문을 퍼뜨리기는 식은 죽 먹기입니다. 좋은 하루 보내세요, 부인. 그리고 다시는 돌아오지 마세요." 그는 반쯤 빈 서랍을 열더니 남은 샌드위치를 꺼냈다. 그리고 굉장히 화가 난 듯 세게 서랍을 닫았다. 이번에는 검은 옷의 고 아르데볼 씨의 부인 앞에서도 감정을 숨기지 않았다.

"네, 네, 알겠어요, 어머니. 그런데 사창가와 강간 같은 내용이 다 지어낸 것이라는 사실은 어떻게 알았어요?"

어머니는 죽어서도 말이 없는 편이었다. 나는 궁금해 미칠 지경이었다. 영겁의 시간이 흐르고야 대답을 들을 수 있었다.

"그냥 알아. 이제 그만하자."

"충분하지 않아요."

"좋아." 어머니는 한참 뜸을 들였다. 마음을 굳게 먹느라 그랬던 모양이다. "우리가 결혼한 초기에 너를 임신하고 나서 아버지는 성 기능이 완전히 불가능하다는 판정을 받았다. 그때부터 아버지는 발기 불능이 되었어. 비극이 시작된 거야. 의사도, 능숙하다는 여자들을 찾아다닌 것도 소용이 없었단다. 네 아버지가 성격이야 그렇다 쳐도 강간이라니 절대 불가능한 일이야. 심지어 아이라니. 네 아버지는 결국 성관계 자체를 혐오하게 되었으니까. 신성한 골동품으로 도망친 거다."

"사실이 그렇다면 왜 재판까지 가지 않았나요? 협박을 받았어요?"

"그래."

"어머니의 여자 친구에 대한 거였나요?"

"아니야."

어머니는 권고 사항 몇 개를 나열한 뒤에 소심하고 감상적인 표현으로 편지를 마무리하고 있었다. 잘 있거라, 내 사랑하는 아들아. 마지막 문장이었다. 하늘에서 너를 지켜보고 있으마. 이 문장을 생각할 때마다 약간은 협박처럼 느껴졌다.

"오, 저런……." 베렝게 씨는 사무실 의자에 앉아 기지개를 켜며 말했다. 그는 말끔한 바지에서 있지도 않은 먼지를 털어내고 있었다. "그러니까 네가 직접 소매를 걷어붙이고 일을 하기로 마음먹었단 말이지."

그는 값진 영토를 재정복했다는 듯 의기양양한 태도로 어머니의 사무실에 앉아 있었다. 언제나 공상에 빠져 있는 멍청한 아르데볼 2세의 갑작스러운 출현에 머리가 어지러웠다. 그는 아르데볼이 노크도 없이 사무실에 들어오는 것을 보고 놀랐다. 오, 저런…… 이라고 말한 데는 다 이유가 있었다.

"무슨 이야기를 하고 싶은 게냐?"

다요, 아드리아는 모든 것에 관해 이야기하고 싶었다. 하지만 우선 서로 관계를 확실히 하기 위해 명민하게도 두 사람 간의 기초를 닦았다.

"우선 당신을 가게에서 내보내는 거요."

"뭐라고?"

"제 말 들으셨잖아요."

"네 어머니와 내가 맺은 계약에 대해 아니?"

"어머니는 돌아가셨어요. 그리고 맞아요, 잘 알죠."

"못 믿겠구나. 계약 내용은 나를 이 가게에서 강제로 일하게 하는 거였어. 갤리선에서 벗어나려면 아직 일 년이나 남았단다."

"용서해 드리겠어요. 당신을 최대한 멀리하고 싶으니까요."

"이 집안에 대체 무슨 일이 있었는지 모르겠다만 성질 더러운 것 하나는 대물림되는가 보구나."

"저한테 훈계하려 들지 마세요, 베렝게 씨."

"훈계가 아니야. 그저 정보일 뿐이지, 그럼. 네 아버지가 약탈꾼이었다는 사실을 아니?"

"대충 알아요. 당신은 그가 사냥한 누를 뜯어먹으려고 기회를 엿보는 하이에나였다는 사실도요."

베렝게 씨는 금을 씌운 앞니가 보이도록 입을 크게 벌리며 웃었다.

"네 아버지는 팔아서 돈이 되는 일이라면 물불을 가리지 않는 약탈꾼이었지. 내가 그냥 물건을 파는 일이라고 했다만 주로 가차 없이 물건을 징발했다고나 할까."

"그렇죠, 징발이에요. 하지만 당신은 오늘 당장 짐을 싸서 떠나세요. 더 이상 가게에 들어올 권한은 없는 걸로 아세요."

"저런……." 새끼 아르데볼의 입에서 나온 말에 놀란 그는 이를 감추기 위해 괴상한 웃음을 지어 보였다. "네가 나더러 하이에나라고 할 자격이나 있는 줄 아니? 네가 뭐라고 감히……."

"정글의 왕의 아들이지요, 베렝게 씨."

"네 어머니만큼 재수가 없구나."

"안녕히 가세요, 베렝게 씨. 내일 가게의 새 매니저로부터 전화가 갈 겁니다. 필요하다면 모든 것을 상세히 아는 변호사도 함께요."

"네가 가진 모든 부가 강탈의 대가라는 것을 아니?"

"아직도 여기 계셨습니까?"

다행히 베렝게 씨는 내가 어머니와 마찬가지로 바위처럼 단단하다고 생각했다. 그는 나의 체념적인 운명론을 어떤 뿌리 깊은 무관심의 한 종류로 생각한 게 틀림없다. 이는 그에게는 단념을, 나에게는 강인함을 가져다주었다. 그는 말없이 어머니의 책상에 두었던 짐을 챙겨 사무실을 떠났다. 분명히 다시 가져다 놓은 지 얼마 되지 않은 물건들이었을 것이다. 나는 그가 떠나기 전에 구석구석을 둘러보는 모습을 보았다. 그리고 카탈로그를 정리하는 척하던 세실리아가 하이에나의 움직임을 호기심 가득한 눈으로 바라보고 있다는 사실을 알아챘다. 곧 그녀는 무슨 일이 일어나고 있는지 이해한 듯 립스틱을 바른 환한 웃음이 얼굴에 번졌다.

베렝게 씨는 거리로 나가며 문을 세게 닫았다. 유리를 깨 버리려던 모양이지만 실패했다. 새로 일을 시작한 직원 두 명은 대체 무슨 일이 벌어지는지 모르겠다는 표정이었다. 그곳에서 삼십 년간 일한 베렝게 씨가 가게를 나가는 데는 한 시간이 채 걸리지 않았다. 나는 그가 내 인생에서도 사라졌다고 생각했다. 나는 부모님 사무실을 열쇠로 잠갔다. 그리고 정보를 요청하거나 정글의 왕의 솜씨를 알려 주는 흔적을 찾는 대신에 울기 시작했다. 다음 날 나는 정보를 요청하거나 흔적을 찾는 대신에 매니저의 손에 가게 운영을 맡기고 튀빙겐으로 돌아왔다. 코셰리우의 수업을 더 이상 놓치고 싶지 않았기 때문이다. 정보와 흔적.

27

튀빙겐을 떠나기 전 마지막 몇 달 동안 나는 그 도시를 좋아하기 시작했다. 바덴뷔르템베르크의 풍경과 검은 숲과 그 밖의 모든 것이 아름답게 느껴졌다. 아드리아는 베르나트와 비슷한 경험을 하고 있었다. 자신이 이미 가진 것을 살피지 않고 손에 넣을 수 없는 것을 갈망하며 행복을 느꼈다. 그는 바르셀로나로 돌아갔을 때 이 풍경과 멀리 떨어져 어떻게 살아갈지 고민했다. 그리고 아직 비코에 관한 논문을 완성하는 중이었다. 이것이 자신의 모든 생각을 쏟아부은 원자 더미로 변하여 평생의 지적 성찰을 안내할 밑거름이 되리라는 사실도 알고 있었다. 내 사랑, 그래서 나는 정보와 흔적으로 내 생각을 방해받고 싶지 않았지. 내 인생과 학업을 망칠 수 있었으니까 말이야. 그리고 그것을 생각하지 않는 데 익숙해질 때까지 생각을 하지 않기로 했다.

"그러니까……. 아니, 똑똑하다는 말은 부족합니다. 깊이가 있다는 말이 더 맞겠어요. 경탄할 만합니다. 당신의 독일어는 완벽해요." 논문 심사 다음 날 코셰리우가 말했다. "무엇보다도 공부를 그만두지 말기 바랍니다. 만일 언어학을 선택하게 된다면 내게 알려 줘요."

아드리아가 몰랐던 게 있다. 심사위원 중 한 명의 평가서를 읽은 코셰리우가 이틀하고도 하룻밤을 뜬눈으로 지새웠다는 사실이었다. 나는 그 사실을 몇 년이 지나서야 카메네크 박사로부터 직접 들을 수 있었다. 그러나 심사 다음 날 코셰리우가 그를 껴안으며 경탄스럽다고 한 의미를 정확히 이해하지 못한 채 복도에 홀로 서서 아드리아는 발걸음을 재촉하는 코셰리우를 그저 바라보아야 했다. 아니, 내 논문에 경탄했다고 표현하는 편이 더욱 적절하다. 코셰리우가 그것을 인정하며

"아르데볼, 대체 무슨 일입니까?"

복도에 오 분을 넘게 서 있던 그는 뒤에서 카메네크가 다가오는 사실을 전혀 눈치채지 못했다.

"저 말입니까? 네?"

"괜찮아요?"

"저요? 네……. 네, 그럼요. 저는 그냥……."

그는 손으로 무슨 뜻인지 모를 손짓을 했다. 카메네크가 그에게 튀빙겐에 남아 공부를 계속할지 물었다. 그는 돌아가서 해야 할 일이 많다고 했다. 사실이 아니었다. 그에게 가게는 안중에도 없었기 때문이다. 그리운 것이 있다면 아버지 서재였고, 동시에 튀빙겐의 차갑고 시린 풍경이 그리울 것 같은 생

각이 들기 시작했다. 사라의 기억 근처에 머물고 싶은 생각도 컸다. 사라 당신 없이 나는 불구의 남자와 같아. 이러한 생각이 꼬리를 물자 영원히 행복해질 수 없다는 사실을 인지하기 시작했다. 물론 어느 누구도 그것을 이루지는 못한다. 행복이란 언제나 근접 가능한 범위 밖에 있어서 닿을 수 없다. 어느 누구도 닿지 못한다. 싸워서 서로 말을 하지 않은 지 여섯 달쯤 된 사실이 없다는 듯 어느 날 베르나트가 전화를 걸어와 그거 들었어? 결국 죽었대, 추악한 놈! 모두가 냉장고에 있던 샴페인을 꺼냈지. 인생이 가져다주는 이런 아주 잠깐의 행복에도 불구하고 말이야. 그러고는 스페인은 새롭게 성찰을 필요로 하며, 모든 사람을 자유롭게 풀어 주고 역사적으로 합당한 용서를 구해야 한다고 말했다.

"이런."

"왜? 내 말이 틀렸어?"

"맞아. 다만 스페인이라는 나라를 잘 모르는 것 같아서."

"두고 봐. 두고 보라고." 그리고 동시에 말했다. "아, 그리고 깜짝 놀랄 소식이 있지."

"임신이라도 한 거야?"

"아니야, 농담이 아니라고. 곧 알게 될 거야. 며칠만 더 기다려 봐."

그리고 그는 전화를 끊었다. 독일로 거는 전화 요금이 놀랄 만큼 비쌌기 때문이다. 공중전화에서 통화하는 그는 프랑코의 죽음을 생각하며 환희에 차 있었다. 괴물이 죽었다, 늑대가 죽었다, 해충이 죽었다. 그의 독도 사라졌다. 어떤 이의 죽음에 대해 선한 사람조차 기뻐할 때가 있다.

베르나트는 그에게 거짓말을 하는 게 아니었다. 독재자의 죽음이 다음 날 신문의 첫 면을 뒤덮었을 뿐 아니라 닷새 후 아주 간결하고 긴급한 편지를 한 통 받았다. 세상 물정 다 아는 똘똘이 씨. 진짜최악이라고너가말한것기억나. 영혼이없다. 감정이모두가식으로느껴진다. 왠지모르겠지만정말별로다. 아마데우가누군지도모르겠네. 관심조차안가더라구. 그리고엘리사야말할필요도없지? 기억해? 진실한 감정이라고는 하나도 담기지 않았던 그 소설이 블라네스상을 수상했다고. 어떤 똑똑한 심사위원이 상을 주었단 말이야. 기분이 날아갈 것 같아. 너의친구베르나트.

나도더없이기뻐. 아드리아가 답했다. 하지만기억해만일네가원고를고치지않았다면여전히작품은별로라는사실을. 너의친구아드리아. 베르나트는 긴급 전보로 답장을 보내왔다. 꺼져버려멈춤. 너의친구베르나트멈춤.

바르셀로나에 돌아왔을 때 나는 바르셀로나 대학에서 미학과 문화사 수업을 맡아 보면 어떻겠느냐는 제안을 받았다. 굳이 수업을 할 필요가 없었지만 나는 망설임 없이 그러겠노라고 대답했다. 수년간의 바깥 생활 후 내가 살던 동네, 집으로부터 걸어서 십 분 거리에 직업을 구하는 것은 꽤 괜찮은 일이었다. 그리고 첫날, 내가 직원으로 합류하는 데 관한 자세한 설명을 듣기 위해 학과로 찾아갔고, 거기에서 라우라를 만났다. 첫날 말이다! 금발에 키는 작은 편이었고, 친절하며, 유머가 있었다. 그리고 그때는 몰랐지만 꽤 슬픈 사연이 있었다.
그녀는 5년 차 학생이었고, 어떤 교수에 대해 물어보았는데
내 생각에는 세르다를 말하는 듯했다. 알고 보니 코세리우에
관한 그녀의 논문을 봐주는 지도 교수였다. 푸른 눈. 명랑한
목소리. 손은 긴장되어 보였으며 잘 다듬어지지 않은 채였다.
아주 독특한 화장수 혹은 향수를 쓰는 듯했다. 나는 아직 둘의
차이가 뭔지 모른다. 아드리아가 웃음 짓자 그녀는 안녕하세
요? 여기에서 일하시나 봐요? 그래서 그는, 잘 모르겠어요. 그
쪽은요? 그녀는, 그렇게 되면 얼마나 좋겠어요!

"돌아오지 말아야 했어."

"왜?"

"너의 미래는 독일에 있어."

"가지 말라고 말렸던 사람이 누군데? 바이올린은 어떻게 되
어 가고 있어?"

"바르셀로나 시립 오케스트라 단원 모집 공고가 났는데 지
원해 볼 생각이야."

"잘된 일이네, 안 그래?"

"응, 잘된 거지. 공무원이 될 테니까."

"아니야. 실력이 좋고 발전 가능성이 있는 오케스트라의 바
이올린 연주자가 되는 거야."

"합격한다면 말이지." 그는 잠시 머뭇거리는 듯했다. "그리
고 테클라와 결혼하기로 했어. 들러리를 서 주겠어?"

"당연하지. 결혼식이 언제야?"

시간은 흘러 많은 일이 일어났다. 책을 읽을 때면 안경을 써

야 했고, 이유 없이 머리가 빠지기 시작했다. 에이샴플레의 큰 집에서 나는 독일에서 도착한 책에 둘러싸여 혼자 지냈다. 그것을 분류해 제자리에 정리할 기운은 나지 않았다. 무엇보다도 책장이 부족했다. 결국 작은 롤라를 설득하지 못한 것도 한몫했다.

"잘 있어, 아드리아, 얘야."

"섭섭해요, 작은 롤라."

"나도 내 인생을 살고 싶구나."

"충분히 이해해요. 하지만 이 집은 언제나 롤라의 집이기도 하다는 사실을 잊지 말아요."

"다른 가정부를 구해 보렴, 진심으로 하는 말이야."

"아니요, 싫어요. 롤라가 아니면…… 절대 안 돼요."

작은 롤라와의 이별 때문에 내가 눈물을 흘리겠는가? 아니다. 그 대신 나는 업라이트 피아노를 한 대 사서 부모님 방에 들여놓았다. 그렇게 그 방은 차츰 내 방이 되어 갔다. 굉장히 넓었던 복도는 풀지 않은 책 더미에 점차 익숙해졌다.

"그런데…… 잠깐만요, 네?"

"말해라."

"집은 있어요?"

"당연하지. 떠나온 지 오래됐지만 바르셀로네타에 작은 아파트가 있어. 칠도 새로 했는걸."

"작은 롤라."

"무슨 일이야?"

"화내지 말고 들어 보세요, 저는…… 선물을 하나 하고 싶어요. 감사의 뜻으로 말이죠."

"이 집에 있는 동안의 보수는 모두 받았단다."

"그런 말이 아니에요. 제 말은……."

"그럼 아무 말도 할 필요 없다."

롤라는 내 팔을 잡더니 거실로 나를 데려갔다. 그리고 모데스트 우르젤의 그림이 있던 빈 벽을 가리켰다.

"내가 받을 자격이 없는 선물을 네 어머니가 주었어."

"무엇을 더 해 드릴 수 있을지 모르겠어요."

"책 정리나 하렴, 이렇게 해서 어떻게 사니."

"저기요, 작은 롤라. 제가 어떻게 더 보답을 해 드릴 수 있을까요?"

"그냥 날 조용히 가게 내버려 둬. 진심으로 하는 말이야."

나는 그녀를 포옹했고 그 순간 깨달았다. 사라, 정말 놀라운 일이지만 나는 어머니보다 작은 롤라를 더 좋아했던 것 같아.

작은 롤라는 집을 떠났다. 굉음을 내며 달리던 트램이 더 이상 유리아가를 지나지 않게 되었다. 프랑코 정권 말기 무렵 시청은 직접 오염이라는 선택지를 택해 트램을 모두 버스로 교체했다. 그런데 레일을 철거하지 않아 많은 오토바이 사고의 원인이 되었다. 그리고 나는 완전히 문을 닫아걸고 집에 들어앉아 당신을 잊기 위해 공부를 계속했다. 나는 부모님 방을 차지하고는 1946년 4월 30일 아침 6시 30분에 태어나 누워 있던 그 침대에서 잤다.

베르나트와 테클라는 결혼식을 올렸다. 둘은 깊은 사랑에 빠져 눈빛이 기대로 가득했다. 나는 신랑 들러리로 예식에 참석했다. 결혼 피로연에서 그들은 여전히 예복을 입은 채 브람스의 소나타 1번을 함께 연주했다. 그 상태 그대로, 용감하게, 악보도 없이 말이다. 나는 셈이 나서 죽는 줄 알았다. 베르나트와 테클라의 앞날은 구만리였고, 나는 친구의 행복에 기쁜 질투를 느꼈다. 나는 사라와 그녀의 설명할 수 없는 도주를 그리워하면서 다시 베르나트에 대해 진심으로 부러운 마음이 들었다. 나는 함께하는 그들 삶에 좋은 일만이 가득하기를 기원했다. 그들은 크게 활짝 웃으며 신혼여행을 떠났고 점차, 꾸준히, 하루하루를 보내며 불행의 씨앗을 뿌리기 시작했다.

몇 달 동안 학교 수업, 문화사에 대한 학생들의 무관심, 숲이라고는 찾아볼 수 없는 황량한 에이샴플레의 풍경에 차츰 익숙해져 나는 트루욜스 선생에게 비할 바가 아니지만 굉장히 효율적인 어떤 부인에게 피아노를 배웠다. 그렇지만 여전히 시간이 많이 남았다.

"하드."

"하드흐."

"트레에."

"트리에."

"툿라."

"툿라트."

"아아르파아."

"아르파."

"아아르파아."

"아아르파."

"아아르파아아!"

"아아르파아아!"

"훌륭해요!"[13]

아람어 수업은 문제를 해결하는 데 도움이 되었다. 곰브레니 선생은 처음에 내 발음에 불만을 표시하더니 어느 날부터 그에 대해 아무 말도 하지 않았다. 내 실력이 나아져서인지, 아니면 포기했는지 알 수 없었다.

수요일에는 시간이 좀처럼 흐르지 않아서 아드리아는 산스크리트어 기초 수업에 등록했다. 새로운 세계였다. 특히 피게레스 박사가 주의 깊게 언어의 기원을 추측해 가며 각기 다른 인도와 유럽어의 연결 고리를 보여 주는 강의를 듣는 것은 더할 나위 없는 기쁨이었다. 복도에 쌓인 책 상자를 피해 활강 연습을 하기도 했다. 나는 각각의 위치를 정확히 알아서 어두울 때도 절대 부딪힌 적이 없었다. 독서가 지겨울 때면 시간 가는 줄 모르고 나의 스토리오니를 켰다. 시험을 치르던 날의 베르나트처럼 땀을 삘삘 흘리고 나서야 연주를 그만두었다. 그렇게 시간은 빠르게 지나가 나는 저녁 식사를 준비하는 동안 당신만 생각했다. 그때는 경계를 늦추어야 했기 때문이다. 그리고 약간 슬픈 기분을 안고서 잠자리에 들었다. 사라, 대체 왜. 대답 없는 질문이었다. 나는 가게의 새로운 매니저와

---

13) 아람어로 숫자 1부터 4까지를 세는 장면이다.

두 번밖에 만나지 않았다. 매우 활발한 사람이었고, 곧 나의 역할을 대신하게 되었다. 두 번째 만났을 때 그는 세실리아가 곧 은퇴할 거라고 일러 주었다. 그녀와 교류가 거의 없었지만 나는 또다시 슬픔에 잠겼다. 믿기 어려운 일인데 세실리아는 어머니보다 더 많이 내 볼을 꼬집어 주고 머리를 쓰다듬어 주었다.

처음으로 가게 일에 호기심이 생긴 것은 산안토니 시장에서 서적을 취급하며 아버지와 알고 지냈던 모랄 씨가 나에게 선생, 어쩌면 이 물건을 보고 싶어 할 것 같은 생각이 들어서 찾아왔소라고 말하면서부터다.

아드리아는 스페인 내전이 발발하던 해 전까지 '아 토트 벤트' 시리즈를 통해 출간된 책들을 살펴보는 중이었다. 낯선 이가 또 다른 낯선 이에게 증정한 흔적이 남아 있는 매우 흥미진진한 책들도 있었다. 그는 놀라서 고개를 들었다.

"뭐라고 하셨죠?"

서적상은 자리에서 일어나 아드리아에게 따라오라고 고갯짓을 했다. 그는 잠시 자리를 비울 테니 물건을 좀 봐 달라는 뜻으로 옆에 있던 판매대의 남자를 쿡쿡 찔렀다. 그들은 오 분 동안 말없이 걸어 콤테 보렐가[14]에 위치한 작고 어두운 계단이 있는 집에 도착했다. 아드리아는 아버지와 함께 몇 번 와 보았던 사실을 기억했다. 1층에 선 모랄 씨는 주머니에서 열쇠를 꺼내 문을 열었다. 내부는 어두침침했다. 그는 불빛이 바

_____

14) 바르셀로나 에이샴플레 좌측 구역을 세로로 가로지르는 대로.

닥에 닿지 않는 희미한 전구를 켜더니 네 걸음 만에 비좁은 복도를 지나 큰 수납장이 있는 방에 다다랐다. 화가들이 작품을 보관하는 데 사용하는 것처럼 넓지만 얇은 서랍이 잔뜩 달린 수납장이었다. 가장 처음 든 생각은 이렇게 좁은 복도를 통해 어떻게 수납장을 들여왔을까 하는 거였다. 방 안의 조명은 현관보다 밝았다. 아드리아는 방 한가운데에 놓인 탁자를 보았고, 모랄 씨가 그 위에 있던 램프를 켰다. 그는 서랍 하나를 열더니 문서 뭉치를 꺼내 작은 탁자를 비추는 불빛 아래에 그것을 펼쳤다. 나는 갑자기 심장이 뛰고 창자와 손가락 끝이 간질간질한 느낌이 들었다. 우리 둘은 함께 그 보물 앞에 모였다. 앞에는 아주 거친 문서 몇 장이 있었다. 작은 것 하나라도 놓치고 싶지 않아 나는 안경을 꼈다. 원고에 쓰인 낯선 필체에 익숙해지는 데 다소 시간이 걸렸다. 나는 '이성을 올바르게 사용하며 학문의 진리를 탐구하기 위한 방법서설'이라고 큰 소리로 읽었다. 그리고 멈췄다. 더 이상 문서를 만져 볼 엄두를 내지 못했다. 그저 아니라고 말했다.

"네."

"말도 안 됩니다."

"관심 있으신 거지요?"

"대체 어디에서 구하신 겁니까?"

모랄 씨는 대답 대신에 문서의 첫 장을 넘겼다. 그리고 잠시 후 분명히 당신의 관심을 끌 겁니다라고 말했다.

"어떻게 장담합니까?"

"당신은 당신 아버지와 비슷합니다. 당신이 흥미로워한다는 것을 알아요."

아드리아의 앞에 『굴절광학, 기상학, 기하학』과 함께 『방법
서설』이 출판된 1637년 이전의 『방법서설』 원본 원고가 놓여
있었다.

"완본입니까?" 그는 물었다.

"완본이라. 음…… 몇 장이 없지만 완벽합니다."

"사기가 아니라는 것을 어떻게 알죠?"

"가격을 알면 속임수가 아니라는 것을 알게 될 겁니다."

"그 말이 아닙니다. 비싸다는 것은 당연히 알죠. 하지만 속
임수가 아니라는 것을 어떻게 알 수 있죠?"

그는 테이블 다리에 기대어 놓은 서류 가방을 열더니 서류
몇 장을 꺼내어 아드리아에게 내밀었다.

초기 팔 년에서 십 년간의 연대기를 서술한 '아 토트 벤트'
시리즈는 잠시 아드리아의 관심에서 멀어졌다. 그는 오후 내
내 종이 뭉치와 진품 보증서를 번갈아 확인하며 시간을 보냈
다. 그리고 대체 그 보물이 어떻게 세상에 모습을 드러냈는지
스스로에게 묻다가 질문을 많이 하지 않는 편이 좋겠다는 결
론을 내렸다.

나는 문서의 진위와 관련되지 않은 질문은 전혀 하지 않았
고, 한 달간의 망설임과 신중한 조사 끝에 많은 돈을 주고 그
것을 사들였다. 내 수집품 20여 점 중 처음으로 직접 구입한
것이었다. 아버지가 구입한 『잃어버린 시간을 찾아서』 20쪽
정도가 이미 집에 있었고, 조이스의 『죽은 사람들』 완본, 브라
질에서 자살한 츠바이크의 원고 몇 장, 텔리가트 수도원장이

쓴 성 페레 델 부르갈 수도원의 축사도 있었다. 그날부터 나는 아버지에게 씌었던 같은 귀신이 나에게도 씌었음을 느꼈다. 뱃속이 간질간질하고 손가락이 가렵고 입이 마르는……. 그리고 진품 여부에 대한 내 모든 의심들, 원고 가격, 그것을 소유할 기회를 놓칠지 모른다는 생각에서 비롯된 두려움, 바가지 쓰는 데 대한 두려움, 가격을 너무 적게 불러 물건이 내 인생에서 사라지는 것을 목격하게 되는 데 대한 두려움…….

『방법서설』은 나의 모래알이 되고 말았다.

28

최초의 모래 알갱이는 눈을 간지럽힌다. 그리고 손의 가시가 되더니 뱃속에서 불덩이로 변하고, 호주머니에서 걸리적거리기까지 하다가 좀 더 나쁜 운과 만나 양심의 가책에 무게를 더한다. 모든 것, 그러니까 모든 삶과 이야기는, 사랑하는 사라, 이처럼 아무도 알아차리지 못하는 무해한 모래 알갱이로부터 시작되는 거였어.

나는 사원에 들어가듯 가게에 들어갔다. 이런 제길. 베렝게 씨를 어두운 외부 세계로 쫓아낸 이후 그곳에 한 번도 발을 들여놓지 않았다. 문을 열 때 나던 종소리는 여전히 똑같았다. 평생 듣던 그 종소리 말이다. 세실리아의 애정 가득한 눈길이 그를 반겼다. 계산대 뒤에서 한 발자국도 움직이지 않은 듯 자리를 지키고 있었다. 재산이 충분한 모든 수집가들을 위해 전시된 사물 같았다. 여전히 옷을 잘 입었고 머리는 단정했다. 그녀는 자리에서 꼼짝 않고 오랜 시간 기다렸다는 듯 그가 열 살일 때처럼 입을 맞추었다. 어떻게 지냈니 하자 그는 좋아요, 잘 지내요, 세실리아는요?

"네가 돌아오기를 기다렸단다."

아드리아는 좌우를 살폈다. 안쪽에서 처음 보는 여자가 구리로 된 물건들을 차분하게 닦고 있었다.

"그는 아직 도착하지 않았다." 그녀가 말했다. 그리고 손을 잡아 가까이 끌어당기더니 참지 못하고 그의 머리를 쓰다듬었다. 마치 작은 롤라처럼. "머리가 듬성듬성해졌네."

"네."

"하루가 다르게 네 아버지를 닮아 가는구나."

"그래요?"

"애인은 있니?"

"그런 것 같아요."

그녀는 서랍을 열었다 닫았다. 침묵이 흘렀다. 어쩌면 그 질문을 굳이 했어야 하는지 생각하는지 모른다.

"좀 둘러보는 게 어때?"

"그래도 될까요?"

"네가 주인인걸." 양손을 활짝 펴 보이며 그녀가 말했다. 잠깐 동안 아드리아는 포옹을 해 달라는 뜻으로 생각했다.

나는 가게라는 소우주를 마지막으로 둘러보았다. 물건들은 바뀌었지만 전체적인 분위기와 냄새는 변함이 없었다. 그곳에서 아드리아는 아버지가 문서를 뒤적이는 모습, 베렝게 씨가 큰 그림을 그리는 모습, 문밖의 거리를 내다보는 모습, 머리를 가다듬고 한껏 화장을 한 젊은 세실리아가 웃으며 훌륭한 치펜데일 책상의 가격을 무조건 깎으려 드는 고객을 상대하는 모습, 아버지가 베렝게 씨를 사무실로 부르는 모습, 문을 닫고 아드리아가 알지 못하는 것, 혹은 조금 아는 것에 대해 한참 동안 이야기하는 모습을 떠올렸다. 나는 세실리아의 곁으로 돌아왔다. 통화 중이었다. 그녀가 전화를 끊자 나는 그 앞에 섰다.

"언제 그만둔다고 했죠?"

"크리스마스 무렵이란다. 가게를 맡고 싶지 않은 거지, 그렇지?"

"잘 모르겠어요." 거짓말이었다.

"대학교에서 일을 구해서요."

"동시에 할 수 있는 일이야."

그녀는 무슨 말을 더 하려는 듯했지만 그때 사그레라 씨가 들어왔다. 늦어서 미안하다고 사과하면서 세실리아와 나에게 동시에 손을 흔들어 인사했다. 우리는 문을 닫았고, 사그레라 씨는 그동안 가게의 상황과 현재 가치에 대해 설명했다. 그리고 의견을 구하시진 않았지만 제 생각을 말씀드리자면, 이 가게는 미래에 아주 돈이 될 사업입니다. 유일한 방해 요소였던 베렝게 씨도 직접 치워 버리셨고요. 그는 자기 말을 강조하기 위해 의자에 몸을 기대며 말했다.

"미래의 전망이 아주 밝은 수익성 있는 사업입니다."

"저는 팔고 싶어요. 가게 주인이 되고 싶지는 않습니다."

"대체 뭐가 문제입니까?"

"사그레라 씨……."

"주인은 당신이지요. 그것이 최종 결정입니까?"

최종 결정인지 아닌지 내가 어떻게 알겠는가. 내가 무얼 하고 싶은지 나도 모르겠는데 말이다.

"그렇습니다, 사그레라 씨. 최종 결정입니다."

그러자 사그레라 씨는 자리에서 일어나 금고로 가더니 문을 열었다. 나에게도 없는 금고 열쇠를 그가 갖고 있다는 사실에 놀랐다. 그는 봉투 하나를 꺼냈다.

"어머니가 남긴 겁니다."

"저한테요?"

"가게에 오면 주라고 하셨습니다."

"하지만 저는……."

"가게에 오면 말입니다. 가게를 맡았을 때 말고요."

그것은 봉인된 봉투였다. 나는 사그레라 씨 앞에서 그 봉투를 열었다. 편지는 진심을 담아 사랑하는 내 아들에게라거나 다른 어떤 종류의 인사말, 예를 들면 이봐, 아드리아, 어떻게 지내 같은 말로 시작하지 않았다. 그것은 일련의 지시 사항을 딱딱하게 나열했다. 하지만 내가 생각하기에 나한테 매우 유용해 보이는 조언이 담긴 실용적인 메시지였다.

내 의지에도 불구하고 며칠 후, 아니 몇 주 후 잘 기억이 나지 않지만 아무튼 비밀 경매에 참석하게 되었다. 산안토니의 서적상인 모랄 씨는 비밀스럽게 나에게 주소를 건네주었다. 어쩌면 굳이 그렇게 비밀스럽게 행동할 필요는 없었을지 모르겠다. 겉보기에 심각한 보안 장치가 없었기 때문이다. 초인종을 누르고 문이 열리면 오스피탈레트 산업 단지의 주차장이 나왔다. 보석 가게처럼 조명을 환하게 밝힌 경매품이 담긴 유리 상자가 탁자 위에 놓여 있었다. 그것을 살펴보기 시작하자 다시 간지러움이 밀려오더니 나는 이내 물건을 손에 넣기 직전이면 늘 따라다니던 땀으로 젖었다. 입이 바짝 마르는 증상까지. 아마 도박꾼이 기계 앞에 섰을 때 이런 기분이지 않을까. 사실 당신한테 우리 아버지의 물건이라고 말한 것들 중 상당수는 내가 사들였어. 예를 들면 지금 가격으로 수백만은 훌쩍 넘을 16세기의 50두카트 금화 같은 것 말이지. 다 그곳에서 구매했어. 꽤 돈이 드는 일이었다. 그리고 나중에 다른 경매장의 그 무척 부산했던 교환장에서 맨땅에 헤딩하듯 다른 광기 어린 수집가를 직접 만나 구매한 것이 마요르카의 자우메 3세 시기 페르피냥에서 주조된 5플로린짜리 금화다. 그것을 손에 넣고 짤랑짤랑 흔들어 보았을 때 얼마나 기뻤던지. 그 동전을 손에 쥐고 나는 아버지가 비알에 대해 설명하던 것을 떠올렸다. 각기 다른 음악가들이 일생 동안 악기에 헌신하며 좋은 소리를 내기 위해 노력하고, 악기를 존중하고, 나아가 경배한다는 거였다. 그리고 굉장했던 루이 금화 열세 개를 손에 넣고 흔들었을 때 그 소리는 세월을 보낸 기욤프랑수아 비알이 내던 마음을 달래 주는 소리와 같았다. 그 스토리오니를 소유하는 데 따르는 위험에도 불구하고 그는 악기를 애정을 갖고 다루었으며, 라 기테 주교가 퍼뜨린 소문을 듣기까지 그 태도를 유지했다. 유명한 로렌초 스토리오니 바이올린이 수년 전 살해당한 르클레르 주교 살해 사건과 관련됐을지 모른다는 소문이었다. 그의 소중한 바이올린이 손에서 불타기 시작했고, 아끼던 소유물은 하나의 악몽으로 변모했다. 그는 파리에서 멀리 떨어진 곳에서 악기를 제거하기로 결심했다. 그가 장 삼촌의 끔찍한 피로 얼룩진 케이스와 함께 아주 만족할 만한 가격으로 물건을 파는 데 성공한 안트베르펜에서 돌아왔을 때 바이올린은 루이 금화로 가득한 부드러운 염소 가죽 가방으로 바뀌어 있었다. 가방 소리가 얼마나 좋던지. 그는 그 가방이 자신의 미래고 은신처이며 장 삼촌의 경멸과 허영에 맞선 승리라고 생각했다. 이제 누구도 그를 안트베르펜의 아르칸 씨가 사들인 바이올린과 관련짓지 않을 것이다. 그것이 바로 그가 흔들었을 때 루이 금화가 쩔렁이는 소리였다.

"로마에 같이 갈래요?"

라우라는 놀란 표정으로 그를 바라보았다. 그들은 학생들한테 둘러싸여 학교 복도에 서 있었다. 그는 손을 주머니에 집어넣고, 그녀는 서류 가방을 끼고 마치 까다로운 사건의 선고를 들으러 재판장에 들어가는 국선 변호사처럼 보였다. 나는 그녀의 파란 눈을 유심히 바라보았다. 라우라는 더 이상 지식에 목말라하는 학생이 아니었다. 학생들에게 꽤 사랑받는 교수였다. 여전히 파란 눈 속에 슬픔을 간직하고 있었다. 아드리아는 혼란스러운 마음으로 그녀를 응시했다. 사라, 당신 모습이 그녀와 겹쳐 보이기 시작했어. 지금까지 내가 관찰한 바에 따르면 그녀는 애인을 고르는 데 별로 운이 없는 것 같아.

"네?"

"일이 있어 로마에 가게 되었어요. 길면 오 일 정도요. 그다음 월요일에 돌아오면 되잖아요. 그럼 수업에 빠지는 일도 없을 테고요."

사실 아드리아는 즉흥적으로 꺼낸 말이었다. 며칠 전 그는 이 파란 눈의 여인에게 대체 어떻게 접근할지 알 수 없었다. 한 걸음 더 진도를 나가고 싶었지만 방법을 몰랐다. 그 결정이 당신에 대한 기억을 완전히 지워 버릴까 봐 두렵기도 했다. 그래서 생각해 낸 계획은 아주 형편없는 것이었다. 파란 눈이 웃고 있었고, 아드리아는 그녀가 웃지 않은 적이 있었나 궁금했다. 그녀가 그러죠 했을 때 아드리아는 몹시 놀랐다.

"무엇을 그러자는 거죠?"

"로마에 당신과 함께 가겠다고요." 그녀는 다소 경직되어 그를 바라보았다. "그 뜻이 아니었나요?"

둘은 함께 웃었고, 아드리아는 또 연애를 시작하게 되었군, 그런데 파란 눈 말고 라우라에 대해서 아는 게 없네라고 생각했다.

비행기가 이착륙하는 동안 그녀는 처음으로 그의 손을 잡고 부끄러운 웃음을 지으며 비행이 무섭다고 했다. 그는 왜 미리 이야기하지 않았어요라고 말했다. 그녀가 무서운 걸 어떡해요라고 말하듯 어깨를 으쓱하자 그는 당신 아르데볼과 함께 로마에 가는 것이니 참을 수 있어요라고 받아들였다. 사랑하는 사라, 나는 스스로의 추진력에 으쓱해졌던 게 사실이야. 상대는 미래가 창창한 젊은 교수였지만 말이야.

로마는 그다지 유쾌한 곳이 못 되었다. 죽음을 무릅쓴 택시를 필두로 하여 엄청난 차량으로 가득한 거대 도시였다. 그들이 호텔에서 택시를 타고 뒤죽박죽 얽힌 차들로 엉망이 된 코르소가까지 가는 데 걸린 시간은 기록에 남을 만했다. 아마토 청과물 가게는 지나가던 행인들을 한 번씩 뒤돌아보게 만드는 맛있는 과일 상자가 가득한 보물 같은 곳이었다. 아드리아는 무척 까다로워 보이는 고객을 상대하고 있던 수염이 빽빽한 남자에게 자신을 소개했다. 그는 몇 가지 안내 사항이 적힌 카드 한 장을 건네더니 포폴로 광장으로 향하는 길을 가리켰다.

"우리가 무얼 하고 있는지 말해 주지 않을 건가요?"

"곧 알게 될 겁니다."

"좋아요. 하지만 내가, 지금 여기서, 무엇을 하고 있는지 알고 싶어요."

"나와 함께 다니는 거죠."

"왜죠?"

"왜냐하면 내가 겁이 많거든요."

"굉장하네요." 아드리아의 걸음을 따라잡기 위해 그녀는 거의 뛰다시피 했다. "그럼 무슨 일이 일어나고 있는지 설명해 줄 수 있겠죠?"

"여길 봐요, 다 왔어요."

세 개의 문을 더 지나야 했다. 그가 초인종들 중 하나를 누르자 소리가 났고 그들을 기다렸다는 듯 문이 열렸다. 한 층 더 올라가니 나의 천사, 아니 나의 예전 천사가 열린 문을 손으로 붙들고 다소 거리감이 느껴지는 웃음을 지으며 기다리고 있었다. 아드리아는 그녀에게 입을 맞추고는 그녀를 친밀한 손짓으로 가리키며 라우라에게 말했다.

"내 배다른 누나예요. 다니엘라 아마토라고 하죠."

그리고 나는 라우라를 가리키며 다니엘라에게 말했다.

"이쪽은 내 변호사야."

라우라는 굉장히 대응을 잘해 주었다. 사실 그녀는 대단했다. 눈도 한 번 깜빡하지 않았다. 마치 힘 조절을 위한 계산을 하듯 두 여인은 얼마간 서로를 살폈다. 다니엘라는 아주 멋진 거실로 우리를 안내했다. 가게에서 분명히 본 것 같은 작은 세러턴 탁자가 있었다. 그 위에 꽤 젊은 시절 아버지와 살짝 다니엘라 느낌이 나는 매우 예쁘장한 소녀의 사진이 하나씩 놓여 있었다. 나는 아마 그 여인이 아버지의 로마 시절 사랑이자 과일 장수 아마토의 딸, 전설적인 카롤리나 아마토일 것이라 짐작했다. 사진 속에는 깊은 눈빛과 고운 살결을 지닌 젊은 여인이 있었다. 느낌이 이상했다. 그 사진 속 젊은 여인의 딸이 내 앞에 있었고, 딸은 오십 년의 세월을 지나며 얼굴에 고스란히 그 흔적이 드러났기 때문이다. 나의 배다른 누나는 여전히 아름답고 우아한 여인이었다. 우리가 대화를 시작하기 전에 마르고 눈썹이 두꺼운 십 대 소년이 커피를 가져왔다.

"내 아들 티토예요." 다니엘라가 말했다.

"만나 뵙게 되어 기쁩니다."(이탈리아어) 나는 손을 내밀며 말했다.

"신경 쓰지 마세요." 그는 커피 탁자 위에 쟁반을 조심스럽게 내려놓으며 카탈루냐어로 대답했다. "아버지는 빌라프랑카 출신이에요."

그때 라우라가 나를 무서운 눈빛으로 째려보기 시작했다. 내가 너무 많은 것을 바란다고 느꼈기 때문일 것이다. 변호사라는 역할을 통해 그녀와 전혀 무관한 나의 이탈리아계 가족과 이야기를 나누게 생겼으니 말이다. 나는 웃음을 지으며 그녀의 손을 잡고 안심시켰다. 방법이 통했다. 그 후로 이 방법이 통한 사람은 한 명도 없었다. 가엾은 라우라. 그녀에게 여전히 많은 설명을 빚진 느낌이지만 이제 시간이 충분치 않은 것 같다.

커피는 훌륭했다. 가게의 매매 조건도 마찬가지였다. 라우라는 그저 조용히 있었다. 내가 가격을 말하자 다니엘라는 라우라를 몇 번 쳐다보았고, 그녀가 아주 조심스럽게, 하지만 매우 전문가 같은 태도로 고개를 젓는 것을 보았다. 그럼에도 여전히 그녀는 흥정을 시도했다.

"제안에 응할 수 없어."

"뭐라고요." 그때 라우라가 끼어들어 나는 놀라서 바라보았다. 그녀는 피곤한 듯한 목소리로 말했다. "이게 아르데볼 씨가 당신에게 제시하는 유일한 가격입니다."

몹시 서두르듯 손목시계를 보더니 심각한 표정을 지으며 다시 입을 다물었다. 고민하던 아드리아는 이 제안이 그녀에게 가게를 넘기기 전 가게에서 몇몇 물건들을 챙길 자신의 권리를 포함한다고 말했다. 다니엘라가 내가 건넨 목록을 찬찬히 훑어보는 동안 나는 라우라를 바라보았다. 내가 눈짓을 보냈는데 라우라는 변호사 역할을 하느라 심각한 표정을 한 채 아무런 반응을 보이지 않았다.

"집에 있는 우르젤의 그림은?" 다니엘라는 고개를 들며 말했다.

"가보야. 가게 귀속물이 아니라고."

"그럼 바이올린은?"

"그것도. 모두 문서로 보증되어 있어."

라우라는 계산한 듯한 피곤함을 내비치더니 할 말이 있는 듯 한 손을 들어 올리며 다니엘라를 바라보았다. 그리고 우리가 보이지 않는 것들로 가득한 가게에 대해 말하고 있다는 것은 당신도 알지요라고 말했다.

이런, 라우라.

"뭐라고요?" 다니엘라가 말했다.

그냥 잠자코 있는 편이 나아.

"물건도 중요하지만 그 가치는 굉장히 다른 문제입니다."

라우라, 잘못된 때에 당신을 로마로 부른 것 같소.

"좋네요. 그래서요?"

"하루하루 지날수록 가격은 올라가요."

일을 복잡하게 만들지 않는 게 좋을 텐데.

"그래서요?"

"당신들이 합의한 가격이라는 것 말입니다."

라우라는 마치 내가 거기에 없는 것처럼 나를 쳐다보지도 않고 말을 이었다. 내가 조용해, 일을 망치지 말란 말이야, 젠장이라고 생각하는 동안 그녀는 당신들이 얼마에 합의를 보든 실제 가치에 절대 못 미칠 겁니다라고 말했다.

"호기심에서 물어보는데 그럼 가게의 실제 가치가 얼마인지 정말 알고 싶군요, 변호사 양반."

라우라, 그건 나도 마찬가지요. 하지만 일을 망치지 않는 게 좋아요, 알겠소?

"그것은 아무도 모릅니다. 엄청난 페세타가 공식 가격일까요. 실제 가치를 알기 위해서는 역사의 무게를 더해야 하죠."

조용했다. 다들 말 속에 담긴 엄청난 지혜들을 하나씩 소화하는 듯했다. 라우라는 이마의 앞머리를 귀 뒤로 넘기고 다니엘라에게 몸을 숙이며 내가 들어 보지 못한 침착한 목소리로 말했다. 우리가 지금 나누는 이야기는 사과에 관한 것도, 바나나에 관한 것도 아닙니다, 아마토 씨.

우리는 여전히 말이 없었다. 나는 문 뒤에 티토가 있다는 사실을 알았다. 그 앞에 두꺼운 눈썹을 가진 그림자가 비쳤기 때문이다. 곧 나 또한 아버지를 닮아 물건을 좋아하던 아이였음을 깨달았다. 어머니도 그렇게 변했고, 현재의 나 또한 그렇다. 다니엘라도 마찬가지다. 가족 대대로 이어진 욕구였다. 무거운 침묵으로 인해 모두가 역사의 무게를 가늠하고 있는 듯 보였다.

"좋아요. 남은 절차는 변호사들끼리 마무리 짓도록 하죠."

다니엘라는 마음을 굳히며 무거움을 털어 내고자 했다. 그리고 다소 비꼬는 표정으로 라우라를 바라보며 이봐요, 똑똑이 씨, 역사 속 수백만 리라에 대해서는 기분 좋은 날 따로 이야기하도록 하죠라고 말했다.

자리에 앉을 때까지 우리는 한마디도 하지 않았다. 사십오 분에 가까운 절대적인 침묵의 시간이 흘렀다. 파란 눈의 금발이 그의 혼을 완전히 빼놓았기 때문이다. 일단 앉아서 주문을 하고 역시 아무 말 없이 첫 번째 요리가 나오기를 기다리다 라우라는 이내 포크를 집어 들고 스파게티를 휘젓기 시작했다.

"당신은 무례하기 짝이 없어요." 그릇에 얼굴을 가까이 대고 기다란 스파게티 면 하나를 빨아들이기 전 말했다.

"나보고 하는 소린가요?"

"당신 아니면 누구겠어요."

"왜요?"

"나는 당신의 변호사도 아닐뿐더러 당신이 변호사가 필요한 것도 아니었어요." 그녀는 포크를 접시 위에 내려놓으며 말했다. "그나저나 골동품을 취급하나 봐요."

"그렇습니다."

"왜 미리 말해 주지 않았어요?"

"당신이 비밀을 지키지 않을까 봐요."

"오늘 여행에 대해 아무도 나에게 설명해 주지 않았어요."

"미안해요. 내 잘못입니다."

"맞는 말이지요."

"그런데 너무 잘하던걸요."

"음, 그저 빨리 그 상황을 망쳐 버리고 나오고 싶었을 뿐이에요. 당신은 무뢰한이니까요."

"그렇고말고요."

라우라는 또 다른 스파게티 면발을 낚는 데 성공했다. 나는 그녀의 말이 거슬렸다기보다 저 속도로는 스파게티를 영원히 끝내지 못할 거라는 생각을 했다. 그리고 그녀에게 말한 적 없는 사실을 설명해야겠다고 생각했다.

"어머니가 다니엘라에게 가게를 넘기는 데 대한 지시 사항을 남겼어요. 단계별로 말이죠. 심지어 어디를 봐야 하는지, 어떤 몸짓을 해야 하는지까지 상세히 적어 두었죠."

"그러니까 연기를 했다는 거군요."

"어느 정도는 말이죠. 하지만 당신은 그 이상을 했어요."

아드리아가 포크를 내려놓고 음식이 가득한 입을 냅킨으로 닦을 때까지 둘은 접시를 바라보았다.

"역사의 무게가 지닌 가치!" 그는 웃음을 터뜨리며 말했다.

저녁 식사는 여전히 긴 침묵 속에서 이어졌다. 그들은 서로 눈이 마주치지 않도록 조심했다.

"그러니까 어머니가 지시 사항을 담은 책을 한 권 썼단 말이죠."

"그래요."

"그리고 당신은 그걸 실제로 응용하고."

"그렇죠."

"그래 보이긴 했어요……. 좀 달랐다고나 할까."

"어떻게 다르던가요?"

"평소와 달랐다고요."

"평소에 내가 어떤데요?"

"어디 갔는지 없죠. 언제나 정신이 나가 있어요."

그들은 말없이 올리브를 씹었다. 디저트를 기다리는 동안 서로에게 무슨 말을 할지 몰랐다. 어떻게 그런 선견지명이 있었는지 놀랍다고 아드리아가 말을 꺼낼 때까지 말이다.

"누구요?"

"내 어머니 말입니다."

라우라는 테이블 위에 포크를 놓고 그의 눈을 바라보았다.

"이용당한 기분이 드는 거 알아요?" 그녀가 강조했다. "알아들은 건가요, 내가 한 말?"

나는 그녀를 유심히 살폈다. 그녀의 파란 눈이 젖은 것을 보았다. 가엾은 라우라. 그녀는 진심을 털어놓았는데 나는 여전히 알아채지 못한 척하고 싶었다.

"용서해 줘요. 나 혼자서는 할 수 없었거든요."

그날 저녁 라우라와 나는 매우 부드럽고 조심스럽게 사랑을 나누었다. 서로의 마음을 상할까 우려하듯 말이다. 그녀는 호기심 가득한 표정으로 아드리아가 목에 걸고 있던 메달을 살폈지만 그에 대해 어떤 말도 하지 않았다. 그러더니 울었다. 언제나 웃음을 잃지 않던 라우라가 처음으로 끝없는 슬픔을 나에게 드러낸 순간이었다. 가슴 아픈 사랑 이야기를 해 주지는 않았다. 나도 더 이상 묻지 않았다.

바티칸 박물관을 돌아보고 성 피에트로 인 빈콜리 성당의 모세를 조용히 한 시간 넘게 경탄하며 바라보았다. 율법을 손에 든 모세는 앞으로 한 발짝 나와 백성들에게 다가갔다. 그들이 금송아지를 숭배하며 그 주변에서 춤추고 있는 모습을 보고 화를 내며 율법을 바닥에 던져 그 돌이 산산조각이 났다.

야훼가 자신의 백성들과 약속한 새로운 동맹 관계의 요점을 적은 신성한 글귀가 적힌 돌이었다. 아론이 무릎을 꿇고 그리 크지도 작지도 않게 조각 난 돌들을 주워 기념품처럼 간직했다. 모세는 목소리를 높여 이 아무짝에도 쓸모없는 놈들아, 우상을 숭배하다니, 너희를 무시할 수밖에 없도록 만드는구나, 배은망덕한 놈들! 하느님의 백성들은 모세여, 용서하소서, 다시는 없을 일입니다. 그러자 그는 그대들을 용서할 이는 내가 아니고 하느님이거늘. 그대들은 우상을 숭배하며 그분에게 죄를 지었어. 이것만으로도 돌에 맞아 죽어 마땅하다네. 자네들 모두 말일세. 그들이 돌과 깨진 율법을 생각하며 타는 듯한 로마의 정오의 햇살 아래로 나갔을 때 나는 난데없이 1세기 전 히즈라력 1290년, 작은 마을 알-히스위[15]에서 얼굴이 달처럼 빛나는 아이가 태어나 울고 있는 장면이 떠올랐다. 아이를 바라보는 어머니는 말했다. 내 딸은 자비로운 알라의 축복이도다. 아이는 달처럼 아름답고 해처럼 빛났다. 아버지인 상인 아지자데는 아내의 연약한 상태를 보더니 걱정을 애써 감추며 아이의 이름을 무엇으로 하면 좋겠소 물었고, 이에 아내는 아마니라고 부릅시다, 그럼 알-히스위 사람들이 사랑스러운 아마니로 기억할 거예요라고 말했다. 그리고 그 말이 기운을 빨아먹은 듯 그녀는 녹초가 되고 말았다. 남편 아지자데는 어두운 눈에서 쓰라린 눈물을 흘리며 모든 것이 정돈되었는지 확인한 후 흰 동전 하나와 대추가 담긴 바구니를 산파에게

---

15) 아라비아 반도의 중심부에 위치한 매우 작은 마을.

내밀었다. 그는 걱정스러운 얼굴로 아내를 바라보고 머릿속으로 먹구름이 스쳐 지나가는 것을 느꼈다. 아내의 목소리는 여전히 떨렸다. 아지자데, 만일 내가 죽으면 내 기억의 보물을 잘 돌봐 줘요.

"죽지 않을 거요."

"내 말 잘 들어요. 아마니가 월경을 처음 하게 되는 날 이걸 나 대신 전해 줘요. 나를 기억할 수 있는 작은 선물로 말이죠, 여보. 아이를 돌볼 충분한 힘이 없었던 어머니에 대한 추억으로……." 그녀는 기침을 했다. "꼭 약속해요." 그녀는 힘주어 말했다.

"약속해요, 여보."

산파가 다시 방으로 돌아오더니 산모는 쉬어야 한다고 말했다. 아지자데는 고개를 끄덕이고 가게로 돌아갔다. 레바논에서 막 도착한 피스타치오와 호두의 하역을 감독해야 했기 때문이다. 하지만 아지자데는 십오 년 후에 일어날 아름다운 아마니의 비극적인 결말을 전혀 믿지 않았을 것이다. 비록 그 사실이 선택받은 자라 스스로를 칭하는 모세의 불경한 아들들의 율법처럼 비석에 새겨져 있다고 해도 말이다. 주님, 자비를 베푸소서.

"무슨 생각을 해요?"

"네?"

"거봐요, 언제나 정신이 나가 있다고 했죠?"

우리는 기차로 바르셀로나에 돌아왔다. 수요일이었다. 라우라는 생전 처음으로 미리 양해를 구하지 않은 채 두 번의 수업에 빠졌다. 무언가를 짐작했을 바스타르데스 박사는 그녀를 나무라지 않았다. 그리고 나는 로마 작전 이후 내가 원하던 학업에 매진하며 인생을 살아갈 수 있으리라는 사실을 이미 알았다. 학계에 적당히 내 존재만 알릴 만큼 간간이 수업을 하면서 말이다. 연애사만 제외하면 나의 하늘은 맑아 보였다. 비록 흥미진진한 문서를 손에 넣은 지가 꽤 오래됐지만 말이다.

29

아드리아는 드디어 어깨의 짐 하나를 내려놓을 수 있었다. 실용적인 문제를 다루는 능력이 꽝인 아들을 걱정한 쌀쌀맞은 어머니의 도움이 컸다. 그 방식은 세상 모든 어머니들과 달랐지만 저세상에서도 어머니는 아들을 돌보고 있었다. 이 사실을 떠올리기만 하면 나는 감정이 북받치고 어떤 때는 어머니가 나를 사랑했을지도 모른다는 생각이 들었다. 지금에 와서야 드는 생각인데 아버지는 나를 경외했던 것이 확실했다. 하지만 나를 사랑한 적이 없다는 사실 또한 분명했다. 나는 그의 굉장한 수집품들 중 하나에 지나지 않았다. 그 수집품들 중 하나는 모든 것을 제자리에 정리해야겠다는 마음을 먹고 로마에서 집으로 돌아왔다. 그동안 독일에서 가져온 열지 않은 책 상자에 늘 발이 걸려 넘어졌기 때문이다. 그는 불을 켜 보았다. 다행히 들어왔다. 그리고 최대한 잘 정리하기 위해 베르나트에게 도움을 요청했다. 마치 그가 플라톤이나 페리클레스이고, 에이샴플레의 집이 시끌벅적한 아테네라도 되는 듯 말이다. 두 명의 현자는 문서들, 그러니까 인큐내뷸러,[16) 깨지기 쉬운 물건, 아버지의 책, 기록물, 악보, 그리고 가장 자주 사용하는 사전을 서재에 정리하기로 했다. 그들은 위에서 내려오는 물줄기를 아래에서 둘로 갈랐고, 바닷물로 만들어진 구름이 창공을 수놓았다. 이제 그의 방이 된 부모님 침실에는 시집과 음악책을 둘 공간을 마련했다. 하류를 반으로 갈라 건조 지대를 마련하여 그곳을 지구, 그리고 물이 찬 곳을 바다라고 부르기로 했다. 어릴 적 쓰던 방에는 탁자 위에서 늘 보초를 서던 카슨 보안관과 용감한 검은 독수리만을 남긴 채 아드리아의 어린 시절을 함께했던 모든 책들을 조금도 망설임 없이 비워 버렸다. 그 자리에 기억이 존재하는 순간부터 오늘날까지를 다루는 역사책을 들여놓았다. 지리학 서적도 함께 정리했다. 이제 지구는 나무와 막 싹이 돋기 시작한 씨앗, 솟아나는 잔디와 꽃으로 가득해졌다.

"저 카우보이들은 뭐야?"

"만지지 마!"

아드리아는 네가 상관할 바 아니라고 말할 용기가 나지 않았다. 부당해 보일 수 있었다. 그는 그냥 아무것도 아니야, 내가 다음에 정리할게라고 말했다.

"하우."

_____

16) 구텐베르크의 인쇄술 발명부터 15세기까지의 초기 간행본.

"왜 그래."

"우리가 부끄러운 거지."

"지금 나는 무척 바쁘거든."

아라파호 추장 뒤에 있던 보안관의 소리가 들렸다. 보안관은 거만한 태도로 바닥에 침을 뱉으며 아무 말도 하지 않았다.

집에 있는 세 개의 긴 복도에는 언어별로 분류한 문학 산문집을 정리했다. 플라나스에서 새로 주문한 긴 수납장을 들여놓았다. 침실 복도에는 로망어군. 거실로 이어지는 복도에는 슬라브어와 북유럽 언어 계열, 집 한가운데의 넓은 복도에는 게르만어와 앵글로색슨계 언어.

"도대체 너는 어떻게 이런 괴상한 언어들을 읽는 거야?"

베르나트는 갑자기 다닐로 키슈[17]의 『모래시계』를 흔들며 말했다.

"인내심을 가지고. 러시아어를 알면 세르비아어는 그렇게 어렵지 않아."

"러시아어를 알면……." 베르나트는 기분이 상해 투덜거리는 투로 말했다. 그는 책을 제자리에 돌려놓고 중얼거렸다. "그렇고말고, 아주 식은 죽 먹기겠지."

"문학 에세이와 문학책, 미술 이론은 거실에 두면 돼."

"유리그릇이나 찬장을 들어내도 되고."

그는 찬장 위의 흰색 얼룩에 대해 말하지 않은 채 벽을 가리

---

17) Danilo Kiš(1935∼1989). 구유고 연방 태생의 단편 소설가, 에세이 작가, 번역가. 유대계였던 아버지가 아우슈비츠에서 목숨을 잃었고, 이러한 경험은 전쟁과 인간의 고통을 다루는 그의 작품에 영향을 미쳤다.

켰다. 아래쪽을 바라보며 아드리아는 모든 식기들을 가게에 줘야겠어라고 말했다. 물건이 팔리면 매우 기쁠 거야. 그럼 세 개의 벽면이 확보된단 말이지. 그리고 그는 물고기와 해양 생물과 바다에 사는 모든 괴생명체를 창조해 냈다. 모데스트 우르젤이 그린 성 마리아 데 제리 성당 그림이 차지했던 자리는 이제 다른 작가들이 함께하고 있었다. 벨렉, 바렌, 카이저, 베를린, 슈타이너, 에코, 벤야민, 인가르덴, 프라이, 카네티, 루이스, 푸스테, 존슨, 칼비노, 미라, 토도로프, 마그리스, 그리고 다른 기쁨들로 가득했다.

"할 줄 아는 언어가 몇 개야?"

"모르겠어. 상관없어. 몇 개의 언어만 알면 언제나 네가 생각하는 것보다 많이 읽을 수 있지."

"아, 그럼, 내가 하려던 말이 그거야." 좀 짜증이 나서 베르나트가 말했다. 잠시 후 가구를 옮기며 말했다. "러시아어를 공부한다는 말은 하지 않았잖아."

"넌 나에게 바르토크 2번을 연습한다는 말을 한 번도 한 적이 없지."

"그런데 어떻게 알아?"

"아는 사람한테 들었지. 다림질 방에는 이 책들을……."

"다림질 방에 있는 것들은 절대 건드리지 마." 베르나트는 침착하게 말했다. "집안 청소, 다림질 같은 것들을 할 사람을 들여야지. 그럼 그 사람도 독립된 공간이 하나쯤은 필요할 거 아니야."

"내가 할 거야."

"헛소리. 사람을 찾아보도록 해."

"오믈렛, 쌀밥, 달걀 프라이, 마카로니, 그리고 다른 종류의 파스타와 필요한 것은 무엇이든 만들 수 있어. 감자 오믈렛. 샐러드. 삶은 야채와 감자."

"나는 좀 더 어려운 단계의 일들을 말하는 거야. 다림질, 바느질, 빨래 같은 것 말이야. 카넬로니나 오븐을 쓰는 닭 요리도 그렇고."

정말 귀찮은 노릇이었다. 결국 베르나트의 말을 듣고 카테리나라는 젊고 활동적인 여자를 구했다. 그녀는 월요일마다 우리 집에 와서 점심을 먹고 한 치의 흐트러짐도 없이 집을 정돈해 놓았다. 다림질, 바느질까지. 어둠 속의 빛 같은 존재였다.

"좋습니다. 하지만 서재에는 들어가지 않는 편이 좋겠어요. 알겠습니까?"

"원하신다면요." 그녀는 들어가서 슬쩍 전문가의 눈길로 훑어보았다. "하지만 이곳이 집 안 모든 먼지의 진원지인 건 알고 계시죠?"

"그 정도까지는 아니에요. 과장하지 맙시다⋯⋯."

"책에 사는 작은 은색 벌레로 가득한 먼지가 자라나는 곳이지요."

"과장하지 말아요, 작은 롤라."

"카테리나예요. 오래된 책들의 먼지만 털어 낼게요."

"꿈도 꾸지 마세요."

"그럼 최소한 바닥이라도 쓸고 청소하게 해 주세요." 카테리나는 협상의 일부분이라도 살리고자 했다.

"좋아요. 하지만 책상 위는 절대 건드리지 마세요."

"그럴 생각도 안 해 봤어요." 거짓말이었다.

처음의 좋은 의도에도 불구하고 수납장이 없는 벽에 아드리아가 책을 쌓았기 때문에 카테리나는 인문학책과 백과사전하고 함께 지내야 했다. 정직하게 얼굴을 찌푸리는 것이 그녀로서 그다지 현명한 선택은 아니었다.

"공간이 더 없는 게 안 보입니까?" 아드리아가 간청하듯이 말했다.

"글쎄요, 이 집이 작은 편은 아니에요. 왜 그렇게 책을 많이 두려고 하세요?"

"다 먹어 치우려고요."

"이렇게 좋은 집을 제대로 활용하지 못하다니, 벽이 보이지도 않잖아요."

카테리나는 다림질 방을 꼼꼼하게 살펴보더니 책을 옆에 두고 일하는 데 익숙해지는 수밖에 없겠네요라고 말했다.

"너무 걱정 말아요, 작은 롤라. 책들이 낮에 얼마나 조용한데요."

"카테리나라고요."

카테리나는 의심의 눈초리로 그를 보며 말했다. 농담을 하는지, 아니면 미쳤는지 확신이 서지 않아서였다.

"그리고 네가 독일에서 가져온 이건 다 뭐야?" 하루는 수상쩍은 듯이 종이 상자를 열던 베르나트가 물었다.

"문헌학과 철학책이 대부분이야. 소설도 몇 권 있고. 뵐, 그라스, 포크너, 만, 요르, 캄마뉴, 로스 같은 작가들 말이야."

"어디에다 정리하려고?"

"철학책은 거실에. 수학책, 천문학책과 같이 두려고. 문헌학과 언어학은 작은 롤라 방에. 소설은 각각 해당하는 복도에 두고."

"그럼 옮겨 볼까."

"바르토크는 어느 오케스트라와 연주하고 싶은 거야?"

"내 오케스트라. 오디션을 보려고."

"이런, 정말 잘됐네. 그렇지?"

"어디 행운의 종소리가 울릴지 한번 두고 보자고."

"종소리보다 바이올린 소리가 울려야겠지."

"그래. 책장을 더 주문해야 할 것 같은데."

책장을 더 주문했다. 아드리아의 주문이 그칠 줄 몰라 플라나스는 뛸 듯이 기뻤다. 그리고 천지 창조 넷째 날에 카테리나는 중요한 승리를 얻어 냈다. '주님'으로부터 서재에 있는 책을 제외한 집 안의 모든 책의 먼지를 털어 내도 좋다는 허락을 받았기 때문이다. 그리고 목요일 아침에도 작은 집안일들을 처리하러 방문하기로 했다. 그렇게 그녀는 일 년에 한 번씩 모든 책의 먼지를 털 수 있었다. 아드리아는 원하는 대로 하세요, 작은 롤라. 이 일에 관해서는 저보다 더 잘 아시니까요.

"카테리나라고요."

"손님방에 빈 공간이 더 있으니 종교학, 신학, 민속학, 그리고 그리스 로마에 관한 책들을 두어야겠어요."

'주님'이 물을 갈라 땅은 마르게 하시고 바다를 만드신 순간이었다.

"너는 말이야…… 뭐가 더 좋아, 고양이야, 아니면 개야?"

"둘 다 별로야." 그는 퉁명스럽게 말했다. "둘 다 싫어."

"집 안에서 볼일 보는 게 싫은 거지, 그렇지?"

"그것 때문은 아니야."

"물론 그렇겠지, 네가 그리 말한다면……." 바닥에 책을 쌓던 베르나르트가 빈정대는 투로 말했다. "그래도 애완동물을 한 마리 들이면 너한테 좋을 것 같은데."

"누가 죽는 게 싫어. 알겠어?" 그는 욕실 앞 두 번째 줄을 슬라브어 책들로 채우며 말했다. 가축이 창조되었고, 야생 동물이 땅을 채웠다. 그는 그만하면 괜찮다고 생각했다.

그리고 그들은 첫 번째 복도의 어두운 바닥에 앉아 그의 슬픔을 자세히 읽어 내려갔다.

"이런, 카를 마이잖아. 나도 그의 책이 많아."

"이것 봐. 살가리의 책이야. 이런 세상에, 아니다. 살가리 책이 열두 권이나 있잖아."

"그리고 베른. 도레의 판화가 담긴 판본이 있었지."

"지금은 어디에 있는데?"

"누가 알겠어."

"그리고 에니드 블라이턴. 산문집 중 가장 잘된 건 아니지만 벌써 서른 번이나 읽었어."

"그리고 땡땡의 모험 시리즈는 어떻게 할 거야?"

"아무것도 버리고 싶지 않아. 다만 어디에 정리해야 할지 모르겠다는 거지."

"집에 아직 빈 공간이 많잖아."

'주님'은 맞아, 빈 공간이 많지, 하지만 난 책을 계속 사고 싶어라고 말했다. 내 문제는 카를 마이와 쥘 베른을 어디에 두는가 하는 거야, 이해했어? 베르나트는 그렇고말고라고 대답했다. 그리고 그들은 화장실의 작은 수납장과 천장 사이에 있는 공간을 발견했다. 열의에 찬 플라나스는 튼튼한 이중 책장을 만들었고, 아드리아가 어릴 때 읽었던 모든 책들은 그곳으로 보내졌다.

"떨어지지 않을까요?"

"만일 떨어지면 제가 직접 와서 남은 인생 동안 받치고 있겠습니다."

"아틀라스처럼 말이죠."

"네?"

"카리아티드처럼 말이죠."

"음, 무슨 말씀인지 잘 모르겠습니다만 떨어지지 않을 거라는 점만 확실히 말씀드리죠. 마음 놓고 똥을 누셔도 좋습니다. 아, 죄송합니다. 제 말은, 떨어지지 않을 거라는 뜻입니다."

"그리고 작은 화장실에는 잡지를 두고."

"괜찮을 듯해." 베르나트는 로망어군 산문집을 보관하는 복도를 지나 20킬로그램 되는 고대 역사책들을 아드리아의 어린 시절 방으로 옮기며 말했다.

"부엌에는 요리책을 두자고."

"달걀 프라이 하나를 하는 데도 참고 문헌이 필요한 모양이로군."

"모두 어머니의 책들이야. 버리고 싶지 않아."

상상 속에서 남자 혹은 그 엇비슷한 것이 된 내 모습을 그려 볼 때면 아드리아는 사라를 생각했다. 라우라인가. 아니다, 사라였다. 아니다, 라우라다. 모르겠다. 하지만 그는 그녀를 생각했다.

일곱 번째 날, 아드리아와 베르나트는 휴식을 취했고, 테클라를 초대해 그들의 창조물을 보여 주었다. 집을 둘러본 후 그들은 서재에 있는 안락의자에 앉았다. 벌써 요렌스를 임신했던 테클라는 그들의 작업에 감탄하며 남편에게 언젠가 우리 집도 정리할지 한번 두고 보자고 말했다. 그들은 무리아네서 가져온 차를 마셨다. 굉장히 맛있었다. 베르나트는 핀에라도 찔린 듯 자리에서 벌떡 일어났다.

"스토리오니는 어디에 뒀어?"

"금고에 있지."

"꺼내 봐. 바람을 좀 쐬어야지. 그리고 소리가 죽지 않도록 가끔 켜 줘야 한다고."

"나중에 연주할게. 옛날 실력을 되찾으려고 노력 중이야. 광적으로 연주하니까 그 악기가 좋아지더라고."

"스토리오니를 좋아하기란 어렵지 않은 일이야." 베르나트는 속삭이듯 말했다. "소리가 장난이 아니거든."

"피아노도 치신다는데 사실이에요?" 테클라가 궁금했던지 물어보았다.

"아주 기초적인 것만요." 스스로 변명하듯 말했다. "혼자 살면 자신을 위해 쓸 수 있는 시간이 많거든요."

칠 이 팔 영 육 오. 금고 안에 물건이라고는 비알뿐이었다.

그가 악기를 꺼냈을 때 지하의 굴속에 너무 오래 두어 악기가 창백해진 것 같았다.

"불쌍해라. 왜 고문서와 함께 캐비닛에 보관하지 않는 거야?"

"좋은 생각이야. 하지만 보험업자들이 말이야⋯⋯."

"무슨 상관이야. 누가 훔쳐 가기라도 한대?"

아드리아는 진지한 몸짓을 하며 친구에게 악기를 넘겼다. 한 곡 켜 봐, 그가 말했다. 베르나트는 튜닝을 시작했다. D 현의 음정이 좀 낮았다. 그는 베토벤의 판타지 두 곡을 켰는데 우리는 거의 오케스트라 연주를 앞에서 듣는 것 같았다. 그의 연주는 정말 대단하게 느껴졌고, 여전히 나는 이 생각에 변함이 없다. 나와 멀리 떨어져 지낸 시간이 그를 성숙하게 한 것 같았다. 테클라만 앞에 없었다면 나는 이봐, 왜 잘 쓰지도 못하는 글쓰기를 관두고 이렇게 잘하는 것에 집중하지 않는 거야, 응? 하고 말했을 것이다.

"그만해." 팔 일 후 그렇게 물었을 때 베르나트가 대답했다. 그리고 '주님'은 자신의 작품을 감상하며 매우 훌륭하다고 말했다. 집 안에 작은 우주가 존재했고, 대략 십진분류법을 따랐기 때문이었다. 그는 자라고 또 자라 집의 구석구석으로 번져 나가라고 책들에게 말했다.

"이렇게 큰 집을 본 적이 없어요." 코트도 벗지 않고 라우라는 감탄하며 말했다.

"이리 줘요, 외투를 벗어요."

"이렇게 어두운 집도요."

"커튼 여는 것을 항상 깜빡해요. 잠시만요."

그는 집에서 가장 괜찮은 부분을 그녀에게 안내했다. 서재로 들어갔을 때는 왠지 모를 우쭐한 기분이 들었다.

"어머, 저건 바이올린이에요?"

아드리아는 악기를 진열장에서 꺼내 그녀의 손에 건네주었다. 악기로 무엇을 해야 할지 그녀가 잘 모르는 것은 당연했다. 그는 악기를 확대경 아래 놓고 불을 켰다.

"안에 적힌 글씨를 읽어 봐요."

"라우렌티우스 스토리오니 크레모넨……." 그녀는 힘들게, 하지만 간절함을 담아 읽어 나갔다. "메 페킷 1764. 세상에나." 그녀는 감탄하며 고개를 들었다. "굉장히 비싸겠어요. 엄청나게."

"아마 그럴 거예요. 잘은 모르지만."

"모른다고요?" 놀라서 입이 벌어진 그녀는 손에서 악기가 타는 듯 얼른 아드리아에게 돌려주었다.

"알고 싶지 않아요."

"당신은 이상해요, 아드리아."

"그러게요."

둘은 말없이 잠시 그곳에 머물렀다. 무슨 말을 할지 서로 망설였다. 이 아가씨가 마음에 들어. 하지만 라우라와 데이트할 때면 사라, 언제나 당신이 떠올라. 그리고 영원을 맹세한 우리의 사랑이 어쩌다 이렇게 많은 난관에 부딪히게 되었는지 되묻곤 해. 그때 나는 여전히 그것을 이해할 수 없었거든.

"바이올린을 켤 줄 알아요?"

"음, 그런 셈이지요. 조금."

"어서요, 뭐든 연주해 봐요."

"이런."

나는 라우라가 음악을 거의 모를 거라고 생각했다. 착각이었다. 그녀는 아무것도 몰랐다. 하지만 아직 그 사실을 정확히 몰랐기 때문에 암보하고 있던 「타이스 명상곡」을 연주했다. 기억이 안 나는 부분은 조금 지어냈지만 연주는 매우 효과적이었다. 왼손의 운지가 정확히 기억나지 않아서 눈을 감고 집중해야 했다.

아드리아가 눈을 떴을 때 슬픔에 잠긴 라우라가 파란 눈물을 흘리며 나를 신 혹은 악마처럼 쳐다보아서 내가 무슨 일이에요 라우라 그러자 그녀는 나도 모르겠어요, 이곳에서 뭔가 느껴져 감성적이 되었나 봐요 하고 손으로 배에 원을 그려 보였다. 나는 그게 바로 바이올린 소립니다, 대단한 거예요라고 대답했다. 그녀는 울음을 더더욱 멈출 수 없었다. 눈 화장을 아주 옅게 해서 그때까지 나는 마스카라가 약간 번진 모습을 알아차리지 못했다. 그 모습이 매우 사랑스러웠다. 하지만 이번에는 로마에서처럼 그녀를 이용하지 않았다. 그날 아침에 내가 집들이를 하려는데 우리 집에 올래요? 하니 그녀는 방문을 수락했다. 그리고 그리스어 수업에서 막 나오던 그녀가 음, 내가 알기로는 이사하셨다고요? 하기에 나는 아니요. 다시 그녀가 파티를 열 생각이에요? 아니요, 그냥 집을 새로 정리하고 처음 공개하는 거예요…….

"사람들이 많이 오나요?"

"아주 많이요."

"누가 오는데요?"

"음, 당신하고 나요."

그렇게 그녀가 왔다. 한참 눈물을 흘리던 그녀는 내가 카슨 보안관과 그의 용감한 친구와 함께 숨어 대화를 엿듣던 소파에 앉아 잠시 생각에 빠졌다.

역사책과 지리책이 쌓인 침대 옆 작은 탁자에는 검은 독수리가 보초를 서고 있었다. 방에 들어갔을 때 그녀는 그를 집어 들고 살펴보았다. 용감한 아라파호 추장은 불평하지 않았고, 그녀가 나에게 무슨 말을 하려고 돌아섰지만 아드리아는 알 아차리지 못한 듯 행동하며 무언가 엉뚱한 질문만 했다. 나는 그녀에게 입을 맞추었다. 우리는 서로 키스를 나누었다. 부드러웠다. 그러고 나서 그녀를 집에 데려다주는데 그녀에게 실수하고 있다는 생각, 어쩌면 상처를 주고 있다는 생각이 강하게 들었다. 다만 아직 그 이유를 몰랐다.

아니, 알고 있었다. 나는 라우라의 파란 눈동자에서 당신의 멀어져 가는 짙은 눈동자를 찾고 있었기 때문이다. 그것은 여자라도 용서할 수 없는 거였다.

30

계단은 좁고 어두웠다. 층계를 오를수록 몸 상태가 나빠지는 느낌이었다. 집은 마치 장난감, 혹은 조명이 없는 인형의 집 같았다. 3층, 첫 번째 문. 초인종은 어떤 종소리를 흉내 낸 것처럼 딩 소리를 내더니 동 하고 울렸다. 그리고 정적이 흘렀다. 햇볕이 들지 않는 좁은 길에서 아이들의 고함 소리가 들렸다. 그것이 바로 구석진 바르셀로나의 모습이었다. 그가 집을 잘못 찾았다고 생각한 순간 문 저편에서 힘없이 몸을 끌고 오는 소리가 났고, 문은 아주 조심스럽게 조용히 열렸다. 사라, 당신에게 말한 적 없지만 이날은 아마도 내 인생에서 가장 중요한 날이었어. 문을 붙잡고 있는 그녀는 나이가 좀 더 들고 건강이 안 좋아 보였다. 하지만 언제나처럼 정갈하고 깔끔하게 차린 그녀는 한동안 말없이 내 눈을 바라보았다. 거기에서 뭐 하니라고 묻는 것 같았다. 마침내 몸을 움직여 문을 열더니 나를 들여보내 주었다. 문을 닫자마자 그녀는 너 곧 대머리가 되겠구나라고 말했다.

우리는 거실 겸 식당으로 쓰는 작은 공간으로 발걸음을 옮겼다. 한쪽 벽에는 우르젤의 장엄한 성 마리아 데 제리 수도원이 언제나처럼 트레스푸이 뒤로 지고 있는 어스름한 햇살을 받으며 걸려 있었다. 아드리아는 마치 사과라도 하는 사람처럼 아프다는 것을 알고 있었어요라고 말했다.

"어떻게 알았니?"

"친구 녀석 중 하나가 의사예요. 몸은 좀 어때요?"

"여기서 너를 보게 되다니 놀랍구나."

"아니, 몸은 좀 어떠냐고요."

"다 죽어 가는 몸이지 뭐. 차라도 한잔하겠니?"

"네."

그녀는 복도로 사라졌다. 부엌은 바로 옆이었다. 아드리아는 그림을 바라보았다. 세월이 지났는데 조금도 늙지 않은 오랜 친구를 만난 느낌이었다. 그는 숨을 들이마시며 그림의 풍광이 내뿜는 봄 향기를 맡았다. 심지어 강물 소리와 라몬 데 노야가 자신의 희생자를 찾아 그곳에 도착했을 때 그를 떨게 만들었던 추위마저 느껴졌다. 거기에 서서 아드리아는 뒤에서 작은 롤라의 기척이 느껴질 때까지 그림을 찬찬히 살펴보았다. 그녀는 쟁반에 두 개의 찻잔을 받쳐 들고 왔다. 아드리아는 문득 이 작은 아파트가 매우 정갈하다고 느꼈다. 아무런 어려움 없이 자신의 서재에 꼭 맞을 듯했다.

"왜 함께 지내지 않고 떠나셨어요?"

"나는 잘 지낸단다. 여기가 원래 내 집이고, 네 어머니 곁에서 지낼 때도 이 사실은 변함이 없었지. 충분히 만족한다. 이해하겠니? 만족하고말고. 난 일흔 살이 넘었어. 네 부모보다도 많은 나이지. 그리고 나는 내가 원하는 삶을 살았단다."

그들은 탁자 앞에 앉아 차를 한 모금 마셨다. 아드리아는 그곳의 침묵이 편안하게 느껴졌다. 잠시 후

"제가 대머리가 되어 간다는 건 사실이 아니에요."

"네가 정수리를 직접 못 봐서 그래. 넌 지금 프란체스코회 수사 같다고."

아드리아는 미소를 지었다. 작은 롤라는 변함없이 그대로였다. 그리고 여전히 아드리아가 본 세상 사람들 중 유일하게 불만을 토로하며 얼굴을 찡그리지 않는 사람이었다.

"차가 맛이 참 좋아요."

"네 책을 받았다. 읽기 힘들더구나."

"알아요. 하지만 작은 롤라가 한 권 갖고 계셨으면 해서요."

"읽고 쓰는 것 말고 무엇을 하고 지냈니?"

"바이올린을 켰어요. 몇 시간, 몇 날, 몇 달, 시간 가는 줄 모르고요."

"세상에! 그럼 왜 그만둔 거야?"

"너무 숨이 막혔거든요. 당시에는 바이올린이 사느냐 아니면 내가 사느냐였어요. 결국 나를 택한 거죠."

"행복하니?"

"아니요. 작은 롤라는요?"

"응, 꽤 그런 편이야. 모든 게 만족스러운 건 아니지만."

"제가 도와 드릴 일이 있을까요?"

"그래. 뭐가 그렇게 걱정이 많니?"

"그러니까…… 저 그림을 팔면 더 큰 집을 구할 거라는 생각이 떠나지를 않아요."

"넌 아무것도 모르는구나, 얘야."

그들은 말이 없었다. 그녀는 우르젤의 그림을 바라보았다. 눈빛은 늘 그림 속 풍경을 감상하던 때 그대로였다. 그리고 미켈 데 수스케다 수사가 신성한 재판장의 협박을 피해 부르갈로 가던 길에 느꼈던 뼈를 깎는 추위를 그녀도 무의식중에 느끼는 듯했다. 차를 마시며 침묵을 지킨 지 오 분이 더 되었을 것이다. 각자가 인생의 기억을 더듬는 시간이었다. 마침내 아드리아 아르데볼이 그녀의 눈을 바라보며 작은 롤라, 저는 당신이 정말 좋아요, 정말 좋은 사람이에요라고 말했다. 그녀는 차의 마지막 모금을 들이켜고는 머리를 절레절레 저으며 한참 아무 말이 없었다. 방금 네가 한 말은 사실이 아니야. 왜냐하면 네 어머니가 내게 작은 롤라, 나를 좀 도와줘야겠어요 하며 부탁한 게 있었거든.

"뭘 해야 하죠, 카르메?" 그 어조에 다소 놀란 듯 작은 롤라가 물었다.

"이 여자아이를 알아요?"

그녀는 식탁 위에 짙은 눈과 머리를 한 예쁜 소녀의 사진을 올려놓았다.

"이 여자아이를 본 적이 있어요?"

"아니요. 누군데요?"

"아드리아를 홀리려 하는 여자애에요."

카르메는 옆에 앉더니 작은 롤라의 손을 잡았다.

"부탁 하나만 들어줘요." 그녀가 말했다.

네 어머니는 너희 둘, 그러니까 너와 사라의 뒤를 밟으라고 부탁했단다. 어머니는 사설탐정을 고용했었고, 그 사람 말이 사실인지 확인하고 싶었던 거지. 그래. 그란 비아의 47번 정류장에서 너희 둘이 손을 잡고 있더구나.

"서로 사랑하는 사이예요, 카르메." 그녀가 말했다.

"그건 위험해요." 카르메가 힘주어 말했다.

"네 어머니는 그 아이가 너를 속이려 한다는 사실을 알고 있었지."

"맙소사." 아드리아가 말했다. "저를 속이려 했다니 대체 무슨 말이에요?"

작은 롤라는 이해할 수 없다는 표정으로 카르메를 바라보며 다시 물었다.

"그 애를 속이려 한다니 무슨 말인가요? 둘이 사랑하는 사이인 거 안 보이세요? 네, 카르메?"

그들은 아르데볼 씨의 서재에 서 있었다. 카르메는 여자아이의 가족에 대해 조사해 보았다고 털어놓았다. 볼테스엡스타인이라고 하더군요.

"그래서요?"

"유대인이에요."

"아." 잠시 말을 멈추었다. "그런데요?"

"유대인에 대해 특별한 감정이 있는 건 아니지만, 이게 이유는 아니라고요. 그런데 펠릭스가…… 이런, 롤라, 어떻게 설명을 해야 할지…….”

“한번 말씀해 보세요.”

카르메는 걸음을 옮기더니 문을 열고 아드리아가 아직 집에 돌아오지 않았는지 살폈다. 확인을 마친 그녀는 문을 닫고 더 낮은 목소리로 말했다. 펠릭스가 그 여자아이의 친척 몇몇과 거래를 했는데…….

“그런데요?”

“다툼이 있었나 봐요. 그러니까 아주 심하게.”

“펠릭스는 죽었어요, 카르메.”

“그 여자아이는 일을 더 어렵게 만들려고 우리 생활에 끼어든 게 분명해요. 가게를 노리는 것 같아요.” 거의 혼자 중얼거리듯이 말했다. “아드리아는 전혀 신경 쓰지 않을 거라는 게 문제죠.”

“카르메…….”

“아드리아는 매우 연약한 아이예요. 언제나 공상에 잠겨서 사니 여자애가 하자는 대로 하기 쉽죠.”

“장담하건대 여자애는 가게의 존재조차 모를 거예요.”

“내 말을 믿어요. 그들은 이미 계산을 하고 있어요.”

“확실하지 않아요.”

“맞다니까요. 몇 주 전 그 애가 어머니로 보이는 여자와 함께 가게에 온 걸 봤어요.”

그들은 무엇을 물어보기 전에 가게를 방문하는 많은 손님들이 그랬듯이 주위를 둘러보았다. 하지만 그들보다 한층 여유로웠다. 마치 가게 전체, 사업의 전부를 계산해 보듯이 말이다. 사무실에 있던 카르메는 그들을 보고 아드리아가 데이트하는 여자아이를 알아보았다. 그러자 의문의 조각들이 맞추어지며 그 여자아이에게 비밀이 많은 이유는 알 수 없는 음흉한 의도에서 비롯되었다고 짐작했다. 세실리아는 그들을 기다렸다. 나중에 카르메는 그들이 외국인인 것을 알게 되었다. 아마 프랑스인이었을 거예요. '파하이게'와 '미가이'[18] 두 점에 대해 묻더라고요. 하지만 특별한 물건에 관심이 있다기보다 가게를 그냥 슬쩍 훑어보기만 하는 것 같았어요. 아시겠어요, 아르데볼 부인? 그날 밤 카르메 보스크는 에스페예타 탐정 사무소에 전화를 걸어 사장을 바꾸어 달라고 한 다음에 새로운 요청을 했다. 음흉한 목적으로 아들의 감정이 이용당하는 것을 용납할 수 없었기 때문이다. 네, 가능하다면요, 같은 탐정으로 해 줘요.

"하지만 어떻게…… 어머니가……. 사라와 저는 몰래 만나고 있었단 말이에요!"

"그래, 어떻게 된 거냐면……." 작은 롤라는 고개를 숙이더니 식탁에 깔린 식탁보를 보며 말했다.

---

18) 카탈루냐어로 우산꽂이는 'paraigüer'(파라이게), 거울은 'mirall'(미랄)이다. 프랑스어를 모국어로 하는 화자는 두 단어의 'r' 발음을 /ㄹ/가 아닌 프랑스어의 'r' 발음에 가까운 /ㅎ/ 혹은 /ㄱ/ 소리를 내는 경향이 있다. 세실리아는 프랑스어가 모국어인 사라와 사라의 어머니가 가게에 들러 두 물건에 대해 묻는 모습을 묘사하며 이들이 외국인이었다는 사실을 강조하기 위해 '파라이게'가 아닌 '파하이게', '미랄'이 아닌 '미가이'로 모사하고 있다.

"어머니가 대체 어떻게 의심을 하게 된⋯⋯."

"만예우 선생이란다. 네가 바이올린을 완전히 그만두겠다고 했을 때 말이다."

"뭐라고 했니?" 지저분하고 덤불처럼 우거진 흰 눈썹은 폭풍을 머금은 구름이 되어 당황하고 화가 나 불거진 만예우 선생의 눈 위를 지나고 있었다.

"그러니까 학기가 끝나면 시험을 보고 바이올린을 그만두겠다고요. 영원히."

"그 계집애 때문에 헛바람이 든 거야."

"그 계집애라니요?"

"모르는 척하지 마. 브루크너 4번 내내 손을 꼭 잡고 있는 커플을 본 적이 있니?"

"음, 그건⋯⋯."

"멀리서도 보이더구나, 얼빠진 인간 둘, 1층 좌석에서 말이지. 달콤함에 홀딱 빠진 두 마리의 검은 앵무새처럼 말이야."

"그건 바이올린을 그만두겠다는 결정과 상관이."

"그 결정과 매우 관련이 있지. 그 마녀가 아주 나쁜 영향을 끼친 거야. 완전히 뿌리를 뽑아야 한다고."

나는 그의 뻔뻔함에 놀라 뻣뻣하게 굳어 그곳에 서 있었다. 그는 그 틈을 놓치지 않고 하고 싶은 말을 했다.

"너는 바이올린과 결혼해야 해."

"저기요, 선생님. 제 인생은 제가 결정해요."

"그럼요, 척척박사님. 하지만 경고하건대 네가 바이올린을 관두는 일은 절대 없을 거야."

아드리아 아르데볼은 일부러 더 큰 소리를 내며 바이올린 케이스를 닫았다. 그리고 자리에서 일어나 자칭 천재의 얼굴을 뚫어지게 바라보았다. 아드리아는 이미 스승보다 키가 더 컸다.

"만예우 선생님, 저는 바이올린을 관두겠습니다. 선생님이 뭐라든 말이죠. 어머니도 오늘 그 사실을 알게 될 거예요."

"아, 그러니까 세심하게도 나한테 먼저 말을 한 거구나."

"그래요."

"네가 바이올린을 관두는 일은 없을 거다. 몇 달 후 찾아와 다시 너를 받아 달라고 빌면 미안하구나, 애야, 이미 내 스케줄이 꽉 차서라고 말하겠지. 그럼 너는 스스로 길을 찾아야 할 거야." 그는 이글거리는 눈빛으로 아드리아를 바라보았다. "아직도 여기 있었니?"

그 후 만예우는 지체 없이 네 어머니에게 달려가 너와 바이올린 사이를 방해하는 여자아이가 있다고 말한 거야. 카르메는 모든 것이 사라의 잘못이라는 생각에 사로잡혔고, 그길로 사라는 네 어머니의 적이 된 거지.

"맙소사."

"그리고…… 엡스타인 가족에 대한 것 때문에……."

"맙소사."

"나는 말렸지만 결국 사라 어머니에게 편지를 쓰더구나."

"뭐라고 했던가요? 읽어 보셨어요?"

"지어낸 이야기들이었지. 아마 너에 대해 안 좋은 소리들을 썼을 거야." 긴 침묵이 흘렀다. 그녀는 식탁보에 더 관심이 있는 듯했다. "읽어 보지 못했단다."

그녀는 눈을 크게 뜨고 당황하여 금방이라도 울음을 터뜨릴 것 같은 표정인 아드리아 쪽으로 시선을 주었다가 다시 식탁보를 쳐다보았다.

"네 어머니는 그 여자아이를 네 인생에서 쫓아내고 싶어 했어. 가게에서도 말이지."

"그 여자아이 이름이 사라예요."

"응, 미안하다. 사라."

"오, 맙소사."

길가에서 들려오던 아이들의 고함 소리가 잦아들었다. 바깥의 불빛도 점차 희미해졌다. 억겁의 시간이 흘렀을까, 거실은 벌써 반쯤 어둠에 잠겼다. 찻잔을 만지작거리던 아드리아는 작은 롤라를 바라보았다.

"왜 좀 더 일찍 말해 주지 않았죠?"

"네 어머니에 대한 의리 때문이었지. 정말이란다, 얘야. 미안하구나."

상처를 입은 채 작은 롤라의 집을 떠났다는 것이 나를 더 힘들게 했다. 작별 인사도 하는 둥 마는 둥 작은 롤라, 몸이 아프다니 정말 유감이에요라는 말도 건네지 않고 그곳을 나왔다. 나는 볼에 성의 없는 입맞춤을 했고, 그 후로 살아 있는 그녀를 다시는 만나지 못했다.

31

8구역. 라보르드가 48. 슬픈 기운이 느껴지는 아파트 건물은 연기에 그을린 자국으로 거무스름했다. 초인종을 누르자 날카롭고 무엇인가를 예고하는 듯한 소리를 내며 문이 열렸다. 우편함을 보고 6층까지 올라가야 한다는 사실을 확인했다. 나는 엘리베이터를 타는 대신에 걸어 올라가고 싶었다. 공황 상태를 불러올 것 같은 그 넘치는 에너지를 어떻게든 쓰고 싶었다. 6층에 도착했을 때 심장 박동과 숨을 고르기 위해 잠시 쉬었다. 그리고 초인종을 누르자 브즈브즈브즈브즈 하는 소리가 났다. 마치 비밀이라도 감추려는 듯한 소리였다. 층계참은 꽤 어두웠고 아무도 문을 열어 주지 않았다. 누가 사뿐사뿐 걸어오는데? 네? 문이 열렸다.

"안녕."

나를 보는 순간 당신은 너무 놀라서 얼굴이 굳어 버렸지.

몇 년을 기다린 끝에 결국 만나게 된 그 순간 내 심장이 얼마나 뛰었는지 당신은 모를 거야, 사라. 당신은 나이가 좀 더 들었더군. 내 말은 늙어 보였다는 게 아니라 세월이 흘렀고 당신은 여전히 예뻤어. 좀 더 차분한 아름다움이 느껴졌다고 해야 하나. 그때 문득 나는 누구도 그들이 했던 방식으로 우리의 젊은 시절을 빼앗아 갈 권리가 없다는 생각이 들었어. 당신 뒤로 보이는 작은 탁자에는 매우 아름다웠지만 슬픈 색을 띤 꽃다발이 놓여 있었지.

"사라."

그녀는 여전히 말이 없었다. 물론 나를 알아보았지만 내가 방문하리라고 예상치 못했던 것이다. 때가 좋지 않았다. 나는 환영받지 못했다. 이만 갈게, 다음에 다시 올게, 사랑해, 나는, 나는 너와 이야기를…… 사라.

"무슨 일로 찾아온 거야?"

냉소적인 고객의 마음을 열기 위해서는 삼십 초 만에 메시지를 전달해야 한다는 사실을 아는 백과사전 판매상처럼 아드리아는 입을 다물지 못한 채 십삼 초를 낭비하고서야 그들이 우리를 속였어, 그들이 너를 속였어라고 말했다. 그들이 나에 대해 나쁜 이야기를 해서 네가 떠나 버린 거야. 거짓이라고. 내 아버지에 대한 끔찍한 이야기도 포함해서 말이지. 물론 그건 사실이긴 하지만.

"그럼 나더러 더러운 유대인이라고, 그 잘난 네 가족을 통째로 박제해 버리는 수가 있다고 한 편지는 뭐였지?"

"나는 너한테 편지를 보낸 적이 없어! 날 몰라?"

"몰라."

백과사전은 당신들처럼 교양 있는 가족에게 아주 유용한 도구입니다, 부인.

"사라. 이 모든 일이 내 어머니가 지어낸 연극이라는 사실을 말하러 왔어."

"아주 적절한 때에 왔네. 그게 다 언제 적 일인데?"

"아주 오래전! 하지만 오 일 전에 모든 사실을 알게 됐어. 너를 찾아야 했고! 너야말로 그냥 사라져 버렸잖아!"

이런 종류의 책들은 언제나 유용하지요, 남편분이나 자녀를 위해서도요. 아이가 있으십니까, 부인? 남편은요? 사라, 결혼했니?

"나는 네가 어떤 개인적인 일로 도망친 줄 알았어. 그리고 아무도 너의 행방을 알려 주려고 하지 않았다고. 네 부모님조차…….."

이십이 개월 할부로 해 드리겠습니다. 그럼 오늘부터 당장 이 두 권의 책을 마음껏 즐기실 수 있습니다.

"네 가족은 내 아버지를 굉장히 싫어했지…….."

"이미 그건 다 알고 있어."

원하시면 살펴보실 수 있도록 한 권을 잠시 빌려 드리겠습니다, 부인. 다시 가지러 오지요, 음, 내년이면 될까요, 화만 내지 말아 주세요.

"나는 아무것도 몰랐어."

"네가 쓴 그 편지…… 네가 직접 우리 어머니한테 전했어."

문을 잡고 있던 그녀의 손에 힘이 들어가더니 언제라도 내 앞에서 그 문을 닫아 버릴 것 같았다. "겁쟁이!"

"나는 편지를 쓴 적이 없어. 모든 게 거짓말이야! 네 어머니께 무엇을 건네 드린 적도 없다고. 너는 나를 어머니께 소개한 적도 없잖아!"

후퇴하기 전 최후의 필사적인 공격이었다. 당신이 교양 없고 세상 물정에 관심도 없는 여자라는 생각을 제가 하지 않도록 해 주세요, 부인!

"편지를 보여 줘! 넌 내 필체를 알잖아? 그들이 널 속이려고 했다는 사실을 이래도 모르겠어?"

"편지를 보여 달라니……." 그녀가 비아냥거리며 말했다. "그건 찢어서 불태워 버렸어. 증오가 가득한 편지였으니까."

맙소사, 정말 살인이라도 저지르고 싶은 충동이 일었다. 대체 무엇을 할 수 있단 말인가, 무엇을?

"우리 어머니가 너와 나를 함정에 빠뜨린 거야."

"나는 우리 아들이 잘되도록 이 일을 하는 겁니다. 그의 미래를 지켜 줘야 해요." 아르데볼 여사가 말했다.

"나는 우리 딸을 보호해야 합니다." 볼테스엡스타인 여사가 차갑게 대답했다. "나는 내 딸이 당신 아들과 어떻게든 엮이는 게 싫습니다." 퉁명스러운 웃음을 지었다. "누구의 아들인지 알게 된 사실만으로도 그를 멀리하기에는 충분한 이유가 되지요."

"그럼 이야기가 다 끝난 걸로 알겠습니다. 잠시 당신의 딸을 어디 멀리 데려갈 수 있으신가요?"

"당신이 나한테 이래라저래라 하지 말아요."

"좋습니다. 내 아들의 이 편지를 딸에게 꼭 전해 달라고 부탁드리는 바입니다."

그녀는 사라 어머니에게 봉인된 봉투를 하나 전달했다. 라헬 엡스타인은 잠시 망설이더니 그것을 받았다.

"읽어 보셔도 됩니다."

"내가 무얼 하든 당신은 명령을 내릴 권한이 없습니다."

그들은 그렇게 차갑게 헤어졌다. 서로를 완벽히 이해했다. 그리고 볼테스엡스타인 부인은 사라에게 편지를 전하기 전에 그것을 열어 보았다. 당연히 그랬을 거야, 아드리아.

"난 네게 편지를 쓴 적이 없어."

정적이 흘렀다. 나는 8구역 라보르드가의 아파트 층계참에 여전히 서 있었다. 이웃에 사는 여자가 아주 우스꽝스러운 개 한 마리와 산책을 나가려다, 사라에게 활기 없는 손짓으로 인사를 건넸다. 사라는 산만한 고갯짓으로 답했다.

"왜 나한테 이야기하지 않았어? 전화는? 왜 나와 다툴 생각도 하지 않았지?"

"나는 그냥 울면서 도망쳤어. 같은 일을 또 겪는 것은 생각조차 하기 싫었거든. 말도 안 돼."

"또 겪다니?"

여전히 수수께끼에 싸인 당신 지난날의 무게 때문인지 당신 눈에 눈물이 고이기 시작했지.

"이미 좋지 않은 일이 한 번 있었어. 너를 만나기 전에."

"맙소사. 사라, 난 정말 세상을 모르나 봐. 나 역시 네가 사라지고 힘들었어. 그리고 그 이유를 오 일 전에야 알았어."

"어떻게 안 거야?"

"우리를 염탐했던 탐정 사무실을 통해서. 너를 정말 사랑해. 너를 잊은 적이 하루도 없었어. 네 부모님께도 네가 어디에 있는지 물어보았어. 하지만 어디에 있는지, 왜 사라져 버렸는지 알려 주시지 않았어. 정말 기억하기 싫은 순간들이야."

우리는 아직 8구역의 아파트 층계참에 문을 열어 둔 채 서 있었다. 집에서 새어 나오는 빛이 아드리아를 비추었다. 사라는 그를 안으로 들이지 않았다.

"너를 사랑해. 그들은 우리의 사랑을 망치려고 한 거야. 무슨 말인지 알겠어?"

"그리고 결국 망쳤지."

"그들이 한 말을 어떻게 네가 곧이곧대로 믿었는지 이해가 안 돼."

"난 너무 어렸거든."

"이미 스무 살이었어!"

"아직 스무 살이었지, 아드리아." 그녀는 망설이며 말했다. "그들은 내가 무엇을 해야 하는지 말해 주었고, 나는 시키는 대로 했을 뿐이야."

"나는 어떻게 하고?"

"그래, 맞아. 하지만 정말 끔찍했어. 네 가족은……."

"무슨 말이야."

"네 아버지가…… 어떤 일과 관련되어 있었어."

"난 내 아버지가 아니야. 내가 아버지의 아들인 건 내 잘못이 아니라고."

"그렇게 생각하기가 참 어렵더라."

그녀는 마음을 정한 듯 웃음을 띠며 문을 닫으려 했다. 판매상은 부인, 백과사전은 잊어버립시다 하고는 비장의 무기를 꺼냈다. 백과사전식 사전이지요. 한 권짜리로 아들이 숙제하는 데 유용할 겁니다. 이 여어엇 같은 인생, 분명히 많은 자녀를 두셨을 거예요.

"그런데 왜 전화하지 않은 거야?"

"인생을 새롭게 시작했거든. 아드리아, 문을 닫아야 해."

"인생을 새롭게 시작하다니? 결혼한 거야?"

"그만해, 아드리아."

그리고 그녀는 문을 닫았다. 마지막으로 본 장면은 슬픈 꽃들이었다. 그곳 층계참에서 판매상은 냉철한 고객의 이름을 지우며 자기 직업을 저주했다. 수많은 실패만 가득할 뿐 승리의 순간은 가물에 콩 나듯 찾아오는 그런 직업이었다.

문이 닫히자 나는 내 영혼의 어둠과 함께 홀로 남겨졌다. 빛의 도시를 산책하고 싶은 마음도 사라졌다. 아무래도 상관없었다. 아드리아 아르데볼은 호텔로 돌아가 침대에 드러누워 울었다. 자신의 슬픔을 비추는 거울을 깨 버리거나 발코니 밖으로 던져 버릴까 하는 생각을 잠깐 했다. 눈이 젖은 채 그는 전화를 걸기로 결심했다. 입술에서 간절함이 묻어났다.

"여보세요."

"안녕하세요."

"안녕하세요, 어디에요? 집에 전화했더니……."

"파리예요."

"아."

"그래요."

"이번에는 변호사가 필요 없었나 보죠?"

"네."

"무슨 일이에요?"

아드리아는 몇 초간 말이 없었다. 지금 그는 기름과 물을 섞으려 한다는 사실을 깨달았다.

"아드리아, 무슨 일이에요?" 침묵이 길어지자 그녀가 먼저 말을 이어 가려 했다. "배다른 프랑스인 누나가 있어요?"

"아니에요. 아무 일도 없어요. 그냥 당신이 좀 보고 싶었던 것 같아요."

"그래요. 언제 돌아와요?"

"내일 아침에 기차를 타요."

"파리에서 뭘 하는지 물어봐도 되나요?"

"아니요."

"아, 알겠어요." 라우라의 목소리가 몹시 언짢아졌다.

"그래요……." 부끄러운 듯 아드리아가 대답했다. "『공공 행복에 관하여』의 원본을 열람하러 왔어요."

"그게 뭐예요?"

"무라토리[19]가 마지막으로 집필한 책이에요."

---

19) 루도비코 안토니오 무라토리(Ludovico Antonio Muratori, 1672~1750). 이탈리아 태생의 역사학자이자 철학자로 신약성경의 최초 목록을 발견한 것으로 알려졌으며, 이는 무라토리 정경으로 불린다. 대표작으로 『공공 행복에 관하여』가 있다.

"아."

"아주 재밌어요. 초고에서 완성본까지 바뀐 부분들이 매우 흥미롭네요, 이미 내가 염려했듯이 말이에요."

"아."

"왜 그러는 거죠?"

"음, 아니에요. 당신은 거짓말쟁이군요."

"그래요."

그리고 라우라는 전화를 끊었다.

그녀의 비난하는 듯한 목소리를 잊기 위해 아드리아는 텔레비전을 켰다.

플람스어[20]로 방송하는 벨기에 채널을 틀었다. 나는 내 네덜란드어 실력을 시험하기 위해 채널을 고정해 두었다. 그리고 뉴스를 보았다. 끔찍한 이미지들 덕분에 뉴스를 완벽하게 이해할 수 있었다. 하지만 아드리아는 그 모든 것이 자신과 관련 있을 거라고는 짐작조차 못 했다. 모든 것이 나와 관련이 있었다. 나는 인류의 잘못된 선택에 직접적인 책임이 있었다.

지역 언론의 보도와 추후 벨기에 언론에 도착한 정보에 따르면 사실은 다음과 같았다. 투루 음불라카(본명 토마스 루방가딜로, 마통게, 킨샤사, 윰부윰부[21] 거주)는 그날, 12일, 극심한 복통으로 베벤벨레케 병원에 입원했다. 담당 의사인 뮈스는 복막염을 진단했고, 신의 손에 운명을 맡기며 열악한 수술실에

---

20) 벨기에의 플란데런 지역에서 사용하는 네덜란드어.
21) 킨샤사 근처의 마을.

서 응급 수술을 실시했다. 그는 무장했든 아니든 어떤 경호원도 수술실에 출입할 수 없다는 사실을 강조했다. 그리고 환자의 세 부인 중 누구도, 첫째 아들조차 출입이 불가함을 알렸으며, 수술을 위해 그는 선글라스를 벗어야 했다. 그를 응급 환자로 받아들인 것은 그가 지역 부족장이어서가 아니라 생사의 갈림길에 서 있는 아주 위급한 상황이었기 때문이다. 투루 음불라카는 의사가 자신의 여어엇 같은 일을 할 수 있도록 가만히 두라고 모두에게 고함을 질렀다. 그는 굉장한 고통에 시달리고 있었는데 이 때문에 기절하고 싶지는 않았다. 고통으로 정신을 잃을 경우에 경호가 느슨해지기 마련이고 적한테 쉽게 공격당할 수 있었다.

병원의 유일한 마취과 의사가 투여한 약은 투루 음불라카를 열세 시간 삼 분 동안 무장 해제시켰다. 수술은 정확히 한 시간 동안 지속되었고, 환자는 두 시간 후 일반 병동으로 옮겨졌다.(베벤벨레케에는 중환자실이 없었다.) 마취의 효과가 가시자 그는 배가 아프다고 거침없이 말할 수 있었다. 대체 나한테 무슨 짓을 한 거요? 뮈스 박사는 환자로부터 수년 동안 익히 들어온 협박 섞인 말을 완전히 무시하고 경호원이 병실에 들어오는 것을 금지했다. 출입문에 있는 초록색 의자에 앉아 기다리십시오, 지금 투루 음불라카 씨에게 필요한 것은 휴식입니다. 족장 부인들은 깨끗한 침대보와 더위를 식히기 위한 부채, 건전지로 작동하는 텔레비전을 가져와 그의 침대 발치에 두었다. 더불어 환자가 오 일 동안 맛조차 볼 수 없을 만큼 많은 음식을 가져왔다.

뮈스 박사는 진료실을 찾은 일반 환자들을 보며 매우 바쁘게 하루를 마무리했다. 하루하루 나이의 무게가 크게 다가왔지만 모른 척하고 최대한 능률적으로 일했다. 그는 숙직 담당을 제외한 나머지 간호사들에게 업무 시간이 끝나지 않았더라도 가서 쉬라고 권했다. 어떤 일이 닥칠지 모르는 내일을 대비해서였다. 낯선 이의 방문을 받은 것은 그 무렵이었다. 박사는 진료실 문을 닫고는 그와 무엇인지 알 수 없는 것에 관해 한 시간 동안 이야기를 나누었다. 날이 어두워지기 시작했고, 창문 사이로 신경질적인 암탉의 울음소리가 새어 들어왔다. 몰로아의 산등성이 쪽으로 달이 고개를 내밀었을 때 무엇인가 소리 죽인 날카로운 소리가 났다. 어쩌면 총소리였을 것이다. 담배를 피우던 경호원 두 명이 초록색 의자에서 치밀한 기계 장치처럼 일어났다. 그들은 무기를 꺼내 들고 서로를 바라보며 수상해하는 신호를 보냈다. 소리는 반대쪽에서 들려왔다. 어떻게 할까, 둘이 함께 들어가? 아니면 자네가 여기 남고 내가 갈까. 좋아, 그럼 자네가 가고 나는 만일을 위해 여기 있겠네, 어때?

"망고 껍질을 벗겨 줘." 투루 음불라카는 총소리가 울리기 바로 전 세 번째 부인에게 소리쳤다. 만일 그것이 총소리가 맞다면.

"의사 선생님이 말씀하시길……." 총소리든 말소리든 병실에서는 사실상 아무 소리도 듣지 못했다. 족장의 텔레비전이 심한 소음을 냈기 때문이다. 방영 중이던 퀴즈쇼에서 한 출연자가 질문에 대답을 하지 못했고 방청객은 굉장히 크게 웃어

댔다.

"의사가 무얼 알겠어? 그저 날 고통스럽게 만들 뿐이지." 그는 텔레비전을 보며 무시하는 듯한 손짓을 했다. "멍청한 놈들뿐이군." 풀이 죽은 퀴즈 참가자를 가리키며 말했다. 그리고 셋째 부인에게 "망고 껍질을 벗겨 달란 말이야, 어서."

투루 음불라카가 금지된 과일을 한 입 베어 물었을 때 비극이 시작되었다. 무장한 남자가 어두침침한 병실에 들이닥치더니 투루 음불라카 쪽으로 총을 쏘기 시작했다. 망고는 날아가 버리고 불쌍한 환자는 총을 맞아 너덜너덜해진 나머지 심각했던 수술 상처는 그저 하찮은 노릇이 되어 버렸다. 살인자는 무방비 상태이던 세 부인을 정확히 겨냥하여 쏘았다. 그리고 전체 병실을 겨누며 그곳을 떠나기 전 누군가를 찾았다. 아마 족장의 첫째 아들이었을 것이다. 스무 명 남짓 되는 입원 환자들은 총소리를 들으며 차례를 기다렸지만 죽음의 숨결은 그들을 비껴갔다. 누군가는 살인자가 노란 손수건을 둘렀다 했고 또 다른 누군가는 파란 손수건이라 했는데 어찌 되었건 그날 밤 그는 얼굴을 가리고 재빠르게 사라졌다. 몇몇은 자동차에 시동을 거는 소리를 들었다고 했다. 다른 몇몇은 그 일에 대해 전혀 알고 싶어 하지 않았고 여전히 그때 일을 생각하는 것만으로도 온몸을 떨었다. 킨샤샤 언론은 살인자 혹은 살인자들이 투루 음불라카의 무능했던 경호원 두 명을 죽였다고 보도했다. 한 명은 병원 복도에서, 또 다른 한 명은 초록색 의자에서 숨졌으며 그곳에 피가 흥건했다는 것이다. 베벤벨레케 병원의 콩고인 간호사 한 명과 뮈스 박사가 피해자 명단에 포함되어 있었다. 그는 아마 소음에 놀라 병실에 들어갔다가 살인자에게 방해가 되었던 모양이다. 혹은 눈앞의 위험을 대수롭지 않게 여기는 평소 같은 태도로 방금 그 남자를 수술했다며 심지어 살인을 저지르려 했을지도 모른다. 아니면 그저 입을 떼기도 전에 한 번의 총성으로 죽음을 맞이했을 수도 있다. 아니 또 다른 증언에 따르면 입 안에 총을 쏘았다고 한다. 음, 가슴에. 머리에. 모든 환자들이 직접 목격하지 않은 비극의 장들을 제각기 증언했다. 살인자 손수건은 초록색이었다고 장담해요. 어, 노란색이었던가, 아무튼 확실해요. 마찬가지로 아이들을 포함한 환자 몇 명이 부족장 투루 음불라카를 향한 총탄에 피해를 입었다. 유럽 국가들의 이권과 큰 관계가 없던 이곳에서 벌어진 놀라운 총격에 관한 이야기는 여기까지가 끝이다. 이 사건은 VRT를 통해 팔십오 초간 방영되었다. 왜냐하면 보카사 황제의 다이아몬드로 손을 더럽혔다는 뉴스가 터졌을 때 지스카르 데스탱 전 대통령이 아프리카 투어를 시작해 크월루 지역을 방문하고 베벤벨레케에 가기 위해 우회로를 택했기 때문이다. 베벤벨레케는 일밖에 모르는 말수가 적은 창립자로 인해 차츰 명성을 쌓아 가고 있었다. 지스카르는 언제나 자신이 할 일을 생각하느라 고개를 숙이고 있는 뮈스 박사와 사진을 찍었다. 베벤벨레케의 간호사들과 공식 방문단의 맨 뒷줄에 서서 장난스럽게 굉장히 흰 이를 드러내며 웃음 짓는 청년 몇 명도 함께였다. 이 모든 것이 겨우 얼마 전의 일이었다. 더욱 기운 빠지는 뉴스에 아드리아는 텔레비전을 껐다.

프랑스와 벨기에 언론은 베벤벨레케 병원에서 있었던 학살과 관련해 이후 이틀 동안 다양한 사실들을 전했다. 구체적인 내용을 담아 보도했다. 지역에서 존경받지만 미움받고 비난받지만 칭송받는, 그리고 공포의 대상인 부족장 투루 음불라카를 노린 공격에서 일곱 명이 목숨을 잃었다. 족장의 측근 다섯 명, 간호사 한 명, 병원장인 오이겐 뮈스 박사가 피해자였다. 특히 뮈스 박사는 지구의 구석진 벨레케와 키콩고 지역에서 환자들을 삼십여 년간 돌보아 온 것으로 알려졌다. 1950년대에 그가 직접 설립한 병원이 계속 운영될지에 대해 모두들 궁금해했다……. 그리고 마찬가지로 마감 시간이 임박하여 집어넣은 듯 기사 마지막은 투루 음불라카에 대한 무차별적인 공격에 대응하여 움부움부에서 폭동이 일어났음을 알렸다. 벨기에로부터의 탈식민화 과정이 낳은 직접적인 산물이었던 반군벌, 반독재자를 지지하거나 반대하는 자들 사이의 폭동은 열두 명 가량의 사상자를 낳았다.

아드리아는 호텔에서 오래도록 꿈을 꾸었다. 자신이 머무는 호텔로부터 343킬로미터 떨어진 곳이었다. 사라가 그를 만나러 찾아와 다시 시작하자고 말하면 그는 내가 이 호텔에 있는지 어떻게 알았느냐고 물을 것이다. 그럼 그녀는 네가 나를 찾기 위해 의뢰했던 탐정에게 똑같이 네 거처를 알아봐 달랬다고 말한다. 하지만 그녀는 오지 않았고, 아드리아 또한 아침에도 저녁에도 호텔에서 내려오지 않은 채 면도도 걸렀다. 그저 죽고 싶은 생각뿐이었고, 계속 울기만 했다. 아드리아의 아폼으로부터 343킬로미터 떨어진 곳에서 누군가가 떨리는 손으로 《가제트 반 안트베르펜》을 들고 있다가 떨어뜨렸다. 신문은 탁자 위 피나무차가 담겨 있던 찻잔 옆에 떨어졌다. 같은 뉴스가 나오는 텔레비전 앞이었다. 남자가 신문을 옆으로 밀어 신문은 다시 바닥에 떨어졌다. 그는 손을 쳐다보았다. 스스로 통제할 수 없을 만큼 떨리고 있었다. 그는 얼굴을 가리고 울기 시작했다. 지난 삼십 년간 없던 일이었다. 지옥은 언제나 우리 영혼의 한쪽 구석을 파고들 준비가 되어 있다.

저녁에 VRT 2번 채널에서 다시 한번 같은 사건이 보도되었다. 이번에는 병원 창립자의 전기에 좀 더 초점이 맞추어졌다. 그리고 밤 10시에 VRT를 통해 지난 몇 년간 보두앵왕상 수상을 거부한 이유에 대해 취재한 다큐멘터리가 방영된다고 예고했다. 수상 거부는 상이 베벤벨레케 병원의 보수를 위한 지원이 동반되지 않았기 때문이었다. 또한 병원만큼 그를 필요로 하는 곳은 어디에도 없다고 생각해 상을 받으러 벨기에로 가는 것을 꺼렸다.

밤 10시, 떨리는 손이 망가진 텔레비전의 전원을 켰다. 고통의 숨소리가 들렸다. 화면에 다큐멘터리 「60분」의 크레디트가 떴고 곧 몰래 촬영한 것으로 보이는 뮈스 박사의 모습들이 이어졌다. 초록색 의자를 지나 병원 복도를 따라 걷고 있었다. 피의 흔적은 없었다. 그는 서서 누군가에게 말하고 있었다. 특별히 다큐멘터리를 만들거나 할 이유는 없습니다. 병원에는 해야 할 일이 많아 한눈을 팔 수 없지요.

"다큐를 만들면 많은 수익을 남길 수 있어요." 랜디 오스터

오프의 목소리였다. 몰래카메라로 의사에게 초점을 맞추며 걷느라 목소리가 다소 격앙되어 있었다.

"만일 기부를 하신다면 병원 입장에서는 매우 고마워할 일입니다." 뒤를 가리키며 말했다. "오늘은 백신을 주사하는 날입니다. 아주 힘든 날이에요."

"기다리겠습니다."

"제발."

제목이 떴다. 베벤벨레케. 그리고 병원의 열악한 시설, 밀려드는 일에 고개도 들지 않고 비인간적일 만큼 헌신적으로 일하는 간호사들이 화면에 비쳤다. 아주 멀리 뮈스 박사가 보였다. 목소리는 뮈스 박사가 발트해의 작은 마을 출신이며 삼십 년 전 처음으로 베벤벨레케에 정착했다고 설명하고 있었다. 말 그대로 밑바닥부터 하나씩 하나씩 쌓아올린 것이 그 병원이었다. 비록 시설은 충분하지 않지만 넓은 크월루 지역의 공공 보건을 위한 가장 기본적인 것들을 다루고 있었다.

손을 떨던 남자는 자리에서 일어나 텔레비전을 끄기 위해 걸음을 옮겼다. 다큐멘터리는 거의 외울 정도였다. 그는 숨을 들이마셨다.

다큐멘터리는 이 년 전 처음 방영되었다. 텔레비전을 거의 보지 않던 그였는데 그때 텔레비전이 켜져 있었다. 굉장히 드라마틱하고 저널리스트의 냄새가 물씬 나는 첫 장면이 기억에 생생했다. 뮈스 박사가 응급실로 황급히 걸어가며 취재진들에게 병원 일이 아닌 것에 신경을 쓸 시간이 없다고 말하는……

"저 남자를 알아." 손을 떠는 남자가 중얼거렸다.

그는 주의를 집중하여 다큐멘터리를 보았다. 베벤벨레케도, 벨레케와 키콩고라는 이름도 그에게는 낯설었다. 하지만 얼굴, 그 의사의 얼굴……. 고통으로 그늘진 얼굴, 그에게만 주어진 엄청난 고통이 서린 얼굴이었다. 고통의 기원은 짐작할 수 없었지만 말이다. 그러자 주변 여인들에 얽힌 몹시 고통스러운 기억이 되살아났다. 사랑스러운 트루데, 나의 트루우우우 아픔,[22] 왜 아무것도 하지 않았느냐고 원망하는 눈빛으로 바라보는 아멜리아, 그는 그들 모두를 구했어야 했다. 바이올린을 들고 끊임없이 기침을 하던 장모, 율리아를 품에 안고 있던 나의 베르타, 세상의 모든 악에 대한 기억까지. 그런데 대체 고통으로 가득한 의사의 얼굴이 무슨 상관이란 말인가. 보지 않을 수 없었던 다큐멘터리가 끝나 갈 무렵 그는 내부의 정치 상황이 안정되지 않은 그곳에서 베벤벨레케가 주변 수백 킬로미터 반경 내 유일한 병원이라는 사실을 알게 되었다. 베벤벨레케. 그리고 보는 사람의 마음을 아프게 하는 얼굴의 의사. 엔딩 크레디트가 뜨는 순간 그는 어디에서 어떻게 뮈스 박사를 알았는지 기억해 냈다. 수도원에서 알게 된 부드러운 눈빛의 트라피스트회 수도사 뮈스 형제였다.

수도원장은 걱정 가득한 간호 수사에게 몰래 로베르트 형제에 대한 보고를 받고 긴장했다. 어떻게 할지 모르겠습니다,

---

22) 트루데가 보고 싶은 마음을 그녀의 이름 '트루데'가 영어로 '진실', '진정함'을 의미하는 true와 같은 발음을 포함하는 데 착안, '진정한 아픔'을 강조하여 '트루우우우 아픔'이라는 언어유희로 표현하고 있다.

49킬로그램밖에 되지 않아요. 젓가락처럼 말랐어요. 눈은 초점을 잃었고요. 저는…….

"그는 눈이 언제나 흐리멍덩했어." 수도원장은 무의식중에 본심이 튀어나왔다. 이내 같은 교회 소속 수사에게 좀 더 너그러웠어야 한다는 생각이 들었다.

"무엇을 더 할 수 있을지 모르겠어요. 환자들을 위한 생선과 고기 수프는 입에도 대지 않는걸요. 다 소용없는 짓이에요."

"순종 서약은?"

"그는 노력 중이에요, 하지만 힘들어하고 있습니다. 삶의 의지를 잃어버린 사람처럼 말이지요. 마지막 순간이 얼른 다가오기를 기다리는 것처럼……. 오, 아버지, 저의 경솔한 말을 용서하소서."

"진실이라면 말을 해야 합니다, 형제여. 순종 서약의 의무에 따라서 말입니다."

"로베르트 형제는……." 간호를 담당하는 형제는 벗어진 이마를 타고 내려오던 땀을 닦고 목소리를 진정시킨 후 말을 이었다. "그는 죽음을 원하고 있습니다. 게다가 신부님……."

옷섶에 손수건을 집어넣으며 그는 수도원장이 모르던 사실을 이야기하기 시작했다. 존경하는 마르틴 신부가 이 비밀을 무덤까지 가져가고자 했기 때문이다. 그는 타인의 죄와 스스로의 나약함으로 벌 받는 영혼의 아픔을 달래 줄 완벽한 장소인 퉁겔리프[23]의 차고 맑은 물 바로 옆 아헬의 엄률 시토회에

---

23) 벨기에와 네덜란드를 관통하는 돔멜강의 지류.

로베르트 형제의 수련 수사 입회를 허가한 자였다. 아헬의 성 베네딕트 수도원은 미래에 로베르트 형제로 불리게 될 마티아스 알패르츠가 농사를 익힐 수 있었던 곳이었다. 새로운 형제들인 트라피스트 수사들과 스물네 시간 엄격한 침묵을 지키며 소똥 옆에서 맑은 공기를 맡으며 치즈 만드는 법을 배우고, 구리를 가공하고, 수도원의 구석구석 혹은 그의 손길이 필요한 어느 곳에서건 먼지를 쓸었다. 매일 하루 중 가장 추운 새벽 3시에 일어나 구멍 뚫린 샌들을 얼어 버린 발로 끌고 걸어가 하루의 새로운 희망을 충전하기 위해 새벽 기도를 올리는 것은 조금도 어렵지 않았다. 그리고 방에 돌아와 '거룩한 독서'[24]를 시작했다. 글귀의 생생한 이미지들이 그의 부서진 영혼으로 자비 없이 찾아오고, 마치 지옥에서처럼 신은 점점 말이 없어져 이따금 그것은 고문이기도 했다. 그리하여 무엇인가를 찬미하는 종소리는 희망의 표시처럼 느껴졌으며, 6시에 열리는 수도원 미사 내내 그는 자신을 한없이 낮추지만 생기 있고 헌신적인 다른 형제들을 바라보고 그들과 함께 한목소리로 기도했다. 주님, 더 이상 이런 일이 없도록 하소서, 더 이상은 없도록 하소서. 어쩌면 농장에서 네 시간을 쉬지 않고 일했을 때 그는 행복이라는 것에 가장 가까이 있었다. 소젖을 짜면서 자신의 충격적인 비밀을 중얼거렸고, 그러면 소들은 연민과 이해심이 가득한 강렬한 눈빛으로 대답했다. 얼마 지나지

---

24) 라틴어로 렉시오 디비나(Lectio Divina)는 베네딕트 수도원의 명상 기도법이다. 성서 혹은 교부들의 신성한 서적을 읽고 묵상을 통해 잡념을 제거하는 것을 말한다.

않아 약초들로 치즈를 만드는 법을 배웠다. 아주 향기로운 치즈였다. 신자들 수백 명과 함께 나누며 이것이 주님의 몸이라고 이야기하는 장면을 상상하곤 했다. 그는 어떤 사소한 소명도 받고 싶지 않은 소망을 존중해 달라고 간청했기 때문에 성찬식에서 치즈를 나눌 수 없었다. 그는 아주 하찮은 존재이며, 그가 원하는 것은 오직 남은 생 동안 무릎 꿇고 기도할 작고 구석진 자리였다. 수 세기 전 성 페레 델 부르갈에 입단을 요청한 또 다른 도망자 미켈 데 수스케다 수사처럼 말이다. 소똥 사이에서 풀을 골라내고 제3시의 기도를 위해 일을 중단하기도 하며 네 시간을 보낸 후 그는 다른 형제들이 얼굴을 찌푸리지 않도록 손과 얼굴을 씻어 악취를 없앤 다음에야 교회로 들어갔다. 마치 그곳이 악을 피하는 피난처인 듯. 그리고 제6시, 즉 정오에 형제들과 함께 기도를 올렸다. 상급자들은 매일 접시를 닦는 그를 몇 번이고 말려야 했다. 그것은 수도회의 모든 형제들이 예외 없이 함께해야 할 일이었기 때문이다. 그는 신성한 순종 서약에 따라 봉사하고 싶은 욕구를 억눌러야 했고, 오후 2시가 되면 피난처와 같은 교회로 돌아와 제9시 기도를 올렸다.[25] 파울루스 형제가 소젖을 짜는 동안 그는 소를 돌보는 대신 벽을 보수하고 잡초를 태우며 두 시간을 더 일했다. 그러고는 다시 씻어야 했다. 그의 작업은 도서관에서 일하며 일과를 마칠 무렵 기껏해야 손에 묻은 먼지를 털기만 하면 되

---

25) 가톨릭교회 예배 의식인 성무일도 중 삼시경(오전 9시), 육시경(정오), 구시경(오후 3시)을 행하고 있다.

는 형제들의 일과 달랐기 때문이다. 어쩌면 그들은 닫힌 공간에서 시력과 기억력을 쓰며 일하는 대신에 몸 쓰는 일을 하는 형제들을 부러워했을지도 모른다. 오후의 성경 암송은 저녁 기도와 함께 6시에 절정에 이르는 긴 서곡과 같았다. 저녁 식사 시간에 그는 먹는 척하며 끝기도를 올렸다. 교회의 모든 이들은 어둠 속 아헬의 성모를 비추는 신실한 두 개의 촛불 아래에서 함께 기도했다. 그리고 성 베네딕트 수도원의 종이 저녁 8시를 알리면 그는 지금까지와 같이 내일도 오늘처럼 한결같기를, 이 평온이 영원히 지속되기를 기원하면서 다른 수도원 형제들처럼 잠자리에 들었다.

수도원장은 간호 담당 형제를 놀란 표정으로 바라보았다. 왜 존경하는 대수도원장 만프레드 신부가 하필이면 그때 자리를 비워야 했는가! 전체 공의회가 왜 하필이면 로베르트 형제가 쓰러져 간호 담당 수사의 얕은 과학적 지식이 그를 구제할 수 없는 날에 열려야 했는가? 왜입니까, 주여? 왜 내가 수도원장직을 수락했는가?

"하지만 아직 살아 있는 것이 맞소?"

"그렇습니다. 돌처럼 굳었지만 말이죠. 제 생각에는 말이죠. 일어나 보게 하면 일어납니다. 앉아 보게 그러면 자리에 앉고요. 말해 보게 그러면 울기 시작합니다, 신부님."

"그럼 굳어 버린 게 아니지 않은가."

"보십시오, 신부님. 부상, 찰과상, 골절이나 탈구, 감기, 독감, 복통은 그렇다 쳐요. 하지만 영혼에 관련된 것은……"

"형제여, 어떤 해결책을 제시하겠소?"

"저라면 신부님……."

"말해 봐요. 어떻게 하는 게 좋겠소?"

"진짜 의사가 진찰하는 겁니다."

"길 박사는 무엇을 해야 할지 모를 거요."

"저는 진짜 의사를 말하는 겁니다."

세 번째 공의회 회의 때 대수도원장 만프레드 신부가 다른 형제들 앞에서 수도원장이 놀란 목소리로 전화를 통해 전달한 메시지에 대해 걱정스러운 표정으로 언급한 것은 행운이었다. 마리아발트의 신부가 말하기를 필요하다면 그쪽 수도원에 의사인 수사가 있으며, 굉장히 겸손하여 그가 원치 않았는데도 불구하고 수도원 바깥에까지 명성이 자자하다고 했다. 몸이 아픈 자들, 영혼이 아픈 자들 모두에게 말이죠. 오이겐 뮈스 형제는 언제나 이들을 찾아갈 준비가 되어 있습니다.

서기 1950년 4월 16일 이래 아헬의 성 베네딕트 수도원에 들어가 로베르트 형제가 된 마티아스 알패르츠가 수도원 영지의 경계를 넘은 것은 십 년 만에 처음 있는 일이었다. 다리 위에 걸쳐진 두 손이 심하게 떨렸다. 그는 놀란 눈으로 곁눈질하며 시트로엥 스트롬버그의 더러운 유리창을 내다보았다. 차는 피난처를 벗어나 그가 영원히 벗어나고 싶어 한 격동의 세상을 향해 먼지 가득한 도로를 내달렸다. 간호 담당 수사는 곁눈질을 하며 이따금 그를 살폈다. 이를 알아차리고 그는 말 없는 운전사의 뒷덜미를 바라보며 주의를 돌려 보려 했다. 하임바흐까지 네 시간 삼십 분이 걸렸고, 그동안 간호 담당 수사는 불편한 침묵을 깨기 위해 시원찮은 카뷰레터의 거슬리는 소음에 맞추어 무언가를 중얼거렸다. 제3시, 제6시, 제9시가 지나 그들이 마리아발트 수도원 입구에 도착했을 때 아헬 수도원의 종소리와 매우 달랐던 그곳의 종소리는 저녁 기도 시간을 알리고 있었다.

다음 날 아침 기도 시간이 지난 후 그들은 넓고 빛이 잘 들어오는 복도 한편에 놓인 딱딱하고 긴 의자에 앉아 있었다. 간호 담당 수사의 절제되고 정중한 독일어가 잔인한 명령처럼 그의 귀에 울려 퍼졌다. 뮈스 형제의 조수인 간호 수사는 아헬에서 온 간호 수사와 함께 문 뒤로 사라졌다. 진찰 기록부를 먼저 살피려는 게 틀림없었다. 그들은 두려움에 떠는 그를 혼자 두었다. 뮈스 형제가 그를 조용한 진료실로 불러 그들은 탁자를 사이에 두고 앉았다. 의사는 증상을 이야기해 달라고 환자에게 꽤 정확한 네덜란드어로 요청했다. 로베르트 형제는 그의 눈을 가만히 살피더니 눈빛이 다정하다는 것을 느끼고 고통이 폭발하는 느낌이었다. 그는 말했다. 집에서 당신의 아내, 장모, 세 딸과 점심을 먹는다고 생각해 보세요. 장모님은 기침 감기 기운이 살짝 있고 푸른색과 흰색 체크무늬로 된 새 식탁보를 깔았죠. 첫째인 귀여운 아멜리아의 생일이거든요. 여기까지 말한 후 로베르트 형제는 숨을 돌리지도, 물을 한 모금 들이켜지도, 정갈한 탁자 위로 시선을 들지도 않고 오이겐 뮈스 형제의 슬픈 표정을 알아채지 못한 채 한 시간을 쉬지 않고 말했다. 그리고 이야기가 모두 끝났을 때 왜 내내 고개를 숙이고 살았는지에 대해 말을 덧붙였다. 내 소심함을 탓하며 이 저주를 해결할 방법을 찾으려고 노력했어요. 결국 그것은 기억이 닿지 않는 곳에 나를 숨기는 거였지요. 신과 다시 이야기해야 했고, 나는 카르투지오 수도회에 들어가는 방법을 찾았습니다. 그들은 내 생각이 별로 좋지 않아 보인다고 말해 줬어요. 그날 이후로 내가 문을 두드린 다른 두 곳에서는 거짓말을 했습니다. 내가 고통받는 이유와 고통 자체를 표현하지 않았습니다. 면담할 때마다 나는 무엇을 이야기하고 이야기하지 말아야 하는지 배웠지요. 그렇게 해서 아헬에 있는 성 베네딕트 수도회의 문을 두드렸을 때 나는 내 뒤늦은 소명 의식에 대해 아무도 의심을 품지 않을 줄 알았습니다. 그리고 순종 서약에 특별한 규정이 없다면 그들이 나를 받아들이고 나는 그곳에서 수도원의 가장 허드렛일을 하며 지낼 수 있으리라는 확신이 들었지요. 그 후로 다시 조금씩 말을 하기 시작했습니다. 신에게 말입니다. 그리고 소들이 내 말에 귀 기울이도록 하는 방법도 배웠습니다.

뮈스 박사는 그의 손을 잡았다. 그들은 그렇게 말없이 십 분 혹은 이십 분 동안 가만히 있었다. 그러자 로베르트 형제는 좀 더 차분하게 숨을 쉬기 시작했다. 그렇게 수년을 말없이 수도원에서 보낸 후 잃어버렸던 기억이 한꺼번에 다시 돌아왔습니다.

"가끔 몰아치듯 기억이 살아나는 순간들을 대비하셔야 합니다, 로베르트 형제."

"견디기가 너무 힘듭니다."

"참아 낼 수 있습니다. 신의 도움으로 말입니다."

"신은 존재하지 않습니다."

"트라피스트회 수사가 아닙니까, 로베르트 형제. 저를 놀랠 작정입니까?"

"신에게 용서를 구해야겠군요. 하지만 그의 계획을 이해할 수 없습니다. 만일 그가 사랑의 신이라면 대체 왜…….'"

"한 인간으로서 당신을 지탱해 주는 것은 다름 아닌 당신이 영혼을 좀먹는 어떠한 악도 저지르지 않았다는 사실을 아는 겁니다. 당신에게 고통을 안겨 준 악 같은 것 말입니다."

"제게 고통을 안기다니요. 아닙니다. 트루우우, 아멜리아, 사랑스러운 율리아, 그리고 나의 베르타, 기침하는 장모에게 야말로 고통이 따랐지요."

"맞는 말씀입니다. 그러나 당신에게도 고통이 있었어요. 훌륭한 인간은 타인의 악에 선으로 답합니다."

"제 앞에 그 일에 대한 책임자들이 있다면…….'" 그는 흐느끼며 말했다. "제가 무슨 일을 저지를지 모르겠습니다, 신부님. 그들을 절대 용서할 수 없을 거라 확신…….'"

오이겐 뮈스 형제는 작은 노트에 무엇인가를 적었다. 로베르트 형제는 그의 눈을 바라보았고, 의사도 눈짓으로 대답했다. 뮈스 박사가 취재진에게 헛되이 낭비할 시간이 없다고 말하며 자신도 모르게 똑같은 눈빛으로 숨겨진 카메라 렌즈를 바라볼 때처럼. 그때 마티아스 알페르츠는 베벤벨레케에 가야 한다는 생각이 들었다. 그곳이 어디든 그를 진정시킬 수 있었던 그 눈빛을 만나러 가야 했다. 며칠 전 그 기억이 폭발하며 다시 한번 머릿속을 괴롭혔기 때문이다.

베벤벨레케에 도착했을 때 처음 마주하는 사실은 그 이름을 한 마을이 어디에도 존재하지 않는다는 것이다. 그것은 병원 이름일 뿐이었다. 키크윗에서 북쪽으로 수 킬로미터, 윰부윰부 남쪽으로 수 킬로미터 떨어져 있는 외진 곳이었다. 키콩고와 벨레케에서도 꽤 먼 거리였다. 병원은 환자들이 병원 부지에 지은 임시 거처에 둘러싸여 있었다. 그곳은 비공식적으로 환자의 친척들이 그곳에 며칠간 머물러야 할 때 필요한 숙소 역할을 했다. 천막이 계속 늘어나더니 점차 병원과 거의 관계가 없거나 혹은 아무런 관계가 없는 사람들이 살기 시작해 베벤벨레케 마을을 형성했다. 뮈스 박사는 그것을 특별히 문제 삼지 않았다. 병원 주변을 돌아다니던 닭들에게도 문제 될 것이 없었다. 비록 금지되어 있었지만 닭들은 병원 시설 안에서도 자주 발견되었다. 베벤벨레케는 고통으로 지어진 마을이었다. 흰 바위를 지나 질로 방향으로 500미터 떨어진 곳에는 회복하지 못한 환자들이 잠든 공동묘지가 있었기 때문이다. 뮈스 박사의 실패 사례를 증언하는 지표였다.

"몇 개월 후 수도회를 떠났습니다." 마티아스 알패르츠가 말했다. 나는 하나의 해결책이라 생각하며 수도원에 들어갔고, 최선의 해결책이라 믿어서 그곳을 나왔습니다. 하지만 수도원 안에서든 밖에서든 그 기억은 여전히 생생했다.

뮈스 박사는 출구 옆 아직 피로 물들지 않은 초록색 의자를 권했다. 그리고 삼십 년 전 마리아발트 수도원 진료실에서 그랬던 것처럼 그의 손을 잡았다.

"저에게 도움을 주려 하시다니 감사할 따름입니다, 뮈스 형제." 마티아스 알패르츠가 말했다.

"충분히 도움을 드리지 못한 것 같아 안타깝습니다."

"아닙니다, 충분합니다, 뮈스 형제. 이제 좀 더 준비가 된 것 같습니다. 다음에 기억이 다시 폭발할 때는 스스로 막아 낼 수 있었으면 좋겠네요."

"자주 있는 일인가요?"

"제 바람보다 빈번하게 일어나더군요, 뮈스 형제. 왜냐하면……."

"형제라고 부르지 마십시오. 저는 수도사가 아닙니다." 뮈스 박사가 끼어들며 말했다. "우리가 만나고 얼마 안 있어 저는 로마에 특별 요청을 넣었습니다."

전직 수도사 로베르트의 침묵이 의미하는 바는 무거웠다. 이에 전직 수도사 뮈스는 침묵을 깨며 참회의 욕구로 인해 수도회를 나왔다고 말했다. 신께서 저를 용서하기를. 저는 오랜 시간을 기도하며 갇혀 있는 것보다 도움을 필요로 하는 이들 속에서 유용하게 쓰인다고 확신합니다.

"충분히 이해합니다."

"수도원 생활에 반감이 있는 것은 아닙니다. 그저 제 마음 상태가 그랬고, 상급 신부들이 저를 이해해 준 것이지요."

"당신은 성인이군요, 이 사막 한가운데에서 말입니다."

"이곳은 사막이 아닙니다. 제가 성인이라는 말은 더더욱 틀렸습니다. 저는 의사입니다. 전에는 수도사였고요. 그리고 의술을 행할 뿐입니다. 악의 상처를 치료하고자 노력하는 중이기도 합니다."

"저를 따라다니는 것이 바로 악입니다."

"압니다. 하지만 저는 악에 대항해 싸울 뿐입니다."

"남아서 당신을 돕고 싶습니다."

"나이가 너무 많아요. 일흔이 넘었지요, 아마?"

"상관없습니다. 도움이 될 거예요."

"불가능합니다."

이 대답과 함께 뮈스 박사의 목소리가 갑자기 차가워졌다. 상대의 말에 깊은 상처를 받았다는 듯 말이다. 마티아스 알패르츠의 손이 떨리기 시작해 그는 의사가 눈치채지 못하도록 손을 황급히 주머니에 숨겼다.

"그렇게 손이 떨린 지 얼마나 됐습니까?" 뮈스가 감추어진 손을 가리키자 마티아스는 불쾌한 표정을 애써 감추었다. 그는 의사 앞에 손을 내밀었다. 손이 심하게 떨고 있었다.

"기억이 내 속에서 폭발할 때죠. 가끔은 너무 심해서 제 의지가 아니고서야 이렇게 떠는 게 가능한가 싶기도 합니다."

"그렇게 손을 떨어서야 저를 어떻게 돕겠다는 겁니까."

마티아스 알패르츠는 그의 눈을 바라보았다. 아무리 좋게 보아도 잔인한 말이었다.

"저는 아직 여러 방면으로 쓸 만합니다." 기분이 상해서 말했다. "예를 들면 정원에 땅을 파는 일 같은 것 말이지요. 아헬 수도원에서 농사일을 배웠습니다."

"로베르트 형제…… 마티아스…… 애쓰실 필요 없습니다. 집에 돌아가시는 게 좋겠어요."

"저는 집이 없습니다. 여기서 할 만한 일이 있을 거예요."

"없습니다."

"거절을 받아들일 수 없어요."

그러자 뮈스 형제는 마티아스 알패르츠의 팔을 잡아끌고 저녁 식당으로 데려갔다. 매일 저녁이 그렇듯 질척질척한 수수가 전부였다. 박사는 그것을 작은 버너에 데웠다. 그들은 의사의 책상을 식탁 삼아 진료실에 자리를 잡았다. 뮈스 박사가 작은 수납장을 열어 접시 두 개를 꺼냈는데 마티아스는 그가 플라스틱 컵 뒤로 무언가 숨기는 것을 보았다. 아마 지저분한 행주 같았다. 그들이 크게 입맛이 없는 상태에서 식사를 하는 동안 뮈스 박사는 왜 그가 임시 간호사로도, 정원사로도, 요리사로도, 피땀을 흘리지 않고서는 열매를 맺지 못하는 농장 일꾼으로도 일을 할 수 없는지 설명했다.

자정이 되어 모두 잠들고 뮈스의 진료실에 들어갔을 때 마티아스 알패르츠의 손은 떨리지 않았다. 그는 창문 옆의 작은 수납장을 열었고, 작은 손전등의 도움을 받아 자신이 찾던 것을 확인할 수 있었다. 가늘고 꺼질 듯한 작은 불빛 속에서 헝겊을 살펴보았다. 그것이 자신이 찾던 물건이 맞는지 확신이 서지 않아 꽤 긴 시간을 망설였다. 이제 모든 떨림이 심장에 집중되어 곧 입 밖으로 터져 나올 것 같았다. 수탉의 울음소리가 들렸을 때 그는 마음을 굳게 먹고 헝겊을 제자리에 돌려놓았다. 손가락이 간지러웠다. 펠릭스 아르데볼이 느꼈던 것과 비슷한 간지러움, 아니면 원하던 바가 내가 손쓸 수 없게 되어 멀어질 때 느낌과 흡사했다. 손끝에서 느껴지는 간지러움과 떨림. 비록 마티아스 알패르츠의 병은 우리 병과 달랐지만 말이다.

해가 다시 고개를 내밀기 전 그는 키콩고로부터 의약품과 식료품, 그리고 크월루에 자리 잡은 그 넓은 지역에 한 줄기 희망을 실어다 주는 밴을 타고 그곳을 떠났다.

32

나는 고개를 숙이고 꼬리를 내린 채 파리에서 돌아왔다. 그 시절 아드리아 아르데볼은 꽤 많은 학생들을 대상으로 현대 사상사 강의를 맡고 있었다. 학생들은 '성격 나쁘고, 똑똑하고, 자기 일을 철저히 하지만 절대 커피를 마시러 외출하지 않고, 편 가르기를 싫어해 교직원 회의라면 피하기 일쑤'라는 명성을 바르셀로나 대학 동료로부터 얻기 시작한 그에 대해 다소 회의적이었다. 거의 비밀스럽게 출간한 다소 도발적인 제목의 소책자 『프랑스 혁명』과 『마르크스?』가 가져다준 상대적인 명성으로 그는 추종자와 비방자를 동시에 얻었다. 파리에서의 하루하루는 그를 절망에 빠뜨렸고 아도르노에 관한 이야기 따위는 하기도 싫었다.

당신 생각은 더 이상 하지 않았어요, 작은 롤라. 왜냐하면 제 머릿속은 그저 사라로 가득했거든요. 안면이 없는 어떤 친척이 전화를 걸어와 내 사촌이 죽었다는 소식을 알리고, 그녀가 자신의 죽음을 알리고자 했던 사람들의 주소를 남겨 놓았다는 사실을 말해 주기 전까지 말이지요. 그녀는 시간과 장소를 알려 주었고, 우리는 예의를 갖춘 형식적인 말 몇 마디와 위로를 나눈 후 전화를 끊었다.

스무 명 남짓한 사람들이 장례식에 참석했다. 서너 명의 얼굴을 간신히 기억해 냈지만 나는 안면이 없는 친척을 포함하여 그들에게 안부 인사를 하지 못했다. 돌로르스 카리오 이 솔레지베르트 '작은 롤라'(1910~1982)는 바르셀로나에서 태어나 같은 곳에서 생을 마감했다. 어머니의 친구이자 마음씨 좋은 여인이었고, 작은 롤라의 진실하고 유일한 가족이 내 어머니였다는 이유로 내 인생을 제대로 엿 먹였다. 그리고 어쩌면 그녀의 애인이었는지도 모른다. 당신이 당연히 받아야 할 만큼 애정을 담은 작별 인사를 하지 못했군요.

"그러니까, 그나저나 너희가 헤어진 지 얼마나 됐더라, 이십 년인가?"

"저런, 무슨 소리야, 이십 년이라니! 그리고 우리는 헤어진 게 아니야. 헤어짐을 당한 거라고."

"잘됐으면 이미 손자를 봤겠군."

"왜 내가 그동안 다른 여자를 만났을 거라고는 생각 안 하지?"

"사실대로 말하자면 잘 모르겠어."

"내가 얘기해 주지. 매일매일, 좋아, 거의 매일 잠자리에 들 때 내가 무슨 생각을 하는지 알아?"

196

"아니."

"이제 초인종이 울릴 거야, 딩동."

"네 초인종은 스르스르스르스르거리잖아."

"그래 알았어. 스르스르스르스르, 그래서 문을 열면 사라가 나타나서 어쩌고저쩌고 때문에 떠나야 했는데 네 인생에 다시 한번 들어가도록 해 줄래, 아드리아."

"저런, 이봐, 더 이상 슬퍼하지 마. 더는 생각할 필요 없어. 알았어? 더 나은 선택이 있을 거야, 안 그래?"

베르나트는 아드리아의 마음이 평소답지 않게 넓은 것 같아 불편한 마음이 들었다.

그는 장식장을 가리켰다. 아드리아가 어깨를 으쓱하자 베르나트는 그것을 네가 직접 꺼내라는 뜻으로 받아들였다. 그는 비알을 꺼내 들고 텔레만의 판타지 몇 곡을 그에게 선사했다. 결국 나는 한층 기분이 편안해졌다. 고마워, 베르나트, 나의 친구.

"더 울고 싶으면 울어도 괜찮아, 알지?"

"허락해 줘서 감사합니다." 아드리아가 웃음 지었다.

"마음이 약해졌구나, 많이 약해졌어."

"두 어머니가 우리의 사랑에 대해 음모를 꾸미고 우리가 거기에 단단히 걸려들었다는 사실에 나는 완전히 망가졌어."

"그래. 두 어머니는 돌아가셨고 이제 네 일을 계속……."

"무엇을 계속할 수 있단 말이야?"

"글쎄. 내 말은……."

"늘 심신이 안정된 네가 부러워."

"실은 아니야."

"맞아, 그렇고말고. 너와 테클라, 아주 잘 맞잖아."

"요렌스와 말이 잘 안 통해."

"몇 살이지?"

"반대를 위한 반대만 계속하거든."

"바이올린을 하기 싫은가 봐?"

"어떻게 알았어?"

"불평하는 방식이 익숙하거든."

아드리아는 잠시 생각에 잠겼다. 그는 머리를 절레절레 흔들었다. 내가 보기에 인생이 잘못 풀렸어. 그는 결론짓듯 말했다. 그리고 일요일이 되자 술 취한 사람처럼 산안토니 시장에 늘어선 가판대를 둘러보며 여유를 부리다 그의 가판대에서 모랄 씨를 만났다. 그가 아드리아에게 따라오라고 신호를 보냈다. 이번에는 공쿠르의 『르네 모프랭』[26] 필사본 처음 열 쪽 분량이었다. 모두 동일한 서체로 작성되었고, 여백에 수정한 흔적이 조금 남아 있었다. 모랄 씨는 그게 쥘의 것이라고 장담했다.

"문학에 대해 좀 아시는지?"

"저는 물건 파는 사람입니다. 책, 수집용 카드, 원고, 바주카

---

26) 에드몽 드 공쿠르(Edmond de Goncourt, 1822~1896). 동생 쥘 드 공쿠르(Jules de Goncourt, 1830~1870)도 작가였으며, 함께 공쿠르 형제로 불리는 둘은 19세기 후반 프랑스의 사실주의, 자연주의 문학 작가로 알려졌다. 동생이 죽은 후 형이 단독 집필한 『르네 모프랭』(1864)은 당시 기준으로 해방되고 자유로운 여자 주인공 르네 모프랭의 삶을 그렸다.

풍선껌 같은 것들 말입니다. 충분히 설명이 되었는지 모르겠네요."

"그런데 그것들을 대체 어디에서 구하시는 겁니까?"

"풍선껌 말입니까?"

약삭빠른 모랄 씨는 사업 수단에 대해 말을 아꼈다. 그는 침묵함으로써 자기 안전과 중개자로서의 유용성을 확보했다.

나는 공쿠르의 원고를 구매했다. 그리고 몇 주 지나 마치 나를 기다렸다는 듯이 오웰, 헉슬리, 파베세의 육필 원고와 미출간 원고들이 모습을 드러냈다. 아드리아는 그것들을 몽땅 사들였다. 구매를 위한 구매는 하지 않는다는 원칙을 어기면서 말이다. 그런데 『삶이라는 직업』[27] 중 어느 해 2월 8일 자 원고를 그냥 지나칠 수 없었다. 그 원고는 구토소의 아내에 대해, 기다려 주고 함께 잠들고 몸을 따뜻하게 해 주고 동반자가 되어 살아 있다고 느끼게 하는 아내와 함께 사는 희망에 대해 이야기하고 있었지, 나의 사라, 나에게는 그런 여인이 없을 뿐 아니라 영원히 없을 거야. 어떻게 이 원고를 사지 않겠는가? 모랄 씨는 분명히 나의 떨림을 눈치챘을 테고, 그 강도에 따라 가격을 올렸을 것이다. 깊은 감동을 준 글의 원본 원고를 소유하고 싶은 욕망에 저항하기란 쉽지 않다고 확신한다. 필적, 움직임, 잉크로 가득한 원고는 최후에 예술 혹은 인류 보편사를 다룬 작품이 될 영적인 기운을 고스란히 담은 물적 재료가 아

---

[27] 이탈리아의 작가, 시인, 번역가, 비평가인 체사레 파베세(Cesare Pavese, 1908~1950)가 쓴 자전 형식의 일기다.

닌가. 글은 독자에게 침투하여 읽는 이를 변화시킨다. 그러한 기적에 아니오를 외치기는 힘들다. 그래서 모랄 씨가 중개 역할을 자처하며 웅가레티[28]의 시 두 편을 말도 안 되는 가격에 내놓은 이름을 알 수 없는 누군가를 소개했을 때 나는 크게 망설이지 않았다. 시간의 흐름이 아니라 전쟁 때문에 폐허로 변해 버린 마을에 관해 쓴 「군인들」과 「산마르티노 델 카르소」[29]라는 시였다. "이 폐허가 된 마을이야말로 나의 마음이다."(이탈리아어) 내 마음도 마찬가지랍니다, 존경하는 웅가레티. 작가의 정제되지 않은 직감을 예술로 바꾸기 위해 사용한 원고를 소장하는 것은 얼마나 쓸쓸하고 비통하고 기쁜 일입니까. 그리하여 나는 흥정하지 않고 그가 원하는 대로 값을 지불했다. 그때 퉁명스럽게 바닥에 침을 뱉는 소리가 들려 아드리아는 주위를 둘러보았다.

"무슨 일이야, 카슨."

"하우. 하고 싶은 말이 있어."

"좋아, 말해 봐."

"문제가 있어." 둘이 동시에 말했다.

"뭔데?"

"아직도 모르겠어?"

"모르고 싶어."

---

28) 주세페 웅가레티(Giuseppe Ungaretti, 1888~1970). 이탈리아의 시인으로 자유로운 운율의 순수시를 썼다. 1차 세계 대전 당시 지원병으로 대오스트리아전에 참여한 후 죽음에 대한 시를 꾸준히 썼다.
29) 각각 「Soldati」와 「San Martino del Carso」.

"지난 오 년간 필사본을 사들이는 데 돈을 얼마나 썼는지 살펴봤냐고?"

"나는 사라를 사랑하는데 어머니가 속이는 바람에 그녀가 떠나갔어."

"이제 와서 네가 할 수 있는 일은 없어. 그녀는 인생을 새롭게 시작했다고."

"위스키 한 잔 더 부탁해. 더블 샷으로."

"돈을 얼마나 썼는지 아느냐 말이야?"

"아니."

상업용 계산기가 윙윙 우는 소리가 났다. 용감한 아라파호 추장인지 험상궂은 카우보이인지 누가 그 계산기를 사용하는지 알 수 없었다. 그들이 아연케 하는 엄청난 금액을 나에게 알려 줄 때까지 얼마간 정적이…….

"알았어, 알았다고, 그만 살게. 이제 됐어. 만족해?"

"이봐요, 박사." 한번은 모랄 씨가 나를 불렀다.

"니체가 들어왔소."

"니체요?"

"『디 게부르트 데어 트라괴디』[30] 다섯 쪽이 들어왔소. 무슨 말인지는 모르겠지만."

"『비극의 탄생』 말입니까."

"그런 것 같소." 점심 식사를 마친 모랄 씨는 이쑤시개를 입에 물고서 말했다.

---

30) *Die Geburt der Tragödie*. 1872년에 출간된 니체의 첫 작품이다.

무언가를 예고하는 제목처럼 들렸지만 나는 원고 다섯 쪽을 한 시간 정도 주의를 기울여 살펴보았다. 아드리아는 고개를 들더니 흥분하여 말했다. 대체 이것을 어디에서 가져오는 겁니까. 모랄은 처음으로 질문에 대답했다.

"연락책이 있습니다."

"그렇겠지요. 연락책이라……."

"그렇습니다. 연락책. 사고자 하는 사람이 있으면 원고들은 버섯처럼 피어오릅니다. 무엇보다도 저희가 하듯이 물건의 진위를 보증할 수 있으면 말이지요."

"저희가 누구입니까?"

"물건을 사시겠습니까?"

"얼마죠?"

"이 정도."

"그 정도나요?"

"그 정도입니다."

"염병할."

하지만 손가락과 머릿속이 따갑고 간지러운 느낌이 들기 시작했다.

"니체. 비극의 파열을 의미하는 『디 게부르트 데어 트라괴디』처음 다섯 쪽."

"탄생입니다."

"제 말이 그 말입니다."

"어디에서 첫 부분들을 그렇게나 많이 가져오십니까?"

"필사본 전체를 손에 넣기는 힘듭니다."

"누군가가 첫 페이지들을 뜯어낸다는 말이군요……." 소름이 돋았다. "제가 더 많은 페이지들을 원한다면? 만일 책 전체를 구하고 싶다면요?"

"우선 가격을 알아봐야 합니다. 하지만 이미 입수한 것을 가지고 먼저 이야기하는 게 좋겠지요. 관심 있으십니까?"

"당연하지요!"

"가격은 이미 아실 테고요."

"이 정도만 깎도록 하죠."

"그 정도는 안 됩니다."

"그럼 이 정도요."

"그 정도면 흥정해 볼 만하지요."

"하우."

"지금은 말 시키지 말란 말이야, 제길!"

"뭐라셨습니까?"

"아니, 아닙니다, 별일 아닙니다. 그럼 가격은 합의가 된 것이지요?"

아드리아 아르데볼은 가격을 이 정도 깎은 후 니체 원고 다섯 장을 가지고 그곳을 떠났다. 모랄 씨에게는 만일 필사본 전체가 정말 존재한다면 그것을 구매하는 건에 대해 다시 의논하자고 말해 두었다. 그리고 이제 정말 사그레라 씨에게 카슨과 검은 독수리의 야단법석이 근거가 있는지 아닌지 물어볼 때가 되었다고 생각했다. 하지만 사그레라 씨는 투자를 권할 게 분명했다. 저축 통장에 묻어 두는 것은 안타까운 일이지요.

"무얼 하는 게 좋을지 모르겠어요."

"집들을 사죠."

"집들이요?"

"네. 그리고 그림이요. 제 말은 그림들이요."

"하지만…… 저는 원고들을 사들이고 있어요."

"그게 뭔가요?"

그에게 수집본들을 보여 주고 싶었다. 사그레라 씨는 코를 찡그리며 꼼꼼하게 살펴보고 깊이 생각한 후 매우 위험하다고 결론 내릴 것이다.

"왜죠?"

"보관이 너무 힘들어요. 쥐나 벌레들이 갉아 먹을 수 있거든요."

"우리 집에 쥐는 없어요. 좀이라면 작은 롤라가 잘 처리하고 있습니다."

"하우."

"네?"

"카테리나가 말입니다."

"그래요, 알겠습니다."

"다시 말씀드리죠. 집을 사시면 절대 가격이 내려가지 않는 유형의 자산을 구매하시는 겁니다."

이런 대화를 피하고 싶었기 때문에 아드리아 아르데볼은 사그레라 씨와 집 구매에 대해서도 쥐에 대해서도 이야기를 나누지 않았다. 좀의 먹이를 사느라 쓴 돈에 대해서도 말이다.

며칠 후 나는 다시 울기 시작했다. 다만 이번에는 사랑 때문이 아니었다. 아니다, 어쩌면 맞는 말이다. 사랑 때문이었다. 집의 우체통에 칼라프 아무개라는 자로부터 우편물이 도착해 있었다. 바르셀로나의 공증인으로 한 번도 만난 적 없는 사람이었다. 나는 곧 가게 처분과 가족에 관한 문제를 떠올렸다. 점차 나에게 의미가 옅어지는 한 인생의 공증인 역할을 하고 있으면서도 나는 공증인들을 신뢰한 적이 한 번도 없었기 때문이다. 어디까지 이야기했더라. 그렇지, 공증인 칼라프, 이 낯선 사람은 아주 칙칙하고 작은 방에서 아무런 설명 없이 한 시간 삼십 분이나 나를 기다리게 했다. 삼십 분이 지나 그가 이 칙칙하고 작은 방으로 들어왔다. 늦은 데 대한 아무런 사과도 없었다. 그는 내 눈을 똑바로 바라보지 않았다. 자신의 희고 빽빽한 수염을 쓰다듬더니 신분증을 보여 달라고 했다. 신분증을 다시 돌려주며 그는 내가 생각하기에 불쾌한, 아니 실망한 표정을 지었던 것 같다.

"마리아 돌로르스 카리오는 자신의 재산 일부를 당신에게 증여하도록 했습니다."

내가 작은 롤라로부터 무언가를 물려받는다고? 그러니까 그녀가 백만장자였는데 인생 내내 하녀로, 그것도 우리 집 같은 데서 일했단 말인가? 맙소사.

"무엇을 물려받는다는 건가요?"

공증인은 나를 다소 의심스럽게 바라보았다. 나를 좋아하지 않는 것이 너무나도 분명해 보였다. 하지만 내 마음은 파리에서의 일 때문에 평온을 찾지 못하고 있었다. 나는 인생을 새롭게 시작했어, 아드리아. 그리고 문을 닫아 버렸다. 공증인들이 나를 어떻게 생각하는지에 대해서는 관심조차 없었다. 공증인은 다시 수염을 쓰다듬고 머리를 흔들더니 심한 콧소리를 내며 유언장을 읽었다.

"모데스트 우르젤이라는 자의 그림. 1899년 작."

작은 롤라, 당신은 나보다도 고집이 세군요.

증여 절차와 세금 지불을 마친 후 아드리아는 우르젤이라는 자의 성 마리아 데 제리 수도원 그림을 다시 벽에 걸었다. 어떠한 그림도 책장도 두고 싶지 않던 벽이었다. 트레스푸이 너머로 지는 햇살은 여전히 어떤 슬픔을 간직한 채 수도원을 비추고 있었다. 아드리아는 거실에 있던 의자를 꺼내 와 앉았다. 마치 태양의 느린 움직임을 느끼려는 듯 오랫동안 그림을 바라보았다. 성 마리아 데 제리 수도원으로부터 돌아왔을 때 그는 울음을 터뜨렸다.

33

대학교, 수업, 활자로 기록된 모든 삶들을 읽어 내려갈 수 있는 것……. 그의 집 도서관에서 예상치 못한 책을 발견하는 것은 큰 기쁨이었다. 그리고 매우 바쁘게 지냈기 때문에 외로움이 파고들 틈이 없었다. 그가 출판한 두 권의 책은 몇몇 독자들에게서 혹독한 비판을 받았다. 두 번째 책에 대한 독설 가득한 비평이 《카탈루냐 소식》[31]에 실려서 아드리아는 그것을 오려 파일에 보관해 두었다. 마음 깊숙이 한구석에서는 그렇게 강렬한 반응을 일으킨 것이 굉장히 자랑스러웠다. 어찌 되었건 그는 전반적인 자기 상황을 무심하게 바라보았다. 그의 진정한 아픔은 다른 데서 비롯되었고, 글을 쓰기 시작한 지도

---

31) 《El Correo Catalán》. 1876년 마누엘 밀라 데 라 로카(Manuel Milá de la Roca, 1848~1879)가 바르셀로나에서 창간한 왕정과 가톨릭주의 계열의 신문.

얼마 안 되었기 때문이다. 가끔 내가 아끼는 스토리오니를 연주했다. 무엇보다도 소리가 닳지 않도록 하기 위해서였다. 그리고 악기에 남겨진 흔적들의 역사를 이해하기 위해서였다. 심지어 나는 가끔 트루욜스 선생이 가르쳐 준 기법 연습으로 되돌아갔고, 그녀가 조금 그립기도 했다. 내 주변의 모든 것들, 모든 사람들은 어떻게 변해 있을까. 트루욜스는 어떻게 지낼까.

"돌아가셨어." 어느 날 베르나트가 말했다. 그들은 다시 가끔 만나고 지냈다. "그리고 너 결혼해야지." 그는 마치 아르데볼 할아버지가 토나에서 결혼을 주선하듯 말했다.

"돌아가신 지 오래되었나?"

"혼자 사는 것은 좋은 생각이 아니야."

"나는 혼자서 잘 지내. 책 읽고 공부하며 하루를 보내지. 바이올린과 피아노도 연주하고 말이야. 가끔 무리아네서 나를 위해 치즈, 푸아그라, 와인도 사. 내가 뭘 더 바라겠어? 일상적인 일들은 작은 롤라가 처리해 주고."

"카테리나 말인가."

"그래, 카테리나."

"잘됐네."

"이게 바로 내가 원하는 삶이야."

"섹스는?"

섹스라, 제길. 그게 핵심이었다. 그래서 그는 절망적으로 스물세 명의 학생하고 두 명의 동료 교수와 사랑에 빠지긴 했지만 진도가 나간 것은 아니었는데 왜냐하면…… 음, 라우라 빼고, 그러니까…….

"트루욜스는 어떻게 죽은 거야?"

베르나트는 자리에서 일어나 진열장을 가리켰다. 아드리아는 네가 꺼내라는 뜻으로 한 손을 들어 보였다. 베르나트는 원고들마저 춤추게 만든 악마의 트릴을 켜고는 그다음으로 달콤하고 사랑스러운 왈츠를 연주했다. 꽤 닭살 돋는 연주였지만 훌륭한 해석이었다.

"굉장한 소리야." 아드리아가 경탄하며 말했다. 조금 시샘하는 마음으로 비알을 집어 들었다.

"네가 언젠가 실내악을 연주하게 된다면 말이야, 이 악기를 빌려줄게."

"엄청나게 부담되는걸."

"그래서? 그렇게 급하게 나를 찾은 이유가?"

베르나트는 자신이 쓴 이야기를 읽어 줬으면 했고, 나는 우리 사이에 더 큰 문제가 생길 것 같은 예감이 들었다.

"글쓰기를 멈출 수가 없어. 아무리 네가 관두라고 해도 말이지."

"잘했어."

"다만 네 말이 맞을까 봐 걱정이야."

"무슨 말?"

"내 글에 영혼이 담기지 않았다는 것 말이야."

"왜 영혼이 없는 걸까?"

"내가 그 이유를 알면……."

"어쩌면 글이란 표현을 위한 너의 매체가 아닐지도 몰라."

그러자 베르나트는 내게서 바이올린을 뺏어 사라사테의 「바스크 기상곡」을 연주하기 시작했다. 두드러지는 실수가 예닐곱 번 있었다. 연주가 끝난 그는 잘 봐, 바이올린은 표현을 위한 내 매체가 아니야.

"넌 일부러 실수한 거야. 내가 너란 놈을 잘 알지."

"나는 절대로 솔리스트가 될 수 없을 거야."

"그럴 필요 없지. 너는 음악가고, 바이올린을 연주하고, 그걸로 생계를 이어 가잖아. 젠장, 그 이상 무엇이 필요하단 말이야?"

"나는 존경과 경외를 얻고 싶어. 그깟 돈이야. 부수석으로 연주하는 것으로는 절대 영원히 기억될 수 없다고."

"오케스트라는 영원히 기억되잖아."

"솔리스트가 되고 싶어."

"안 될 거야! 너 스스로가 방금 말했잖아."

"그래서 글을 쓰고 싶어. 작가는 언제나 솔리스트니까."

"그게 문학 창작에서 가장 큰 동기가 될 수는 없어."

"그건 나의 동기라고."

그렇게 해서 나는 작품 하나가 아니라 실은 작품 선집이었던 그의 원고를 가지게 되었다. 나는 작품을 읽고 며칠이 지나 그에게 아마 세 번째 작품이 가장 나아 보인다고 말했다. 세일즈맨에 관한 내용이었다.

"그게 끝이야?"

"음, 그래."

"영혼이나 뭐 그런 비슷한 것들은 못 찾았고?"

"영혼도 없고, 뭐 그런 비슷한 것들도 없더라. 네가 이미 아는 사실이잖아!"

"네가 그런 씁쓸한 반응을 보이는 이유는 네 글이 혹독한 평가를 받아서야. 하지만 나는 그 책이 좋다고, 알겠어?"

이 같은 원칙 선언 이후 얼마 동안 베르나트는 아드리아에게 원고를 가지고 귀찮게 굴지 않았다. 그는 카탈루냐 문단을 전혀 매혹시키지 못한 단편집 세 권을 발표했다. 그리고 어쩌면 단 한 명의 독자도 감동시키지 못했을 것이다. 그는 오케스트라를 통해 행복을 찾기보다 자신의 본모습을 감추는 방법을 선택했다. 거기에다 나는 행복해지는 방법에 대해 일장 연설이나 하고 있었다. 내가 전문가라도 되는 것처럼 말이다. 마치 행복이 필수 과목이라도 되는 듯이.

수업은 적당히 잘 진행되고 있었다. 그는 라이프니츠 시절의 음악에 대해 이야기했다. 학생들을 상상 속에서 라이프니츠 시절의 하노버로 데려가 북스테후데의 음악을 들려주었다. 특히 스피넷을 위한 아리아 「라 카프리치오사」(BuxWV 250) 변주곡을 들려준 후 이보다 뒤에(그렇게 뒤는 아니지, 응?) 작곡된 좀 더 알려진 음악가의 작품을 기억하는지 물었다. 아드리아는 자리에서 일어나 카세트테이프를 다시 감고 학생들로 하여금 트레버 피녹의 스피넷을 더 들어 보게 했다.

"내가 어떤 작품을 이야기하는지 알겠나?" 침묵이 흘렀다. "모른다고?" 그가 말했다.

몇몇 학생들은 창밖을 내다보고 있었다. 다른 몇몇은 공책을 뚫어져라 쳐다보았다. 여학생 한 명이 고개를 절레절레 흔들었다. 그들을 도와주기 위해 그는 당시 뤼베크에 대해 설명하고는 되물었다. 아직 잘 모르겠나? 그러고는 지휘봉을 얼른 내리고 말했다. 곡목을 모르겠으면 작곡가의 이름이라도 말해 보게. 그때 전에 본 적 없는 듯한 학생이 교실 중간쯤 앉아 손도 들지 않고서 요한 제바스티안 바흐요? 비슷하게 의문문 형태로 말하자 아드리아는 브라보! 했다. 이 작품은 비슷한 구조를 가졌지. 내가 여러 번 들려준 음악의 모티프는 변주가 계속될 거라는 사실을 암시해. 이렇게 하면 어떨까? 다음 수요일 수업을 위해 내가 지금 말하는 작품을 한번 찾아보게. 가능하면 여러 번 들어보도록.

"만일 무슨 곡인지 알아내지 못하면요?" 고개를 절레절레 흔들던 여학생이 말했다.

"작품 번호 998이라는 것 정도만 말해 두죠. 만족합니까? 더 궁금한 게 있나요?"

수업에 대한 기대치를 낮춘 상태였지만 나는 수업이 다섯 시간이고 계속되면 좋겠다고 생각했다. 학생들이 언제나 진심으로 모든 것을 궁금해하고 나에게 질문을 해서 다음 시간까지 그에 대한 답변을 준비해 오겠다고 말할 수 있었으면 했다. 하지만 아드리아는 현재 상태에 만족해야 했다. 학생들은 계단을 내려가 출구로 몰려갔다. 여전히 자리에 앉아 있던, 질문에 대답한 학생만 빼고 말이다. 아드리아는 카세트테이프를 꺼내면서 전에 본 적이 없는 것 같네요라고 말했다. 학생이 대답이 없자 아드리아는 고개를 들었고, 학생이 조용히 미소 짓고 있는 것을 알아차렸다.

"이름이 뭡니까?"

"저는 당신의 학생이 아닙니다."

"그럼 여기서 무얼 하고 있습니까?"

"잘 생각해 보세요. 저를 모르시겠습니까?"

그는 자리에서 일어나 가방이나 공책도 챙기지 않고 강단 쪽으로 내려왔다. 아드리아는 벌써 자료를 정리해 넣고 카세 트테이프만 남았다.

"예. 내가 알아야 합니까?"

"음…… 엄밀히 따지자면 당신은 제 삼촌입니다."

"내가, 자네 삼촌이라고?"

"티토 카르보넬이라고 합니다." 손을 내밀며 말했다. "로마 에서 뵈었지요, 어머니 집에서요. 가게를 파실 때 말입니다."

그제야 기억이 났다. 짙은 눈썹의 말이 없던 아이. 문 뒤에 숨어 어른들의 말을 엿듣던 그 아이가 자신감 넘치는 잘생긴 청년으로 자랐다.

아드리아는 어머니가 어떻게 지내는지 물었다. 그는 잘 지 내요, 안부를 전해 달라고 하셨어요. 대화는 그렇게 맥없이 겉 돌았다. 아드리아는 다시 물었다.

"이 수업에는 왜 온 거니?"

"거래를 제안하기 전에 당신을 좀 더 잘 알고 싶어서요."

"무슨 거래?"

티토는 교실에 아무도 없는지 확인하고는 말했다. 스토리 오니를 사고 싶어요.

아드리아는 놀라서 바라보았다. 그는 천천히 반응했다.

"그것은 판매하는 게 아니다." 그는 마침내 입을 열었다.

"제 제안을 들으면 팔게 되실 거예요."

"팔고 싶지 않아. 제안을 들을 필요도 없고."

"20만 페세타에 사겠어요."

"파는 물건이 아니라고 했잖니."

"20만 페세타는 적은 돈이 아니에요."

"두 배를 줘도 팔지 않는다." 아드리아는 젊은이에게 얼굴을 바짝 갖다 댔다. "판-매-하-지 않-는-다-고." 그는 다시 확고하게 말했다. "내 말 알겠니?"

"그럼요. 200만 페세타를 드릴게요."

"너는 사람의 말에 귀 기울이는 게 뭔지 모르는구나?"

"200만이면 아무 걱정 없이 그냥 살 수 있는 돈입니다. 음악의 음 자도 모르는 자들에게 수업을 할 필요도 없고요."

"티토, 네 이름이 맞니?"

"그래요."

"티토. 팔지 않는다고."

그는 서류 가방을 집어 들고 나갈 채비를 했다. 티토 카르보넬은 꿈쩍도 하지 않았다. 어쩌면 아드리아는 그가 길을 막아설 거라고 생각했는지도 모른다. 길은 열려 있었고 아드리아는 돌아섰다.

"왜 관심을 갖게 되었지?"

"가게 때문이지요."

"아. 그런데 왜 네 어머니가 직접 거래를 제안하지 않니?"

"이런 일에 신경 쓸 겨를이 없어요."

"아하. 그러니까 네 어머니는 이 일에 대해 아무것도 모른다는 거구나."

"맘대로 생각하세요, 아르데볼 교수님."

"몇 살이지?"

"스물여섯입니다." 그는 거짓말을 했다. 물론 나는 한참이 지난 후에야 그게 거짓말인 줄 알았지만.

"가게 밖에서 일을 꾸미고 다니는구나?"

"210만 페세타를 드리죠, 마지막 제안입니다."

"네 어머니는 이 일을 알고 있을 거야."

"250만."

"너는 도무지 사람이 말할 때 듣지를 않는구나?"

"왜 팔지 않는지 알고 싶습니다…….."

아드리아는 입을 열었다가 다시 다물었다. 어떻게 대답해야 할지 몰랐다. 그는 왜 비알을 팔고 싶은 마음이 들지 않는지 알 수 없었다. 그 바이올린은 수많은 비극을 겪었는데 나는 매일 조금씩 이 악기에 익숙해져 가고 있었다. 어쩌면 아버지가 설명해 준 것 때문일지 모른다. 어쩌면 나무를 만질 때 내가 상상하는 이야기들 때문일까……. 사라, 바이올린의 표면을 만지는 것만으로도 나는 가끔 이 목재가 한창 자라는 나무였던 시절로 돌아가곤 해. 그 나무가 언젠가 바이올린, 스토리오니, 비알이 될 거라고 예상도 하지 못했던 시절 말이야. 변명처럼 들릴지 모르겠지만 비알은 정말 상상의 세계로 향하는 창문과도 같았다. 만일 사라가 여기에 있다면, 매일 볼 수 있다면…… 분명히…… 티토에게 20페세타를 받고 팔았을지도 모른다. 하지만 그때는 아직 생각조차 하지 못했다.

"네?" 티토 카르보넬은 인내심을 가지고 물었다. "왜 팔고 싶지 않은 거죠?"

"미안한 말이지만 네가 알 바가 아니다."

그는 목덜미에 서늘한 기운을 느끼며 교실을 빠져나왔다. 마치 예측하지 못한 총격이 기다리고 있는 것 같았다. 티토 카르보넬은 뒤에서 내게 총을 쏘지 않았고, 나는 목숨을 구한 듯 전율을 느꼈다.

34

십진법에 따라 세상을 창조한 이래 수천 년이 흘러 아드리 아는 책을 집 곳곳에 나누어 정리했다. 하지만 아직 아버지 서 재를 제대로 뒤진 적은 없었다. 아드리아는 세 번째 책상 서랍 에 정리하기 어려운 아버지의 서류들을 보관해 두었다. 편리 하게 각각의 봉투에 들어 있는 이 서류들은 가게나 입고 기록 과 관련이 없었다. 아르데볼 씨는 소유용의 값나가는 중요한 문서들은 출입 기록을 따로 기록하여 관리했기 때문이다. 며 칠 혹은 몇 년 동안 추적하던 물건들을 즐기기 시작하는 그의 방식이었다. 도서관에는 모든 것이 정리되어 있었다. 거의 모 든 것이 말이다. 남은 일은 분류할 수 없는 서류들을 정리하는 거였다. 그것들은 모두 한데 모아져 세 번째 서랍에 처박혀 있 었다. 아드리아는 시간이 날 때면 꼭 훑어보겠노라 진심으로 다짐한 상태였다. 아드리아에게는 수년 동안 시간이 없었던 것 같지만 말이다.

세 번째 서랍의 온갖 서류들 중에 편지 몇 통이 끼어 있었다. 아버지처럼 꼼꼼한 사람이 편지를 분류할 수 없다고 여겨 자신이 작성한 편지의 사본을 남기지 않다니 이상한 일이었다. 받은 편지만 보관한 듯했다. 편지를 보관하는 낡은 파일들은 터지기 직전이었다. 아버지의 요청, 아마도 일과 관련한 요청에 대해 모를린이라는 자로부터 받은 편지도 있었다. 굉장히 수상한 다섯 통의 편지도 있었다. 흠잡을 데 없는 라틴어로 쓰인 이 편지들은 아주 난해한 암시들로 가득했다. 이를테면 그라드니크라는 수사 이름이 등장했다. 그는 류블랴나 출신으로 수년 전부터 그를 사로잡은 참을 수 없는 믿음의 위기에 대해 끊임없이 이야기하고 있었다. 편지에 따르면 아버지와 함께 그레고리오 학교에서 공부했으며, 자신의 신학적 의문에 대한 신부의 생각을 긴박하게 묻고 있었다. 마지막 편지에서 느껴지는 분위기는 달랐다. 1941년 예세니체에서 보낸 편지는 이 편지가 아마 자네에게 배달되지 않을 가능성이 크다라고 이야기를 시작했다. 하지만 자네에게 편지 쓰는 것을 그만둘 수 없어. 자네는 언제나 나에게 답을 주는 유일한 사람이었으니까. 내가 캄니크 근처 작은 마을의 눈과 얼음 속에서 교구 목사이자 교회 관리인으로 일하며 지독히 외로웠을 때도 말이야. 이 마을의 이름은 이제 잊고 싶지만 잊히지 않는다네. 이번이 아마 마지막 편지가 될 것 같아. 곧 죽음을 맞이할 테니까. 캐속은 이미 몇 년 전에 벗었다네. 여자와 관련된 일은 아니야. 그저 믿음을 잃어버렸기 때문이지. 조금씩 조금씩 믿음을 잃어 갔고, 그것을 지켜 낼 방법을 몰랐어. 전적으로 내게 책임이 있지. 고백합니다.(라틴어) 지난번에 자네에게 편지를 쓰고, 나를 격려하는 자네의 말을 듣고 나서 좀 더 객관적으로 생각해 보게 되었다네. 차츰 내가 하는 일들이 의미가 없다는 생각이 들더군. 자네는 저항할 수 없는 사랑과 신부로서의 삶 사이에서 선택해야 했지. 나는 아직 내 마음을 흔들어 놓는 여자를 만나지 못했어. 내 모든 문제는 마음가짐에서 비롯된 듯해. 내가 큰 결정을 내린 지 벌써 일 년이 지났군. 유럽 전체가 전쟁에 휘말린 지금 나는 내 결정이 옳았다고 생각하네. 논리적으로 말이 되지 않는 것투성이야. 신은 존재하지 않고, 인간은 시대의 포화로부터 스스로를 지켜 내야 하지. 한번 생각해 보게, 친구. 나는 내가 택한 길이 옳다고 확신한다네. 불과 몇 주 전 일어난 일이지. 민병대에 지원했다네. 요약하자면 캐속과 기관총을 맞바꾸었지. 나는 사람들을 악으로부터 구하는 데 더욱 쓸모가 있는 것 같네. 더 이상 망설이지 않게 되었어, 친애하는 아르데볼. 내가 악, 사악함, 악마에 대해 이야기한 지 벌써 수년이 되었지만 악의 본질에 대해 이해하지 못했다네. 나는 죄책감이라는 악, 슬픔이라는 악, 형이상학적인 악, 물리적인 악, 절대적인 악, 상대적인 악, 그리고 무엇보다도 악의 효율에 대해 고찰했지. 오랫동안 연구하고 거듭 생각한 후에 내린 결론은 내 교구의 평신도 자매들의 고백을 들어 보아야 한다는 거였다네. 그들은 자정부터 성찬식까지 금식을 엄격하게 지키지 않은 끔찍한 죄를 고백했어. 신이시여, 나는 마음속으로 외쳤다네. 드라고, 어찌 그럴 수가, 어찌. 인류를 위해 유용한 존재가 되고 싶다면서 나는 존재 이유를 잃어 가고 있었다네. 한 어머니가 나에게 어찌하여 신은 내 작은 딸을 그렇게 고통 속에서 죽게 하실 수 있습니까, 신부님이라고 말했을 때 모든 것을 깨달았지. 왜 신은 그것을 막아 주시지 않았나요? 나는 대답을 못 했고 오히려 악의 효율성에 대해 설교하고 있는 나 자신을 발견했다네. 부끄러움에 나 스스로 입을 다물 때까지 말이지. 나는 그 어머니에게 용서를 구했고, 그 이유를 모르겠다고 말했다네. 모르겠다고 했단 말일세. 안드레야, 미안하지만 잘 모르겠습니다. 어쩌면 자네를 웃게 만들지도 모르겠군, 친애하는 펠릭스 아르데볼. 자네는 자네에 따르면 이기적인 비관주의로 가득해진 자네 삶을 변호하는 긴 편지를 언제나 보내오니까 말이야. 한번은 흐르는 눈물에 나 자신이 너무 무력하게 느껴진 나머지 여기저기 솟아오르는 수많은 의심으로 숨이 막힐 뻔한 적도 있다네. 이제는 더이상 그렇지 않아. 나는 악이 어디에 있는지 알게 되었거든. 절대 악의 소재까지도. 그 이름은 힘러라네. 그리고 히틀러이기도 하며, 파벨리치이기도 하지. 루부리치이기도 하고, 그의 죽음의 발명품인 야세노바츠이기도 하고. 그 이름은 친위대이며, 해외방첩청이지. 전쟁은 인간 본성의 가장 끔찍한 부분을 드러냈어. 하지만 악은 전쟁 이전에 존재했고, 어떠한 엔텔레케이아에도 의존하지 않아. 대신 인간에 의존한다네. 이 때문에 지난 몇 주간 나에게서 떨어지지 않고 내 곁을 지킨 동료는 망원 조준기가 달린 소총일세. 지휘관이 나에 대해 훌륭한 저격수라는 결론을 내렸기 때문이지. 우리는 곧 전투에 들어

가네. 그러면 나는 총알 한 알 한 알로 악을 산산조각 낼 거고, 그것에 대해 후회는 없네. 그것이 나치든 우스타샤 민병대든 혹은 단순히, 주님 용서하소서, 내 시야에 들어온 적군이든 말이네. 악은 공포와 절대적인 잔인성을 이용하지. 아군의 마음을 분노로 가득 채우기 위해 사령관들은 적군에 관련한 끔찍한 사실들을 우리에게 이야기는 것이 분명해. 그럼 우리는 적과 정면으로 맞서기를 간절히 원하게 되고. 언젠가 나는 사람을 죽일 테고, 그에 대해 죄책감을 전혀 느끼지 않기를 바란다네. 나는 크로아티아 마을에 사는 세르비아인들로 가득한 부대에 합류했네. 우스타샤를 피해 도망쳐야 했던 자들이지. 그리고 우리 슬로베니아인 네 명과 자유를 믿는 꽤 많은 크로아티아인이 우리 부대를 채우고 있다네. 나는 아직 아무런 계급장도 달지 않았는데 몇몇 사람들이 하사관이라고 부른다네. 워낙 눈에 띄기 때문이지. 지금처럼 내가 크고 다부진 적은 없을 거야. 슬로베니아 사람들은 나를 신부님이라고 불러. 하루는 내가 술에 취해 너무 많은 것을 이야기한 탓이지. 다 내 탓이야. 나는 죽기 전에 누군가를 먼저 죽일 준비가 되어 있다네. 나는 내가 하는 일에 어떠한 회한도 후회도 없어. 지금으로서는 소규모 전투에서 죽을 가능성이 가장 높아 보인다네. 독일군이 남쪽으로 내려오고 있다는 소식을 들었거든. 모든 군사 작전에는 죽음의 흔적이 남는다는 것을 다들 알고 있지. 우리 사이에서도 말이야. 전쟁 중인 이곳에서는 모두들 친구가 되기를 애써 피한다네. 우리는 서로에게 의지하기 때문에 한 몸이나 다름없거든. 하지만 어제 내 옆에서 함께 아침 식사를 하던 남자의 죽음에 슬퍼해야 할 일이 비일비재하지. 이름을 물을 틈조차 없었던 남자의 죽음에 말이야. 음, 그래, 그런데 이제 정말 내 가면을 벗을 차례군. 나는 누구를 죽인다는 게 너무나 두렵네. 정말 누굴 죽일 수 있을지 모르겠어. 하지만 악이라는 것은 구체적인 사람들이야. 그저 나 자신이 용감하길, 지나치게 겁을 먹지 않고 방아쇠를 당길 수 있길 바라네.

나는 슬로베니아 마을 예세니체에서 자네에게 편지를 쓰고 있다네. 전시가 아닌 것처럼 편지에 도장을 찍을 걸세. 이 편지를 다른 편지 보따리를 한가득 실은 군용 트럭에 직접 싣고 갈 거야. 진짜 전투가 시작되지 않는 한 우리를 가만히 두질 않아. 어떻게든 유용한 일에 써먹으려는 거지. 하지만 이 편지는 얀차르 편에 맡길 거야. 자네에게 편지를 전달할 수 있는 유일한 사람이니까. 하느님, 당신을 더 이상 믿지 않지만 그를 도와주소서. 언제나처럼 마리보르의 우체국 분점을 통해 답신을 해 줘. 내가 죽지 않은 경우에 답장을 기다리느라 안절부절못하게 될 가능성이 있으니까. 친애하는 펠릭스 아르데볼, 나는 너무나 외롭네. 죽음은 추위를 몰아오고, 나는 점점 추위에 몸을 자주 떤다네. 전직 신부이자 전직 신학자로서 류블랴나 교구, 어쩌면 로마 교구에서도 촉망받던 장래를 저버린 자네 친구 드라고 그라드니크 씀. 이제는 전방의 게릴라 저격수이자 악의 근원의 머리를 날려 버리기를 시급히 원하는 자네의 친구.

아버지의 구체적인 요청에 대해 골동품상, 수집상, 그리고 전 유럽의 중고상으로부터 도착한 여덟에서 열 통의 답신도 거기에 있었다. 상하이의 왕 박사가 보내온 편지도 몇 통 있었다. 서툰 영어로 그 복에 겨운 원고가(다른 특별한 언급은 더 이상 없었다.) 자기 손에 들어온 적이 절대 없었노라고 이야기하며 만수무강과 사업의 번영을 기원한다고 했다. 그리고 행복하게 부를 쌓으며 가족과 친지의 개인적인 관계 또한 돈독해지기를 바란다고 적었다. 마치 왕 박사는 나에게 말하는 것 같았다. 그 밖에도 수십 가지의 다른 문서들이 있었다.

비가 내리는 어느 무료한 오후에 시험 채점을 끝냈을 때 나는 언어 철학에 대해서는 더 이상 생각하기 싫어져 그저 집에서 책도 집어 들지 않고 빈둥거리기로 했다. 볼만한 연극이 거의 없었다. 음악 공연은 별로 내키지 않았고, 극장에 마지막으로 발을 들여놓은 지가 수년이 지나 굳이 지금 여전히 컬러 영화를 상영하는지 확인하고 싶지 않았다. 그러니까 나는 게으르게 하품을 하며 아버지의 문서 더미를 정리할 때가 되었다고 생각했다. 4부로 구성된 오페라를 레코드플레이어에 올리고 작업을 시작했다. 처음 꺼내 든 것은 모를린이라는 자의 편지였다. 로마에 살았으며, 신부인 듯했다. 당시에는 확실하지 않았지만 말이다. 곧 나는 아버지 인생의 구체적인 시기를 그려 봐야겠다고 생각했다. 특별한 이유가 있지는 않았다. 그리고 아버지의 죽음을 명확히 하고자 한 것도 아니었다. 단지 그의 개인적인 서류들을 마주할 때마다 조금씩 놀랐고, 그것이 나에게 영향을 미쳤다. 어쩌면 몇 주 전부터 지칠 줄 모르고 당신에게 글을 쓰는 게 이런 이유 때문인지도 모르겠다. 내 생애에 한 번도 없던 일이지. 나를 따라다니던 게으름이 드디어 나를 집어삼키기 시작했음을 느낄 수 있었다. 그래서 나는 기억을 편집하고 있는지도 모른다. 때가 되면 모든 것들을 알아볼 수 있도록 정리하는 게 나에게 매우 힘든 일이 될 것이다. 요컨대 나는 다시 힘을 내어 간추리는 작업을 계속했다. 몇 시간 동안 아직 이야기는 초반부였고(보탄과 로게는 화가 나서 반지를 훔쳤고 니벨룽겐은 그것을 끼는 자들에게 끔찍한 저주를 내렸다.) 나는 서신과 아버지가 그린 것으로 보이는 정물화 여러 점을 정리했다. 긴 한 시간 삼십 분이 지나 브륀힐데가 보탄의 명령을 거역하고 불쌍한 지글린데의 도주를 돕던 순간 나는 히브리어 문서 하나를 발견했다. 오늘날 더 이상 사용하지 않는 크기의 빛바랜 종이에 아버지의 것임을 알 수 있는 잉크로 작성되었다. 나는 아버지의 호기심을 자극한 수많은 것들에 대한 정보를 발견하기를 기대했다. 그리고 편지를 읽기 시작했을 때 히브리어를 꽤 많이 잊어버려 문서를 수월하게 읽기 어렵다고 생각했다. 쓸데없이 사전을 뒤지며 오 분 동안 씨름한 후 놀라운 발견을 했다. 히브리어가 아니라 아람어였다. 그런데 히브리어 알파벳으로 쓰인 아람어였다. 꽤 묘한 기분이 들었다. 아람어의 경우 시리아 문자로 쓰인 것을 읽는 데 더욱 익숙했기 때문이다. 약간의 노력이 필요한 일이었다. 일 분쯤 지나 두 가지 사실을 알았다. 첫째, 내가 아람어를 그럭저럭 읽어 내는 것을 보니 곰브레니 박사는 꽤 훌륭한 선생이었다. 둘째, 그것은 고대 문서를 베낀 사본이 아니라 아버지가 나에게 보내는 편지였다. 나에게! 인생을 통틀어 나를 직접 부른 것이 쉰 번 정도 되었을까, 그것도 언제나 대체 이 시끄러운 소리는 어디에서 나는 거야 유의 말을 건네기 위해서였던 아버지가 있는 듯 없는 듯 무시하던 당신의 자식에게 보내는 글을 썼다. 그리고 아버지의 아람어는 나보다 훨씬 훌륭했다. 편지를 다 읽었을 때 지글린데의 용감한 아들 지크프리트는 모든 영웅이 가지는 그러한 잔인함으로 배신을 막기 위해서 자신을 키워 준 니벨룽겐의 미메를 죽였다. 영웅들의 숲, 아람어로 된 문서는 모두 피를 불렀다. 나는 피에 둘러싸여 있었다. 아드리아는 문서 독해에 푹 빠져 자신이 읽은 경악스러운 내용을 생각하며 그것을 보지 않고 레코드판을 삼십 분 동안 그냥 돌도록 두었다. 주인공들은 축음기의 바늘 끝에서 나는 규칙적인 긁힘에 맞추어 같은 내용을 무한 반복하고 있었다. 그는 지크프리트처럼 무언가를 깨달아 충격을 받은 듯했다. 편지에 사랑하는 내 아들 아드리아라고 쓰여 있었기 때문이다. 언젠가, 어쩌면 몇 년 후 네가 무슨 일이 있었는지를 알게 되었으면 하는 확실치 않은 희망을 가지고 이 비밀을 너에게 글로 남긴다. 물론 이 편지가 수많은 문서들 가운데 파묻혀 영원히 분실될 가능성이 가장 크지만 말이다. 고서들이 가득한 우리 집 도서관, 언제나 함께하는 배고픈 좀들의 먹이가 되어 사라져 가는 종이 뭉치들 속에서 말이지. 만일 이것을 읽는다면 네가 내 서류들을 보관했고, 내가 닦아 놓은 너의 길을 걸었고, 히브리어와 아람어를 배웠기 때문일 거다. 그리고 히브리어와 아람어를 배웠다면 말이야, 아들아, 너는 내가 늘 상상하던 부류의 학자가 된 게 분명해. 또한 너를 나약한 바이올린 연주자로 키우려던 어머니와의 경기에서 내가 이긴 셈이지.(실은 편지에 아람어로 맥 빠진 소리의 레벡[32] 연주자라 쓰여 있었고, 여기에는 물론 아버지의 불순한 폄훼가 섞였다.) 만일 네가 이것을 읽는다면 내가 집으로 돌아가 편지를 없애지 못했기 때문임을 알아주었으면 한다. 공식적으로 내가 사고를 당했다고 발표되었는지 모르겠지만 나는 살해당했고, 살인자의 이름은 아리베르트 보이트라는 것을 알아 두기 바란다. 전나치 정권의 의사로 군이 너에게 설명하고 싶지 않은 수많은 만행을 저지른 자인데 그는 내가 어둠의 경로로 획득한 스토리오니 바이올린을 되찾고 싶어 했다. 그 상황에서 나는 생각했다. 그래, 집을 떠나야겠다, 그래야 그의 분노가 우리 집 사람들을 해치지 않을 거야, 마치 자신의 둥지로부터 포식자를 유인하기 위해 상처 입은 듯 행동하는 새처럼 말이다. 살인자를 찾으려 하지 마라. 네가 이 편지를 읽을 때쯤이면 아마도 죽은 지 꽤 오래되었을 거다. 바이올린도 찾지 마라. 그만한 가치가 없다. 내가 수집한 많은 물건들 가운데서 발견한 것도 너는 찾지 말기를 바란다. 희귀품을 소유한 데서 오는 만족 말이다. 절대 찾지 말거라, 그것은 한 사람을 지치게 할 뿐 아니라 늘 사람을 안절부절못하게 만들어 결국 애초에 시작하지 말았으면 하는 마음이 들도록 하거든. 네 어머니가 살았다면 지금 네게 털어놓는 이야기는 비밀로 해라. 잘 있어라. 그리고 아래에 추신 비슷한 게 있었는데 그것을 읽고 나는 별로 기분이 좋

---

32) 13~16세기 중세 서유럽에서 널리 연주되던 1~5줄의 현악기. 훗날 바이올린의 주법에 영향을 미쳤다.

지 않았다. 추신은 이런 내용이었다. 아리베르트 보이트가 바로 나를 죽인 자다. 피에 물든 그의 발톱으로부터 나는 비알을 빼앗았다. 그가 석방된 사실을 알고 있단다. 반드시 나를 찾아올 거야. 보이트는 악이야. 물론 나도 악이지. 다만 보이트는 절대적인 악이란다. 만일 내가 아주 비참한 죽음을 당했다면 사고사니 뭐니 하는 말은 믿지 말기 바란다. 보이트. 네가 복수하는 것을 원치 않는단다, 아들아. 물론 할 수 없을 거야. 네가 이 편지를 읽을 때면, 방금 읽었을 테지, 이미 보이트가 지옥에서 썩어 문드러진 지 오래일 거야. 그리고 내가 죽었다면 우리의 스토리오니인 비알이 집에서 사라져 버렸다는 뜻이겠지. 만일 어떤 이유로 보이트나 우리 바이올린에 대한 이야기가 공개적으로 거론된다면 너는 보이트가 그것을 손에 넣기 전에 누가 악기를 소유했었는지 내가 알아냈단 사실을 알아야 한다. 벨기에인 아내 네트예 데 부크가 소유주였더구나. 보이트가 최악의 끝을 맞이하기를, 그리고 누가 될지 모르지만 그가 죽을 때까지 편히 잠을 이루도록 두지 않기를 진심으로 기원한다. 하지만 그가 너는 아니기를. 네가 내 일에 휘말리는 것을 원치 않거든. 이런, 아버지, 저를 완전히 휘말리게 하셨는걸요, 아드리아는 생각했다. 가족 대대로 내려오는 병을 물려주셨죠. 어떤 물건을 원할 때 그 욕망으로 인해 손끝이 간질간질한 것은 어떻게 해야 하나요. 아람어 편지는 잘 지내라, 아들아라는 짧은 말로 끝났다. 분명히 그가 마지막으로 쓴 말일 것이다. 내 아들아, 사랑한다라는 말은 어디에도 없었다. 어쩌면 아버지는 나를 사랑하지 않았는지도 모른다.

축음기는 아드리아의 당혹감과 더불어 조용히 돌아갔다. 조금 놀랐지만 아버지의 도덕관념에 크게 놀라지는 않았다. 아버지는 왜 보이트 같은 나치에게 목숨을 잃었다는 사실이 알려지기를 원치 않았을까 같은 의문이 든 것은 꽤 긴 시간이 지나서다. 다른 이야기들이 알려지는 것을 바라지 않아서였을까? 안타깝게도 그게 이유인 듯했다. 내 기분이 어땠는지 알겠어, 사라? 멍청이가 된 것 같았어. 나는 언제나 다른 사람들의 계획에 대항하며 스스로 인생을 설계해 왔다고 생각했다. 그런데 지금에 와서 보니 나의 폭군 같은 아버지가 처음부터 설계해 놓은 일을 하는 거였다. 이 기묘한 감정을 함께할 곡으로 나는 「신들의 황혼」서막을 틀었다. 에르다의 딸들인 세 노른은 브륀힐데의 바위 옆에 모여 앉아 운명의 끈을 엮고 있었다. 내 아버지가 나에게도, 어머니에게도 묻지 않고 천천히 끈을 엮었듯이 말이다. 하지만 아버지가 준비해 둔 운명의 끈은 예상치 못하게 끊어지고 나의 심연에 잠재해 있던 공포를 다시 일깨웠다. 아버지의 잔혹한 죽음에 대해 책임을 느끼게 된 것이다.

"저런저런, 이봐! 나한테 사흘이라고 했잖아!" 나는 베르나트가 그렇게 화난 모습을 본 적이 없었다. "세 시간밖에 안 되었단 말이야."

"미안, 용서해 줘, 맹세할게. 그러니까, 지금 아니면, 나를 죽일지도 몰라, 정말."

"네 말은 중요하지 않아. 네게 비브라토를 가르쳐 줬잖아!"

"비브라토는 배우는 게 아니라 스스로 찾는 거야." 절망스럽게 대답했다. 열두 살 때 나는 언쟁을 할 줄 몰랐다. 그저 두려움에 떨 뿐이었다. "우리를 찾아내 아버지가 나를 감옥에 보낼지도 몰라. 어쩌면 너도. 이따가 설명할게, 정말."

그들은 동시에 전화를 끊었다. 그는 작은 롤라나 어머니에게 베르나트가 바이올린 숙제를 위한 악보를 가지고 있다고 둘러대야 했다.

"도로로 내려가지 말거라."

"그럼요." 그는 기분이 상해서 대답했다.

그들은 솔라네 가족이 운영하는 빵집 앞에서 만났다. 발렌시아가와 유리아가 사이의 모퉁이에 주저앉아 케이스를 열고 악기를 바꾸었다. 길을 달리느라 끙끙거리는 트램의 소음을 무시했다. 베르나트는 스토리오니를 돌려주었고, 아드리아는 앙굴렘 부인의 바이올린을 돌려주며 아버지가 갑자기 서재로 들어가 문을 열어 두었다고 말했다. 자기 방에 있던 아드리아는 아버지가 금고를 열고 케이스를 꺼내더니 그 안의 바이올린이 그곳에 있어야 할 바이올린이 맞는지 확인도 하지 않은 채 금고를 닫는 모습을 보고 겁에 질렸다. 장담하는데 나는 정말 어떻게 할지 몰랐어. 너한테 있다고 사실대로 말하면 나를 발코니 밖으로 던져 버릴 게 분명했거든. 너도 알잖아. 무슨 일이 일어날지 예측 불가능하다는 거. 하지만…….

베르나트는 그를 차갑게 바라보았다.

"다 지어낸 이야기지."

"아니야, 정말이라고! 케이스에 내 연습용 바이올린을 넣어 뒀다니까. 혹시라도 아버지가 의심하고 열어 볼까 봐……."

"내가 그렇게 순진하지 않다는 걸 잘 알 텐데."

"정말이라니까!" 아드리아가 절망스럽게 말했다.

"너는 약속 하나 지키지 못하는 망나니야."

무슨 말을 할지 몰랐다. 나는 화가 잔뜩 난 친구를 힘없이 바라보았다. 그는 이미 키가 나보다 한 뼘 이상 더 컸다. 복수심에 불타는 거인 같았다. 하지만 나는 아버지에 대한 두려움이 더 컸다. 거인은 다시 입을 열었다.

"네 아버지가 돌아와서 금고를 열고 스토리오니를 보게 되면 질문을 퍼붓지 않을 것 같아?"

"대체 어쩌란 말이야? 응?"

"도망치자. 미국으로."

그의 갑작스러운 연대 표시에 나는 베르나트가 좋아졌다. 둘이 함께 미국으로 도망가다니 얼마나 신나는 일인가. 그들은 미국으로 도망치지 않았고, 아드리아는 이봐 베르나트, 스토리오니를 켜 본 소감이 어때, 차이가 느껴져, 고악기는 연주할 만한 가치가 있는 걸까? 하고 물어볼 시간이 없었다. 그는 부모님이 이미 무엇을 알아냈는지 짐작조차 못 했다……. 그저 나를 죽일 거야, 정말 나를 죽일 거야, 제발 돌려줘라는 말만 되풀이했다. 베르나트는 복잡하게만 보이는 그 수상한 이야기를 못 믿겠다는 표정을 하고서 말없이 가 버렸다.

심판의 날은 한밤의 도둑처럼 닥쳐올 것이다. 육 일 오 사이 팔. 아드리아는 스토리오니를 금고의 제자리에 돌려놓은 후 문을 닫고 비밀스러운 발자국의 흔적을 모두 지우고서 서재를 떠났다. 그의 방에서 카슨과 검은 독수리가 무심한 척하며 좌우를 살피고 있었다. 상황에 압도된 게 분명했다. 그는 빈 바이올린 케이스를 가지고 자리에 앉았다. 일이 더 복잡해지려는지 그날따라 작은 롤라는 어머니의 부탁으로 방에 두 번이나 찾아와 오늘 연습을 하는 거니, 뭘 하는 거니? 물어보았다. 두 번째에 그는 대답했다. 손에 굳은살이 생겼어요, 아파요…… 보이죠? 연습하기는 글렀어요.

"어디 손가락을 보여 주렴?" 내가 산안토니 시장에서 일요일에 산 수집용 카드 세 장에 풀칠을 마칠 즈음 어머니가 갑자기 방으로 들어오며 말했다.

"아무것도 안 보이는데." 어머니는 무심하게 말했다.

"하지만 저는 아픈걸요."

어머니는 손가락을 돌려 가며 이리저리 살펴보았다. 마치 내 말을 믿기 어려운 듯, 내가 농담이라도 한 듯 말이다. 그리고 잠자코 나갔다. 다행히 어머니는 케이스를 열어 보지 않았다. 이제 나는 우주를 뒤흔드는 아버지의 훈계를 기다리는 일만 남았다.

내 잘못이었다. 내 잘못으로 인해 아버지가 죽었다. 보이트의 손에 죽었다고 해도 말이다. 택시는 그를 3킬로미터 지점에 홀로 남겨 두고 바르셀로나로 돌아왔다. 겨울의 그 무렵은 해가 굉장히 빨리 졌다. 고속도로에 혼자 남겨지다니. 함정이 분명해. 매복이야. 아버지, 눈치채지 못하셨나요? 어쩌면 별로 유쾌하지 않은 농담이라 생각하고 말았을지도 모르겠네요. 펠릭스 아르데볼은 마지막으로 바르셀로나를 내려다보았다. 엔진 소리가 들렸다. 차 한 대가 불을 켜고 티비다보에서 내려오고 있었다. 차가 펠릭스 아르데볼 앞에 서더니 팔레그나미 씨가 내렸다. 더 마르고 머리가 더 벗어졌지만 큰 코와 번뜩이는 눈은 여전히 그대로였다. 근육질의 남자 두 명과 운전사가 그를 경호했다. 모두 험상궂은 얼굴이었다. 팔레그나미 씨는 차 안에 들어가 케이스를 열어 보았다. 그는 바이올린을 손에 들고 다시 차 밖으로 나왔다.

"내가 바보인 줄 아시오?"

"뭘 더 바라시오?" 나는 성가시다기보다 두려운 표정을 한 아버지의 모습을 상상할 수 있었다.

"스토리오니는 어디 있소?"

"아, 제기랄. 당신이 들고 있지 않소!"

그에 대한 대답으로 보이트는 바이올린을 들어 올리더니 도로 옆 바위에 내동댕이쳤다.

"무슨 짓이오?" 겁에 질린 아버지가 말했다.

보이트는 부서진 바이올린을 아버지의 눈앞에 내밀었다. 윗부분이 산산조각이 나서 악기의 서명을 확인할 수 있었다. 카르메가의 카사 파라몬. 아버지야말로 당황했을 것이다.

"불가능하오! 내가 직접 금고에서 꺼내 가져왔단 말이오!"

"그렇다면 당신 악기를 누가 훔쳐 간 지 꽤 되었나 보군, 개자식!"

그가 말했을 때 친애하는 팔레그나미 씨, 그렇다면 저는 그 놀라운 악기가 누구한테 있는지 알 길이 없군요 하며 아버지의 입가에 미소가 번지는 모습을 상상했다.

보이트 박사가 눈썹을 곤두세우자 무리 중 한 남자가 아버지의 배를 가격했다. 아버지는 가쁜 숨을 쉬며 고꾸라졌다.

"잘 기억해 보시오, 아르데볼."

당시 아버지는 비알이 바르셀로나 시립 음악원 트루욜스 교수의 애제자였던 베르나트 플렌사 이 푼소다의 손에 있다는 사실을 알 길이 없었으므로 기억할 수도 없었다. 혹시나 하는 마음에 장담하는데 정말 모릅니다라고 말했다.

보이트는 주머니에서 들고 다니기 편한 매우 날렵한 모양의 권총을 꺼냈다.

"일이 아주 재미있어질 것 같군요." 작은 권총을 가리키며 말했다. "기억나십니까?"

"물론입니다. 그리고 당신은 바이올린을 절대 손에 넣지 못할 거요."

한 번 더 배에 주먹이 날아들었다. 하지만 그럴 만했다. 아버지는 다시 고꾸라졌다. 눈이 커지고 입이 벌어지며 숨을 헐떡였다. 그러더니 제길 내가 어떻게 알아. 성질 급한 겨울 어스름은 밤에게 길을 내주었고 범죄에 대한 처벌을 받지 않을 거라는 마음을 불러일으켰다. 거기서 그들은 내가 상상할 수 없는 방식으로 아버지를 끔찍하게 살해했을 것이다.

"하우."

"제길, 어디에 있었던 거야?"

"비알을 가져갔어도 아버지를 죽였을 거야."

"검은 독수리 말이 맞아." 카슨이 덧붙였다. "미안하지만 내 의견을 말하자면 이미 죽은 몸이었어." 그는 심드렁하게 침을 뱉었다. "집을 떠날 때 알고 있었던 거야."

"왜 바이올린을 확인하지 않았을까?"

"굉장히 화가 나서 비알을 가지고 있지 않다는 사실조차 깨닫지 못한 거지."

"고마워, 친구들. 그렇지만 전혀 위로가 되지 않아."

보이트는 아버지를 고문했을 것이다. 다마스쿠스에서 모를린과 약속한 대로 그의 머리털 하나도 건드리지 않겠다는 신사들의 약속을 지키면서 말이다. 왜냐하면 아버지의 머리는 달걀처럼 휑했다. 당시 상황은 분명히 그렇게 흘러갔을 것이다. 브륀힐데가 무심히 지크프리트의 약점을 그 적에게 밝힘으로써 그를 죽음에 이르게 한 것처럼 말이다. 나는 바이올린을 바꿔치기해 나를 사랑하지 않았던 아버지를 죽음에 이르게 했다. 자신이 사랑할 수 없었던 뻔뻔한 지크프리트 아르데볼의 추억을 지키기 위해 브륀힐데는 바이올린이 영원히 그 집에 머물게 될 거라고 맹세했다. 그렇다, 그는 아버지를 위해 이를 맹세했다. 하지만 이제 내가 맹세한 데는 바이올린이 내 손을 떠난다는 생각만 해도 손끝이 간지러웠던 이유도 있었음을 인정한다. 아리베르트 보이트. 지크프리트. 브륀힐데. 이럴 수가. 고백합니다.(라틴어)

35

"스르스르스르스르."

화장실에서 『내용의 형식』[33]을 읽고 있던 아드리아는 스르스르스르스 소리를 완벽하게 들을 수 있었다. 그리고 아마도 무리아네서 온 소년일 것이라 생각했다. 항상 완벽한 타이밍이었다. 다시 스르스르스르스르 울리도록 그는 한참이 걸렸고, 초인종을 좀 더 현대식으로 바꾸어야겠다고 혼자 중얼거렸다. 어쩌면 딩동이 나을까, 좀 더 활기찬 느낌을 주었다.

"스르스르스르스르."

"간다고, 제기랄." 그는 투덜댔다.

움베르토 에코를 팔에 낀 채 그는 문을 열었고, 당신이 거

---

33) 이탈리아의 기호학자이자 언어학자, 문학가인 움베르토 에코(Umberto Eco, 1932~2016)의 저서. 기호학에 대한 그의 천착을 잘 보여 준다.

기에 있었다, 내 사랑. 현관에, 서서, 심각한 표정으로, 꽤 작아 보이는 여행 가방을 들고. 당신은 당신의 짙은 눈동자로 나를 바라보았지. 그리고 우리는 그곳에 한참을 서 있었어. 그녀는 현관에, 그는 집 안에서 열린 문을 잡고 서로 놀라서. 그렇게 넋을 놓고 섰다가 내가 생각해 낸 말이 사라, 원하는 게 뭐야 였다. 정말 믿을 수가 없었다. 원하는 게 뭐야, 사라라는 말밖에 떠오르지 않았다.

"들어가도 될까?"

내 인생에 들어오는 것은 어때? 사랑하는 사라, 네가 원하는 것이라면 무엇이든 해도 좋아.

하지만 그녀는 집에만 들어왔다. 그리고 작은 여행 가방을 내려놓았다. 우리는 다시 서로를 마주 보고 서 있는 순간을 되풀이할 참이었다. 이번에는 집 안의 복도에서였다. 그때 사라가 커피를 한잔 줄 수 있는지 물었다. 나는 그녀가 들고 있던 노란 장미를 보았다.

괴테가 이미 말한 적이 있다. 어린 시절의 소망을 어른이 되어서 실현하려는 자는 반드시 실패하게 되어 있다고. 적절한 순간에 행복이 무엇인지 모르거나 행복을 자각하지 못하는 자는 아무리 노력해도 늦었다는 것이다. 성인이 되어서 되찾은 사랑이란 기껏해야 행복했던 순간들의 애정 어린 반복일 뿐이었다. 에드아르트와 오틸리에[34]는 커피를 마시러 식당으

---

34) 괴테의 소설 『친화력』에 등장하는 두 주인공이다. 남녀의 애정 관계를 화학 물질의 결합과 유사하다고 생각한 괴테는 이를 남녀 주인공 에드아르트와 오틸리에에 투영한다.

로 향했다. 그녀는 장미를 탁자 위에 내려놓았다. 그렇게 아주 우아하게 내려놓았다.

"커피가 맛있네."

"응. 무리아네서 산 거야."

"무리아네가 아직도 있단 말이야?"

"그럼."

"무슨 생각 해?"

"나는……." 실은 말이야, 사라, 내가 그때 무슨 말을 해야 할지 모르겠더라고. 그래서 곧장 본론으로 들어갔지. "여기에 머물려고?"

파리에서 온 사라는 스무 살 바르셀로나에서의 그녀가 아니었다. 사람은 변하기 때문이다. 성격도 마찬가지다. 괴테가 나에게 가르쳐 주었다. 하지만 아드리아는 에드아르트였고, 사라는 오틸리에였다. 그들은 시간이 없었다. 부모들의 잘못 때문이었다. 친화력이 상호간에 작동하는 것은 다 때가 있는 법이다.

"미안하지만 조건이 있어." 오틸리에가 바닥을 바라보며 말했다.

"그게 뭔데." 에드아르트는 방어적인 태도로 말했다.

"네 아버지가 훔친 것들을 돌려주는 거야. 미안해."

"그가 훔친 게 뭐지?"

"그래. 네 아버지는 부를 쌓기 위해 많은 사람들의 재산을 빼앗았어. 전쟁 전에, 전쟁 중에, 그리고 전쟁 후에 말이야."

"하지만 나는……."

"아버지가 어떻게 사업을 유지했을 거라고 생각해?"

"나는 가게를 팔았어." 그가 말했다.

"정말이야?" 사라는 놀란 표정이었다. 내게는 심지어 실망한 표정을 숨기는 것처럼 보였다.

"가게 돌보는 일을 하고 싶지 않았거든. 아버지의 사업 방식에 설득된 적도 없고."

침묵이 흘렀다. 사라는 커피를 홀짝이더니 그의 눈을 바라보았다. 그녀는 눈빛을 통해 무언가를 말하는 듯했고, 아드리아는 대답해야 한다는 압박을 느꼈다.

"그러니까. 나는 골동품 가게를 정리했어. 아버지가 어떤 부정한 방법으로 무슨 물건들을 취득했는지 모르겠어. 대부분의 물건들은 그렇지 않아. 그리고 나는 그런 과거들과 인연을 끊은 지 오래야." 나는 거짓말을 했다.

사라는 십 분 정도 말이 없었다. 생각에 잠겨 아드리아의 존재를 무시한 채 정면을 바라보고 있었다. 나는 그녀가 내가 만족시킬 수 없는 조건을 제시하고 그것을 구실로 다시 떠나 버릴까 봐 두려웠다. 탁자 위에 놓인 노란 장미가 우리의 대화에 귀를 기울이고 있었다. 나는 그녀의 눈을 바라보았다. 그녀는 시선을 피하는 게 아니라 자기 생각에 푹 빠져서 나는 안중에 없었다. 사라, 그것은 내게는 낯선 당신의 새로운 모습이었어. 아주 특별한 경우에만 그 모습을 다시 볼 수 있었지.

"알았어." 천년쯤 지나서 그녀가 말했다. "그래도 시도해 볼 수는 있지." 그녀는 다시 커피를 한 모금 마셨다. 나는 너무 긴장해서 커피 세 잔을 연달아 들이켰다. 오늘 밤 잠자기는 글렀군. 그제야 사라는 내 눈을 바라보았다. 그 눈길은 나를 정말 심란하게 만들었고, 그녀는 나더러 겁을 먹은 것 같다고 했다.

"그래."

아드리아는 그녀의 손을 잡고 서재에 데려가 원고들을 보관하는 서랍장 앞으로 갔다.

"이 가구들은 새 거구나." 당신이 말했지.

"기억력이 좋네."

아드리아는 위쪽 서랍 두 칸을 열었다. 나는 원고를 꺼냈다. 내 보물들을 만지는 순간 손이 떨렸다. 나의 데카르트, 공쿠르……. 나는 이건 모두 내 거야, 사라라고 말했다. 내 돈으로 산 거야. 나는 수집하고 소유하고 사고 또 뭔지 모르지만…… 이런 것들을 좋아하거든. 내 물건들이야, 내가 샀고, 누구한테 부당하게 뺏은 게 아니야.

나는 아마도 거짓말을 하고 있다는 사실을 알면서 이 모든 말을 했다. 갑자기 무겁고 어두운 침묵이 깔렸다. 그녀를 쳐다볼 용기가 나지 않았다. 하지만 침묵이 계속되어 그녀의 눈치를 살폈다. 그녀는 조용히 울고 있었다.

"왜 무슨 일이야?"

"미안해. 너를 평가하려고 여기에 온 게 아닌데."

"괜찮아……. 그런데 나도 확실히 해 두고 싶은 게 있어."

그녀는 조심스럽게 코를 닦았다. 나는 모랄이 어디에서 물건을 가져오고 어떠한 시스템에서 움직이는지 알 수 없다는 사실을 말해야 하는지 망설이는 중이었다.

나는 아래쪽 서랍을 열었다. 『잃어버린 시간을 찾아서』일부와 츠바이크, 성 페레 델 부르갈 성당의 봉헌식에 관한 서류들이 있었다. 이 서류들은 아버지의 것이고 어쩌면 부당한 갈취의 결과일지도 모른다는 말을 하려는데 사라가 서랍을 닫더니 다시 말했다. 미안해, 나는 너를 함부로 판단할 자격이 없어. 나는 아무런 대꾸도 하지 않았다.

당신은 다소 혼란스러워하는 표정을 하고 책상 앞에 앉았지. 책 한 권이 펼쳐져 있었어. 아마 카네티의 『군중과 권력』[35]이었을 거야.

"스토리오니는 합법적으로 구매한 거야." 나는 악기가 있는 장식장을 가리키며 또 거짓말을 했다. 사라는 울 것 같은 표정을 하고 나를 쳐다보았다.

나를 믿고 싶어 하는 표정이었다.

"알았어." 당신은 말했지.

"그리고 나는 내 아버지가 아니야."

당신은 희미하게 미소를 지었고 미안해, 용서해 줘, 이런 식으로 네 집을 찾아온 것을 용서해 줘라고 했어.

"우리 집이라고 해도 좋아, 네가 원한다면."

"혹시 네가 다른…… 만일 다른…… 모르겠어. 만약 만나는 사람이 있다면……." 그녀는 숨을 크게 들이마셨다. "혹시 만

---

35) 엘리아스 카네티(Elias Canetti, 1905~1994). 루스추크(현재 러시아, 당시 불가리아) 태생의 유대계 작가. 여섯 살 때 영국으로 이주했다. 중고등 교육은 독일에서, 대학 교육은 빈에서 마친 후 평생 독일어로 작품을 썼다. 1981년 노벨 문학상을 수상했다. 『군중과 권력』은 권력과 죽음의 관계를 고찰한 사회 이론서다.

나는 다른 사람이 있다면 말이야. 그 관계를 망치고 싶지 않아…….”

“널 찾으러 직접 파리까지 갔어. 기억 안 나?”

“그래, 하지만…….”

“다른 사람은 없어.” 나는 성 베드로처럼 세 번째 거짓말을 내뱉었다.

그렇게 해서 우리는 다시 관계를 회복했다. 물론 내 입장에서 경솔한 행동이었다는 것을 알았다. 하지만 어떻게든 붙잡고 싶었다. 그녀는 주변을 둘러보았다. 그녀의 시선은 그림이 걸린 벽으로 향했다. 그리고 가까이 다가갔다. 내가 어릴 때 그랬던 것처럼 손을 뻗어 두 손가락으로 가볍게 아브라함 미뇽의 세밀화를 만졌다. 도자기에 담긴 무성하고 노란 치자 꽃다발을 묘사한 작품이었다. 나는 손을 조심하라고 말하지 않았다. 그저 행복하게 웃음 지었다. 그녀는 돌아서더니 한숨을 내쉬며 말했다. 모든 게 그 자리에 있네. 내가 매일매일을 기억했던 것처럼 말이다. 그녀는 내 앞에 서서 나를 바라보더니 갑자기 차분하게 물었다. 왜 나를 찾아온 거야?

“진실을 바로 세우려고. 내가 너를 욕되게 했다는 생각 속에서 네가 그렇게 오랜 시간을 보냈다는 사실을 참을 수가 없었어.”

“나는…….”

“그리고 너를 사랑하니까. 그럼 너는 왜 온 거야?”

“모르겠어. 하지만 나도 너를 사랑해. 어쩌면…… 아니야.”

“말해 봐.” 나는 그녀의 두 손을 잡고 솔직히 말하도록 기운을 북돋았다.

"음…… 스무 살 때의 내 연약함에서 벗어나려고."

"나도 너를 함부로 판단할 수 있는 존재가 아니야. 일이 그렇게 되어 버린걸."

"그리고…….."

"그리고?"

"그리고 네 시선을 잊을 수가 없었어. 현관 앞에 서 있던 너의 눈빛 말이야." 그녀는 기억을 떠올리며 미소를 지었다. "너 그때 누구 같았는 줄 알아?" 그녀가 물었다.

"백과사전 판매상."

그녀는 웃음을 터뜨렸다. 당신의 웃음 말이야, 사라! 그리고 그녀는 응, 맞아, 정확히 그거야라고 말했다. 하지만 곧 차분해져서 그래, 너를 사랑해서 돌아왔어라고 말했다. 너만 괜찮다면 말이야. 그제야 나는 그날 아침 거짓말을 몇 번이나 했는지 생각하는 것을 그만두었다. 파리의 8구역에서도 하지 못한 말이었다. 당신이 당장이라도 쾅 닫아 버릴 듯 문에 손을 얹고 있어 나는 두려웠다. 당신에게 그 말을 할 수가 없었다. 나는 예의 바른 백과사전 판매상처럼 어물쩍 좋게 넘어갔다. 하지만 마음속 깊은 곳에서는 내가 파리의 당신 집에, 라보르드가 48번지에, 당신은 더 이상 나에 대해 알고 싶지 않다는 말을 들으러 갔다는 사실을 기억하고 있었다. 그렇게 해서 한바탕 울고 난 후에 나는 미련 없이 내 삶의 한 장을 마무리 지으려고 했다. 그런데 파리에서의 거절 이후 사라는 이렇게 바르셀로나에 나타나 나에게 커피를 한잔 줄 수 있는지 물었다.

휠체어에 앉은 아드리아는 복도에서 서재를 들여다보았다. 손에 때 묻은 걸레 한 장을 꽉 쥐고 누구도 빼앗아 가지 못하게 했다. 아드리아는 서재를 바라보았다. 일 분은 정말 길었다. 모두한테 길게 느껴진 시간이었다. 그는 숨을 깊이 들이마시더니 언제든지요라고 말했다. 그에게는 매우 짧은 시간이었다. 조나단은 초조함을 감추지 못하며 강철 같은 손으로 휠체어를 잡고는 도로 쪽 문을 향해 밀고 갔다. 아드리아가 셰비를 가리키며 말했다. 셰비. 그리고 눈물 흘리는 베르나트를 가리키며 베르나트라고 말했다. 셰니아를 가리키며 테클라라고 말했고, 카테리나를 가리키며 작은 롤라라고 말했다. 살면서 처음으로 카테리나는 아드리아의 말을 고쳐 주지 않았다.

"모두가 잘 돌볼 거예요, 너무 걱정 마세요." 생존자 중 한 명이 말했다.

수행원들은 아드리아, 휠체어, 조나단이 타고 있던 엘리베이터의 불빛을 흘금거리며 조용히 계단을 따라 내려갔다. 밑에서 기다리던 베르나트는 엘리베이터에서 내려 모두를 다시 보게 된 아드리아가 그들을 알아보지 못하는 것 같았다. 두려움이 베르나트를 번쩍 스치고 지나갔다.

열흘 전 알람이 울렸다. 아드리아가 집 안에서 길을 잃자 카테리나가 울린 것이다. 슬라브 문학들 사이에서 주변을 둘러보며 두려움에 떨고 있었다.

"어디에 가고 싶으신 거예요?"

"모르겠어요. 여기가 어딘가요?"

"집이지요."

"누구네 집?"

"당신 집이죠. 제가 누군지 알겠어요?"

"그럼요."

"제가 누구예요?"

"저쪽에 있는 거요." 긴 침묵이 흘렀다. 그는 두려움에 휩싸였다. "맞지요? 아니면 직접 목적어! 혹은 주어! 주어네요, 그렇죠?"

같은 주에 아드리아는 냉장고를 뒤지면서 점점 걱정과 불평을 하기 시작했고, 그 주의 야간 간호를 담당하던 조나단은 그날 밤 무엇을 찾고 있는지 물었다.

"양말. 아니면 뭘 찾는 것 같은가?"

조나단은 이 사실을 플라시다에게 알렸고, 플라시다는 카테리나에게 알렸다. 플라시다는 심지어 아드리아가 책을 물에 넣고 끓여 달랬다고 덧붙여 말했다. 완전히 정신 나간 거 맞죠, 안 그래요?

그리고 지금 슬라브 문학 사이에서 카테리나는 아드리아, 제가 누군지 알겠어요? 하고 계속 물어보았다. 그는 이렇게 대답했다. 직접 목적어지요. 그래서 겁에 질려 담당의 달마우와 베르나트에게 연락했다. 달마우 박사는 깜짝 놀라서 요양원에 전화를 걸어 의사 발스와 통화했다. 그는 때가 된 모양이라고 소견을 말했다. 며칠 동안 끝이 보이지 않는 진단과 검진과 분석을 마친 후 매의 눈으로 결과를 확인하는 절차를 거쳤다. 그리고 고요함이 찾아왔다. 그렇지, 간접 목적어군! 마지막으로 달마우 박사는 베르나트와 비크에 사는 사촌에게 만나자고 연락했다. 베르나트는 자기 집을 제공하고 태즈메이니아산 물이 동나지 않도록 특별히 신경 썼다. 달마우 박사는 뒤따르는 절차에 대해 설명했다.

"그렇지만 그는……." 셰비는 여전히 운명의 장난에 화가 나서 현실을 받아들이지 못했다.

"그는 일고여덟 개의 외국어를 구사한단 말입니다."

"열세 개라네." 베르나트가 정확하게 짚었다.

"열세 개? 내가 잠시 정신을 팔고 있을 때마다 그는 새로운 언어를 배웠단 말이군." 그의 눈이 휘둥그레졌다. "보셨지요, 의사 선생님? 열세 개랍니다! 저는 그저 농사꾼에, 아드리아보다 나이가 많고, 할 줄 아는 언어라고는 한 개 반밖에 안 됩니다.[36] 세

---

36) 자신의 모국어로 집에서부터 배워 친숙한 카탈루냐어와 프랑코 시기 억

상이 어쩜 이렇게 불공평할 수 있습니까? 그렇지 않아요?"

"카탈루냐어, 프랑스어, 카스티야어, 독일어, 이탈리아어, 영어, 러시아어, 아람어, 라틴어, 그리스어, 네덜란드어, 루마니아어, 히브리어를 구사합니다." 베르나트가 다시 한번 확인했다. "그 밖의 예닐곱 개 언어의 경우에 읽는 데는 전혀 지장이 없지요."

"보셨지요, 의사 선생님?" 세비 아르데볼은 자신의 의학적 논거에 이론이 없음을 확신했다. 하지만 이는 절망밖에 남지 않은 또 다른 방어 전선이 구축되었음을 의미할 뿐이었다.

"당신 사촌은 정말 독특한 사람입니다만." 담당의는 예의 바르게 끼어들었다. "병의 진행 상태를 계속 긴밀히 관찰해 온 저로서는 솔직히 말씀드리자면 제가 그의 친구나 다름없다고 생각합니다. 하지만 이제 끝났습니다. 그의 뇌는 총명함을 잃어 가고 있어요."

"어쩌면, 이럴 수가, 어떻게 이런 일이……."

그 후 몇 분 동안 헛되이 저항하던 그들은 아드리아의 삶을 정돈하여 사고가 여전히 총명할 때 그가 세워 놓은 삶의 질서를 수용하는 것이 최선이라는 결론을 내렸다. 베르나트는 생각했다. 자네가 더 이상 여기에 없을 때를 대비해 이 모든 것들을 결정해야 하다니 너무 슬프군. 바르셀로나의 내 집을 사촌 샤비에르, 프란세스크, 로사 아르데볼에게 3분의 1씩 동

압적인 분위기에서 공적으로 배운 카스티야어에 대한 심리적 거리를 표현하고 있다. 프랑코 시절 카탈루냐어는 교육과 공적 영역에서 사용이 금지되었으며, 그 결과 카탈루냐어 사용은 사적인 영역으로 한정되었다.

일하게 상속한다. 책들에 관해서는 그것들이 나에게 더 이상 소용이 없어질 때 베르나트 플렌사가 보관할지 기증할지를 결정하도록 한다. 튀빙겐 대학이든 바르셀로나 대학이든 각각의 관심사에 따라 기증 장소가 결정될 것이다. 이 결정은 원한다면 그가 내려야 한다. 오래전 책 정리를 도와준 게 그였기 때문이다. 세상을 창조하기 위해 함께 일하던 그때 말이다.

"아무것도 이해 못 하겠어요." 함께 변호사를 만난 날 세비는 혼란스러운 표정으로 말했다.

"그건 아드리아가 하는 농담 스타일 중 하나야. 유감스럽지만 이해하는 사람이 나뿐이지." 베르나트가 힘주어 말했다.

"그리고 카테리나 파르게스에게 이 년 치 연봉에 해당하는 금액을 지급할 것이다. 또한 이 유언장에 명시되지 않은 무엇이든 베르나트 플렌사가 원하면 가져도 좋다고 허락한다. 유언장이라기보다 지침서 같지만. 그리고 베르나트가 나머지 처분을 결정한다. 그 나머지에는 동전, 원고 모음 같은 값나가는 물건을 포함한다. 그가 이 물건들을 앞서 이야기한 대학들에 기증하는 것이 최선이라고 결정하지 않는 한. 나는 튀빙겐의 요하네스 카메네크 교수가 제시한 기준을 참고할 것을 권한다. 사라 볼테스엡스타인의 자화상은 오빠인 막스 볼테스엡스타인에게 보내야 할 것이다. 거실에 걸린 모데스트 우르젤의 성 마리아 데 제리 수도원 그림은 그 근처 수도원인 성 페레 델 부르갈의 줄리아 수사에게 보내 주었으면 한다. 그가 모든 책임을 맡고 있다."

"뭐라고요?" 세비, 로사, 키코 세 사람이 동시에 외쳤다.

베르나트는 입을 열었다가 다물었다. 변호사는 유언장을 혼자 다시 읽어 보더니 그렇습니다, 말씀드린 대로입니다라고 말했다. 성 페레 델 부르갈의 줄리아 수사라고 적혔어요.

"그가 대체 누굽니까." 토나에서 온 키코가 의심스러운 듯 말했다.

"그리고 그가 책임져야 한다는 게 무슨 뜻인가요? 무엇을 책임진다는 말입니까?"

"아니, 아니에요. 책임을 맡고 있다고 되어 있습니다."

"무슨 책임을 맡고 있다는 거죠?"

"모든 것에 대해서요." 문서를 다시 훑어보고 나서 변호사가 말했다.

"차차 알아보도록 하죠." 베르나트는 말했다. 그리고 변호사에게 계속하라는 손짓을 했다.

"그리고 만일 그의 소재가 불분명하거나 그가 그림을 거절할 경우에 나는 그 그림이 웁살라의 라우라 바일리나 여사에게 전달되었으면 한다. 만일 거부한다면 베르나트 플렌사가 최선의 방법을 강구하도록 권한을 넘기겠다. 그리고 앞에서 말한 베르나트 플렌사는 우리가 약속한 대로 내가 그에게 준 책을 출판사에 넘겨야 한다."

"새 책이요?" 세비가 말했다.

"그래요. 이미 제가 그 일을 처리하고 있으니 신경 쓰지 않아도 됩니다."

"그 말은 삼촌이 책을 집필할 때 아직 건강했다는 이야기인가요?"

"아마 그랬을 거라 생각해야 합니다." 변호사가 말했다. "그에게 지금 세부적인 사항들을 설명해 달라고 할 수는 없어요."

"옵살라 부인은 대체 누구죠?" 로사가 물었다. "존재하기나 하는 인물인가요?"

"걱정 말아요. 제가 찾아낼 겁니다. 살아 있어요."

"그리고 마지막으로 여러분에게, 그리고 여러분과 함께한 그 누구든 나의 아주 작은 성찰을 공유하고자 한다. 그들은 내가 책도 음악도 더 이상 그리워하지 않게 될 거라고 이야기하지만 나는 믿지 않는다. 그들은 내가 당신들을 알아보지 못할 거라고 이야기한다. 나한테 너무 잔인하게 굴지 말기를. 그들은 내 병 때문에 내가 고통받는 일은 없을 거라고 한다. 그러니 당신들도 고통받지 말기를. 그리고 나의 쇠락해 가는 모습에 다들 관용을 베풀기를. 조금씩 조금씩 진행되지만 꾸준히 상태가 나빠진다는 사실만은 분명하다."

"이상입니다." 변호사는 아드리아 아르데볼이 '내 인생 마지막 단계의 유용한 지침들'이라고 이름 붙인 문서를 다 읽은 후 말했다.

"내용이 조금 남았어요." 로사는 종이를 가리키며 용기를 내어 말했다.

"아, 미안합니다. 짧은 작별 인사가 있습니다."

"뭐라고 적혔나요?"

"영적인 지침에 관해서는 모두 별도로 작성했다고 되어 있습니다."

"어디에요?"

"그가 쓴 책이에요." 베르나트가 말했다. "제가 알아서 하겠습니다, 걱정 마세요."

베르나트는 소리 나지 않도록 조심스럽게 문을 열었다. 도둑이 된 기분이었다. 스위치를 찾을 때까지 벽을 더듬었다. 스위치를 켰지만 불은 들어오지 않았다. 제기랄. 그는 가방에서 손전등을 꺼냈다. 더욱 도둑이 된 느낌이었다. 거실에 두꺼비집인지 아니면 요즘 말로 뭐라고 하는지 모르겠지만 그 비슷한 것이 있었다. 스위치를 올리자 거실의 조명과 집 안쪽의 불이 동시에 들어왔다. 게르만과 아시아 산문집이 있는 곳 같았다. 그는 몇 초간 그곳에 서서 집의 침묵을 음미했다. 그리고 부엌으로 향했다. 플러그를 빼 버린 냉장고는 문이 열려 있었고, 그 안에 양말은 들어 있지 않았다. 냉동실도 비었다. 불빛을 따라 슬라브와 북유럽 산문 쪽을 걸었다. 미술책과 백과사전 부분, 한때 작은 롤라의 방이었다가 사라가 작업실로 쓰게 된 방에 불이 켜져 있었다. 여전히 이젤이 세워져 있었다. 아드리아가 언젠가는 사라가 돌아와 손에 검댕을 묻혀 가며 그림을 그릴 거라는 믿음을 놓지 않았던 것처럼 말이다. 셀수 없이 많은 스케치들이 쌓여 있었다. 아드리아의 「아르카디아에서」와 「성 페레 델 부르갈: 꿈」은 표구되어 제단 같은 곳에 놓여 있었다. 사라가 아드리아에게 선물한 이 두 점의 그림에 대해서는 구체적인 지침이 없어 베르나트는 막스 볼테스 엡스타인에게 보내기로 결정했다. 그는 불을 그대로 켜 두었다. 그리고 종교학과 고전 문학을 둘러본 후 로망어군 문학으로 걸음을 옮겨 운문을 둘러보았다. 그곳의 불을 켰다. 모든 것이 제자리에 놓여 있었다. 성 마리아 데 제리 수도원에 여전히 트레스푸이 너머로 지는 햇살이 내리쬐고 있었다. 외투 주머니를 뒤져 사진기를 꺼냈다. 모데스트 우르젤의 그림을 보기 위해 그 앞의 의자를 옮겨야 했다. 플래시를 터뜨리며 사진을 몇 장 찍고 플래시를 끈 채 몇 장을 찍었다. 그는 문학 산문집들을 지나 서재로 들어갔다. 물건들은 모두 그대로였다. 의자에 앉아 그곳에서 보낸 지난 시간들을 차분히 생각해 보았다. 옆에는 언제나 아드리아가 있었고, 대부분 음악과 문학에 대한 이야기를 나누었지만 정치와 인생에 대한 생각을 공유하기도 했다. 소년 혹은 청년으로서 인생에는 어떤 숨겨진 미스터리 같은 것들이 있으리라는 상상을 하면서 말이다. 그는 독서용 의자 옆에 놓인 등을 켰다. 소파 옆과 천장의 등도 켰다. 오랫동안 사라의 초상화가 걸려 있던 자리가 훤히 비어서 베르나트는 현기증을 느꼈다. 그는 외투를 벗고 아드리아가 했듯이 손바닥으로 얼굴을 문지르며 자, 시작해 볼까라고 말했다. 그는 책상 뒤로 가서 무릎을 꿇고 앉았다. 육, 일, 오, 사, 이, 팔. 열리지 않았다. 칠, 이, 팔, 영, 육, 오. 금고가 조용히 열렸다. 아무것도 없었다. 아니 봉투 몇 개가 놓여 있었다. 그는 봉투들을 꺼내 책상 위에 놓았다. 그중 하나를 열었다. 한 장 한 장 조심스럽게 읽어 내려갔다. 사람들의 이름이 적힌 목록이었다. 그의 이름도 있었다. 베르나트 플렌사, 사라 볼테스엡스타인, 나, 작은 롤라, 레오 숙모…… 등등…… 이름 옆에 생년월일이 적혔고, 몇몇은 사망 날짜도 있었다. 기록이 더 있었다. 표가 몇 개 그려져 있고, 그 위에 표가 틀렸는지 가위표가 죽죽 그어져 있었다. 다른 이름들이 적힌 또 다른 목록이 나왔다. 그리고 끝이었다. 만일 그게 전부라면 아드리아는 사라져 가는 기억을 붙잡으며 급하고 두서없이 이름을 적어 내려간 게 틀림없었다. 그는 종이를 다시 봉투 안에 넣고 가방에 챙겼다. 터져 나오는 울음을 고개를 숙이고 억지로 참았다. 마음이 진정될 때까지 천천히 여러 번 숨을 들이마시고 내뱉기를 반복했다. 다른 봉투를 열었다. 사진이 몇 장 들어 있었다. 사라가 거울을 보며 자기 모습을 찍는 사진이 한 장 있었다. 정말 아름답군. 이제 와서 언제나 그녀를 조금 흠모해 왔다 인정하고 싶지는 않았다. 또 다른 사진은 지금 그가 앉아 있는 곳에 아드리아가 앉아 작업에 몰두하는 모습을 담고 있었다. 내 친구 아드리아. 그리고 몇 장이 더 있었다. 매우 어린 소녀들의 얼굴을 그린 그림을 찍어 둔 것이었다. 비알의 앞뒤를 찍은 사진도 있었다. 사진들을 봉투에 넣고서 그는 사라진 비알을 생각하며 다소 씁쓸하고 언짢은 표정을 지었다. 금고 안을 다시 들여다보았다. 아무것도 없었다. 금고를 닫았지만 다이얼은 그대로 두었다. 그리고 역사와 지리 쪽을 둘러보았다. 침대 옆 탁자 위에는 카슨과 검은 독수리가 누구를 위해서인지 몰라도 여전히 보초를 서고 있었다. 그는 그들과 그들의 말을 집어 가방에 넣었다. 그리고 서재로 돌아와 아드리아가 독서할 때 늘 앉던 안락의자에 자리를 잡았다. 거의 한 시간을 멍하게 앉아 추억을 더듬으며 그리움에 잠겼다. 때때로 눈물이 뺨을 타고 흘러내렸다.

한참이 지나 베르나트 플렌사 이 푼소다는 정신을 차리고 주변을 둘러보았다. 깊은 곳에서 터져 나오는 눈물을 더 이상 억제할 수 없었다. 그는 손으로 얼굴을 감쌌다. 좀 더 진정이 되었을 때 의자에서 일어섰다. 외투를 입으며 그는 여전히 서재를 자세히 살폈다. 그리고 생각했다. 아데우. 챠오, 아 비엥토, 아디오스, 취스, 발레, 다흐, 바이, 안티오, 포카, 라 레베데레, 비슐라트, 헤아드 아에가, 레이트라오트, 챠우, 마 앗살라마, 푸쉬 베쉬라마.[37] 안녕, 내 친구.

<hr />

37) '안녕'을 여러 가지 언어로 말하고 있다. 순서대로 카탈루냐어, 이탈리아어, 프랑스어, 카스티야어, 독일어, 라틴어, 네덜란드어, 영어, 그리스어, 러시아어, 루마니아어, 헝가리아어, 에스토니아어, 히브리어, 포르투갈어, 아랍어, 아람어.

36

우리가 처음 만났을 때처럼 당신은 내 인생에 달콤하게 스며들었다. 나는 에드아르트도 오틸리에도 나의 거짓말에 대해서도 더 이상 생각하지 않고 그저 고요하고 위안이 되는 당신의 존재만을 생각할 뿐이었다. 아드리아는 그녀에게 네가 집주인이고 나의 주인이라고 말했다. 그리고 빈방 두 개 중에 선택하여 그림 작업실을 차리라고. 책, 옷, 원하면 당신 인생까지, 사랑하는 사라. 하지만 나는 사라의 모든 인생을 정리하여 보관하기 위해서는 아드리아가 마련한 옷장보다 훨씬 많은 공간이 필요하리라는 것을 예상하지 못했다.

"정말 괜찮아. 파리의 작업실보다 훨씬 큰걸." 작은 롤라의 방을 바라보고 있던 당신이 말했지.

"햇빛이 잘 들고 조용해. 정원 쪽을 바라보니까."

"고마워." 나를 보며 그녀가 말했다.

"나한테 고마워할 필요 없어. 내가 고맙지."

그리고 그녀는 가볍게 물러서며 방으로 들어갔다. 창문 쪽 모퉁이 벽에는 미뇽의 치자꽃 그림이 그녀를 반갑게 맞이하고 있었다.

"하지만 어떻게……."

"이 그림 좋아하지?"

"어떻게 알았어?"

"아니, 그림이 마음에 드냐고?"

"이 집에서 가장 마음에 드는 물건이야."

"그럼 지금부터 이 그림은 네 거야."

그녀가 고마움을 표현하는 방식은 치자꽃 앞에 서서 한참 동안 뚫어지게 바라보는 것이었다.

그다음 일은 나에게 성찬식 예배처럼 신성했다. 다름 아닌 사라 볼테스엡스타인이라는 이름을 현관 우체통에 붙이는 일이었다. 십 년 넘게 읽고 쓰며 혼자 살던 집에서 나는 다시 발걸음 소리, 티스푼이 유리잔에 부딪치는 소리, 그리고 그녀의 작업실에서 흘러나오는 따스한 음악 소리를 들을 수 있었다. 나는 우리가 함께할 시간들이 행복할 거라 생각했다. 하지만 아드리아는 다른 전선의 문제를 까맣게 잊고 있었다. 서류철을 반쯤 열어 놓을 경우에 많은 문제를 야기할 수 있다는 사실이다. 그는 이미 그것을 잘 알고 있었다. 그런데 그의 흥분이 신중함을 앞섰다.

새로운 상황 속에서 아드리아에게 가장 힘들었던 부분은 사라가 그들의 삶에서 서로 관여하지 않는 영역을 지나치게 확실히 정해 놓은 거였다. 아드리아가 레오 숙모와 토나의 사촌들을 만나러 가자고 제안했을 때 놀라는 사라를 보고 깨달았다.

"우리 사이에 가족은 끌어들이지 않는 편이 좋겠어." 사라가 대답했다.

"왜?"

"불편한 일은 만들고 싶지 않아."

"레오 숙모한테 너를 소개하고 싶어. 사촌들한테도. 만일 그들을 만날 수 있다면 말이야. 너를 불편하게 만드는 일은 없을 거야."

"문제가 커지는 건 바라지 않아."

"아무 문제도 없을 거야. 있을 이유가 뭔데?"

그녀의 절반쯤 완성된 그림, 완성작, 이젤, 목탄, 색연필과 다른 짐이 도착했을 때 작업실을 정식으로 개시했다. 그녀는 연필로 그린 미농의 치자 열매 그림을 나에게 주었다. 나는 원작이 걸렸던 자리에 그녀의 작품을 오늘까지 걸어 두고 있다. 당신은 프랑스 출판사들이 주문한 아동 문학 삽화들의 작업이 늦어지고 있다며 바로 일을 시작했지. 당신은 그림을 그리고 나는 글을 읽고 쓰며 그렇게 조용하고 차분한 나날들이 지나갔어. 가끔 복도에서 마주치거나 이따금 서로의 방을 들여다보고 부엌에서 늦은 아침 커피를 함께하곤 했지. 갑작스럽게 되찾은 살얼음 같은 행복을 깨지 않기 위해 우리는 서로 말을 아꼈어.

사라가 가장 급했던 작업을 마무리하고 그들은 결국 함께 토나의 친척들을 만나러 갔다. 그녀를 설득하는 일은 쉽지 않았다. 아드리아는 일곱 번 도전한 끝에 운전면허를 땄고, 곧바로 중고보다 더 중고인 600시시 차를 샀다. 그들은 라 가리가에서 타이어를 바꾸어야 했다. 사라는 아이구아프레다의 꽃집에 들르자고 하더니 잠시 후 작고 귀여운 꽃다발을 한 아름 들고 나타나 아무 말 없이 그것을 뒷자리에 두었다. 센테예스의 산안토니 언덕에 이르자 라디에이터의 냉각수가 끓어오르기 시작했다. 이것만 빼면 모든 게 순조로웠다.

"세상에서 가장 아름다운 마을이야." 600시시가 콰트레 카레테레스[38]에 도착했을 때 마음이 들뜬 아드리아가 말했다.

"세상에서 가장 아름다운 마을이 생각보다는 초라하네." 산안드레우 거리에 멈춰 섰을 때 사라가 대답했다. 아드리아는 급하게 핸드 브레이크를 잡았다.

"이 마을은 나의 눈으로 바라봐 줘야 해. 아르카디아에도 나는 있다.(라틴어)"

그들은 차에서 내렸다. 그는 사라에게 성을 보라고 했다, 내사랑. 저기, 저 높이 말이야. 아름답지 않아?

"글쎄…… 뭐라고 할지 모르겠어……."

그녀가 긴장했다는 사실을 알 수 있었지만 그는 어떻게 할지 몰랐다.

"내 입장에서 이 마을을 한번 돌아봐. 저쪽에 못생긴 집 한 채가 있고 옆에 제라늄꽃이 있는 집이 보이지?"

---

38) 1956년 토나에 세워진 호스텔이다.

"응."

"거기가 바로 카지크네였어."

그는 마치 그 집을 눈앞에서 보듯이 말했다. 손을 뻗으면 먹고 남은 앙상한 사과 모양의 건초 더미 옆에서 입에 담배를 물고는 등을 구부리고 바닥에 칼을 가는 조제프를 만질 수 있을 것만 같았다.

"보이지?" 아드리아가 말했다. 그리고 늘 에스트레야라고 불린 당나귀가 있던 외양간을 가리켰다. 거름으로 잔뜩 뒤덮인 돌 위에서 파리를 쫓을 때면 당나귀의 발굽이 하이힐처럼 딸깍딸깍 소리를 냈다. 자유로움을 자랑하듯 하얀 길고양이가 의기양양하게 걸어올 때면 비올라가 화가 난 듯이 목줄이 팽팽해지도록 우렁차게 짖어 대는 소리도 들을 수 있었다.

"망할, 애야, 다른 데 가서 놀아, 망할."

그러면 그들은 모두 하얀 바위 뒤에 가서 숨었다. 그때 아드리아는 삶이란 장단조의 아르페지오와 다른 신나는 모험 같다고 생각했다. 거름 냄새, 카지크네 마리아가 돼지우리에 갈 때면 신는 나막신 소리, 7월의 끝 무렵 살갗이 탄 농부들이 낫과 괭이를 들고 있는 모습이 그곳의 삶이었다. 그리고 항상 비올라라고 불린 카지크네 개는 아이들을 부러워했다. 자기처럼 6미터 되는 목줄에 묶여 있지 않았기 때문이다.

"망할은 제기랄의 완곡어법이고 제기랄은 염병할의 완곡어법이야."

"이봐, 아드리아 좀 봐. 염병할이라는데?"

"그러게, 하지만 그 애 말을 이해할 사람은 아무도 없을 거야." 바큇자국과 거리 청소부의 당나귀인 바스투스의 똥으로 가득한 거리까지 썰매를 타고 내려온 셰비가 중얼거렸다.

"남들이 이해하지 못하는 말을 한다니까." 아래쪽에 다다르자 셰비는 한 번 더 아드리아의 심기를 건드렸다.

"미안. 가끔씩 생각을 내뱉는 경우가 있어."

"아니, 내 말은……."

그는 바지의 먼지를 털지 않았다. 부모님과 멀리 떨어진 그곳 토나에서는 모든 것이 허용되었고, 무릎이 까져도 화내는 사람이 없었다.

"카지크네는 말이야, 사라……."

바스투스가 꼼짝 않고 서서 오줌을 싸던 길 위에서 아드리아는 이야기를 마무리했다. 그 길은 이제 포장이 되어 있었다. 아드리아는 바스투스가 더 이상 어린 당나귀가 아니라 트레일러를 끌고 다니는 근육질의 이베코 트럭이 되었다는 사실조차 까맣게 잊었다. 더 이상 짚을 씹지 않고 거름 냄새도 풍기지 않는 깨끗하고 사랑스러운 존재가 되었다.

그때 손에 꽃을 든 당신이 까치발을 하며 갑자기 나에게 입을 맞추었지. 아르카디아에도 나는 있다, 아르카디아에도 나는 있다, 아르카디아에도 나는 있다, 아르카디아에도 나는 있다.(라틴어) 나는 마음속으로 간절하게 외쳤다. 마치 호칭 기도를 하듯이 말이다. 걱정하지 마, 사라, 넌 안전한 곳에 있어, 바로 내 옆에. 너는 열심히 그림을 그려. 나는 언제나 너를 사랑할 거고, 우리 함께 우리만의 아르카디아를 만들어 가면 되는 거야. 제스네 문을 두드리기 전 당신은 나에게 꽃다발을 건넸다.

집으로 돌아오는 길에 아드리아는 운전면허를 따야 한다고 사라를 설득하는 데 성공했다. 분명히 그녀는 운전을 그보다 훨씬 능숙하게 할 것이다.

"알았어." 말없이 1킬로미터쯤 달렸을 때 그녀가 말했다. "음, 레오 숙모는 참 좋은 분 같더라. 연세가 얼마나 되셨어?"

신을 찬미하라.(라틴어) 아드리아는 제스네를 방문한 지 한 시간쯤 지나 사라가 경계를 풀고 마음속에서 미소 짓고 있다는 사실이 느껴졌다.

"잘 모르겠어. 여든은 넘으셨을 거야."

"굉장히 건강하시네. 그런 기운이 대체 어디에서 나시는지 모르겠어. 쉬지 않고 움직이시던걸."

"숙모는 언제나 그랬어. 그렇지만 모든 것을 정확하게 처리하시지."

"결국은 나한테 절인 올리브 한 병을 주셨어. 거절했지만 소용없더라고."

"그게 바로 레오 숙모야." 아드리아가 잠시 숨을 돌리고 말했다. "너희 집에 한번 가는 건 어때?"

"그 얘기는 꺼내지도 마." 그녀는 아주 단호하고 차갑게 말했다.

"왜 그러는 거야, 사라?"

"너를 받아들이실 리 없어."

"음, 레오 숙모는 널 받아들이셨는데."

"만일 네 어머니가 살아 계셨다면 네 집에 한 발자국도 못 들여놓게 하셨을 거야."

"우리 집이야."

"그래, 우리 집. 레오 숙모, 좋은 분이시지. 정말 좋아하게 될 거 같아. 하지만 그보다 중요한 게 있어. 중요한 건 네 어머니야."

"돌아가신 지가 언젠데. 이미 십 년 전에 돌아가셨어!"

피게로[39]까지 둘은 아무 말도 하지 않았다. 한참 지나서 아드리아는 총대를 메고 사라를 불렀다.

"왜 그래."

"그들이 대체 나에 대해 무슨 이야기를 한 거야?"

다시 침묵이 찾아왔다. 기차는 콘고스트강을 따라 리폴을 향하고 있었다. 우리는 거의 말싸움에 이르기 직전이었다.

"누가?"

"너희 집에서 말이야. 너를 도망가도록 만들기 위해서."

"아무 말도 못 들었어."

"그럼 누가 너한테 그 유명한 편지를 써 보낸 거야?"

앞에는 다논의 상업용 트럭이 아주 천천히 길을 달리고 있었다. 추월하기 위해서 아드리아는 여전히 세 번씩 생각해야 했다. 트럭이냐 대화냐. 그는 앞지르기를 포기하고 다시 한번 물었다. 말해 봐, 사라? 어떤 거짓말을 너에게 한 거야? 나에 대해 무슨 말을 한 거야?

"더 이상 묻지 말아 줘."

"이유가 뭐야?"

---

39) 토나에서 남쪽으로 20킬로미터 떨어진 마을.

"다시는 묻지 마."

이제 곧게 뻗은 구간이 나타났다. 아드리아는 깜빡이를 켰지만 추월할 엄두를 못 냈다.

"나는 무슨 일이 있었는지 알 권리가……."

"나는 더 이상 과거에 머무르지 않아도 될 권리가 있다고."

"어머니께 여쭤 봐도 돼?"

"어머니는 영원히 안 만나는 편이 좋을 거야."

"젠장."

차 한 대를 또 보냈군. 아드리아는 요구르트를 가득 싣고 거북이걸음을 하는 트럭을 앞지르지 못했다. 눈이 촉촉하게 젖었는데 눈물을 닦을 와이퍼가 없었기 때문이다.

"미안해, 하지만 그러는 편이 나아. 우리 둘 모두를 위해서."

"더 이상 고집부리지 않을게. 아마 그러지 않을 거야……. 다만 네 부모님께 인사드리고 싶었어. 오빠도."

"우리 어머니는 네 어머니와 비슷해. 어머니에게 억지로 강요하고 싶지 않아. 상처가 너무 많은 사람이거든."

지금이다. 몰리 데 블랑카포르트⁴⁰⁾ 근처에서 트럭이 라 가리가로 방향을 틀었고, 아드리아는 마치 자신이 추월에 성공한 기분이었다. 사라가 계속 말했다.

"너와 나는 우리 일에 집중해야 해. 만일 우리가 함께 삶을 꾸려 나가고 싶다면 넌 그 상자를 열어선 안 돼. 판도라의 상자 같은 거라고."

---

40) 콘고스트강 어귀에 위치한 중세 카탈루냐의 영지.

"푸른 수염 이야기 안에 우리가 들어와 있는 것 같아. 정원에 과일이 가득하지만 문 잠긴 방에는 절대로 들어갈 수 없는 상황 말이야."

"그런 셈이지, 맞는 말이야. 금지된 사과나무처럼. 감당할 자신 있어?"

"그래, 사라." 도대체 몇 번째 거짓말인지 알 수 없었다. 나는 그저 당신이 다시 떠나지만 않기를 바랄 뿐이었다.

학과 연구실에 네 명의 교수를 위해 책상 세 개가 구비되어 있었다. 아드리아는 결국 책상을 얻지 못했다. 첫날부터 포기해 버렸기 때문이다. 집이 아닌 곳에서 작업을 하기란 불가능해 보였다. 서류 가방을 놓을 공간과 사물함 하나가 그에게 주어진 전부였다. 음, 그랬다, 하지만 그는 책상이 필요했고, 책상을 포기한 것이 성급한 결정이었다는 사실을 깨달았다. 그래서 요피스가 없을 때면 늘 그의 책상을 사용했다.

아드리아는 단단히 준비를 하고 사무실에 들어갔다. 그러나 요피스가 자리에서 문서 수정 비슷한 작업을 하는 중이었다. 라우라가 자리에 앉아 고개를 들어 쳐다보았다. 아드리아는 그 자리에 가만히 서 있었다. 아무도 말이 없었다. 요피스는 조심스럽게 고개를 들고 다른 두 명을 바라보더니 커피를 사러 가야겠다고 했다. 그는 그렇게 전장에서 조심스럽게 사라졌다. 아드리아는 라우라와 그녀의 타자기를 마주하고 요피스의 자리에 앉았다.

"해명할 것이 있어요."

"당신이 해명을 한다고요?"

라우라의 비꼬는 듯한 말투는 원만한 대화를 기대했던 아드리아에게 불안한 징조로 다가왔다.

"이야기를 좀 나눌 수 있을까요?"

"이봐요……. 마지막으로 내 전화를 받은 지 꽤 오래된 것 같은데, 여기서도 나를 피했고, 나와 마주칠 때면 당신은 지금은 안 돼요, 지금은……."

둘은 조용해졌다.

"오늘 여기에 나타나 주신 걸 매우 감사하게 생각해야겠군요." 그녀는 다시 한번 가시 돋친 말을 뱉었다.

비스듬하고 불편한 시선. 그때 라우라가 그들 사이의 장애물인 양 올리베티 타자기를 옆으로 치우고 모든 것에 맞설 준비를 하며 소매를 걷어붙인 사람처럼 입을 뗐다.

"다른 여자가 생긴 거죠, 그렇죠?"

"아닙니다."

맙소사. 왜 언제나 소의 뿔을 정면으로 들이받으며 상황을 돌파하지 못하는지 늘 나 자신이 이해가 안 되었다. 기껏해야 꼬리를 잡을 뿐이었고, 그때마다 짐승에게 치명적인 발길질을 당해야 했다. 영원히 내가 배울 수 없는 자질이었다. 왜냐하면 안 돼요, 안 돼요, 안 돼요, 제길, 라우라, 다른 여자가 있는 게 아니라…… 내가 문제예요, 차라리…….

"딱하네요."

"나를 모욕하지 말아요." 아드리아가 말했다.

"딱하다는 것은 모욕이 아니에요." 그녀는 참지 못하고 자리에서 일어섰다. "진실을 말해요, 젠장. 나를 사랑하지 않는다고 말이에요!"

"당신을 사랑하지 않아요." 아드리아가 말하는데 파레라가 문을 열고 들어왔다. 라우라의 눈물이 터지던 참이었다. 그녀가 나쁜 놈, 천하의 나쁜 놈, 당신은 정말 나쁜 놈이에요라고 말했을 때 파레라는 그들을 남겨 두고는 이미 문을 닫고 나간 뒤였다.

"나를 휴지장처럼 이용한 거라고요."

"맞습니다. 용서해요."

"꺼져 버려요."

아드리아는 사무실을 나왔다. 회랑 난간에서 파레라는 아마 구체적인 내용은 모른 채 마음속으로 누군가의 편을 들면서 담배를 피우며 시간을 때우고 있었다. 그는 차마 고맙다거나 어떤 다른 말도 하지 못하고 그녀를 지나쳤다.

집에 돌아왔을 때 사라는 이상한 듯 그를 쳐다보았다. 말싸움이나 기분 나쁜 일이 그의 얼굴이나 옷에 묻은 것처럼 말이다. 하지만 당신은 아무 말도 하지 않았지. 당신은 분명히 모든 걸 짐작했지만 말을 꺼내지 않는 현명함을 지니고 있었어. 당신이 할 말이 있다고 했을 때 아드리아는 이미 새로운 돌풍이 불어오고 있음을 알았다. 그런데 당신은 모든 사실을 알고 있다고 말하는 대신에 아무래도 빵집을 바꿔야 할 것 같아라고 말했지. 이 빵은 너무 풍선껌 같은 맛이야. 어떻게 생각해?

어느 날 사라가 전화를 받으며 거실에서 조용히 이야기하고 있을 때 나는 그 모습을 몰래 숨어서 바라보았다. 통화를 끝낸 뒤에 수화기를 들고서 조용히 울고 있었다.

"무슨 일이야?" 대답이 없었다. "사라?"

그녀는 아드리아를 멍한 표정으로 바라보았다. 불에 덴 듯 전화기에서 손을 뗐다.

"어머니가 돌아가셨대."

오, 맙소사. 어떻게 된 일인지 모르지만 아버지가 이 집에 진귀한 물건이 지나치게 많아지고 있어라고 말했던 날을 기억한다. 나는 그것을 이 집에 시체가 너무 많다는 뜻으로 이해했다. 이제 어른이 되었는데도 삶이란 죽음의 연속으로 이루어졌다는 사실을 받아들이기가 여전히 힘들었다.

"어머니가 편찮으셨는지……."

그녀는 눈물 너머로 나를 바라보았다.

"건강하셨어. 갑작스러운 일이야. 가엾은 어머니……."

나는 화가 났어. 어떻게 설명할지 모르겠지만 말이야, 사라. 내 주위에서 사람들이 죽어 간다는 사실이 화가 났어. 시간이 지나도 상황이 나아지지 않아 화가 났어. 확실히 인생이라는 것을 받아들이지 못했던 모양이야. 그 때문에 나는 쓸데없이 위험하게 반항한답시고 당신에 대한 약속을 지키지 못했어. 도둑처럼, 주님처럼 나는 유대교 회당에 들어갔어. 조심스럽게 가장 끝자리의 벤치에 앉았지. 그곳에서 당신 아버지를 다시 보았어. 끔찍한 대화를 나누던 그날 이후 처음이었지. 흔적도 없이 사라져 절망의 끈을 붙잡고 있었을 시기였어. 아드리아는 또 막스의 목덜미를 흥미롭게 관찰했다. 여동

생보다 머리 하나 정도가 더 커 거의 베르나트의 키와 비슷했다. 사라는 나를 소개하고 싶어 하지 않아 두 명의 남자와 안면이 없는 다른 가족들 사이에 앉아 있었다. 왜냐하면 나는 내 아버지의 아들이고, 그 죄악의 피가 자식들과 자식의 자식들까지 7대에 걸쳐 이어질 것이기 때문이었다. 너와 아이를 가지면 좋겠어, 사라. 나는 이렇게 생각했다. 아무런 조건 없이 말이야, 나는 생각했다. 하지만 아직 당신에게 말할 용기를 내지 못했지. 당신이 나에게 장례식에 오지 않는 편이 좋겠다고 했을 때 아드리아는 엡스타인 집안이 펠릭스 아르데볼에 대해 품고 있는 혐오의 크기를 짐작할 수 있었다.

한편 라우라와의 거리는 점점 멀어져 갔다. 아, 가엾은 라우라, 모두 내 탓이었다. 회랑 한가운데에서 그녀가 논문을 끝내러 웁살라로 간다고 말했을 때 나는 차라리 마음이 놓였다. 어쩌면 거기에 계속 살게 될지도 몰라요.

쾅. 나를 향한 푸른 눈빛은 나를 비난하는 것 같았다.

"모든 일이 잘되길 바랍니다. 당신은 그럴 자격이 있어요."

"나쁜 자식."

"정말 행운을 빌어요, 라우라."

그리고 그녀를 보지도 생각하지도 않고 일 년의 시간을 보냈다. 그 틈을 타 볼테스엡스타인 부인의 죽음에서 비롯된 슬픔이 자리 잡았기 때문이다. 당신 어머니를 볼테스엡스타인 부인이라고 불러야 한다는 게 얼마나 유감스러운 일인지 짐작 못 할 거야. 장례식을 치른 지 몇 달이 지나 나는 학교 근처 커피숍에서 볼테스 씨를 만났다. 내 사랑, 당신에게는 한 번도 말한 적이 없을 거야. 그럴 용기가 안 났거든. 그런데 왜 그랬냐고? 왜냐하면 난 내 아버지가 아니니까. 나는 수많은 일들에 책임을 져야 마땅하니까. 하지만 가끔 그렇게 보일지 몰라도 내 아버지의 아들이라는 사실에 대해서 내가 책임져야 할 이유는 없어.

그들은 악수를 나누지 않았다. 둘은 고개를 끄덕여 인사했다. 그리고 말없이 자리에 앉았다. 서로의 눈길을 피하려고 애썼다.

"부인의 죽음은 매우 안타깝게 되었습니다."

볼테스 씨는 고개를 끄덕이며 감사의 뜻을 표시했다. 그들은 차 두 잔을 주문하고 웨이트리스가 자리에서 멀어지기를 기다렸다. 조용히 이야기를 나누고 싶어서였다.

"원하는 게 뭐죠?" 한참이 지나서 볼테스 씨가 물었다.

"저를 받아 주시면 좋겠어요. 하임 삼촌의 추모식에 참석하고 싶습니다."

볼테스씨는 놀라서 쳐다보았다. 사라가 카다케스에 간다고 한 날이 잊히지 않았다.

"나도 같이 갈게."

"안 돼."

아드리아는 풀이 죽었다. 또다시 둘 사이의 벽을 느끼는 순간이었다.

"하지만 내일은 욤 키푸르[41]도 하누카[42]도 누구의 성년식도

---

41) 유대력으로 7월 10일, 그레고리력으로 9월 혹은 10월에 있는 유대교의 속죄일.

42) 유대력 아홉 번째 달의 스물다섯 번째 날부터 8일간 이어지는 유대교 축

아니잖아."

"하임 삼촌의 추도식이야."

"아."

볼테스엡스타인 집안은 아베니르가에 있는 유대교 회당의 안식일 계율을 간신히 지켰지만 종교를 믿지는 않았다. 그들이 로시 하샤나와 무교절을 지내는 것은 이교도들의 땅에서 우리는 유대인이오라고 말하기 위해서였다. 그리고 언제나 유대인일 것이오. 하지만 다른 이유 때문이 아니라……. 우리 아버지는 유대인이 아니야. 언젠가 사라가 말했다. 그런데 거의 그런 것같이 행동했지. 1939년 망명을 떠났으니까. 그는 믿음을 불필요한 것이라고 생각했어. 그저 언제나 사람들에게 해를 끼치지 않으려 노력한다고 말할 뿐이었어.

지금 볼테스 씨는 티스푼으로 설탕을 저으며 아드리아 앞에 앉아 있었다. 그가 아드리아의 눈을 바라보았고, 아드리아는 어떤 반응을 보여야 한다고 생각했다. 볼테스 씨, 저는 따님을 정말로 사랑합니다. 그러자 그는 설탕 젓는 것을 멈추고 작은 스푼을 접시 위에 조용히 내려놓았다.

"사라가 그에 대해 한 번도 이야기하지 않던가요?"

"하임 삼촌에 대해서 말입니까?"

"그래요."

"조금이요."

"조금이란 어떤 부분을 말하는 거죠?"

제일. 그레고리력으로 11월 말에서 12월 사이다.

"그러니까…… 나치 장군 하나가 그를 가스실에서 빼내어 진찰을 하도록 했다는 사실 말입니다."

"하임 삼촌은 1953년에 스스로 목숨을 끊었습니다. 우리한 테는 언제나 왜, 그 모든 것을 겪고도 살아남은 그가, 가족에 게 돌아온 그가…… 생존한 가족과 돌아온 그가…… 왜 그랬 는지 늘 의문으로 남아 있습니다. 그리고 그 이유를 추모하기 위해 우리는 우리만의 시간을 갖고 싶습니다."

예상치 못한 비밀을 알고 우쭐한 마음이 들어 아드리아는 어쩌면 하임 삼촌은 생존했다는 사실을 견딜 수 없어서 목숨 을 끊었을지도 몰라요, 죽지 않은 데 대한 죄책감이 들었을 겁 니다라고 말했다.

"이봐요, 만물박사님. 그에게서 직접 설명을 듣기라도 했습 니까? 직접 만나 봤어요?"

왜 나는 입을 다물 줄 모르지, 제기랄.

"죄송합니다. 기분 상하게 해 드릴 의도는 아니었습니다."

볼테스 씨는 티스푼을 들고 다시 차를 젓기 시작했다. 아마 생각을 정리하기 위해서였을 것이다. 자리를 접을 때가 되었 다고 생각했을 때 볼테스 씨는 건조한 어조로 말을 이었다. 하 임 삼촌의 죽음을 추모하는 자리에서 들을 법한 기도문을 읽 는 것 같았다.

"하임 삼촌은 교양 있고 명망 높은 의사였습니다. 전쟁 후 아우슈비츠에서 돌아온 그는 우리 눈을 똑바로 바라보지 못 했어요. 그는 우리 집에 머물게 되었습니다. 우리가 유일한 가 족이었기 때문입니다. 그는 결혼을 하지 않았고 그의 형제, 그

러니까 사라의 할아버지는 1943년 한 물품 수송 열차에서 사
망했습니다. 프랑스의 비시 정부가 세기의 인종 말살을 돕기
위해 동원한 기차였습니다. 그의 형이었죠. 형수는 수치심을
견디지 못해 여정을 시작하기 전 드랑시 수용소에서 죽었습
니다. 하임은 한참 후에 파리로 돌아왔습니다. 살아남은 유일
한 가족인 조카가 그곳에 살고 있었기 때문입니다. 그는 의사
라는 직업으로 다시 돌아가고 싶어 하지 않았습니다. 우리가
결혼했을 때 우리는 우리와 함께 지내도록 강요하다시피 그
를 설득했습니다. 사라가 세 살이었을 때 하임 삼촌은 레이첼
에게 오베르쥬에 파스티스를 마시러 간다면서 사라를 안고
공중그네를 태운 다음 입을 맞추었고, 막스에게도 입맞춤을
했지요. 막스는 방금 어린이집에서 돌아온 참이었습니다. 그
는 모자를 쓰고 베토벤 7번의 안단테 악장을 휘파람으로 불며
집을 떠났어요. 삼십 분 후 우리는 그가 센강의 퐁네프 다리에
서 뛰어내렸다는 사실을 알게 되었습니다."

"유감입니다, 볼테스 씨."

"그리고 우리는 추모를 시작하게 되었습니다. 쇼아[43]로 인
해 죽음을 맞이한 모든 가족을 추모하는 것이지요. 이날 그들

43) 히브리어로 '대재앙'을 의미한다. 영미권에서 2차 세계 대전 이후 그리
스어 '홀로카우스톤'에서 비롯된 홀로코스트를 나치의 유대인 학살을 가리
키는 말로 사용하기 시작했다. 그러나 유대인들은 고대 그리스 신을 위한 희
생제의를 의미하는 홀로카우스톤을 나치의 조직적이고 잔혹한 유대인 학살
에 쓰는 데 반대한다. 그 결과 유대인들은 히브리어로 '대재앙'을 의미하는
쇼아를 2차 세계 대전 당시 나치의 유대인 대학살을 가리키는 말로 사용한
다. 소설 속 사라와 그 가족은 유대인이다.

을 기리는 것은 먼지 한 톨만큼의 연민도 없는 가운데 새로운 세상이라는 미명하에 죽음을 맞이한 가까운 친척들 열네 명 중 유일하게 사망 날짜를 아는 날이기 때문입니다."

차를 한 모금 들이켠 볼테스 씨는 앞을 바라보았다. 시선은 아드리아를 향했지만 그를 보고 있지 않았다. 어쩌면 하임 삼촌에 대한 기억만을 보고 있었을지도 모른다.

그들은 오래 침묵했고, 볼테스 씨가 자리에서 일어났다.

"가 봐야겠습니다."

"네. 만나 주셔서 감사합니다."

그는 커피숍 앞에 차를 세워 두었다. 차 문을 열고 잠시 망설이던 그가 말했다.

"가는 길에 내려 드리죠."

"아닙니다, 저는……."

"얼른 타요."

거의 명령에 가까웠다. 그는 차에 올랐다. 에이샹플레의 교통 체증을 뚫고 그들은 목적지 없이 한참을 빙빙 돌았다. 볼테스 씨가 단추 하나를 누르자 에네스쿠의 바이올린과 피아노를 위한 소나타 곡이 부드럽게 울려 퍼졌다. 소나타 2번이었는지 3번이었는지 정확히 기억나지 않았다. 붉은 신호등 앞에서 차가 멈추자 그는 머릿속에 맴돌고 있던 것 같은 이야기를 꺼냈다.

의사라는 사실 때문에 가스실에서 목숨을 구한 그는 이틀간 26번 수용소에 머물렀다고 합니다. 예순 명의 말 없고 비쩍 마른 사람들이 지내는 곳이었습니다. 그들의 시선에는 초점이 없었습니다. 그들이 일을 나갈 때면 그는 루마니아인 감독 관[44]과 그곳에 혼자 남겨졌습니다. 감독관은 멀리서 의심스러워하는 눈초리로 그를 바라보았지요. 아직 멀쩡해 보이는 이 신참을 어떻게 하면 좋을지 고민하는 듯한 눈빛이었습니다. 삼 일째 되던 날 만취한 대위가 그 고민을 해결해 주었습니다. 빈 수용소 안을 둘러보던 대위는 침대에 누워 투명 인간이 되기 위해 애쓰고 있는 엡스타인 박사를 발견했습니다.

"저자는 여기서 뭘 하고 있나?"

"바버 소령의 명령입니다."

"거기!"

'거기'란 다름 아닌 그를 의미했다. 그는 천천히 몸을 돌려 장교의 눈을 바라보았다.

"내가 말할 때는 똑바로 서란 말이야!"

'거기'는 대위가 말을 하고 있었으므로 일어섰다.

"좋아. 내가 데려가지."

"하지만 대위님." 딱따구리처럼 얼굴이 붉어진 감독관이 말했다. "바버 소령이······."

"바버 소령에게는 내가 데려갔다고 전하게."

"하지만 대위님!"

"바버 소령 따위는 집어치우라고 해. 알았나?"

"알겠습니다, 대위님."

---

44) 원문의 카포(Kapo)는 집단 수용소에서 다른 죄수를 감시하는 죄수다. 여기서는 나치 수용소에서 나치를 돕던 유대인을 가리킨다.

"자, 거기, 이리 와, 아주 재밌는 놀이를 할 거야."

놀이는 아주 정말 즐거웠다. 긴장감이 넘쳤다. 그는 그날이 일요일인 것을 알게 되었다. 장교는 집에 몇몇 친구들을 초대했다고 이야기하며 그를 데려가 지하 창고로 보이는 곳에 집어넣었다. 다른 여덟에서 열 명의 놀란 눈들이 그를 바라보고 있었다. 그는 대체 무슨 일이죠? 하고 물었다. 그들은 헝가리 여자들이어서 하임의 말을 이해하지 못했고, 하임은 헝가리 어라고는 쾨쇠넘[45])밖에 몰랐으며, 아무도 웃지 않았다. 그때 갑자기 지하실로 통하는 문이 열려서 그제야 그곳이 지하가 아니라 매우 길고 좁은 안뜰인 것을 알았다. 코가 빨간 하사가 '거기'의 귀에 가까이 대고 출발 하고 외치면 저기 벽까지 달리라고 고함을 질렀다. 가장 늦게 도착하는 놈을 계집애라고 부르겠어! 출발!

여덟에서 열 명쯤 되는 여자들과 '거기'는 달리기 시작했다. 서커스의 검투사들 같았다. 그들 뒤에서 흥분한 관중의 웃음소리가 들렸다. 여자들과 '거기'는 벽에 도착했다. 나이가 지긋한 여자 한 명만 아직 거리의 절반을 지나고 있었다. 그때 트럼펫 비슷한 소리가 들리더니 총소리가 났다. 헝가리 노인은 바닥에 쓰러져 연이은 총탄에 벌집이 되었다. 꼴찌를 한 데 대한 처벌이었다. 가엾은 노파,(헝가리어) 가엾은 할머니,(헝가리어) 결승선까지 다다르지 못한 것에 대한 교훈이다, 늙은 마녀 같으니라고. '거기'는 두려움에 질려 몸을 돌렸다. 위쪽 자

---

45) köszönöm. '감사합니다.'라는 뜻.

리에서 장교 세 명이 총알을 장전했고, 역시 무장한 네 번째 장교는 만취한 여자가 시가에 불을 붙이기를 기다리고 있었다. 그들이 격정적으로 논쟁을 벌이더니 그중 하나가 빨간 코의 부하에게 딱딱한 어조로 명령을 내렸다. 이제 숙소로 돌아가도록, 천천히, 아직 할 일이 남았다 하고 그는 고함을 쳤다. 아홉 명의 헝가리 여인들과 '거기'는 노인의 시신을 밟지 않도록 애쓰면서 눈물을 흘리며 발걸음을 옮겼다. 그들이 지하실로 다가가는 동안 장교 한 명이 총을 겨누는 모습을 보고 그들은 겁에 질렸다. 나머지 장교들은 총성이 울리기를 기다렸다. 그때 다른 장교 하나가 그의 의도를 알아채고 손등을 한 대 때렸다. 이미 발사된 총알은 몹시 여윈 소녀를 겨냥하고 있었지만 빗나가며 '거기'의 머리에서 한 뼘 떨어진 곳을 스쳐 지나갔다.

"이제 다시 벽까지 달려." 그는 하임을 밀며 말했다. "거기! 여기 와서 서, 제기랄!"

그는 토끼 무리를 일종의 연대 의식과 자부심이 섞인 눈빛으로 바라보며 소리쳤다.

"병신 같은 놈, 지그재그로 달리지 말란 말이야, 결승점에 못 들어갈 거야. 뛰어!"

그들은 술에 너무 취해 여자 세 명밖에 죽이지 못했다. 살아서 결승점에 도착했을 때 '거기'는 달리다가 바닥에 쓰러진 세 여자들 중 누구의 방패도 되어 주지 못했다는 생각으로 죄책감에 휩싸였다. 한 명은 부상이 심각한 상태였다. '거기' 의사 선생은 그녀의 목에 난 총알구멍이 경정맥을 끊어 놓은 것을 보았다. 여자는 그가 정확하게 보았다는 사실을 확인이라도 시켜 주듯 흥건한 피가 고여 침대를 이루는 동안 그 자리에서 꿈쩍도 하지 않았다. 제 탓이옵니다.(라틴어)

그가 나에게 많은 이야기를 털어놓았지만 나는 그것을 레이첼과 그 자녀들에게 전할 용기가 없었지. 더 이상 참을 수 없었던 그가 나치들에게 정신 나간 것들이라고 소리를 지르자 가장 술이 덜 취했던 하나가 소리 내어 웃기 시작하더니 살아남은 여자들 중 가장 어린 소녀를 겨냥하며 당장 입을 닥치지 않으면 빌어먹을, 하나하나 총으로 쏴 죽여 버리겠다고 했다. '거기'는 입을 다물었다. 그들이 지하실로 돌아갔을 때 사냥꾼들 중 한 명이 토하기 시작했고, 다른 한 명은 내가 뭐라 그랬어? 거봐? 단 술을 그렇게 많이 섞어 마신 대가야, 멍청아라고 말했다. 그들은 놀이와 재미 보기를 그만두는 듯했다. 지하실은 다시 어둠 속에 잠겼고, 공포의 흐느낌만이 그들과 함께했다. 바깥에서 '거기'가 이해할 수 없는 고성과 혼란스러운 명령이 오갔다. 알고 보니 다음 날은 러시아군이 생각보다 빠르게 전진함에 따라 수용소 철수가 시작되었다. 혼란 속에서 그들은 지하실에 예닐곱 마리의 토끼가 남아 있다는 사실을 까맣게 잊어버렸다. 상황을 파악한 '거기'는 러시아어로 붉은 군대 만세를 외쳤다. 남아 있던 여자들 중 한 명이 그 말을 알아듣고 다른 토끼들에게 전했다. 그제야 흐느낌은 멈추고 희망이 찾아들기 시작했다. '거기'는 목숨을 구했다. 하지만 가끔 나는 생존이 죽음보다 더 가혹한 처벌이라고 생각합니다. 내 말을 이해하겠습니까, 아르데볼? 이것이 내가 아는 한 나는 유대인으로 태어나지 않았음에도 유대인이 되기를 선택한 이유입니다. 자신들의 땅에서 노예 생활을 한다 느끼고 카탈루냐 사람이라는 이유만으로 이주를 경험해야 했던 많은 카탈루냐 사람들처럼 말입니다. 그날 이후 나도 유대인이 되었어, 사라. 출생에 따라서가 아니라 이성에 의해, 사람들에 의해, 역사에 의해. 신을 믿지 않지만 해를 끼치지 않는 유대인, 바로 볼테스 씨처럼 말이야. 선을 행하며 살기 위해 노력한다는 것은 내 생각에 지나치게 가식적이거든. 결국 그렇게 살지도 못했고.

"이 이야기는 딸에게 전하지 않는 편이 좋겠습니다." 차에서 내리는 나에게 볼테스 씨가 마지막으로 건넨 말이었다. 그래서 당신에게 글을 쓰는 오늘까지 이 이야기를 하지 않았어, 사라. 이 비밀에 관해서도 솔직하지 못했던 거지. 하지만 살아 있는 볼테스 씨를 다시 만나지 못한 것은 정말 안타까워.

내 기억이 틀리지 않았다면 그 무렵 당신은 주둥이가 긴 와인 디캔터를 샀어.

그리고 우리가 함께 살기 시작한 지 몇 달이 채 안 되었을 때 모랄 씨는 나에게 전화를 걸어 『아무도 대령에게 편지하지 않다』[46] 원본이 있다고 알려 왔다.

"설마요."

"정말입니다."

"확실한가요?"

---

46) 가브리엘 가르시아 마르케스의 대표작 중 하나다.

"아르데볼 씨, 저를 모욕하시는 겁니까."

그리고 나는 아무런 감정을 드러내지 않고 평소와 같은 목소리로 말했다. 사라, 잠깐 나갔다 올게. 작업실에서 웃음 짓는 개구리를 그리고 있던 사라의 목소리가 들렸다. 어디 가는데?

"아테네우."(맹세컨대 말이 그렇게 튀어나와 버렸다.)

"아."(그녀가 무엇을 알겠는가, 가엾은 사라.)

"응, 빨리 올 거야."(속임수의 제왕.)

"오늘 네가 요리할 차례야."(순진하고 천사 같은 그녀.)

"응, 그래, 걱정하지 마. 금방 올 거야."(배신자.)

"무슨 일이라도 있어?"(풍부한 공감 능력.)

"아니, 그럴 리가."(거짓말쟁이, 허언증, 사기꾼.)

아드리아는 도망치듯 집을 나섰다. 그는 아버지가 몇 년 전 죽음을 맞이하러 갈 때처럼 문을 세게 닫았다는 사실을 알지 못했다.

모랄과 거래가 이루어지는 작은 아파트에서 나는 희귀하고 놀라운 원고를 보았다. 마지막 부분은 타자기로 인쇄되어 있었다. 하지만 모랄은 가르시아 마르케스의 원고에서 흔히 발견되는 사례라며 나를 안심시켰다. 꽤 매력적이군.

"얼마입니까?"

"이 정도."

"말도 안 돼!"

"맘대로 해요."

"이 정도면 어때요."

"지금 웃자고 하는 겁니까. 아르데볼 박사, 솔직히 말하자면 이 물건은 꽤 위험을 무릅쓰고 구한 겁니다. 위험에 대한 값을 지불하셔야죠."

"훔쳤다는 겁니까?"

"말을 참으로 곱게 하십니다. 흔적 하나 남기지 않은 물건입니다."

"그럼 이 정도."

"안 됩니다. 이 정도."

"좋습니다."

이런 거래는 수표로 이루어지지 않는다. 나는 안절부절못하며 다음 날까지 기다려야 했다. 그날 밤 꿈에서 가르시아 마르케스가 직접 내 집을 찾아와 도둑질을 비난했고, 내가 시치미를 떼자 큰 칼을 들고 나를 쫓아 집 안을 뛰어다녔다…….

"무슨 일이야?" 불을 켜며 사라가 물었다.

새벽 4시가 지난 시간이었다. 아드리아는 부모님 침대를 사용하고 있었다. 이제 우리 것이 된 침대였다. 마치 경주를 한 것처럼 그는 숨을 헐떡였다.

"아무것도 아니야……. 그냥 꿈을 꿨어."

"이야기해 봐."

"기억이 안 나."

나는 자리에 누웠다. 그녀가 다시 불을 끄기를 기다렸다가 가르시아 마르케스가 이만큼 큰 칼을 들고서 나를 죽이기 위해 집 안을 쫓아다녔다고 이야기했다.

방이 조용했다. 아니다. 침대가 약하게 떨렸다. 그러더니 사라의 큰 웃음소리가 들렸다. 잠시 후 그녀의 손이 내 벗어진 머리를 사랑스럽게 쓰다듬는 것이 느껴졌다. 어머니에게서 한 번도 느껴 본 적 없는 손길이었다. 나는 더럽고 죄인 같은 느낌이 들었다. 그녀에게 거짓말을 했기 때문이다.

다음 날 아침 식사 때 우리는 아직 잠에서 깨며 말이 별로 없었다. 갑자기 사라가 웃음을 터뜨렸다.

"왜 그러는데?"

"너는 꿈속의 괴물도 지식인만 취급하는구나."

"글쎄, 정말 무서웠다고. 아, 오늘은 학교에 가 봐야 해."(사기꾼.)

"화요일이잖아."(천사.)

"맞아, 응…… 그런데 파레라가 부탁한 일이 있어서…… 음…….."(비열한.)

"그럼 어쩔 수 없지 뭐."(순진한.)

거짓말에 거짓말을 거듭하고 나는 라 카샤 은행으로 갔다. 그곳에서 이 정도를 인출해 모랄의 집으로 향하는 길은 전날 밤 그의 아파트가 불타 버렸다거나 마음을 바꿨다거나 혹은 좀 더 부유한 구매자를 찾았다거나…… 아니면 체포되었다거나 하는 걱정스러운 기대로 가득했다.

아니었다. 대위는 여전히 차분하게 나를 기다리고 있었다. 나는 부드럽게 원고를 집어 들었다. 이제 내 것이 되었고, 나는 더 이상 괴로워할 필요가 없었다. 내 것이었다.

"모랄 씨."

"네?"

"니체 원고 완본은요?"

"아하."

"가격을 알려 주시겠습니까?"

"그냥 가격이나 한번 물어보겠다는 생각이면 말씀드릴 생각이 없습니다. 나쁜 뜻은 없습니다."

"구매하려고 합니다, 여유가 된다면."

"열흘 후에 전화를 주세요. 그럼 가격을 알려 드리겠습니다. 만일 아직 팔리지 않았다면 말입니다."

"뭐라고요?"

"그럼 무슨 생각을 하신 겁니까? 이 세상에 그 책을 구하려는 사람이 당신뿐인 줄 아시오?"

"하지만 꼭 사고 싶습니다."

"열흘이라고 말씀드렸습니다."

집에 돌아온 나는 그 보물을 사라에게 보여 줄 수 없었다. 그것이 곧 당신의 비밀을 보상하는 나의 비밀이었다. 나는 서랍장 아래에 원고를 숨겼다. 원고의 모든 페이지가 양면으로 잘 보이는 파일을 사고 싶었다. 다만 몰래 해야 했다. 게다가 검은 독수리까지 간섭을 했다.

"무슨 일이야. 말해 봐."

"이제 넌 돌아올 수 없는 강을 건넜어."

"뭐라고?"

"부인[47]에게 말도 안 하고 쓸데없는 것을 사는 데 계속 돈을 쓰잖아."

"바람피우는 거나 똑같아." 카슨이 덧붙였다. "이렇게 해서 둘이 잘될 리가 없어."

"어쩔 수 없어."

"지금 평생 돌봐 준 백인 친구와 관계를 끊기 직전이라고."

"아니면 사라에게 말하기 직전이든가."

"너희한테는 안됐지만 둘 다 발코니로 던져 버리겠어."

"용감한 전사는 창백한 얼굴의 거짓말쟁이와 겁쟁이의 협박 따위를 두려워하지 않는 법이지. 더군다나 너는 그럴 용기도 없잖아."

"그렇고말고." 카슨이 거들었다. "아픈 사람들이 제대로 사고하기란 어려운 법이야. 그들은 자신들의 악에 영원히 갇혀 있거든."

"니체 필사본이 마지막이라고 맹세할게."

"내 눈으로 보기 전까지는 못 믿지." 카슨이 말했다.

"왜 '부인'한테 숨기는지 널 이해 못 하겠어." 검은 독수리가 말했다. "네 돈으로 사는 거잖아. 불을 뿜는 막대를 든 잔인한 백인들에게 약탈당하는 유대인에게서 가져온 것도 아니고 훔친 것도 아닌데 말이야."

"몇몇 물건들은 그렇기도 해, 친구." 카슨이 정정해 주었다.

---

47) 원문은 squaw이다. 북미 원주민 사회에서 여성 혹은 부인을 가리키는 말이며 '아내'를 익살스럽게 지칭할 때 쓰기도 한다.

"하지만 창백한 '부인'이 그것까지 어떻게 알겠어."

나는 전략을 토론 중인 그들을 남겨 두고 자리를 떠났다. 사라에게 그것들을 말할 용기가 없다고, 원고 수집에 대한 충동이 생각보다 크다고 그들에게 이야기할 수 없었다. 내 눈길을 끌면 반드시 소유해야 했다. 내가 원하는 것을 손에 넣기 위해서라면 살인도 할 듯했다.

"어디 아파?" 카슨이 말했다.

"아니. 아플 것 같아." 사라에게 말했다. "몸이 별로 좋지 않아."

"가엾은 아드리아, 침대에 누워. 열을 재 봐야겠어."(연민이 가득하고 순진한.)

나는 이틀 동안 고열에 시달린 후 나 스스로와 협약(카슨과 검은 독수리가 서명하기를 거부한) 같은 것을 맺었다. 우리 관계를 위해 비알에 관련한 구체적인 이야기를 비밀에 부치기로 했다. 비록 부분적인 이야기밖에 모르지만 말이다. 그리고 내가 생각하기에 집 안의 어떤 물건들이 아버지의 잔혹한 포식의 결과로 의심되는지에 대해서도 말을 않기로 했다. 또 가게를 팔면서, 그러니까 결과적으로 아버지가 저지른 죄의 대가로 내가 보유하게 된 현금을 가지고…… 이것은 이미 당신이 짐작했으리라고 생각한다. 나는 당신이 파리를 떠나 노란 꽃을 손에 들고 커피를 한잔하고 싶다며 찾아온 그날 당신에게 거짓말을 했다는 사실을 털어놓을 용기가 없었다.

37

"문체가 헤밍웨이를 연상시키는군요." 미레이아 그라시아가 말했다.

베르나트는 그녀의 평에 안도하며 겸손하게 고개를 숙였다. '책먼지 서점'에서 열린 출판 기념회의 참석자가 겨우 세 명이었다는 사실을 잠시 잊을 수 있었다.

"출판 기념회를 여는 것은 별로 추천하고 싶지 않군요." 바우사가 말했다.

"왜죠?"

"같은 시간대에 열리는 행사가 너무 많아요. 우리 행사에는 아무도 오지 않을 겁니다."

"그것은 당신 생각 아닙니까. 아니면 당신이 대표하는 작가들을 차별 대우하는 거요?"

바우사는 뱉고 싶은 말이 있었지만 애써 말을 아꼈다. 그리고 숨길 수 없는 지친 표정으로 말했다.

"좋아요. 언제가 좋을지, 무슨 내용을 발표할지 알려 주시죠." 베르나트의 얼굴에 미소가 번졌다. "그리고 아무도 오지 않을 경우에 나를 비난하지 말아요."

초대장에는 에리베르트 바우사와 작가가 책먼지 서점에서 열리는 베르나트 플렌사의 최신작 이야기 모음집 『플라즈마』 발표회에 당신을 초대하게 되어 기쁘게 생각합니다라고 쓰여 있었다. 작가와 편집장 외에도 미레이아 그라시아 교수가 책에 대해 이야기하기로 되어 있었다. 발표회 후에는 카바[48]가 제공됩니다.

아드리아는 책상 위에 초대장을 내려놓고 미레이아가 책에 대해 무슨 말을 할 수 있을지 생각해 보았다. 밋밋하다? 플렌사 씨는 아직 감정 전달이 미숙하다? 그의 원고는 종이와 나무 낭비다?

"이번에는 기분 상하지 않을 거야." 아드리아에게 사회를 부탁하며 베르나트가 말했다.

"정말인지 어떻게 믿어?"

"네 마음에 들 거거든. 그렇지 않다면, 음, 내가 성장한 거겠지. 나는 곧 마흔이 될 테고, 이런 일로 너한테 화를 내면 안 된다는 사실을 이해하기 시작했어. 알겠어? 사회를 맡아 줄 거야? 다음 달에 책먼지 서점에서 열려. 아주 상징적인 서점인

---

48) 카탈루냐의 스파클링 와인. 카탈루냐 북동부의 페네데스 지역에서 나는 샤렐로 품종으로 만든 카바가 가장 보편적이다.

데다가······.”

“베르나트. 안 돼.”

“제발, 한번 읽어 보기라도 해, 어때?”

“요즘 너무 일이 많다고. 물론 읽을 거야, 하지만 언제가 될지는 약속할 수 없어. 나에게 이런 부탁을 하지 말아 줘.”

베르나트는 방금 아드리아가 한 말을 믿지 못하겠다는 듯 입을 벌린 채 서 있었다. 그래서 나는 알겠어, 줘 봐, 지금 읽을게라고 말했다. 내 마음에 안 들면 당연히 너한테 솔직하게 말할게, 그리고 사회는 보지 않을 거야.

“그게 친구지. 고마워. 분명히 네 마음에 들 거야.” 그는 더티 해리처럼 손가락을 뻗어 그를 가리켰다. “사회를 보고 싶은 생각이 들 거야.”

베르나트는 그가 이번에야말로 베르나트, 네가 나를 놀라게 만드는구나라고 이야기할 거라고 확신했다. 헤밍웨이의 힘과 보르헤스의 재능, 룰포[49]의 기교, 칼데르스[50]의 풍자까지 갖추었어. 베르나트는 세상에서 가장 행복한 사람이 된 기분이었다. 삼 일 후 나는 그에게 전화를 걸어 항상 했던 말을 그대로 전했다. 인물들이 현실성이 없고 그들이 휘말린 사건에 전혀 관심이 가지 않는다는 거였다.

“뭐라고?”

“문학은 놀이가 아니야. 그저 놀이일 뿐이라면 나는 문학에

---

49) 후안 룰포(Juan Rulfo, 1917~1986). 멕시코의 소설가.
50) 페레 칼데르스 이 로시뇰(Pere Calders i Rossinyol, 1912~1994). 카탈루냐의 작가이자 만화가.

관심을 가지지 않을 거야. 알겠어?"

"마지막 이야기는 어때?"

"그게 젤 낫긴 하지. 하지만 그중에서 그나마 낫다는 거야."

"정말 잔인하네. 넌 내가 망가지는 걸 즐기는 것 같아."

"이제 마흔이 되었으니 이런 걸로 더 이상 화내지 않겠다고 한 사람이 누군데……."

"아직 마흔이 된 건 아니야! 그리고 너는 네가 싫어하는 것이라면 굉장히 기분 나쁘게 표현하는 재주가 있어."

"그냥 내 식대로 표현할 뿐이야."

"그냥 싫다고 하고 거기에서 멈추면 안 돼?"

"이제까지 그렇게 해 왔지. 네가 지금 기억을 못 하나 본데, 내가 그냥 별로야라고 했을 때 네가 그게 다야 그래서 나는 내가 마음에 들지 않는 이유를 조목조목 설명해야만 했어. 최대한 솔직하게 말이야. 친구로서 너를 잃고 싶지 않았으니까. 그래서 너한테 인물을 구상하는 데 소질이 없다고 한 거야. 모든 인물이 다 비슷비슷해. 단 하나의 인물도 관심이 생기지 않는다고. 이야기 전개에 필요한 인물이 단 한 명도 없어."

"염병할, 그건 또 무슨 말이야? 비엘 없이 '쥐들' 이야기가 어떻게 흘러가느냐 말이야."

"넌 고집이 너무 세. 네 이야기 전부가 필요 없는 것들이야. 나를 변화시키지 않았고, 내 사고를 풍부하게 만들지도 않았고, 나에게 아무런 감흥을 주지도 않았다고!"

그런데 지금 멍청한 미레이아는 플렌사가 헤밍웨이의 힘을 가졌다고 분석했다. 그녀가 베르나트를 보르헤스, 칼데르스와 비교하기 전 아드리아는 진열 선반 뒤에 숨어 있었다. 베르나트가 그곳에서 그를 발견하는 것을 원하지 않았다. 찬 기운이 감도는 서점에 열일곱 개의 접이식 의자가 놓여 있었고, 그중 세 개만 주인을 찾았을 뿐이었다. 한 명은 실수로 앉은 듯 보였지만.

너는 겁쟁이야, 그는 생각했다. 그리고 그가 세상을 분석하고 역사를 통해 사상들을 검토하는 것을 좋아하듯이 베르나트와의 우정의 역사를 연구한다면 어쩔 수 없이 다음과 같은 불가능한 결론에 이르게 될 거였다. 행복을 위한 역량을 바이올린에만 쏟는다면 베르나트는 정말 행복해질 것이다. 그는 소리 없이 도망치듯 서점을 빠져나와 무엇을 할지 생각하며 길을 따라 걸었다. 어째서 테클라도 거기에 오지 않은 거지? 아들은?

"왜 안 온다는 거야? 내 책이라고!"

테클라는 우유 한 컵을 다 들이켠 후 요렌스가 방에 가서 책가방을 가지고 나오기를 기다렸다. 그녀는 부드러운 목소리로 말했다.

"당신의 모든 연주회와 발표회에 갈 수는 없잖아……."

"매주 행사가 있는 것처럼 말하네. 육 년 전이 마지막이었다고."

침묵이 흘렀다.

"내가 잘나가는 게 싫은 거지."

"그저 모든 것을 순리대로 하고 싶을 뿐이야."

"오기 싫은 거야."

"못 가는 거야."

"나를 사랑하지 않는군."

"당신이 세상의 중심은 아니지."

"알아."

"당신은 몰라. 깨닫지 못하고 있다고. 언제나 무엇을 요구하고 강요하기만 하잖아."

"갑자기 왜 그러는 거야."

"항상 모두가 당신의 시중을 들기 위해 기다린다고 생각하잖아. 당신이 이 집에서 가장 중요한 사람이라고 여기면서 말이야."

"이봐……."

그녀는 도전하듯 쳐다보았다. 그는 당연히 내가 이 집에서 가장 중요한 사람이지라고 말할 뻔했다. 하지만 육감인지 칠감인지가 발동해 다행히 제때 말을 멈추었다. 그는 입을 벌린 채 서 있었다.

"아니야, 계속해, 말해 봐." 테클라가 다그쳤다.

베르나트는 입을 다물었다. 그를 바라보며 테클라는 말했다. 우리도 우리 삶이 있어. 당신은 우리가 언제나 당신이 오라는 대로 움직이고, 당신이 쓴 글과 좋아하는 글을 읽는 것이 당연하다고 생각하지. 아니, 열광해야 한다고 생각하지.

"과장이 심하군."

"요렌스에게 열흘 안에 그걸 읽으라고 한 이유가 뭐야?"

"아들에게 책을 읽도록 한 게 잘못되기라도 했단 말인가?"

"아직 아홉 살이야, 제발."

"그래서?"

"어젯밤 애가 나한테 뭐라고 한 줄 알아?"

요렌스는 어머니가 살금살금 방을 나가려는 순간 침대에 누워 옆 탁자의 등을 켰다.

"엄마."

"안 자고 있었니?"

"네."

"무슨 일인데?"

테클라는 침대 머리맡에 앉았다. 요렌스는 탁자에서 서랍을 열고 책을 꺼냈다. 그녀는 무슨 책인지 알아보았다.

"이 책을 읽기 시작했는데 무슨 말인지 모르겠어요."

"어린이를 위한 책이 아니야. 왜 그걸 읽고 있니?"

"아빠가 일요일까지 다 읽으라고 했어요. 두껍지 않은 책이에요."

그녀는 책을 집었다.

"신경 쓰지 마."

그녀는 책을 펴고 멍하니 책장을 넘겼다.

"아빠가 물어본댔어요."

그녀는 아들에게 책을 돌려주었다.

"책을 가지고 있으렴. 하지만 읽지 않아도 돼."

"정말요?"

"정말."

"물어보면 어떻게 해요?"

"물어보지 말라고 내가 얘기할게."

"왜 내 아들에게 질문을 할 수 없다는 거야!" 화가 난 베르나트는 컵으로 접시를 치며 말했다. "내가 아버지 아니냐고?"

"당신 자존심은 끝을 몰라."

요렌스가 외투를 입고 책가방을 메고서 부엌으로 얼굴을 내밀었다.

"아빠도 곧 가실 거야. 먼저 내려가고 있어, 얘야."

베르나트는 자리에서 일어서며 테이블에 냅킨을 던지더니 부엌을 떠났다.

아드리아는 주변을 걷고 나서 다시 서점 앞으로 왔다. 여전히 어떻게 할지 몰랐다. 그때 진열창의 조명이 꺼졌다. 그는 늦지 않게 서점에서 몇 미터 물러났다. 미레이아 그라시아가 급히 나왔다. 아드리아의 앞을 지나갔지만 시계를 보느라 알아보지 못했다. 바우사, 베르나트, 그리고 다른 사람들 두세 명이 그곳을 빠져나왔을 때 아드리아는 늦었다는 듯 서둘러 서점으로 걸어갔다.

"이런…… 설마 벌써 끝난 겁니까!" 아드리아의 표정과 목소리에 실망감이 묻어났다.

"어, 아르데볼."

아드리아는 바우사에게 손을 흔들었다. 다른 사람들은 각자 흩어졌다. 바우사가 나가는 길이라고 말했다.

"저녁 식사라도 함께 들지 않으시겠어요?" 베르나트가 말했다.

괜찮습니다, 가서 드세요. 바우사는 저녁 약속에 늦었다며 둘만 남겨 놓고 떠났다.

"그래? 잘 끝났어?"

"음. 그럭저럭. 미레이아 그라시아가 확신에 차서 말하더군. 아주…… 잘된 작품입니다, 네. 사람들도 꽤 많이 왔고. 아마도?"

"잘됐네. 참석하고 싶었지만……."

"걱정 마, 이 사람아…… 질문도 꽤 있었어."

"테클라는?"

둘은 의미심장한 침묵 속에서 길을 걸었다. 길모퉁이에 도착했을 때 베르나트가 갑자기 멈추더니 아드리아의 눈을 바라보았다.

"왠지 내가 세상에 대항해서 글을 쓰는 느낌이야. 너에게 대항해서, 테클라에게 대항해서, 아들에게 대항해서, 편집장에게 대항해서."

"갑자기 왜 그런 생각이 들었는데?"

"아무도 내가 쓴 글에 관심이 없잖아."

"젠장, 하지만 방금 네가 말했잖아……."

"다시 한번 말하자면 그 누구도 내가 쓴 글에 눈곱만큼의 관심도 없어."

"그 사실이 너한테 중요해?"

베르나트는 경계하는 눈빛으로 아드리아를 바라보았다. 지금 장난하는 거야?

"내 인생 전부를 걸었다고."

"그런 것 같지 않아. 그렇다기에는 중간에 거르는 게 너무 많아."

"언젠가는 너를 이해할 날이 오겠지."

"네가 바이올린을 켜듯이 글을 쓴다면 정말 대단한 작품이 될 거야."

"그런 말을 군이 해야겠어? 난 바이올린에 질렸다고."

"넌 행복을 원하지 않아."

"반드시 그래야 하는 건 아니야. 언젠가 네가 나한테 했던 말이지."

"좋아. 하지만 너처럼 바이올린을 연주할 수만 있다면…… 나는……."

"집어치워, 다 헛소리야, 잘도 네가 그렇게 하겠다."

"무슨 일이야? 테클라랑 또 싸운 거야?"

"오기 싫어하더라고."

이번엔 좀 더 예민한 문제였다. 무슨 말을 해 줘야 하지?

"우리 집에 잠시 들를래?"

"저녁이나 먹는 게 어때?"

"그냥……."

"사라가 기다리는구나."

"음, 그러니까…… 맞아, 날 기다리고 있을 거야."

이게 베르나트 플렌사의 이야기다. 우리는 오랜 시간 친구로 지냈다. 수년 동안 그는 나에 대한 질투심에 사로잡혀 있었다. 나를 잘 몰랐기 때문이다. 수년간 나는 그의 바이올린 실력을 흠모했다. 그리고 가끔 우리는 절망에 빠진 연인처럼 심각하게 싸웠다. 나는 그를 사랑했기 때문에 그가 서투르고 소질 없는 작가라는 사실을 계속 말해 주어야 했다. 나에게 자기 작품을 읽어 보라고 건네준 이후 그는 꽤 많은 수의 조악한 이야기 선집을 출판했다. 그는 명석했지만 아무도 그의 작품을 좋아하지 않는다는 사실을 받아들이지 못했다. 독자들이 잘못된 게 아니라 그가 쓴 것이 전혀 흥미를 유발하지 않기 때문일 수도 있는데 말이다. 전혀. 항상 변함이 없었다. 그리고 그의 아내는…… 확실히 모르겠지만 베르나트와 살기가 쉽지는 않을 것이다. 그는 바르셀로나 심포니 오케스트라의 부악장이다. 그리고 몇몇 동료들과 실내악을 연주한다. 더 이상 뭘 바라겠는가? 불멸의 존재가 아닌 우리 대부분은 이러한 질문을 할 것이다. 하지만 그는 아니다. 확실히 다른 모든 유한한 존재들처럼 그는 자신의 반경 바깥에 존재하는 것들에 눈이 멀어 가까이 있는 행복을 보지 못한다. 베르나트는 너무나도 인간 그 자체다. 그리고 오늘 그와 저녁을 먹을 수 없었다. 사라의 기분이 울적했기 때문이다.

베르나트 플렌사 이 푼소다, 문학 속에서 자신의 불행을 열심히 찾는 뛰어난 음악가. 이를 치료할 백신은 없었다. 알리 바흐르는 그늘에서 놀고 있는 아이들을 바라보았다. 그 그늘은 흰 당나귀 정원과 알-히스위에서 비르 두르브를 잇는 길을 가르는 벽이 만들어 낸 안식처였다. 알리 바흐르는 갓 스무 살이 되었고, 무릎이 까진 어떤 건방진 놈이 쫓아다니자 소리를 지르는 그 여자아이가 아마니라는 사실을 몰랐다. 몇 년 후 그녀는 '사랑스러운 아마니'로 평원 전체에 알려졌다. 한두 시간 안에 집에 도착해야 하는 그는 당나귀에게 채찍을 휘둘렀다. 힘을 아끼기 위해 너무 크지도 작지도 않은 돌을 하나 골라 들고 아주 힘차게 화가 난 것처럼 앞으로 집어 던졌다. 마치 당나귀에게 길을 가리켜 주는 것 같았다.

베르나트 플렌사가 쓴 『플라즈마』의 운명은 다음과 같이 정리할 수 있겠다. 전혀 반향을 일으키지 못하고, 어떤 리뷰나 비평도 받지 못하고, 단 한 부도 팔리지 않는 것이다. 불행 중 다행으로 바우사도, 아드리아도, 테클라도, 거봐, 내가 뭐랬어라고 말하지 않았다. 이 이야기를 해 주자 사라는 너는 비겁해, 청중으로 그 자리에 참석했어야 해. 나. 그 자리가 너무 민망했다고. 그녀. 아니야, 친구가 와 줘서 위로가 되었을 거야. 그리고 삶은 계속되었다.

"나에 대해 음모를 꾸미는 게 분명해. 나를 없는 사람 취급하려 든다니까. 마치 존재하지 않는 것처럼 말이야."

"누가?"

"그들."

"언젠가는 그들을 나한테 소개해 줘야 할 거야."

"농담이 아니야."

"베르나트, 아무도 너에게 감정 없어."

"그래, 내가 존재하는지조차 모르니까."

"연주회 후에 너에게 박수를 보내는 사람들한테 물어봐."

"그건 달라. 이미 수십 번 말했잖아."

사라는 조용히 그들의 대화를 듣고 있었다. 갑자기 베르나트가 그녀를 바라보며 심지어 살짝 비난하는 어조로 물었다. 당신이 보기에는 책이 어땠어요? 내 생각에는 유일하게 평가에서 자유로울 수 없는 질문이 바로 이러한 종류다. 왜냐하면 작가가 독자들 중 누군가는 대답할 위험을 감수하기 때문이다.

사라는 정중하게 미소 지었고, 베르나트는 질문이 여전히 유효하다는 뜻으로 경솔하게 눈썹을 씰룩거렸다.

"나는 책을 읽지 않았어요." 그의 시선을 견디며 사라가 대답했다. 그리고 이어진 한 발 물러서는 대답은 나를 다소 놀라게 했다. "아직."

베르나트는 입을 헤벌리고 있었다. 베르나트, 넌 영원히 깨닫지 못할 거야, 아드리아는 생각했다. 그날 그는 베르나트가 가망이 없으며 남은 인생 동안 몇 번이고 그 힘든 길을 다시 걷게 될 것이라는 사실을 알게 되었다. 한편 베르나트는 자신이 무얼 하고 있는지도 모른 채 꽤 훌륭한 리베라 델 두에로 반병을 들이켰다.

"이제 정말 글쓰기를 관두려고." 유리잔을 옆으로 치우며 그가 말했다. 분명히 사라한테 그를 무시한 데 대한 죄책감을 느끼게 하려는 거였다.

"음악에 더 몰두하면 어때요." 당신은 나를 여전히 사로잡는 그 미소를 띠며 말했지. "훨씬 나을 것 같은데."

그리고 당신은 디캔터의 와인을 한 모금 꿀꺽 들이켰어. 리베라 델 두에로를 유리병째로 마신 거야. 베르나트는 깜짝 놀라 당신을 바라보았지만 아무 말도 하지 않았어. 너무 풀이 죽었던 거지. 아드리아가 그 자리에 있어서 울지 않았을 뿐이었다. 여자 앞에서 울기는 더 쉽다. 아무리 그녀가 좋은 와인을 유리병에 입을 대고 마시더라도 말이다. 남자 앞에서 우는 것은 별로 내키지 않는 일이다. 그런데 그날 저녁 그는 처음으로 테클라와 크게 싸웠다. 침대에서 눈을 크게 뜨고 아버지의 분노를 지켜보던 요렌스는 세상에서 제일 불행한 소년이 된 것 같았다.

"내가 뭘 그렇게 대단한 걸 요구한다고 그래, 제기랄!" 베르나트가 말했다. "그저 읽는 시늉만 하면 되잖아. 그럼 충분해." 목소리를 높였다. "그게 그렇게 어렵단 말이야? 응? 그래?"

그때 뒤에서 공격이 시작되었다. 화가 난 요렌스가 맨발에 잠옷 차림으로 거실에 나와 아버지에게 달려들었다. 그는 예술가로서의 내 여정에 당신이 함께한다는 기분이 들지 않아라고 말하던 참이었다. 테클라는 벽을 바라보았다. 임신으로 중단된 피아니스트로서의 길을 바라보는 듯했다. 테클라는 완전히 기분이 상했다. 이해하겠어? 우리가 마냥 당신을 총애하기 위해서만 태어난 것처럼 구네. 그러자 뒤에서 공격이 들어왔다. 요렌스는 베르나트의 등을 진정한 샌드백으로 삼아 주먹을 날렸다.

"제기랄, 너. 그만둬!"

"어머니한테 소리 높이지 말아요."

"침대로 가." 테클라는 따뜻한 격려를 담은 고갯짓을 해 보이며 말했다. "곧 갈게."

요렌스는 주먹을 몇 번 더 날렸다. 베르나트는 눈이 휘둥그레져서 모두가 나를 싫어한다고 생각했다. 내가 글 쓰는 것을 아무도 반기지 않는군.

"복잡하게 만들지 마."

그의 설명을 들은 아드리아가 말했다. 베르나트는 바이올린을 들고 리허설에, 아드리아는 사상사 II 수업에 가기 위해 유리아가로 내려가는 길이었다.

"뭘 복잡하게 만든다는 거야! 내 자식조차 내 불평을 못 들어 주겠다잖아!"

내 사랑, 사라. 나는 지금 오래전 이야기를 하고 있어. 당신이 내 인생을 충만하게 해 주던 그 시절 말이야. 우리는 모두 나이가 들었고, 당신은 두 번째로 나를 혼자 두고 떠났지. 만일 내 이야기를 들을 수 있다면 확신하건대 당신은 베르나트가 여전히 똑같고 아무도 관심 없는 이야기를 쓰고 있다는 소식을 듣고 걱정이 되어 고개를 절레절레 흔들었을 거야. 악기로 그렇게 훌륭한 소리를 내고 벅찬 감동을 줄 능력을 가진 음악가가 글쓰기는 재능이 아니고 본인이 만든 인물과 이야기에 사람들이 전혀 관심 없다는 사실을 깨닫지 못하는 것이 가끔 화가 나기도 해. 요약하자면 베르나트의 글은 우리에게 어떠한 반향도 불러일으키지 못했어. 단 한 건의 리뷰도, 판매 실적도 없었지. 이제 베르나트에 관한 이야기는 그만할게. 괜히 기분 상하고, 내 시간이 끝나기 전에 다른 골치 아픈 일들을 해결해야 하거든.

그즈음이었을 텐데…… 얼마 전에 이미 쓴 것 같은데. 지금까지 내키는 대로 글을 썼는데 이제 와서 시간 순서의 정확성을 따지는 게 무슨 의미란 말인가? 문제는 작은 롤라가 아주 사소한 부분에 대해서도 불평하기 시작했다는 것이다. 그녀는 사가가 쓰는 먹물, 목탄, 물감이 바닥을 더럽힌다고 투덜댔다.

"그녀 이름은 사라예요."

"자기가 사가라고 하는걸요."

"음, 사라예요. 그리고 목탄과 나머지들은 모두 그녀의 작업실에 있어요."

"제 말 좀 들어 보세요. 언젠가 한번은 그이가 거실의 그림을 베끼고 있었어요. 색을 입히지도 않는 그림을 그리는 게 무슨 재미가 있는지 모르겠지만요. 물론 걸레는 저한테 넘기고요. 다시 빨아 놓으라는 뜻이겠죠."

"작은 롤라."

"카테리나라고요. 그리고 욕실 수건도요. 손에 언제나 검댕이 묻어 있으니……. 개구리들[51]의 습성이 분명해요."

"카테리나."

"네."

"예술가들은 그저 자기 작업을 하도록 둬야 해요, 그럼 되는 거예요."

"처음엔 요만큼만 요구하죠." 그녀는 손가락 한 마디를 재어 보이며 말했다. 나는 그녀가 선을 넘기 전에 말을 끊었다.

"사라는 집안의 안주인이에요. 그녀가 시키는 대로 해요."

그 단호한 한마디가 그녀를 마음 상하게 했다는 것을 안다. 하지만 그녀와 그녀의 분노가 서재를 조용히 빠져나가도록 두었다. 나는 내가 쓴 책들 중 가장 마음에 드는 『미적 의지』로 변모하게 될 그 불만들이 언젠가는 드러나리라는 직감과

---

51) 프랑스인을 비하하여 이르는 말이다.

함께 방에 홀로 남겨졌다.

"거실에 있는 우르젤의 그림을 그린 거야?"

"응."

"한번 봐도 돼?"

"아직……."

"좀 보여 줘 봐."

당신은 망설였지만 결국 그림을 보여 줬지. 살짝 긴장하며 당신의 망설임들을 보관했던 커다란 파일을 열던 모습이 아직 눈앞에 생생해. 당신은 그 파일을 어디든 가지고 다녔지. 당신은 그림을 꺼내서 탁자 위에 올려놓았어. 해는 더 이상 트레스푸이 뒤에 숨어 있지 않더군. 성 마리아 데 제리 3층 종탑은 사라의 목탄 터치로 새롭게 생명을 얻은 것 같았어. 당신은 세월의 주름과 시간의 흐름을 안고 자란 상처들을 포착하는 능력을 가졌었지. 내 사랑, 정말 대단한 그림 솜씨였어. 흰색, 검은색, 당신의 손끝에 흐려진 수천 가지 회색이 수 세기에 걸친 역사를 그려 내고 있었지. 풍경과 교회, 노게라 둑의 초입이 담겨 있었어. 찬란한 빛깔의 그림은 어둡고 슬프고 수수께끼 같은 색깔을 사용한 모데스트 우르젤의 그림을 완전히 잊게 만들었어.

"마음에 들어?"

"너어어어어무나도."

"너어어어어어무나도?"

"너어어어어어어어무나도."

"너한테 줄게." 사라는 기뻐하며 말했다.

"정말?"

"우르젤을 언제나 유심히 바라보고 있잖아……."

"내가? 설마."

"아니라고?"

"몰라…… 무의식중에 그랬나 봐."

"네가 그림을 바라보던 시간에 대한 경의의 차원에서 그린 거야. 무얼 그렇게 열심히 보는 거야?"

"정말 잘 모르겠어. 그냥 본능적으로 그러는 것 같아. 그림이 마음에 들어서."

"내 질문은 그림에서 무엇을 발견했느냐가 아니라 무엇을 찾느냐는 거지."

"성 마리아 데 제리 수도원에 대해서 생각해. 하지만 대개는 작은 수도원 성 페레 델 부르갈을 그려 보곤 하지. 가까운 곳에 있지만 한 번도 가 보지 않았거든. 혹시 내가 보여 준 델리가트 수사의 양피지 기억나? 그건 부르갈 수도원의 건립문이야. 오래전부터 그 양피지를 만질 때면 역사의 전율을 느껴. 그리고 수 세기 동안 그곳을 거쳐 간 수사들을 생각하지. 수 세기 동안 존재하지 않았던 신에게 기도하는 그들의 모습도. 제리의 소금 광산. 부르갈에 간직된 수많은 수수께끼들. 굶주림과 질병으로 죽어 가는 농사꾼들, 느리게 흐르지만 그 흐름을 거스를 수 없는 나날들, 그렇게 흘러간 수개월, 수년, 이 모두가 내 맘을 벅차게 만들어."

"한 번에 이렇게 많은 이야기를 쏟아 내는 네 모습은 처음이야."

"사랑해."

"또 무얼 찾는 거야?"

"몰라. 정말 뭘 찾는지 모르겠어. 말로 설명하기 어려워."

"그럼 무얼 발견했는데?"

"괴상한 이야기들. 수상한 사람들. 삶을 살아 내고 무언가
를 보고 싶은 열망들."

"그럼 실물을 보러 가는 건 어때?"

　

우리는 600시시 차를 끌고 제리 데 라 살로 출발했다. 그런
데 코미올스 기슭에 도착했을 때 차가 멈춰 섰다. 이소나에서
온 수다쟁이 정비사는 정확히 기억나지 않지만 실린더 헤드
의 어느 부분을 교체했고, 다시 문제가 생기기 전에 새 차를
사는 것을 추천했다. 우리는 이런 골치 아픈 일로 한나절을 다
보내고 밤이 되어서야 제리에 도착했다. 나는 다음 날 숙소에
서 우르젤의 그림을 실물로 보았다. 감격스러워 숨이 멎을 지
경이었다. 우리는 그림을 보며, 사진을 찍으며, 베껴 그리며,
그림 안팎을 드나드는 유령을 보며, 아니 유령과 수사, 농부,
광부를 보며 하루를 꼬박 보냈다. 열쇠를 가지러 성 페레 델
부르갈로 떠난 두 수사의 영혼도 보았다. 수백 년 동안 부단히
수도원의 삶을 지켜 온 그 고독하고 작은 수도원은 곧 문을 닫
을 참이었다.

　다음 날 외상을 회복한 600시시는 북쪽으로 20킬로미터 떨
어진 에스칼로로 우리를 데려다주었다. 우리는 그곳에서부터

해가 잘 드는 바라온세 언덕을 따라 염소들의 길을 통해 내 꿈의 수도원 성 페레 델 부르갈을 향해 걸어갔다. 내가 사라의 스케치북과 연필과 목탄이 든 큰 배낭을 들어 주려 했지만 거절당했다. 그녀의 짐이라는 이유에서였다.

조금 더 올라가 나는 길 한가운데에 있던 돌 하나를 주웠다. 그렇게 크지도 작지도 않았다. 아드리아는 그것을 유심히 살펴보다 사랑스러운 아마니의 모습과 그녀의 슬픈 이야기가 머릿속에 떠올랐다.

"그 돌은 왜?"

"아, 아무것도 아니야." 아드리아는 돌을 배낭에 집어넣으며 말했다.

"널 보면 무슨 생각이 드는 줄 알아?" 오르막길을 올라오느라 숨을 약간 몰아쉬며 당신이 말했지.

"뭐라고?"

"바로 그거야. 질문에 대답을 하는 게 아니라 뭐라고라고 말하지."

"무슨 말인지 모르겠어." 앞장서던 아드리아는 걸음을 멈추고 푸른 계곡을 바라보면서 멀찌감치 노게라의 우물거리는 소리를 들으며 사라 쪽으로 돌아섰다. 그녀도 얼굴에 미소를 띠고 걸음을 멈추었다.

"넌 언제나 생각에 잠겨 있는 것 같아."

"맞아."

"하지만 언제나 멀리 있는 것들을 생각하지. 항상 정신이 다른 곳에 가 있어."

"이런…… 미안해."

"아냐. 네가 원래 그런걸. 나도 내 나름대로 특별해."

아드리아는 그녀에게 다가가 이마에 부드럽게 입을 맞추었다. 사라, 그 순간을 떠올리면 아직도 눈물이 나. 내가 당신을 얼마나 사랑하는지, 당신이 나를 어떻게 바꾸어 놓았는지 모를 거야. 당신이야말로 명작이야. 이렇게 생각하는 내 마음을 이해해 줬으면 해.

"네가 특별하다고?"

"난 특이한 여자라고 할 수 있지. 콤플렉스와 비밀로 가득하단 말이야."

"콤플렉스라…… 잘 감추고 있는 것 같은데. 비밀은…… 이건 해결이 어렵지 않지. 나한테 털어놓으면 되니까."

이제 사라는 그의 눈을 피하기 위해 길을 내려다보았다.

"난 복잡한 여자야."

"네가 원치 않는 어떤 것도 나에게 설명할 필요 없어."

아드리아는 계속 올라가다가 갑자기 멈춰 서서 뒤를 돌아보았다.

"딱 한 가지만 말해 주면 좋겠어."

"뭔데?"

믿기 어렵겠지만 나는 그녀에게 내 어머니와 당신 어머니가 나에 대해 어떻게 말했느냐고 물었다. 무슨 말을 너에게 믿도록 한 거야.

당신의 빛나던 얼굴은 갑자기 어두워졌고 나는 젠장, 망했군이라고 생각했다. 잠시 기다리더니 당신은 다소 거친 목소리로 말했다. 물어보지 말라고 부탁했잖아. 간절히 부탁했어…….

화가 나서 당신은 돌 하나를 주워 언덕 아래로 던졌다.

"그 말들이 되살아나는 게 싫어. 네가 몰랐으면 좋겠어. 너한테 말하지 않는 건 넌 그 말을 무시해도 될 권리가 있기 때문이야. 나는 잊어버릴 권리가 있고." 사라는 배낭을 고쳐 멨다. 그 모습이 좀 우스웠다. "그건 푸른 수염의 닫힌 방이라고. 잘 기억해 둬."

사라의 태도는 아주 단호해서 나는 그녀가 그 결정에 대해 한 번도 흔들린 적이 없다는 인상을 받았다. 우리는 한동안 함께 살았고, 그 질문은 언제나 내 혀끝을 맴돌았다. 언제나.

"알았어." 아드리아는 말했다. "다시는 묻지 않을게."

그들은 다시 내려가기 시작했다. 여전히 가파른 길을 지나 나는 마침내 그곳에 도착했다. 서른아홉의 나이가 되어서야 내가 그토록 자주 꿈꾸던 성 페레 델 부르갈 수도원에 도착한 것이다. 도미니코 수도회 소속으로 미켈 수사라고 불리던 줄리아 데 사우 형제가 손에 열쇠를 들고 우리를 직접 맞이했다. 성물함을 손에 들고. 죽음을 손에 들고.

"형제들이여, 주님의 평화가 그대들과 함께하시길." 그가 우리에게 말했다.

"주님의 평화가 당신에게 함께하기를." 내가 대답했다.

"뭐라고 했어?" 사라가 놀라서 물었다.

5부

숨겨진 삶(상)

밀폐된 열차에서 연필로 씀

여기 이 열차간에
나 이브는 내 아들 아벨과 있다.
혹시 내 큰아들, 아담의 아들 카인을 보면 말해 주오
내가 ……이라고
─ 댄 파기스*

─────────

* Dan Pagis(1930~1986). 홀로코스트에서 살아남은 경험을 토대로 시작
활동을 한 이스라엘의 시인이다.

38

"예술적 아름다움을 맛보고 난 후의 삶은 예전과 달라. 몬테베르디 합창단의 노래를 듣고 나면 삶이 변할 수밖에. 페르메이르의 그림을 가까이에서 보고 나면 삶은 전과 달라져. 프루스트를 읽고 나면 결코 이전의 자신이 될 수 없어. 내 의문은 그 이유를 모르겠다는 거야."

"글로 한번 써 봐."

"우리는 우연의 결과일 뿐이야."

"뭐라고?"

"우리는 존재하지 않았고, 지금 존재할 뿐이라고 생각하는 편이 더 맞을 듯해."

"……."

"난자를 쫓는 수백만 정자들의 광적인 움직임은 세대를 관통하여 이어졌고, 거기에 우연한 수정, 죽음, 소멸…… 그리하여 너와 나는 이 자리에 존재하게 되었지. 서로를 마주하며, 마치 다른 시나리오는 불가능한 것처럼. 어떤 가게도 안에 존재할 수 있는 유일한 가능성인 것처럼 말이야."

"글쎄. 필연이 아닐까?"

"아니야. 아주 철저한 우연에서 비롯되었다고."

"설마⋯⋯."

"더 흥미로운 사실이 있어. 네가 바이올린을 그렇게 잘하는 건 더더욱 철저한 우연에 따른 것이란 사실이지."

"좋아. 하지만⋯⋯." 둘은 잠시 말이 없었다. "네가 설명한 것들은 조금 현기증 나는 일이야, 안 그래?"

"맞아. 그리고 우리는 예술적 질서로 혼란에서 살아남고자 하지."

"글로 남길 만한 이야기들인데, 안 그래?" 베르나트는 차를 한 모금 들이켜며 조심스럽게 말했다.

"예술의 힘은 예술 작품 자체에서 나올까 아니면 감상자에게 미치는 영향에서 나올까? 어떻게 생각해?"

"넌 그것에 대해 글을 써야 해." 며칠 후 사라가 말했다. "그럼 이해가 더 잘될 거야."

"호메로스는 왜 내 몸을 굳게 만드는 거지? 브람스의 클라리넷 오중주는 왜 내 호흡을 곤란하게 만드는 걸까?"

"글을 쓰라고." 당장에 베르나트가 말했다. "그럼 내 부탁을 하나 들어주는 셈이야, 왜냐하면 나도 답을 알고 싶거든."

"타인 앞에서 무릎을 꿇지 않으려는 내가 어째서 베토벤의 「전원 교향곡」 앞에 고개를 숙이지?"

"「전원 교향곡」은 너무 진부해."

"그렇지 않아. 베토벤이 어디에서 영감을 얻은 줄 알아? 하이든의 104번 교향곡이야."

"그리고 모차르트 41번."

"사실이야. 그런데 베토벤은 교향곡을 아홉 곡밖에 완성하지 못했어. 왜냐하면 아홉 곡이 모두 다른 수준의 도덕적 복잡성을 내재하고 있거든."

"도덕적?"

"도덕적."

"글로 써 봐."

"예술 작품의 진화를 눈여겨보지 않으면 우리는 그 작품을 이해할 수 없어." 그는 이를 닦고 입을 헹구어 냈다. 그리고 남은 물기를 수건으로 닦으며 욕실의 열린 문을 통해 소리쳤다. "하지만 예술가의 천재적인 손길은 언제나 필요하지. 그게 예술을 진화하게 만드는 요소이고."

"그럼 그 힘은 사람에게 달렸다는 거네." 침대에 있던 사라가 하품을 가리며 대답했다.

"잘 모르겠어. 판 데르 베이던,[52] 모네, 피카소, 바르셀로.[53] 발토르타 협곡의 동굴에서 출발한 역동적인 선은 끝나지 않고 계속 이어지고 있어. 인류가 존재하기 때문이야."

---

52) 로히어르 판 데르 베이던(Rogier van der Weyden, 1400~1464). 15세기 북유럽에 지대한 영향을 끼친 네덜란드 화가이며 종교화를 주로 그렸다.

53) 미켈 바르셀로(Miquel Barceló, 1957~). 스페인의 조각가, 도예가, 콜라주 기법 화가, 삽화가.

"글로 남겨." 한참이나 차를 마시던 베르나트가 찻잔을 접시 위에 부드럽게 올려놓으며 말했다. "어떻게 생각해?"

"그것은 아름다움일까?"

"뭐라고?"

"그것은 아름다움 탓일까? 아름다움이란 무엇일까?"

"모르겠어. 하지만 언젠가 알게 되겠지. 왜 글로 쓰지 않는 거야?" 베르나트는 그의 눈을 바라보며 다시 말했다.

"인간은 인간 스스로를 파괴하지. 잃어버린 낙원을 상상하기도 하고."

"맞아, 그것은 수수께끼야. 넌 그걸 글로 남겨야 해."

"프란츠 슈베르트의 음악은 더 나은 미래로 나를 데려다줘. 슈베르트는 아주 적은 요소들로 많은 것을 말했어. 고갈되지 않는 선율의 힘을 가졌거든. 행복으로 가득하고 즐거움을 주면서도 힘과 진실을 잃지 않아. 슈베르트는 예술적 진실이고, 우리는 스스로의 구원을 위해 그것에 귀를 기울여야 해. 병약하고 매독을 앓고 무일푼이었다는 사실이 믿기지 않아. 대체 그에게 어떠한 힘이 있는 거지? 우리에 대해 어떠한 힘을 가지는 거야? 나는 여기 당신이 보는 데서 슈베르트의 예술 앞에 무릎을 꿇겠소."

"훌륭합니다, 중위. 아주 섬세한 분이라는 것을 진작 알았습니다."

부덴 박사는 담배를 한 모금 들이마시더니 가느다란 한 줄기 연기를 내쉬었다. 마음속으로 작품 번호 100번의 도입부를 상상하며 그것을 아주 놀라울 만큼 정확하게 허밍으로 따라 불렀다.

"당신과 같은 예민한 귀를 가졌으면 좋겠군요, 중위."

"아닙니다, 별로 대단치 않아요. 피아노를 전공했거든요."

"부러울 따름입니다."

"그다지. 의학과 음악을 공부하는 데 시간을 너무 많이 써서 인생의 많은 부분을 잃어버렸다는 생각이 듭니다."

"제 의견을 이야기하자면 이제 한 번에 되찾게 될 겁니다." 수용소장 회스가 두 팔을 벌리며 말했다. "인생의 절정에 와 있지 않습니까."

"네, 그렇고말고요. 어쩌면 너무 급작스러운 일이지요."

두 남자 사이에 적막이 흘렀다. 그들은 무언가를 조심하는 것 같았다. 의사는 몸을 숙여 재떨이에 담뱃불을 끄며 낮은 목소리로 무언가를 결심한 듯 말했다.

"무슨 일로 저를 찾으셨습니까, 중령?"

그러자 수용소장 회스는 자기 집 벽을 믿지 못하겠다는 듯 똑같이 낮은 목소리로 당신 상관에 대해 이야기할 것이 있습니다고 말했다.

"보이트에 관한 겁니까?"

"그렇소."

침묵이 흘렀다. 그들은 위험을 계산하는 중이었을 것이다. 회스는 우리끼리 이야기니 그에 대해 어떻게 생각하는지 말해 보시오라고 조심스럽게 말을 건넸다.

"그러니까 저는……."

"당신에게 요구하는 것이 있다면…… 그것은 진실함입니

다. 친애하는 중위, 이것은 명령이오."

"그러니까 우리끼리 이야기라면…… 그는 완전히 얼간이입니다."

이 말을 듣고 루돌프 회스는 흡족하게 의자에 등을 기댔다. 그는 부텐 박사의 눈을 바라보며 그 얼간이 보이트를 어디가 되었든 전방에 보내 버리려고 물밑 작업 중이라고 말했다.

"그렇다면 누가……."

"당신이 이끌게 되겠지요, 당연한 말씀을."

잠깐. 음…… 내가 안 될 이유가 없지?

모든 것은 이미 결정되어 있었다. 신과 그 백성들 사이에 중개인 없이 새로운 동맹이 결성되었다. 배경에는 여전히 슈베르트 삼중주가 흐르고 있었다. 부텐 박사가 어색함을 깨기 위해 말했다. 슈베르트가 죽기 겨우 몇 달 전 작곡한 것이 바로 이 위대한 작품인 사실을 아셨습니까?

"글로 써 보라니까. 정말이야, 아드리아."

하지만 라우라가 웁살라에서 돌아오고 학교, 특히 학과 사무실의 일상이 다시 불편해졌기 때문에 이 모든 계획은 당분간 없던 것이 되었다. 그녀는 한층 더 행복한 눈빛을 하고 돌아왔다. 그는 잘 지냈어요? 하고 물었다. 라우라는 미소를 지으며 대답을 생략한 채 15번 교실로 가 버렸다. 이를 두고 아드리아는 응, 잘 지내는 것 같군 하고 여겼다. 그리고 여전히 아름다웠다. 더 아름다워졌다. 파레라에게 한 학기만 빌린 책상에 앉은 아드리아는 아름다움에 대해 쓰고자 했던 글로 다시 돌아가려 했는데 쉽지 않았다. 이유는 몰랐지만 글을 생각할수록 정신은 산만해지고 인생에서 처음으로 수업에 늦기까지 했다. 라우라의 아름다움, 사라의 아름다움, 테클라의 아름다움……. 이들이 글을 쓰는 데 반추할 사항이 될까? 그런가?

"그런 것 같아." 베르나트는 조심스럽게 대답했다.

"여성의 아름다움이란 반박할 수 없는 사실이지. 안 그래?"

"비반코스[54]는 그것을 여성 차별적 접근이라고 할 거야."

"그건 잘 모르겠네." 베르나트는 혼란스러워하며 침묵에 빠졌다. "한때는 프티 부르주아의 이데올로기라고 했다가 이제는 여성 차별적 관점이라고 다들 이야기하지." 아무도 듣지 못하도록 매우 작은 소리로 말했다. "하지만 나는 여자들이 좋은걸. 아름답잖아. 이 사실만은 확실히 안다고."

"맞아. 그런데 그 얘기를 쓰는 게 좋을지는 잘 모르겠어."

"그나저나 네가 말한 그렇게 예쁘다는 라우라가 누구야?"

"뭐라고?"

"네가 방금 예로 든 라우라 말이야."

"아니야, 나는 페트라르카를 생각하는 중이었어."

"그래서 그게 책으로 나온다고?" 베르나트는 고문서를 살피는 책상 위에 놓인 종이들을 가리키며 말했다. 그들은 마치 아버지의 돋보기 아래 세심한 검증을 기다리는 것 같았다.

"잘 모르겠어. 지금까지 삼십 쪽을 썼는데 어둠을 헤쳐 나가는 느낌이 꽤 즐거워."

---

54) 여기서 비반코스는 실존 인물이 아니다. 자우메 카브레는 자신의 작곡가 친구에 대한 오마주로 이 이름을 사용했다.

"사라는 어떻게 지내?"

"글쎄. 내 맘을 편안하게 해 줘."

"내 말은 그녀가 어떻게 지내냐고. 너한테 어떤 영향을 주는지를 묻는 게 아니라."

"일이 너무 많아. 악트 쉬드 출판사가 열 권짜리 시리즈의 삽화를 부탁했거든."

"그런데 어떻게 지내냐고?"

"잘 지내. 왜?"

"가끔 슬픈 얼굴을 하기에."

"사랑으로도 해결 못 할 것들이 간혹 있는 법이지."

열흘인가 열이틀이 지나 피할 수 없는 그 일이 일어났다. 나는 파레라와 이야기하는 중이었는데 그녀가 갑자기 이봐요, 부인 이름이 어떻게 되죠? 하고 물었다. 그때 라우라는 끙끙거리며 수많은 서류와 생각을 안고 학과 사무실로 들어오는 중이었고, 파레라가 이봐요, 부인 이름이 어떻게 되죠라고 말한 것을 완벽하게 들었다. 나는 체념한 듯 눈길을 내리고 말했다. 사라, 사라라고 합니다. 라우라는 대혼란 상태인 책상에 짐을 내려놓고 앉았다.

"아주 예쁘더라고요. 안 그래요?" 파레라는 계속 말했다. 칼이 내 심장을 후벼 파는 것 같았다. 어쩌면 라우라의 심장이었을지도.

"그렇죠."

"결혼한 지 오래됐나요?"

"아닙니다. 사실 우리는……."

"좋아요, 제 말은 같이 산 지 얼마나 됐냐고요."

"아니요, 얼마 안 됐어요."

취조는 거기서 끝났다. KGB가 준비한 질문을 다 마쳐서가 아니라 그녀가 수업에 가야 했기 때문이었다. 에우랄리에브나 파레로바[55]는 사무실을 떠나며 문을 닫기 전에 말했다. 그녀를 아껴 줘요, 요즘 세상이 참······.

그리고 그녀는 상황의 자초지종을 정확하게 설명할 필요도 느끼지 않으며 살며시 문을 닫았다. 라우라는 자리에서 일어나더니 언제나 복잡한 그녀의 책상에 놓여 있던 서류, 종이, 책, 메모, 다이어리의 한쪽 끄트머리를 잡아 사무실 바닥 한가운데로 모두 쓸어 내던졌다. 굉음이 몰아쳤다. 아드리아는 죄책감 가득한 눈빛으로 그녀를 바라보았다. 그녀는 그를 거들떠보지도 않고 자리에 앉았다. 그때 사무실의 전화벨이 울렸다. 라우라는 전화를 받지 않았다. 단언컨대 전화벨이 울리는데도 누군가 대답을 않는 것만큼 나를 신경질적으로 만드는 일은 없었다. 나는 내 자리로 가서 전화를 받았다.

"여보세요. 네, 잠시만요. 당신 전화예요, 라우라."

나는 수화기를 든 채 말했다. 그녀는 멍한 표정을 하고서 전혀 전화받을 기색을 보이지 않았다. 나는 다시 수화기를 귀에 댔다.

"지금 자리에 없습니다."

---

55) 아드리아는 한참 질문 공세를 펼친 파레라를 소련의 KGB 요원이라 상상하며 이름을 러시아식으로 고쳐 부르고 있다.

그제야 라우라가 수화기를 들더니 말씀하세요라고 말했다. 나는 전화를 내려놓았고 그녀는 이런, 너구나, 어쩐 일이야! 했다. 그리고 맑은 목소리로 웃음을 터뜨렸다. 나는 예술과 미학에 대해 쓰고 있던 원고를 챙겨 얼른 자리를 떴다.

"생각할 시간이 필요합니다." 자리에서 일어나 흠잡을 데 없는 제복의 매무새를 고치며 부덴 박사가 말했다. "내일 유대인들이 새로 들어오거든요." 그는 회스 중령을 바라보며 미소 지었다. 말뜻을 이해하지 못하리라는 사실을 알고 있었다. "예술이란 말로 설명하기 어려운 것이지요." 그가 집주인을 가리키며 말했다. "최선의 설명을 해 보자면 예술가가 인류를 향해 사랑을 드러내는 방식이라고 할 수 있죠. 어떻게 생각하십니까?"

박사는 그가 여전히 자기 말을 천천히 곱씹고 있으리라 생각하며 수용소장의 집을 나섰다. 바깥에서 추위에 꽁꽁 싸여 천사 같은 슈베르트의 삼중주 100번의 마지막이 어렴풋이 흘러나오는 소리를 들었다. 이 음악이 없다면 인생은 끔찍할 겁니다, 집주인에게 말해 주었어야 한다.

『미적 의지』를 거의 완성했을 때 내 삶은 시원찮은 방향으로 흘러가고 있었다. 교정쇄들, 원문에 살을 더 입히도록 나를 자극한 독일어 번역, 역시나 작은 뉘앙스들을 첨가하고 수정하도록 영감을 불어넣은 카메네크 선생의 내 번역에 대한 논평이 모두 나의 평정심을 흔들어 놓았다. 나는 내가 출판하게 될 책에 만족할지 걱정되었다. 사라, 당신에게 수없이 말한 것 같은데 이 책은 내가 가장 좋아하는 책이야. 가장 잘된 책인지는 모르지만 어쨌든 가장 좋아하는 책이야. 그리고 당신을 그토록 괴롭힌 나의 불만 가득한 영혼의 명령을 따르던 시절, 사라가 내 마음에 평온을 가져다주고 라우라가 나를 모른 척하던 시절 아드리아 아르데볼은 스토리오니를 연습하는 데 집착하게 되었다. 근심을 숨기는 데 그보다 더 좋은 방법은 없었다. 그는 트루욜스의 수업 중 가장 힘들었고 만예우의 수업 중 가장 불쾌했던 순간으로 되돌아 갔다. 몇 개월 후 그는 장마리 르클레르의 소나타 3번과 4번을 함께 연주하기 위해 베르나트를 초대했다.

"왜 르클레르야?"

"글쎄. 좋아서. 그리고 내가 연습했으니까."

"보이는 만큼 쉽지 않아."

"어쨌든 같이 연주할 거야 말 거야?"

몇 달 동안 금요일 오후면 집이 두 친구의 바이올린 소리로 가득했다. 주중에는 글쓰기를 마친 아드리아 혼자서 레퍼토리를 연습했다. 삼십 년 전 그랬던 것처럼.

"삼십 년?"

"혹은 이십 년. 하지만 이제는 네 실력을 따라잡을 방법이 없어."

"야, 당연한 소리를. 나는 이것밖에 한 게 없는데."

"네가 부러워."

"지금 장난하는 거야."

"정말 네가 부러워. 너처럼 연주할 수 있으면 좋겠어."

마음속 깊은 곳에서 아드리아는 『미적 의지』에서 다소 거리를 두려는 생각이었다. 책을 쓰도록 영감을 불러일으킨 예술 작품들로 돌아가고 싶었다.

"좋아, 하지만 왜 르클레르야? 쇼스타코비치가 아니고?"

"내 능력 밖의 작품이야. 왜 네가 부럽다고 하겠어?"

이제 스토리오니와 투베넬, 두 바이올린이 집을 그리움으로 가득 채우기 시작했다. 인생을 새롭게 시작할 수 있는 것처럼, 그들에게 새로운 기회를 주려는 것처럼. 나에게 새로운 인생이란 내 부모가 아닌 다른 부모를 만나는 거였다. 아주 다르고 아주…… 그리고…… 정확히 잘 모르겠다. 그럼 너는? 어떻게 생각해?

"뭐라고?"

활을 지나치게 힘주어 잡고 있던 베르나트가 다른 쪽을 바라보며 말했다.

"넌 행복해?"

베르나트가 소나타 2번을 시작했고, 나는 반강제로 끌려갈 수밖에 없었다. 하지만 연주가 끝났을 때(내가 세 번의 처참한 실수를 했는데 베르나트는 한 번밖에 꾸짖지 않았다.) 내가 다시 공격을 시작했다.

"이봐."

"뭐."

"행복하냐고 물었잖아?"

"아니. 너는?"

"아니."

다음으로 나는 소나타 1번을 연주했다. 내 부분의 연주는 훨씬 나빴다. 끊지 않고 끝까지 연주하는 데는 성공했다.

"테클라하고는 요즘 어때?"

"그럭저럭. 사라하고는?"

"그럭저럭."

꽤 긴 침묵이 이어졌다.

"음…… 테클라…… 잘 모르겠어, 언제나 나한테 화가 나 있거든."

"언제나 딴 세상에 살고 있으니까 그렇지."

"누가 할 소리."

"알아, 하지만 테클라와 결혼한 사람은 내가 아니야."

다음으로 우리는 비에니아프스키의 작품 번호 18번 중 에 튀드 카프리스 몇 곡을 연주했다. 1바이올린 파트를 연주한 불쌍한 베르나트는 땀에 흠뻑 젖어 연주를 마쳤다. 그가 퉁명 스럽게 세 번이나 핀잔을 주었지만 나는 만족했다. 그는 마치 그의 원고를 비판하던 튀빙겐에서의 나 같았다. 정말 부러웠 다, 정말. 내 글솜씨를 그의 음악적 재능과 바꿀 수 있다면 그 렇게 한다고 베르나트에게 말했다.

"그럼 나는 그 교환을 받아들일 거야. 아주 기쁘게 말이지, 어때?"

우리가 활기차게 웃지 않았다는 점이 가장 걱정스러웠다. 우 리는 그저 시계를 쳐다보았다. 바깥에 어둠이 내리고 있었다.

박사가 예견한 대로 밤은 짧았다. 아침 7시에 첫 번째 화물 수송 차량이 도착했다. 아직 어두울 때였다.

"이 여자." 부덴이 바라바스 중사에게 말했다. "저기 두 명."

그리고 곧 실험실로 돌아갔다. 일이 지나치게 많았기 때문이다. 실험실로 돌아간 데는 좀 더 칙칙한 이유도 있었다. 여자와 아이들이 양 떼처럼, 반항하고자 하는 인간으로서의 존엄 따위는 없이 질서 정연하게 전진하는 모습을 보고 마음 깊은 곳에서 분노가 일었다.

"안 돼, 놔주란 말이에요!" 바이올린 케이스 같은 짐을 어린 아이인 양 안고 있던 노파가 말했다.

부덴 박사는 그들의 다툼을 그냥 두었다. 그 자리를 떠날 때 보이트 박사가 간부 식당에서 나와 소란이 이는 곳으로 향하는 모습을 보았다. 콘라드 부덴은 언제나 그곳의 소란을 즐기는 편인 상관을 향한 혐오의 눈빛을 감추려고 하지 않았다. 부덴은 조용히 사무실로 돌아갔다. 곧 루거의 총탄이 발사되는 소리를 들었다.

"출신은?" 서류에서 눈을 떼지 않고 거친 목소리로 말했다. 결국 그는 고개를 들어 바라보았다. 어린 벙어리 소녀가 당황해서 그를 빤히 쳐다보았다. 손에 든 지저분한 손수건을 비틀고 있어 부덴 박사는 신경이 곤두서기 시작했다. 그는 목소리를 높였다.

"좀 가만히 있어 줄래?"

소녀는 멈추었다. 하지만 여전히 혼란스러워하는 표정이었다. 의사는 한숨을 내쉬더니 다시 숨을 들이켜고 인내심을 장전했다. 그때 책상 위의 전화가 울렸다.

"네?/ 네, 히틀러 만세.(독일어)/ 누구 말입니까?" 당황했다./ "그녀를 바꿔 봐. (……)" "히틀러 만세.(독일어) 여보세요." 재촉하듯 말했다. "네, 그런데요?(독일어)/ 또 무슨 일입니까?" 짜증이 커졌다./ "그 로타르라는 자가 누굽니까?" 화가 났다./ "아!" 호들갑을 떨었다. "비굴한 프란츠의 아비 말인가요?/ 그래서 원하는 게 뭡니까?/ 누가 잡아갔습니까?/ 그런데 이유가 뭡니까?/ 이런…… 저기 나는 정말……./ 지금 굉장히 바쁘단 말입니다. 모두를 위험에 빠뜨릴 작정이십니까?/ 무슨 잘못을 저질렀겠죠./ 이봐요, 헤르타. 누군가는 책임을 져야죠."

그는 더러운 손수건을 쥔 소녀를 아래위로 훑어보았다.

"네덜란드인?"(독일어) 그가 말했다. 그리고 전화에 대고 말했다. "당신 사정은 잘 모르겠지만 난 일하는 중입니다. 그런 쓸데없는 데 신경 쓰기에는 너무 바쁘단 말이죠. 히틀러 만세!(독일어)"

그리고 전화를 끊었다. 그는 소녀를 바라보며 대답을 기다렸다.

마치 네덜란드인(독일어)이 처음으로 알아들은 단어란 듯 소녀는 고개를 끄덕였다. 부텐 박사는 독일어를 쓰고 있지 않다는 사실을 아무도 알아채지 못하도록 목소리를 낮추었다. 그가 사촌들이 사용하는 네덜란드어로 고향을 묻자 소녀는 안트베르펜이라고 대답했다. 그녀는 플란데런 사람이며, 아렌베르흐가에 살았다고 말하려 했다. 누군가에게 붙잡혀 간 아버지가 어디에 있는지도 묻고 싶었다. 하지만 입을 벌리고 서서 소녀는 그녀에게 미소 짓고 있는 박사를 자세히 살폈다.

"너는 내가 시키는 대로만 하면 돼."

"여기가 아파요." 소녀는 자신의 목 뒤를 가리켰다.

"그건 별것도 아니다. 자, 이제 내 말을 들어."

그녀는 호기심을 나타내며 그를 바라보았다. 박사는 강조해서 말했다.

"내가 시키는 대로 해야 한다. 알겠니?"

소녀는 고개를 저었다.

"그럼 네 코를 도려내는 수밖에 없어. 이제 무슨 말인지 알지?"

그는 겁에 질린 소녀를 참을성 있게 바라보았다. 그녀는 미친 듯이 고개를 끄덕였다.

"몇 살이지?"

"일곱 살 반이요." 나이가 더 들어 보이도록 과장된 몸짓을 하며 대답했다.

"이름이?"

"아멜리아 알패르츠. 아렌베르흐가 22번지. 3층."

"그만, 그만."

"안트베르펜."

"그만하라고 했잖아!" 그는 신경이 곤두섰다. "그리고 그 손수건을 뺏기고 싶지 않으면 그만 만지작거리란 말이야."

소녀는 시선을 내리며 자신도 모르게 손을 등 뒤로 가져갔다. 푸른색과 흰색 체크무늬 손수건을 숨기려고, 혹은 그것을 지키려고 했는지도 모른다. 소녀는 눈물을 그칠 줄 몰랐다.

"엄마." 아이는 낮은 목소리로 애원했다.

부덴 박사가 손가락을 딱 하고 튕기자 뒤쪽 벽을 짚고 서 있던 쌍둥이 중 하나가 거칠게 소녀를 움켜잡았다.

"준비시켜." 의사가 말했다.

"엄마!" 소녀가 소리쳤다.

"자, 다음!" 박사는 책상 위 파일에서 고개를 들지 않은 채 말했다.

"네덜란드인?"(독일어) 푸른색과 흰색 체크무늬 손수건을 가진 소녀는 이 질문을 다시 들었다. 그들은 약품 냄새가 심하게 풍기는 방으로 그녀를 들여보냈고, 나는 무엇을 해야 할지 몰랐다. 어떠한 변명도 설명도 하지 못했다. 라우라가 나에게 요구하지 않았기 때문이다. 그녀는 차분하게 당신은 파렴치한 거짓말쟁이예요, 다른 여자는 없다고 했잖아요라고 말할 수도 있는 일이었다. 당신은 비겁해요라고도. 나를 아직도 이용해 먹으려 하는군요라고도. 하자고 들면 할 말이 많을 터였다. 하지만 그러지 않았다. 연구실의 일상은 평소와 같이 흘러갔다. 몇 달 동안 나는 그곳에 거의 들르지 않았다. 우리는 회랑에서 몇 번 마주쳤고, 아니면 바에서 서로의 모습을 확인했다. 나는 투명 인간이 되어 있었다. 적응하기 쉽지 않은 일이었다. 사라, 용서해 줘, 당신한테 진작 이 이야기를 하지 않은 것을 말이야.

콘라드 부덴 박사는 정말 바쁜 한 달을 보낸 후 안경을 벗고 눈을 비볐다. 완전히 녹초가 되었다. 책상 앞에서 발뒤꿈치를 쿵쿵거리는 소리가 들려 고개를 들었다. 바라바스 중사가 강직하고, 단호하고, 언제나 준비된 상태로 명령을 기다리며 서 있었다. 박사는 피곤한 몸짓을 하며 담당의 아리베르트 보이트라는 이름이 또렷하게 보이는 빽빽한 파일을 가리켰다. 바라바스는 그것을 집어 들었다. 부하가 굽 소리를 세게 내며 걷자 박사는 머리 위로 밟고 지나가는 것처럼 머리를 절레절레 흔들었다. 바라바스는 상세한 보고서를 들고 그곳을 떠났다. 그 보고서에 따르면 힘줄을 바깥으로 노출시키고 그것을 잘라 바우어 박사의 연고를 바른 후 봉합 없이 재생이 가능한지 여부를 관찰하는 무릎 힘줄 재생 실험에서 안타깝지만 그들이 예상했던 대로 어른과 아이 중 성공한 사례가 한 건도 없었다. 노년층에서는 효과를 기대하지 않았으나 신체 기관이 아직 성장 중인 아이들은 바우어의 연고를 발랐을 때 효과가 굉장할 수 있다고 기대했던 터다. 실험의 실패로 이 기적과 같은 의약품을 자랑스레 인류에게 제공할 기회는 끝이 났다. 안타깝기 짝이 없군. 만일 성공했다면 바우어, 보이트, 그리고 그에게 주어지는 이득이 자랑스러운 정도가 아니라 상상을 못할 정도였을 것이다.

이번만큼 끝맺음이 힘든 실험은 없었다. 신음하는 작은 기니피그들을 몇 달간 지켜본 끝에 바우어 연고로 치료한 연골이 긍정적인 반응을 보이리라는 기대가 헛된 것임을 인정해야 했다. 창백한 피부의 소년, 혹은 테베, 테베, 테베,[56] 하며 침대 구석에서 전혀 움직이려 들지 않다가 그곳에서 최후를 맞은 소년, 결국 목발 없이는 제대로 설 수 없었던 그 더러운 손수건을 든 망할 소녀는 그들이 진정제를 주사하지 않았을 때

---

56) 리투아니아어로 Tève는 '주여'라는 의미다.

귀가 찢어지도록 고함을 질러 모든 관계자들을 엿 먹였다. 그들은 이미 꽤 많은 실험에 대한 책임과 상관의 거친 압박으로 일이 많았는데도 말이다. 멍청한 상관은 요직에 많은 친구를 두었는지 회스조차 그를 다른 전방으로 보내 더 이상 골칫거리가 되는 것을 막는 데 실패했다. 스물여섯 마리의 기니피그들, 소년 소녀들, 그리고 재생되지 않은 세포 조직을 바탕으로 내려진 결론을 마지못해 바우어 교수에게 내밀었다. 그러던 어느 날 보이트 박사는 우편 수송용 항공편을 이용해 아무런 작별 인사 없이 그곳을 떠나 버렸다. 매우 이상한 일이었다. 실험을 계속하는 방법에 대한 아무런 지침도 남기지 않았기 때문이다. 부덴 박사는 그날 늦게 러시아의 붉은 군대가 빠르게 진격해 오고 있으며 독일의 방어 전선이 전혀 효율적이지 못하다는 충격적인 소식을 듣고서야 보이트의 의도를 알았다. 수용소의 의료 담당 최고 책임자로서 그는 모든 것을 흔적 없이 정리할 때라고 결정했다. 우선 바라바스의 도움을 받아 내리 다섯 시간 동안 문서와 사진을 태웠다. 누군가가 비르케나우에서 더러운 손수건을 간절히 붙잡고 있던 어린 소녀에게 생체 실험을 했다는 의심을 사지 않도록 문서로 된 증거를 모조리 파괴했다. 믿기에는 너무나 사실이 끔찍했기 때문에 그들에게 가해진 어떠한 고통의 흔적도 남지 않았다. 모든 것이 불타는 가운데 얼간이 자식 바라바스는 여전히 이를 어째, 수많은 시간과 수고가 연기처럼 날아가 버렸네 하며 계속 혀를 끌끌 찼다. 그리고 둘 중 누구도 그곳 실험실로부터 200미터 떨어진 곳에서 연기가 되어 사라져 간 수많은 사람들을 생

각하지 않았다. 또 분명히 조사 팀에서 위생부로 보낸 문서가
어디엔가 있을 테지만 다들 자기 살길을 찾느라 바쁜 가운데
아무도 그 문서에 신경을 쓰지 않았다.

밤의 어두움에 기대어 부덴은 여전히 검댕이 묻은 손을 하
고 충성스러운 바라바스와 함께 기니피그 숙소로 들어갔다.
아이들은 2층 침대에 누워 있었다. 그는 특별한 설명 없이 아
이들의 심장에 주사를 놓았다. 무슨 주사인지 물어보는 한 소
년만은 예외였다. 무릎의 아픔을 가라앉혀 주는 거란다. 다른
아이들은 드디어 죽음을 맞는다는 사실을 자각하며 죽어 갔
을지도 모른다. 새까맣고 지저분한 손수건을 쥔 소녀는 잠들
지 않고 말짱하게 깨어 비난하는 눈빛으로 그를 맞이한 유일
한 아이였다. 소녀도 왜죠라고 물었다. 그런데 소녀가 묻는 방
식은 약간 달랐다. 아이는 이유를 물어보고 나서 그의 눈을 똑
바로 쳐다보았다. 몇 주 동안 고통을 겪은 아이는 두려움을 모
르는 듯했고, 바라바스가 주사를 놓기에 알맞은 자리를 찾도
록 침대에 바로 앉아 셔츠를 벌렸다. 하지만 부덴 박사를 바라
보며 왜 주사를 놓는지 물었다. 이번에는 그가 마지못해 시선
을 피했다. 왜죠.(영어) 왜요.(네덜란드어) 아이는 엄습하는 죽
음으로 입술이 새까맣게 물들 때까지 물었다. 일곱 살 소녀가
죽음 앞에서 당황하지 않는 것은 아주 절박하고 황폐해졌기
때문이다. 그 같은 평정심을 달리 설명할 길이 없다. 왜요.(네
덜란드어)

다음 날 아침으로 예정된 수용소장과 보직 없는 여러 장교
들의 도주 준비를 마치고 나서 부덴 박사는 지난 몇 달 동안

처음으로 숙면을 취하지 못했다. 왜요(네덜란드어) 탓이었다. 그리고 그 얇고 점점 거무스름해지던 입술 탓이었다. 바라바스 중사가 그의 제복 위로 주사를 놓고 있었다. 점차 어두운 색을 띠는 입술은 웃음을 머금은 채 다가오는 죽음을 예견하고 있었다. 그러나 그 꿈이 계속되었기 때문에 그는 절대 죽지 않았다.

다음 날 아침 스무 명의 장교들과 부하들은 비르케나우와 멀리 떨어진 어딘가를 향해 출발했다. 수용소의 총책임자 루돌프 회스가 알아차리기 전에 아주 조용히 움직였다. 그들 사이에 부덴과 바라바스가 끼어 있었다.

바라바스와 부덴 박사는 운이 좋은 편이었다. 혼란을 틈타 자신의 일터와 붉은 군대를 피해 멀리 달아날 수 있었기 때문이다. 그들은 우크라이나 전선에서 도착하는 길인 군인 행세를 하며 영국군을 속일 수 있었다. 만일 살아남는다면 하루빨리 전쟁을 끝내고 집에 돌아가 부인과 아들을 보고 싶어 하는 군인 행세를 했다. 부덴 박사는 틸베르트 헨슈라는 이름을 지어냈다. 네, 슈투트가르트 출신입니다, 대장, 그런데 아무런 서류도 없습니다. 항복하면, 잘 아시지 않습니까. 대장, 집으로 돌아가고 싶습니다.

"사는 곳은 어딥니까, 콘라드 부덴 박사?" 그가 진술을 마치자 취조를 맡은 군인이 물었다.

부덴 박사는 입을 벌리고 그를 바라보았다. 생각해 낸 대꾸라고는 아주 놀라서 뭐라고요? 하는 게 다였다.

"사는 곳이 어디냐고 물었습니다." 영국군 중위가 끔찍한 억양으로 물었다.

"뭐라고 했습니까? 절 뭐라고 불렀습니까?"

"부덴 박사."

"하지만……."

"당신은 전방에 간 적이 없습니다, 부덴 박사. 더구나 동부 전선에는 말이지요."

"왜 나를 박사라고 부릅니까?"

영국군 중위는 책상에 놓인 파일을 펼쳤다. 군 관련 서류였다. 모든 것을 기록으로 남겨 통제하려던 광적인 집착의 결과였다. 조금 어렸지만 분명히 그였다. 무엇을 바라본다기보다 구멍을 뚫어 버리려는 눈빛이었다. 콘라드 부덴 박사, 1938년 졸업, 외과 전공. 이런, 전문가 수준의 피아노 연주 실력. 대단하군요, 박사.

"그것은 잘못되었습니다."

"그럼요, 박사. 아주 큰 잘못이고말고요."

최후의 기적이었는지 누구도 그가 아우슈비츠 비르케나우와 관련 있을 것이라고 생각하지 못해 오 년의 징역이 선고되었고, 삼 년이 되었을 때 부덴 박사는 처음으로 울기 시작했다. 그는 한 번도 외부인의 방문을 받지 못한 몇 안 되는 수감자 중 한 명이었다. 부모는 슈투트가르트 폭격 때 사망했고, 그가 다른 친척들에게 자신의 소재를 알리고 싶어 하지 않았기 때문이다. 특히 베벤하우젠에 있는 친척들에게는 알리고 싶지 않았다. 방문객은 필요 없었다. 유별나게 며칠씩 불면증에 시달리기 시작하자 이후에는 더욱 그랬다. 그는 벽을 쳐다보며 하루하루를 보냈다. 상한 우유를 한 모금 들이켜듯 얼굴들이 나타났다. 비르케나우의 의학 연구소에서 보이트 박사 밑에 있을 때 그를 거쳐 간 환자들의 얼굴이 하나하나 떠올랐다. 그는 최대한 많은 얼굴들, 신음들, 눈물들, 공포에 질린 비명들, 그리고 아무것도 놓이지 않은 책상 앞에 앉아 몇 시간이고 움직이지 않던 순간들을 기억하고자 노력했다.

"무슨 일이오?"

"사촌인 헤르타 란다우가 여전히 당신을 만나고 싶어 하는군요."

"이미 어떠한 방문도 사양하겠다고 말씀드렸잖습니까."

"감옥 앞에서 단식 중입니다. 당신이 만나 줄 때까지 계속하겠답니다."

"아무도 만나고 싶지 않소."

"이번에는 강제로라도 만날 수밖에 없을 겁니다. 우리는 바깥에서 소란이 발생하는 것을 원치 않거든요. 또 당신 이름이 신문에 나기 시작했고요."

"나한테 강제할 수는 없을 거요."

"할 수 있고말고요. 자네 둘, 이자의 팔을 잡고 데려가게. 미친 여자의 소란을 제발 좀 끝내 보자고."

그들은 부덴 박사를 면회실에 집어넣었다. 세 명의 무표정한 호주 군인 앞에 그를 앉혔다. 박사는 기다리는 오 분이 굉장히 길게 느껴졌다. 그리고 문이 열리자 나이 든 헤르타가 들어와 천천히 탁자를 향해 걸어왔다. 부덴은 눈길을 아래로 향했다. 여자는 그 앞에 섰다. 세 뼘 정도 되는 탁자를 사이에 두고 둘은 마주 보고 있었다. 그녀는 앉지 않았다. 로타르와 나를 대표해서라고 말했을 뿐이었다. 그러자 부덴이 고개를 들었고, 그를 향해 몸을 숙이고 있던 헤르타 린다우는 그의 얼굴에 침을 뱉었다. 더 이상 아무 말 없이 그녀는 몸을 돌려 떠났다. 수년의 세월을 털어 낸 듯 약간 더 활기를 띠고 있었다. 부덴 박사는 얼굴을 닦지 않고 가만히 있었다. 그를 끌어내라는 거친 목소리가 들릴 때까지 한동안 멍한 눈빛으로 먼 곳을 바라보았다. 이 썩은 고기를 끌어내라는 소리를 들었다고 생각했다. 방에 돌아와 다시 혼자가 된 그의 앞에 상한 우유가 입에 고이듯 환자들의 얼굴이 나타나기 시작했다. 급격한 감압 실험의 대상이었던 열세 명부터 피부 이식에 거부 반응을 일으킨 자들, 감염으로 목숨을 잃은 자들, 바우어 연고의 효능 입증을 위해 희생된 아이들까지. 가장 자주 떠오른 얼굴은 왜 그렇게 고통이 심한지도 모른 채 왜죠.(네덜란드어)라고 묻던 작은 플란데런 소녀였다. 그는 예배를 드리듯이 빈 탁자 앞에 앉아 아무렇게나 잘려 가장자리가 너덜너덜해진 푸른색과 흰색 체크무늬를 겨우 알아볼 수 있는 더러운 헝겊 조각을 펼쳐 놓는 것이 습관이 되었다. 눈을 깜빡이지 않고 더 이상 견딜 수 없을 때까지 그것을 뚫어지게 쳐다보았다. 마음속에서 느껴지는 공허가 너무나 강렬하여 울음을 터뜨릴 수조차 없었다.

매일, 오전과 오후에 같은 동작을 반복하는 가운데 몇 달이 흘러 감옥 생활이 삼 년째에 접어들자 그의 의식은 점점 구멍이 생겼다. 신음, 고함, 흐느낌, 공포에 질린 눈물 이외에 얼굴들의 냄새를 기억하기 시작했다. 그리고 이십이 일 동안 깨어 있다가 너무 많은 빛을 보고 눈이 망가져 죽음에 이른 다섯 명의 라트비아인들처럼 밤에 더 이상 잠들지 못하는 지경에 이르렀다. 그러더니 어느 날 밤 눈물을 흘리기 시작했다. 콘라드는 열여섯 살이 되던 해 지그리트에게 데이트를 신청했다가 그녀의 경멸 섞인 시선을 받은 이후 울어 본 적이 없었다. 눈물은 너무 걸쭉한 듯 천천히 흘러내렸다. 아니면 너무 오랜 시간 눈물이 말랐던지라 흐르기를 망설였는지도 모른다. 한 시간쯤 뒤 눈물은 여전히 느리게 흐르고 있었다. 그리고 감방 바깥으로 새벽의 붉은 손이 어두운 하늘을 물들였을 때 끝없는 흐느낌을 토했다. 그의 영혼은 왜,(네덜란드어) 어떻게 그럴 수가 있는가, 왜,(독일어) 그 슬프고 커다란 눈 앞에서 어떻게 눈물 흘릴 생각을 하지 않았는가, 왜입니까, 나의 하느님(독일어)을 외쳤다.

"예술 작업은 끝없는 고독과 같다고 릴케가 말했다."

서른일곱 명의 학생들은 그를 말없이 바라보았다. 아드리아 아르데볼 교수는 일어나더니 연단을 내려와 천천히 계단을 몇 칸 올라갔다. 덧붙이고 싶은 말은? 그가 물었다.

없었다. 아무도 대답이 없었다. 예술 작업은 끝없는 고독이라는 말로 그들을 자극해도 내 학생들은 아무런 할 말이 없었다. 만일 그들에게 예술 작품이란 이성이 절대로 지배할 수 없는 수수께끼와 같다고 말한다면?

"예술 작품이란 이성이 절대로 지배할 수 없는 수수께끼와 같다."

이제 그의 걸음은 교실 한가운데를 향하고 있었다. 몇몇이 그를 향해 고개를 돌렸다. 프랑코가 죽은 지 십 년이 지나 학생들은 모든 것에, 질서 없이, 헛되게, 하지만 열정적으로 덤벼들었던 그 마음속 불꽃을 잃어버린 듯했다.

"사물과 삶의 숨겨진 현실은 아무리 이해할 수 없는 것이더라도 예술의 도움이 있을 때 거의 해독이 가능하다." 그들 모두와 시선을 마주치고자 몸을 돌려 학생들을 바라보았다. "수수께끼 같은 시에는 해결되지 않은 갈등의 목소리가 메아리치지."

학생 하나가 손을 들었다. 짧은 머리를 한 소녀였다. 손을 들었다! 어쩌면 말씀하신 그 이해 불가능한 것들이 다음 날 시험에 나오는지 물어볼 것이다. 혹은 화장실에 가기 위해 허락을 구하거나. 아니면 인간이 객관적인 세상을 건설하겠다고 거부해 버린 모든 것을 예술을 통해 회복할 수 있는지 물어볼지도.

그는 그 소녀를 가리키며 말했다. 네, 말해 보세요.

"당신의 혐오스러운 이름은 인류를 악으로 몰아넣은 끔찍한 역사에 기여한 자로 영원히 기억될 거요." 그는 맨체스터 억양의 딱딱한 영어로 말했다. 상대가 이해했는지는 별로 개의치 않는 모습이었다. 때 묻은 손가락으로 서류를 가리켰다. 부덴은 눈썹을 움찔거렸다.

"여기에 서명하시오." 하사관은 자신이 지어낸 것 같은 독일어로 재촉하듯 말했다. 그리고 정확한 지점을 가리키기 위

334

해 더러운 손가락으로 서류를 톡톡 쳤다.

부덴은 서명한 후 서류를 돌려주었다.

"당신은 이제 자유입니다."

자유라. 감옥을 나오자 그는 다시 도주했다. 이번에도 특별한 목적지는 없었다. 그렇지만 발트해 연안의 꽁꽁 얼어붙은 마을에 있는 초라한 카르투지오 수도회 보호소에 들렀다. 숙식을 허락해 준 조용한 집의 화롯불을 뚫어지게 바라보며 겨울을 보냈다. 살기 위해 집과 근처 마을의 허드렛일을 맡아 했다. 괜히 교육받은 사람임을 드러내어 주목받고 싶지 않아서 말을 아꼈고, 피아노 연주자이자 외과의 손을 단련하기 위해 열심히 일했다. 묵고 있는 집에서도 말을 많이 하지 않았다. 주인 부부가 망할 히틀러의 망할 전쟁 중에 러시아 전선에서 외동아들 오이겐을 잃고 슬픔에 잠겨 있었기 때문이다. 부덴에게 겨울은 유난히 길었다. 그는 모든 잡일을 해 주는 대신 죽은 아들의 방을 썼다. 그곳에서 이 년 동안 지내며 마치 바로 옆 카르투지오 수도원의 수사처럼 정말 필요할 때를 제외하고는 아무에게도 말을 건네지 않았다. 혼자 산책을 했고, 핀란드만의 칼바람을 맞았고, 아무도 보지 않을 때 혼자 울었으며, 자신을 갉아먹는 이미지들이 부당하게 사라지는 것을 절대 허용하지 않았다. 기억 속에서 참회하고 있었기 때문이다. 이 년간의 긴 겨울 끝에 그는 우제돔의 카르투지오 수도원을 향해 떠났다. 문을 지키는 수사에게 무릎을 꿇고는 고해 성사를 원한다고 말했다. 흔치 않은 부탁에 잠시 망설이더니 그들은 고해 성사 신부를 지정해 주었다. 침묵에 익숙한 노인은 회색 눈동자를 지녔고 세 단어 이상을 연이어 말할 때마다 리투아니아 억양이 아주 희미하게 묻어 나왔다. 제3시를 알리는 종소리가 들리자 부덴은 고개를 숙인 채 단조로운 목소리로 아주 사소한 것 하나도 빠뜨리지 않고 말했다. 가엾은 신부의 충격 가득한 눈빛이 목덜미를 찌르는 것을 느낄 수 있었다. 고해 성사가 시작된 지 한 시간이 지나 신부가 처음으로 말문을 열었다.

"아들이여, 당신은 가톨릭을 믿습니까?" 그가 물었다.

고해 성사가 이어지는 네 시간 내내 신부는 한마디도 하지 않았다. 어느 순간 부덴은 신부가 조용히 흐느끼고 있다고 생각했다. 저녁 기도를 위한 종이 울렸을 때 신부는 떨리는 목소리로 말했다. 당신의 죄를 용서합니다.(라틴어) 그는 나머지 기도문을 중얼거리며 떨리는 손으로 십자가를 그어 보였다. 종소리의 반향에도 불구하고 다시 침묵이 흘렀다. 하지만 회개인은 자리에서 움직이지 않았다.

"제 죄가 씻어진 것인지요, 신부님?"

"그분의 이름으로……." 신의 이름을 헛되게 부를 수 없었다. 그는 어색한 기침을 하더니 계속했다. "그것을 속죄하는…… 속죄할 수 있는 것은…… 그저 회개하시오, 나의 아들이여. 회개하시오, 아들이여. 회개하여야 합니다……. 내 깊은 마음속에 어떤 생각이 드는지 아십니까?"

부덴은 괴로웠지만 다소 놀라 고개를 들었다. 고해 신부가 부드럽게 한쪽으로 고개를 기울이고 나무의 갈라진 틈을 바라보았다.

"무슨 생각을 하십니까, 신부님?"

부덴은 나무 틈을 바라보았다. 차츰 어두워지는 불빛에 정확한 형체를 알아보기 어려웠다. 그는 고해 신부를 바라보고 숨을 내쉬었다. 참회자가 바라보자 신부는 시선을 피했다. 신부님? 그가 말했다. 신부님? 그러자 신부는 신음 소리를 내며 테베, 테베! 하고 침대 안쪽에서 소리치던 리투아니아 소년 같아 보였다. 고해 신부가 죽어 아무리 간절히 애원해도 그는 더 이상 부덴을 도와줄 수 없었다. 부덴은 몇 년 만에 처음으로 기도를 올리기 시작했다. 자격 없는 구원을 간청하는 새로 지어낸 기도였다.

"솔직히 시라든가 노래는…… 저에게 그런 생각을 불러일으키지 않아요."

그녀가 강의 내용이 시험에 나오는지 질문하지 않아서 아드리아는 기분이 들떴다. 심지어 눈에서 빛이 났다.

"좋아요. 그럼 어떤 생각을 불러일으키죠?"

"아무것도요."

웃음소리가 들렸다. 웃는 소리에 약간 화가 난 듯 소녀는 고개를 돌렸다.

"조용." 아드리아가 말했다. 그는 짧은 머리의 소녀를 바라보며 계속 말하도록 격려했다.

"그러니까……." 그녀가 말했다. "저를 생각하게 하지 않아요. 제가 설명할 수 없는 감정을 불러일으키지요." 부드러운 목소리로 말했다. "가끔……." 더욱 부드러운 목소리로 "저를 울게 만들어요."

이번에는 아무도 웃지 않았다. 그리고 삼사 초간 이어진 침묵의 시간은 그 수업에서 가장 중요한 순간이었다. 교직원이 문을 열고 수업의 끝을 알려 분위기가 깨졌다.

"예술은 내게 구원입니다, 하지만 인류를 구원할 수는 없습니다." 그는 광적으로 수업에 몰입하고 있는 교수의 모습에 수줍어하며 문을 닫는 교직원을 향해 대답했다.

"예술은 나에게 구원이야, 하지만 인류를 구원할 수는 없지." 그는 거실에서 아침 식사를 하며 사라에게 같은 말을 되풀이했다. 우르젤의 그림도 새로운 아침을 맞이하고 있었다.

"아니야. 인류는 희망이 없어."

"슬퍼하지 마, 내 사랑."

"슬픈 마음이 계속 드는 걸 어떻게 할 수가 없네."

"무슨 일이야?"

"왜냐하면 내 생각에는……."

침묵이 흘렀다. 그는 차를 한 모금 들이켰다. 초인종이 울려서 아드리아는 문을 열러 갔다.

"조심해요, 옆으로 비켜 봐요."

카테리나는 들어오더니 물이 뚝뚝 떨어지는 우산을 들고 화장실로 뛰어갔다.

"비가 오나 봐요?"

"비가 오거나 번개가 내리쳐도 당신은 알아차리지 못할 거예요." 그녀는 화장실에서 말했다.

"언제나 과장이 심해요."

"과장이라고요? 당신은 바닷물을 앞에 두고도 물이 어디 있는지 물을 사람이에요!"

나는 거실로 돌아왔다. 사라는 아침 식사를 마쳤다. 아드리아는 자리를 뜨지 않도록 그녀의 손에 자기 손을 얹었다.

"왜 계속 슬퍼하고 있는 거야?"

그녀는 말을 아꼈다. 푸른색과 흰색 체크무늬가 그려진 냅킨으로 입을 닦고 그것을 천천히 접었다. 나는 카테리나가 집한쪽 구석에서 부산하게 움직이는 소리를 들으며 기다리고 서 있었다.

"왜냐하면 슬퍼하는 것을 멈추었다가는…… 나와 가까운 사람들의 기억에 대해 죄를 짓는다는 생각이 들어. 삼촌이라든가. 그리고…… 목숨을 잃은 사람들이 내 주변에는 많거든."

나는 그녀에게서 손을 떼지 않고 자리에 앉았다.

"사랑해." 내가 말했지. 당신은 슬프고, 평온하고, 아름다운 눈길로 나를 바라보았고. "아이를 가지면 어떨까." 나는 마침내 용기를 내어 말했다.

당신은 소리 내어 말할 엄두를 내지 못하는 것처럼 고개를 저었다.

"왜?"

당신은 눈썹을 추켜세우더니 흠 하고 한숨을 쉬었지.

"생명이란 죽음의 반대잖아, 아니야?"

"그럴 용기가 나지 않아." 안 돼, 안 돼, 안 돼, 안 돼, 안 돼하면서 당신은 고개를 저었다.

나는 아이를 갖자는 내 말에 당신이 왜 그렇게 많은 안 돼를 말했는지 한참 동안 고민했었다. 내 인생에서 가장 안타까운 것 중 하나는 당신을 닮은 딸이 커 가는 모습을 보지 못한 것이다. 그 아이에게는 누구도 가만있어, 젠장이라거나 네 코를 도려내 버릴 거야라고 말하지 않았을 것이다. 왜냐하면 그 아이는 푸른색과 흰색 체크무늬 손수건을 긴장한 듯 만지작거리지 않았을 테니까. 혹은 공포에 질려 테베, 테베를 간절히 외치지 않았을 것이다.

얼어붙은 우제돔의 험난했던 고해 성사 이후 부덴은 화롯불 앞의 의자를 박차고 일어나 발트해 한가운데의 얼음 마을을 뒤로하고 떠났다. 연합군의 진격을 피하기 위해 자신을 믿어 주었던 집주인의 사랑하는 아들 오이겐 뮈스의 신분증을 훔쳤다. 그는 가엾은 고해 신부가 무덤을 나와 흐느끼는 형제들 앞에서 그의 수많은 죄를 나열하며 고발하기라도 할까 두려워하며 세 번째 도주를 시작했다. 그가 정말 두려워한 것은 카르투지오 수도회 사람들도 그들의 침묵도 아니었다. 그들이 허용하지 않은 속죄도 아니었다. 죽음도 아니었다. 그는 자살할 자격도 없다고 생각했다. 악을 바로잡아야 한다고 생각했다. 불멸의 지옥에 떨어지는 것이 마땅하다고 생각했으며, 그것을 피할 자격이 없다고 생각했다. 다만 지옥에 떨어지기 전 할 일이 하나 남아 있었다. "내 아들이여, 당신이 알아야 할 것이 있습니다." 고해 신부는 죄의 사함을 말하기 전, 그리고 자신이 죽기 전엔 끝나지 않을 듯한 긴 고해 성사가 이루어지는 가운데 짧게 한마디를 던졌다. "당신이 저지른 악을 어떻게 바로잡을지 생각해 보아야 합니다." 그리고 더 낮은 목소리로 덧붙였다. "바로잡는 것이 가능하다면 말입니다." 다시 잠시 망설이던 그는 말을 이었다. "주님의 영원한 자비를 구합니다, 용서하시오. 그러나 당신이 아무리 악을 바로잡으려 한다 해도 천국에 당신을 위한 자리는 없을 듯하군요." 도망치는 동안 오이겐 뮈스는 자신의 죄악을 바로잡는 방법을 곰곰이 생각했다. 지난날의 도주는 훨씬 수월했다. 처음 몸을 피할 때는 문서만 불태우면 충분했기 때문이다. 그리고 범죄자들의 몸뚱이들과 범죄자들의 물건들. 맙소사.

체코의 수도원 두 곳과 헝가리의 수도원 한 곳, 이 세 곳의 수도원은 좋은 말로 타이르며 그를 받아들이지 않았다. 네 번째로 들른 수도원에서는 성직 지망자 신분으로 오랜 기간을 지낸 후 받아들여졌다. 다른 지망자들에 비해 운이 좋은 편이었다. 두려움을 피해 도망치던 가련한 수사는 수십 번을 받아 달라고 간청했는데 성 페레 델 부르갈의 대수도원장은 스물아홉 번째 간청에 그의 눈을 빤히 바라보더니 마침내 거절했다. 어느 비 오던 날 서른 번째 입회 간청을 했고 즐거운 금요일을 맞이할 수 있었다. 뮈스는 두려움으로부터 도망치는 게 아니었다. 그는 부덴 박사로부터 도망치고 있었다.

수사들의 수련을 담당하는 클라우스 신부는 지망자들을 많이 알았다. 신부는 아직 젊은 뮈스가 시토 수도회의 삶이 충족시켜 줄 수 있는 영적인 갈망, 기도와 속죄에 대한 열망을 지녔다고 생각했다. 그리하여 클라우스 신부는 뮈스를 마리아발트 수도원의 수도사로 받아들였다

기도하는 삶은 언제나 숨 쉴 자격이 없다는 두려움과 확신

을 지닌 그를 신에게 더욱 가까이 이끌었다. 여덟 달이 지난 어느 날 알베르트 신부가 그의 앞에서 회랑을 걸어가다가 짚더미에 넘어졌다. 수도원장과 일정에 대한 변화에 관해 이야기하러 수사들의 회의장으로 향하던 중이었다. 오이겐 뮈스는 자기 행동이 미칠 영향을 정확히 계산하지 않고 바닥에 쓰러진 알베르트 신부를 보자 심장 마비라고 말하며 도우러 달려온 수사들에게 정확한 지시를 내렸다. 알베르트 신부는 살았지만 놀란 수사들은 뮈스 수련 수사가 의학에 밝을 뿐 아니라 실제로 의사였다는 사실을 알게 되었다.

"왜 우리에게 그 사실을 말하지 않았습니까?"

침묵이 찾아들었다. 그는 바닥을 바라보았다. 새로운 삶을 시작하고 싶었어요. 그것이 중요한 정보라고 생각하지 않았습니다.

"중요한지 아닌지는 내가 결정합니다."

그는 수도원장의 눈빛도 혹은 병문안을 가서 만난 알베르트 신부의 눈빛도 견뎌 낼 수 없었다. 더군다나 뮈스는 생명을 구해 줘서 고맙다는 감사 인사에 대한 자신의 답변을 통해 알베르트 신부가 그의 비밀을 알게 되었다고 확신했다.

의사로서 뮈스의 명성은 시간이 지날수록 점점 퍼져 나갔다. 첫 번째 서약식이 끝나고 어차피 자기 이름이 아니었지만 이름을 오이겐에서 금욕의 의미를 지닌 아르놀드로 바꿀 때는 이미 집단 식중독을 효과적이고 헌신적으로 치료해 낸 상태였고, 그의 명성은 공고해졌다. 그리하여 로베르트 형제가 아주 먼 서쪽의 다른 나라, 다른 수도원에서 위기를 겪을 때 수도원장은 아르놀드 뮈스 형제를 의학 전문가로 추천하게 된 것이다. 그때부터 그의 고통은 다시 시작되었다.

"어쨌든 여기서 아우슈비츠 이후에 시를 쓰기란 불가능하다는 말을 언급하지 않을 수가 없네."

"누가 그랬는데?"

"아도르노."

"나는 동의해."

"나는 그렇지 않아. 아우슈비츠 이후에도 시는 있어."

"아니, 내 말은…… 없어야 한다는 거야."

"아니야. 아우슈비츠 이후, 대박해 이후, 카타르인에 대한 대학살 이후, 정말 한 명도 남지 않았던 그 대학살 이후, 언제나 어느 곳에나 있어 왔던 대학살 이후…… 잔인함은 수 세기 동안 도처에 존재해 왔고, 그걸 생각해 본다면 인류 역사는 '무엇무엇 이후 시의 불가능'에 대한 역사가 될 거야. 그렇지만 실제로 역사는 그렇게 흘러오지 않았어. 왜냐하면 아우슈비츠의 경험을 설명할 수 있는 사람들이 누구겠어?"

"그것을 겪은 사람들. 그것을 만들어 낸 사람들. 학자들."

"맞아. 그 모든 것들이 역사를 말해 주겠지. 그 기억들을 위해 박물관도 세워졌고. 다만 한 가지 부족한 것이 있어. 살아 있는 경험의 진실 말이야. 이것은 학술적인 연구로 전해지지 않아."

베르나트는 철해진 서류를 덮고 친구를 바라보았다. 그럼?

"예술만이 그것을 전할 수 있지. 문학 작품을 통해서 말이야, 생체험에 가장 가까운 장르라고나 할까."

"젠장."

"그래. 아우슈비츠 이후 시는 어느 때보다도 필요해."

"아주 좋은 결론이야."

"응, 나도 그렇게 생각해. 아니야, 잘 모르겠어. 하지만 나는 이것이 인류의 미적 의지가 끊임없이 존속하는 이유라고 생각해."

"대체 언제 출판할 거야? 더 이상 못 기다리겠어."

몇 달 후 『미적 의지』는 카탈루냐어와 독일어로 동시에 출간되었다. 나는 독일어 번역을 직접 맡았고, 성 요한 카메네크가 끝없는 인내심으로 자세히 검토했다. 내가 자랑스러워하는 몇 안 되는 것 중 하나지, 내 사랑. 이야기와 풍경들이 떠올랐고, 그것을 기억에 저장해 두었어. 그러던 어느 날 당신도 나도 모르게 몰래 모랄 씨를 다시 찾았지.

"얼맙니까?"

"이 정도."

"그 정도나?"

"그래요. 관심 있습니까, 박사?"

"이 정도면, 관심 있습니다."

"대체 말이나 됩니까? 이 정도는 어떤지."

"이 정도."

"그래요, 좋소. 이 정도."

이번에는 그라나도스[57]가 직접 쓴「알레그로 데 콘체르토」였다. 며칠 동안 나는 카슨 보안관과 용감한 아라파호 추장 검은 독수리의 눈길을 피하려 애썼다.

---

57) 엔리케 그라나도스(Enrique Granados, 1867~1916). 스페인의 대표적인 작곡가이자 피아노 연주가.

39

프란츠파울 데커는 십 분간 휴식을 요청했다. 기획사가 무
언가 급한 일로 그를 급히 불렀기 때문이다. 아무리 브루크너
4번의 두 번째 리허설 중이라도 언제나 기획사 일이 무엇보다
긴급했다. 베르나트는 그 조용하고 수줍음을 타는 호른 주자
와 이야기를 나누었다. 데커는 전체 오케스트라에게 훌륭한
호른 주자의 진가를 보여 주기 위해 역동적으로, 그러나 너무 빠
르지 않게(독일어) 악장이 시작되자마자 이 새벽의 여명을 알
리는 부분을 수없이 반복시켰다. 그리고 지휘자가 실력을 발
휘하도록 지시한 지 세 번째, 그는 호른 주자가 죽기보다 두려
워하는 음정 실수를 하고 말았다. 모두들 살짝 웃음을 터뜨렸
다. 데커와 호른 주자도 웃었지만 베르나트는 조금 걱정이 되
었다. 저 어린 연주자는 최근에 오케스트라에 합류했는데 작
은 키에 약간 통통한 몸집을 하고서는 언제나 자기 자리에서

자신감 없는 표정으로 바닥을 바라보고 있었다. 이름은 로맹 권즈부르였다.

"베르나트 플렌사라고 합니다."

"반갑습니다.(프랑스어) 1바이올린이시죠?"

"네. 어떻게 지내고 계십니까? 오케스트라에는 적응할 만 하십니까? 지휘자 선생이 시킨 화려한 기교들 말고 다른 것들 말입니다."

생활은 순조로워 보였다. 그는 파리 출신이었다. 바르셀로 나에서 지내는 것에 들떠 있었지만 마요르카에 있는 쇼팽의 흔적들을 얼른 둘러보고 싶어 하는 눈치였다.

"제가 같이 가 드리지요." 항상 그랬듯이 베르나트는 자기 방식대로 별생각 없이 제안했다. 나는 이미 그에게 수없이 말 해 왔다. 젠장, 베르나트, 말하기 전에 생각을 좀 하라고. 아니 면 그냥 해 보는 말처럼 하든가. 반드시 다짐하듯 약속을 할 필요는 없⋯⋯.

"이미 약속해 버렸어. 게다가⋯⋯ 여기 혼자 와 있거든. 내 마음이 좀 안됐더라고⋯⋯."

"그럼 또 테클라와 문제가 생길 거 아니야, 모르겠어?"

"과장하기는. 문제 될 게 뭐가 있어?"

그리고 베르나트는 리허설이 끝나고 집으로 돌아가 이봐, 테클라, 발데모사에 며칠 다녀와야겠어, 호른 주자와 함께 말 이야라고 말했다.

"뭐라고?"

테클라는 부엌에서 나오던 참이었다. 손을 앞치마에 닦던 그녀에게서 다진 양파 냄새가 났다.

"내일 귄즈부르에게 쇼팽이 머물던 곳을 보여 주려고."

"귄즈부르가 대체 누군데?"

"호른 연주자야, 이미 말했잖아."

"뭐라고?"

"오케스트라 사람 말이야. 이틀의 시간이 있으니……."

"아, 그래, 나한테 말도 없이 말이지?"

"지금 말하잖아."

"요렌스 생일은 어떻게 하고?"

"이런, 깜빡했네. 망할. 그래…… 그러면……."

베르나트는 귄즈부르와 함께 발데모사에 갔다. 그들은 음악이 흐르는 술집에서 실컷 마시고 취했다. 알고 보니 귄즈부르는 피아노 즉흥 연주를 아주 잘했고, 메노르카 진을 몇 잔 들이켠 베르나트는 마할리아 잭슨의 목소리로 스탠더드 몇 곡을 불렀다.

"왜 호른을 선택했죠?" 그가 케이스에서 악기를 꺼내는 것을 본 순간부터 베르나트가 묻고 싶었던 질문이었다.

"누가 됐든 꼭 연주해야 하는 악기 아니겠습니까." 호텔로 돌아오는 길에 그가 대답했다. 붉은 지평선을 따라 태양이 떠오르고 있었다.

"하지만 당신 피아노 실력은……."

"그쯤 해 두죠."

결국 그들은 여행을 계기로 매우 친해졌다. 그런데 테클라는 이십 일 동안 그에게 뾰로통해 있었고, 베르나트의 전과에 또 하나의 모욕죄가 추가되었다. 그때 사라는 테클라가 몹시 화가 나서 폭발하기 직전인데도 베르나트가 전혀 알아차리지 못하고 있다는 것을 알았다.

"베르나트는 대체 사람이 왜 그 모양이야?" 하루는 당신이 물었지.

"모르겠어. 이 세상에 무언가 보여 주려는 건지."

"세상에 무엇을 증명하기 위해 삶을 산다고 생각하기에는 나이를 먹을 만큼 먹었잖아?"

"베르나트가? 그 친구는 죽음을 앞둔 침상에서도 세상에 무언가를 증명하려고 들 놈이야."

"테클라가 안됐어. 항상 불평을 하는 데도 이유가 있는 법이지."

"베르나트는 자기만의 세계에서 살 뿐이야. 나쁜 친구는 아니지."

"말이야 쉽지. 결국 욕먹는 건 테클라잖아."

"나한테 화낼 일은 아니야." 아드리아가 약간 심술이 나서 말했다.

"성격이 꽤 까탈스러운 사람이야."

"테클라, 미안해, 하지만 약속을 해 버렸다고! 젠장, 너무 심각하게 생각하는 것 같아. 그렇게 감정적으로 굴지 마, 제길! 그냥 마요르카에 이틀 다녀온 것뿐이야, 젠장! 망할!"

"요렌스는 어쩌고? 당신 아들이란 말이야! 그 호른 선생 아들이 아니라!"

"이런, 벌써 아홉 살, 아니 열 살이나 됐잖아. 안 그래?"

"열한 살이야."

"그래, 열한 살. 더 이상 어린애가 아니란 거지."

"애인지 아닌지 이야기나 좀 들어 볼래?"

"그러자고."

어머니와 아들은 조용히 생일 케이크를 한 입씩 먹었다. 요렌스가 엄마, 아빠는? 하고 물었다. 그녀는 아빠가 일 때문에 마요르카에 갔다고 말했다. 그들은 말없이 계속 케이크를 먹었다.

"맛있지, 어때?"

"네. 아빠가 안 계시는 게 좀 그렇지만요."

"그러니까 빨리 선물이라도 사러 가."

"하지만 벌써 당신이 선물을 줬잖……."

"당장 가서 사라고!" 테클라는 화를 참지 못하고 금방이라도 울음을 터뜨릴 것처럼 소리를 질렀다.

베르나트는 아주 사랑스러운 눈빛으로 요렌스를 바라보았다. 그는 아들이 선물 포장을 뜯기를 기다리며 한참 바라보았다. 요렌스는 아버지와 곧 불타 버릴 것 같은 어머니의 긴장한 모습을 동시에 바라보며 자신이 이해 못 하는 상황에 대해서 슬퍼해야 할지 말아야 할지 망설이고 있었다.

"고맙습니다, 아버지, 정말 마음에 들어요." 포장을 뜯지 않은 채 아이가 말했다. 다음 날 아침 학교에 가기 위해 그가 자리에서 일어났을 때 아이는 포장을 뜯지 않은 책을 가슴에 안고 잠들어 있었다.

"스르스르스르스르."

카테리나가 문을 여니 밖에는 새로운 정수기 필터를 판매하는 세일즈맨의 미소를 띤 옷을 잘 차려입은 청년이 서 있었다. 감정이 풍부한 회색 눈동자에 손에는 작은 서류 가방을 들고 있었다. 그녀는 문을 붙잡은 채 그를 바라보았다. 청년은 침묵을 질문으로 이해하고 네, 아르데볼 씨요라고 말했다.

"여기 없는데요."

"안 계시다니요?" 혼란스러운 듯 말했다. "하지만 그가 말하기를⋯⋯." 어리둥절한 표정을 하고서 그는 시계를 확인했다. "이상한 일이군요⋯⋯. 그럼 부인은 계시는지?"

"안 계십니다."

"이런. 그렇다면⋯⋯."

카테리나는 미안하지만 해 줄 게 없다는 표정을 지었다. 하지만 젊고 친절하고 꽤 매력적이라 할 수 있는 젊은이는 카테리나를 한 손가락으로 가리키며 제가 이곳에서 일을 처리하는 데 그들이 꼭 있어야 하는 것은 아닙니다라고 말했다.

"무슨 말씀이신지?"

"감정을 하러 왔습니다."

"감 뭐라고요?"

"감정이요. 들은 바가 없으신가요?"

"네. 무슨 감정 말이죠?"

"그러니까 당신에게 말해 두지 않은 모양이군요?" 명민한 청년이 당황한 듯 말했다.

"들은 바 없습니다."

"바이올린을 감정하러 왔습니다." 들어가겠다는 손짓을 해 보이며 말했다. "들어가도 될까요?"(이탈리아어)

"안 돼요!" 카테리나는 잠시 생각했다. "다 처음 듣는 얘기 예요. 나한테 아무 말도 하지 않았다고요."

명민한 청년은 두 발로 문턱을 밟고 서서 미소를 지었다.

"아르데볼 씨가 건망증이 꽤 심한 편이지요." 그는 공손한 태도로 이미 안다는 듯한 표정을 지으며 계속 말했다. "바로 어젯밤에 이야기를 나눴거든요. 오 분만 악기를 들여다보면 됩니다."

"이봐요. 그들이 있을 때 다시 방문하는 게 좋겠어요……."

"용서하세요, 하지만 저는 이탈리아의 롬바르디아주 크레모나에서 왔습니다. 단지 이 일 때문에요. 이해하시겠습니까? 어딘지 아시겠어요? 아르데볼 씨에게 전화해서 허락을 구하세요."

"연락할 방법이 마땅히 떠오르지 않아요."

"젠장……."

"게다가 최근 들어 금고에 악기를 보관해 두고 있습니다."

"당신이 비밀번호를 아는 것으로 압니다."

침묵이 흘렀다. 친절한 청년은 마침내 두 발을 모두 집 안으로 들여놓았다. 하지만 어떠한 강제적인 몸짓도 취하지 않았다. 카테리나의 침묵은 소용이 없었다. 그는 카테리나의 결정을 돕기 위해 서류 가방을 열더니 5000페세타짜리 지폐 뭉치를 꺼냈다.

"이건 언제나 기억을 되살리는 데 도움이 되지요, 친애하는 카테리나 파르게스 씨."

"칠 이 팔 영 육 오. 내 이름을 어떻게 알죠?"

"감정사라고 이미 말씀드렸잖습니까."

마치 그것이 반박할 수 없는 논리인 듯 카테리나 파르게스는 한 걸음 물러나며 친절한 청년을 안으로 들였다.

"함께 가시죠."

그가 말했다. 그 전에 청년이 지폐 뭉치를 건네자 그녀는 그것을 꼭 쥐었다.

내 서재에서 청년은 아주 얇은 장갑을 끼더니 감정사들이 사용하는 것이지요 하고는 칠 이 팔 영 육 오로 금고를 열었다. 카테리나가 말했다. 당신이 만일 바이올린을 가져갈 수 있다고 생각한다면 그렇게는 안 될 거예요. 그는 그녀를 쳐다보지도 않은 채 감정사일 뿐이라고 말씀드렸습니다라고 대답했다. 그녀는 만일의 경우를 대비해 아무런 대꾸도 하지 않았다. 그는 내 확대경 램프 아래에 바이올린을 놓고서 악기의 라벨을 확인하고 라우렌티우스 스토리오니 크레모넨시스 메 페킷이라고 읽어 내려갔다. 그리고 밀레 세테첸토 세산타콰트로[58]라고 말하고는 카테리나에게 눈을 찡긋해 보였다. 그녀는 친절한 감정사 옆에 기대어 서서 자기 월급값을 확실히 하려는 듯 아무리 상냥하게 굴어도 이 집에서 바이올린을 들고 나가는 일은 없을 거라고 못 박아 두었다. 그의 회색 눈동자는 풍부하다기보다 경직된 표정이었다. 크레모넨시스 아래에 그어

---

58) 이탈리아어로 1764를 뜻함.

진 줄 두 개를 확인하고 나서 감정사는 옆에 있는 멍청한 여자가 알아차릴 만큼 심장이 빠르게 뛰는 것을 느낄 수 있었다.

"좋아, 좋아……."(이탈리아어)

마치 방금 환자의 가슴을 진찰하고 그 결과를 잠시 혼자 되뇌는 의사처럼 말했다. 그는 악기를 뒤집어 나무, 작은 흠집들, 곡선, 색을 눈을 굴리며 살펴더니 기계적으로 좋아, 좋아(이탈리아어)를 되풀이했다.

"값이 꽤 나가는 모양이지요?"

카테리나는 줫값인 돌돌 말린 지폐를 꽉 쥐며 물었다.

감정사는 대답하지 않았다. 바이올린의 바니시 냄새를 맡아 보는 중이었다. 나무 냄새이거나. 세월의 냄새이거나. 아니면 아름다움의 냄새일 수도. 마지막으로 탁자 위에 바이올린을 조심스레 내려놓더니 가방에서 폴라로이드 카메라를 꺼냈다. 자신의 경솔한 행동을 노출하고 싶지 않았던 카테리나는 한 걸음 물러섰다. 그는 아주 차분한 태도로 다섯 장의 사진을 찍었다. 입가에 웃음을 머금고 한쪽 눈으로 여자를 바라보며 계단으로부터 들리는 소리에 귀를 기울인 채 사진을 한 장 한 장 흔들었다. 일이 끝나자 악기를 다시 금고 안에 집어넣었다. 그리고 금고를 닫았다. 그는 장갑을 벗지 않았다. 카테리나는 마음이 놓였다. 사근사근한 남자는 주변을 돌아보았다. 그는 책장으로 다가갔다. 고문서들이 있는 책장을 유심히 바라보았다. 그는 고개를 끄덕이며 처음으로 카테리나의 눈을 한참 동안 바라보았다.

"당신이 준비된다면 언제든지요."

"뭐라고요. 어떻게 내가 그…… 그걸 안다는 사실을 알았죠?" 금고를 가리키며 말했다.

"몰랐습니다."

남자는 말없이 내 서재를 나서다 갑자기 뒤돌아섰다. 카테리나는 느닷없이 그와 부딪쳤다. 그가 말했다.

"하지만 이제는 내가 비밀번호를 안다는 사실을 당신이 알고 있다는 것을 알죠."

그는 여전히 장갑을 낀 채 조용히 그곳을 떠났고, 살짝 고개를 숙여 카테리나에게 인사한 후 직접 문을 닫았다. 그녀는 혼란스러운 와중에 그가 매우 우아하다고 생각했다. 내가 이러이러하다는 것을 당신도 알지요. 아니, 뭐라 그랬더라? 혼자 남겨진 그녀는 손을 펴 보았다. 5000페세타 지폐 뭉치였다. 잠깐. 첫 번째 지폐는 5000페세타짜리고. 나머지는…… 이런 상냥한 척하는 약삭빠른 제비 같은 놈!

그녀는 문을 열고……. 바보 같으니, 문은 뭣 하러? 방금 스스로 집 안에 들인 남자와 소란을 피우려고? 주님은 도둑과 같이 당도하신다 했던가. 그녀는 여전히 규칙적이고, 당당하고, 상냥한 불가사의한 도둑의 발걸음 소리를 들을 수 있었다. 마지막 계단을 내려가 거리 쪽으로 향하고 있었다. 카테리나는 문을 닫고 지폐 뭉치를 바라보며 잠시 그곳에 서서 아니, 아니, 아니, 말도 안 돼라고 말했다. 게다가 그의 회색 눈동자에서 무엇을 볼 수 있었는지도 의문이다. 왜냐하면 그의 눈은 카탈루냐 사냥개들처럼 두꺼운 눈썹에 덮여 있었다.

나는 옥스퍼드에서 온 편지 한 통을 받았다. 그것이 내 인생을 바꾼 것 같다. 그 편지가 나로 하여금 다시 글을 쓰도록 했다. 실은 그 편지가 소매를 걷어붙이고 아주 오래 걸릴 작업을 시작하는 데 필요한 강렬한 불꽃이자 비타민이었다. 그것은 나에게 큰 즐거움을 주었다. 나는 『유럽 지성사』를 쓰게 되어 기쁘다. 나 스스로에게 하는 말이기는 하지만 거봐, 아드리아? 『그리스 사유의 기원』에 근접한 것을 하나 해냈잖아, 이제 조금은 네슬레와 비견할 만하다고 해도 좋아. 그 편지가 없었더라면 글쓰기를 시작할 힘이 없었을 것이다. 아드리아는 호기심에 가득 차서 편지를 읽어 내려갔다. 항공 우편이었다. 본능적으로 발신자를 살펴보았다. I. 벌린, 헤딩턴 하우스, 옥스퍼드, 잉글랜드, 영국.(영어)

"사라!"

사라가 어디에 있지? 아드리아는 자신이 창조한 세계를 아무 생각 없이 왔다 갔다 하며 사라, 사라를 외쳤다. 작업실에 갔을 때 문이 닫혀 있었다. 아드리아는 문을 열었다. 사라는 얼굴과 집들을 스케치하는 중이었다. 가끔 정신이 나간 듯 미친 듯이 스케치를 했는데 그럴 때면 비이성적인 충동으로 여섯 장을 가득 채웠다. 그러고는 며칠 동안 그림을 들여다보며 어떤 작품을 버릴지, 아니면 좀 더 발전시킬지 결정할 것이다. 그녀는 헤드폰을 끼고 있었다.

"사라!"

사라는 몸을 돌려 눈을 크게 뜬 아드리아를 바라보더니 헤드폰을 벗고 무슨 일이라도 난 거야? 왜 그래? 아드리아가 편지를 높이 들어 보이자 잠깐 동안 사라는 안 돼, 또 나쁜 소식이라도 온 걸까, 안 돼라고 생각했다.

"무슨 일이야?" 그녀는 걱정스러운 표정으로 말했다.

사라는 아드리아가 창백한 얼굴을 하고 스케치 의자에 앉아 봉투를 건네는 모습을 바라보았다. 그녀는 편지를 받아 들고 말했다. 누구한테 온 거야? 아드리아는 편지를 뒤집어 보라는 몸짓을 했다. 그녀는 편지의 뒤를 보고 I. 벌린, 헤딩턴 하우스, 옥스퍼드, 잉글랜드, 영국.(영어)이라고 읽었다. 아드리아를 보며 누군데? 하고 물었다.

"이사야 벌린."[59]

"이사야 벌린이 누군데?"

아드리아는 방을 나가더니 몇 초 후 벌린의 책 네다섯 권을 가지고 돌아왔다. 스케치를 시도한 흔적이 있는 종이 옆에 책들을 올려놓았다.

"이 남자야." 책을 가리키며 말했다.

"그가 원하는 게 뭐래?"

"모르겠어. 그런데 대체 왜 나한테 편지를 쓴 거지?"

그러자 당신은 내 손을 잡아 자리에 앉혔지. 마치 수업 시간에 흥분한 학생을 가라앉히려는 선생처럼 말이야. 편지에 무슨 말이 담겼는지 알려면 어떻게 해야 하지? 그렇지 않아? 편지를 열어 봐야 하는 거야라고 당신은 말했지. 그리고 편지를

---

59) Isaiah Berlin(1909~1997). 리가 출신의 유대인. 영국 국적을 취득하며 사회 및 정치 이론가, 철학자, 관념사 연구가로 활동했다. 주요 저술로 『자유론』이 있다.

읽는 거야.

"이사야 벌린에게서 편지가 왔다고!"

"러시아 제국 전체를 통치하는 차르로부터 편지가 왔다고 해도 마찬가지야. 일단 봉투를 열어야 해."

당신은 편지칼을 건네주었어. 편지지에 상처가 나거나 봉투에 흠집이 나지 않도록 끝부분을 깨끗하게 잘라 내기란 쉬운 일이 아니었지.

"그런데 원하는 게 뭘까?"

나는 다소 신경이 곤두서서 말했다. 봉투를 가리키는 것으로 당신은 대답을 대신했지. 하지만 편지를 연 아드리아는 그것을 사라의 책상 위에 올려놓았다.

"읽어 보고 싶지 않아?"

"무서워 죽겠어."

당신이 봉투를 집어 들었고, 나는 어린아이처럼 당신에게서 그것을 빼앗아 편지를 꺼냈다. 딱 종이 한 장이었다. 손으로 쓴 편지에 옥스퍼드, 1987년 4월, 친애하는 선생께, 당신 책은 나를 깊이 감동시켰습니다, 어쩌고, 저쩌고, 어쩌고, 그리고 시간이 꽤 지났는데도 나는 책을 생생하게 기억합니다 라고 적혀 있었다. 마지막 부분에는 부탁드리건대 생각을 멈추지 말아 주십시오, 그리고 가끔 당신의 생각을 적어 기록으로 남겨 주세요. 진심을 담아, 이사야 벌린.

"세상에 이런 일이……."

"좋은 거야, 그렇지?"

"그런데 무슨 책을 말하는 거지?"

"내용을 보아서는『미적 의지』같은데."

사라가 직접 읽기 위해 편지를 가져가면서 말했다. 당신은 편지를 돌려주며 미소 지었고, 이제 이 이사야 벌린이 누군지 나에게 자세히 설명해 줄 차례야라고 했어.

"하지만 그가 어떻게 내 책을 손에 넣었지?"

"여기 있어, 편지를 잘 보관해, 잃어버리지 않도록 말이야." 당신은 말했지. 그때부터 편지는 나의 가장 귀중한 보물들 사이에 두었어. 곧 어디에 있는지조차 잊어버렸지만 말이야. 그리고 맞아, 그 편지는 수년 동안 내가 글을 쓰는 데 힘이 되어 주었어. 최소한의 수업만 하면서 나는 유럽 지성사에 관한 원고를 차곡차곡 써 나갔지.

40

비행기가 거칠게 흔들리며 얼기설기 포장된 하나뿐인 활주로에 내려앉았다. 그들은 수하물 벨트까지 절대 가지 못할 거라고 생각했다. 키크윗 공항에 그 벨트라는 게 있기나 한다면 말이다. 다소 지루한 표정의 젊은 여자 앞에서 체면을 지키기 위해 열심히 책을 읽는 척했지만 그는 비상 탈출구가 어디에 있는지 정확하게 기억하려고 머릿속이 매우 바빴다. 브뤼셀에서 탑승한 이후 벌써 세 번째 비행기였다. 비행기에서 백인은 그 혼자였다. 혼자 너무 눈에 띄지 않을지 크게 걱정이 되는 것은 아니었다. 이미 예상한 일이었다. 비행기는 작은 건물에서 100미터 이상 떨어진 곳에 승객들을 내려놓았다. 그들은 절절 끓는 아스팔트에 신발이 달라붙지 않도록 애쓰며 나머지 거리를 걸어야 했다. 그는 작은 여행 가방을 찾은 후 20리터짜리 석유통이 달린 사륜구동 차량을 모는 택시 기사를 웃

돈을 주고 고용했다. 급행료를 받는 데 대해 다소 마음이 불편한 눈치였으나 크월루의 도로를 세 시간 동안 달린 다음 위험한 지역으로 들어가야 한다며 몇 달러를 더 요구했다. 키콩고라니, 아시잖습니까. 이미 예상했던 예산과 계획이었기에 별다른 불평 없이 돈을 지불했다. 설령 그것이 거짓이었더라도 말이다. 활주로인 듯 몇 시간을 더 덜컹거리자 나무가 점점 많아지기 시작했다. 더 크고 더 빽빽한 나무들이었다. 차는 반쯤 썩은 도로 표지판 앞에 멈춰 섰다.

"베벤벨레케." 그는 대답을 허용하지 않는 어조로 말했다.

"젠장할, 병원이 어디에 있다는 말입니까?"

택시 기사는 붉게 타는 태양을 코로 가리켰다. 목재 더미 네 개가 집 모양을 하고 있었다. 공항에서만큼 덥지는 않았다.

"언제 모시러 올까요?" 그가 말했다.

"걸어서 돌아갈 겁니다."

"정신 나갔군요."

"그렇죠."

그는 가방을 들고 택시 기사에게 작별 인사도 하지 않은 채 초라하게 서 있는 네 채의 판잣집 쪽으로 걸음을 옮겼다. 기사는 만족스러운 표정으로 바닥에 침을 뱉었다. 키콩고를 지나는 길에 사촌들에게 들를 수도 있었고, 키크윗까지 가는 예상치 못한 승객을 만날 가능성도 없지 않았기 때문이다. 그렇다면 앞으로 사오일은 일하지 않아도 되었다.

그는 뒤돌아보지 않고 택시의 엔진 소리가 완전히 사라지기를 기다렸다. 그리고 주변에 유일한 나무로 다가갔다. 도저히 알 수 없는 희한한 이름을 가진 나무가 틀림없었다. 그는 덩치 큰 군용 가방을 짊어졌다. 가방은 나무에 기대어 낮잠을 자며 그를 기다리고 있었던 것처럼 보였다. 그리고 모퉁이를 돌자 베벤벨레케로 통하는 주요 출입문으로 보이는 문과 맞닥뜨렸다. 기다란 현관 앞에 여자 셋이 접이식 의자 같은 데 앉아 시간의 흐름을 고요하고 주의 깊게 살피고 있었다. 실제로 문이라고 할 만할 것은 없었다. 안쪽에 대기실도 없었다. 발전기에 직접 연결되어 흔들거리는 빛을 내뿜는 전구가 복도를 희미하게 밝히고 있었다. 그때 암탉 한 마리가 현장을 들키기라도 한 듯 밖으로 빠르게 도망쳤다. 그는 현관으로 다시 돌아가 누구한테랄 것 없이 세 여자들에게 말을 건넸다.

"뮈스 박사는요?"

나이가 가장 많아 보이는 여자가 고개를 끄덕이며 안쪽을 가리켰다. 가장 젊은 여자가 오른쪽이에요 하며 사실을 확인해 주었다. 하지만 지금 환자를 보고 계세요.

그는 다시 안으로 들어가 오른쪽 복도를 향했다. 곧 흰색 가운을 입은 노인이 있는 방이 있었다. 먼지가 많은데도 가운은 아주 깨끗했다. 그는 전체 검진 결과가 불확실했던 한 아이의 가슴을 진찰하고 있었다. 아이는 옆에 서 있는 어머니가 자신을 구해 주기를 바랐다.

그는 밝은 초록색 벤치의 다른 두 여자 옆에 앉았다. 그들은 같은 말을 끝없이 되뇌는 교회 예배처럼 반복되던 베벤벨레케의 일상을 깬 그 무엇에 매우 기뻐하고 있었다. 그는 금속성의 소리를 내며 발 옆에 큰 가방을 내려놓았다. 바깥은 벌써 어두워지고 있었다. 마지막 환자의 진료를 끝냈을 때 뮈스 박사가 고개를 들어 방문객을 처음으로 바라보았다. 그 방문이 그다지 특별할 게 없다는 표정이었다.

"당신도 검진이 필요하십니까?" 그는 인사 겸 물었다.

"그저 고해할 것이 있어서 왔습니다."

새로운 방문객은 그제야 의사가 늙지 않았다는 것을 알아챘다. 나이 이상의 무언가가 있었다. 그는 내면에 소진되지 않는 에너지가 있는 것처럼 움직여 그로 하여금 착각하도록 만들었다. 몸은 그의 것, 즉 팔십이 넘은 노인의 것이었다. 손에 든 사진 속 남자는 많아 봐야 육십 대였다.

마치 황혼 녘의 베벤벨레케 병원에 한 유럽인이 나타나 고해를 청하는 게 흔한 일인 듯 뮈스 박사는 기적적으로 물이 흐르는 수도꼭지가 구비된 세면대에서 손을 씻더니 새로운 방문객에게 따라오라는 몸짓을 해 보였다. 그때 어두운 안경을 쓰고 태도가 거만한 남자 두 명이 초록색 벤치에 앉으면서 흥분한 여인들을 쫓아냈다. 박사는 한층 작은 방으로 방문객을 안내했다. 아마도 그의 사무실이었을 것이다.

"저녁을 드시겠습니까?"

"잘 모르겠습니다. 그렇게 긴 시간 계획은 짜지 않거든요."

"원하는 대로 하시죠."

"당신을 찾는 데 참으로 오랜 시간이 걸렸네요, 부덴 박사. 어느 트라피스트회 수도원에서 흔적을 놓쳤고, 대체 어디로 갔는지 알 길이 없더군요."

"그래서 어떻게 했습니까?"

"수도회의 중앙 문서실을 방문했지요."

"아, 그랬군요. 모든 것을 문서 기록으로 남겨 보관하려는 그들의 집착 말이죠. 도움이 됐습니까?"

"어쩌면 그들은 내가 그 문서실에 방문했다는 사실을 아직 모를 겁니다."

"거기에서 무엇을 발견했습니까?"

"발트해에 관한 거짓 단서를 비롯해 슈투트가르트, 튀빙겐, 베벤하우젠에 관한 참조할 만한 것들을 발견했습니다. 그 작은 마을에서 아주 친절한 노파의 도움으로 많은 퍼즐들을 맞출 수 있었지요."

"사촌 헤르타 란다우를 말씀하시는군요, 그렇죠? 언제나 말 많은 여인네였지. 자기 말을 들어 줄 사람이 나타나 굉장히 기뻤을 거요. 미안합니다, 계속하시오."

"음, 그게 답니다. 퍼즐 조각들을 맞추는 데 수년이 걸렸습니다."

"다행이군요. 내가 저지른 악의 일부를 바로잡는 데 시간이 필요했거든요."

"내 의뢰인은 당신을 좀 더 일찍 찾기를 바랐을 겁니다."

"왜 나를 체포해서 재판장으로 데려가지 않습니까?"

"의뢰인이 나이가 많습니다. 조금의 지체도 원하지 않아요. 곧 목숨을 다할 테니까. 물론 그의 말입니다."

"그렇군요."

"그리고 그는 당신의 죽음을 보지 않은 채 눈을 감고 싶어 하지 않습니다."

"알겠습니다. 그럼 당신은 나를 어떻게 찾아냈소?"

"아, 순전히 기술적인 작업이 많이 필요했습니다. 내 직업은 아주 지루한 것이지요. 흩어진 조각들을 맞출 때까지 오랜 시간 이것저것 찔러 봅니다. 내가 찾고 있던 베벤하우젠이 정확히 바덴뷔르템베르크에 위치하지 않는다는 사실을 알 때까지 그렇게 하루하루를 보냅니다. 어떤 때는 당신의 흔적을 찾고자 하는 누군가를 위해 남겨 놓은 증거 같다는 생각이 들었습니다."

그는 의사가 미소를 억누르고 있는 사실을 알아차렸다.

"베벤하우젠은 좋았습니까?"

"꽤 좋았습니다."

"내 잃어버린 낙원이지요." 뮈스 박사는 손으로 진료 기록의 먼지를 털더니 웃음을 지었다.

"시간이 꽤 오래 걸렸어요." 그가 말했다.

"말씀드렸다시피…… 내가 작업에 착수했을 때 당신은 아주 잘 숨어 있었습니다."

"일을 하면서 바로잡고 싶었소." 그는 궁금해졌다. "그 작업은 어떻게 이루어지는 겁니까?"

"아주 전문적이고, 아주…… 냉철하게 이루어집니다."

뮈스 박사는 자리에서 일어나 냉장고 같아 보이는 작은 찬장에서 무엇인지 알 수 없지만 음식일 가능성이 높은 것이 담긴 그릇 하나를 꺼냈다. 접시 두 개, 숟가락 두 개와 함께 그것을 탁자 위에 놓았다.

"괜찮으시다면…… 내 나이가 되면 참새처럼 먹을 수밖에

없어요. 아주 적게 자주 말입니다. 그러지 않으면 혼절하고 말
거든요."

"그렇게 늙은 의사의 말을 사람들이 믿습니까?"

"다른 대안이 없으니까요. 내가 죽고 나서 그들이 병원을
닫으면 안 될 텐데 말입니다. 벨레케와 키콩고 마을의 관계자
들과 논의하는 중입니다."

"안된 일이군요, 부덴 박사."

"그렇죠."

"그릇에 든 것은……."

"수수입니다. 이보다 더 좋은 것은 없지요. 내 말을 믿어도
좋습니다."

그는 음식을 덜고 나서 그릇을 넘겼다. 입에 음식을 가득 문
채 말했다.

"매우 냉철하고 전문적인 직업이라니 무슨 뜻입니까?"

"음, 그러니까……."

"계속하세요, 궁금해서 그럽니다."

"음, 예를 들어 나는 내 의뢰인을 한 번도 만난 적이 없습니
다. 그들도 나를 만난 적이 없지요, 물론."

"일리 있어 보이는군요. 그런데 일은 어떻게 계획하고 처리
합니까?"

"음, 모든 게 기술이 필요합니다. 간접적으로 연락을 취하
는 것은 언제나 가능하지만 항상 적당한 사람과 연락을 취하
도록 꼼꼼하게 주의를 기울여야 합니다. 흔적을 남기지 않는
방법도 배워야 하고요."

"역시 일리가 있어 보이네요. 하지만 당신은 오늘 마쿠불로 요세프의 차를 타고 이곳에 왔지요. 그는 입이 가벼워서 지금쯤이면 모든 이들에게……."

"그는 내가 원하는 것을 설명하고 있을 겁니다. 잘못된 단서들을 흘리는 거죠. 내가 더 자세히 설명하지 못하는 점을 이해하리라 생각합니다……. 내 택시 기사가 누구였는지 어떻게 아셨습니까?"

"내가 이 베벤벨레케 병원을 지은 지가 벌써 사십 년입니다. 이곳에서 짖어 대는 개들, 울어 대는 암탉의 이름까지 다 압니다."

"마리아발트에서 이곳으로 곧장 왔다는 말이군요."

"그게 당신의 흥미를 끄나요?"

"그럼요. 당신에 관한 생각으로 많은 시간을 보냈습니다. 언제나 혼자 일하셨습니까?"

"혼자 일하지 않습니다. 날이 밝기 전에 벌써 간호사 세 명이 환자들을 돌봅니다. 나도 일찍 일어나는 편이지만 그 정도는 아니에요."

"계속 붙잡아 두는 것 같아 죄송합니다."

"진료가 중단되는 것이 그리 큰일은 아닌 듯하군요, 적어도 오늘은 말이지요."

"다른 일도 하십니까?"

"아니요. 남은 시간 동안 도움이 필요한 사람들을 위해 내 힘을 모두 쏟으려고 합니다."

"거의 종교같이 들리는군요."

"음…… 어찌 됐든 나는 여전히 수도사입니다."

"수도원을 나오지 않으셨습니까?"

"트라피스트회를 떠났지요. 수도원을 떠났고요. 하지만 여전히 내가 수도사라고 생각합니다. 소속 공동체가 없는 수도사이지요."

"그럼 미사나 다른 것들도 다 하십니까?"

"나는 수사가 아닙니다. 저는 비천한 자입니다.(라틴어)"

대화가 끊긴 틈을 타 그들은 음식을 한 숟가락 들었다.

"맛이 좋군요." 새로운 방문객이 말했다.

"사실대로 말씀드리자면 나는 너무 질렸답니다. 먹고 싶은 음식이 너무 많아요. 자우어크라우트 같은 것들 말이지요. 맛이 어떤지 기억도 나지 않습니다만 어쨌든 그립군요."

"저런, 만일 알았다면……."

"아닙니다, 음식이 그립긴 하지만 그렇다고……." 그는 수수 한 숟가락을 삼켰다. "나는 자우어크라우트를 먹을 자격이 없어요."

"과장이 좀 심하신 듯한데요……. 아, 이런, 내 말은, 내가 뭐라고……."

"확신하건대 당신은 보통 사람이 아닙니다."

그는 손등으로 입술을 닦더니 여전히 깔끔하기 짝이 없는 흰 가운의 먼지를 털었다. 그는 물어보지도 않고 음식이 담긴 쟁반을 치웠다. 이제 그들은 빈 탁자를 가운데 두고서 얼굴을 마주했다.

"피아노는요?"

"그만뒀습니다. 저는 비천한 자입니다.(라틴어) 예전에는 경외해 마지않던 음악에 관한 기억조차 나를 울렁거리게 하더군요."

"과장하시는 것 아닙니까?"

"당신 이름을 알려 주시오."

침묵이 흘렀다. 새로운 방문객은 잠시 생각에 빠졌다.

"왜 그러시죠?"

"궁금해서요. 그걸 쓸 일은 없을 겁니다."

"가르쳐 드리지 않는 편이 낫겠습니다."

"좋으실 대로요."

그들은 참을 수 없었다. 동시에 웃음을 지었다.

"나는 의뢰인을 모릅니다. 다만 당신이 궁금해할 경우에 당신에게 단서가 될 수 있는 핵심 단어 하나를 주었지요. 누가 나를 보냈는지 알고 싶지 않으십니까?"

"아니요. 누가 보냈든 당신을 환영합니다."

"내 이름은 엘름입니다."

"고맙소, 엘름, 날 믿어 줘서. 오해하지 말고 들어 주시오. 당신에게 직업을 바꾸라 권하고 싶소."

"마지막 남은 몇 안 되는 작업들을 하는 중입니다. 은퇴할 생각이에요."

"이번이 마지막 일이면 난 매우 기쁠 것 같소."

"그건 장담하기 힘듭니다, 부덴 박사. 이제 당신에게 개인적인 질문을 하나 드리고 싶습니다."

"해 보시오. 나도 방금 하나 물었으니."

"왜 자수하지 않았죠? 내 말은, 감옥에서 나왔을 때 당신 죄가 사라지지 않았다고 생각했다면…… 그러니까……."

"감옥에서든 죽음을 통해서든 나는 내 악을 바로잡지 못했을 겁니다."

"무언가를 고칠 수 없는 상황에서 무엇을 바로잡기를 바라십니까?"

"우리는 우주를 항해하는 바위에 사는 공동체입니다. 우리가 언제나 안개 속에서 어떤 신을 찾는 것처럼 말이지요."

"무슨 말인지 모르겠습니다."

"그럴 겁니다. 내 말은, 타인을 해한 어떤 한 사람에게 내재하는 악은 언제나 바로잡을 수 있습니다. 다만 바로잡기 위해 나서야 하지요."

"한편으로는 당신 이름이 알려지는 게 달갑지 않으셨을……."

"맞아요. 달갑지 않았을 겁니다, 맞는 말이에요. 감옥에서 나온 이후 내 인생은 숨거나 악을 바로잡는 것이 전부였어요. 내가 저지른 악을 절대 완전히 되돌려 놓을 수 없다는 것을 알면서 말입니다. 수십 년 동안 그것을 안에 지니고 다녔고 누구에게도 말한 적이 없습니다."

"너의 죄를 사하노라(라틴어)[60] 기타 등등. 이런 것도 해 보셨겠죠?"

"웃지 마시오. 한번 시도해 본 적이 있습니다. 문제는 죄가 너무 커서 속죄가 불가능하다는 겁니다. 나는 죄를 씻는 데 인

---

60) 여기서는 고해 성사를 가리킨다.

생을 바쳤습니다. 언제나 새로운 오늘을 맞이하더라도 나는 여전히 출발점에 있을 거라는 사실을 알면서 말입니다."

"내가 기억하기로는 충분히 참회한다면……."

"다 틀린 소리예요. 당신이 무얼 안다고!"

"나는 종교 교육을 받았습니다."

"소용이 있던가요?"

"내 질문을 대신 하시는군요."

그들은 다시 웃었다. 뮈스 박사는 흰 가운과 셔츠 아래로 손을 집어넣었다. 상대는 재빨리 탁자 위로 몸을 숙이더니 의사의 손목을 잡아 움직이지 못하게 했다. 박사는 지저분한 접힌 헝겊 하나를 천천히 꺼냈다. 그것이 무엇인지 확인하고 새로운 방문객은 손목을 놓아주었다. 박사는 어느 시점엔가 절반으로 잘린 것처럼 보이는 천을 탁자 위에 놓았다. 그리고 종교적인 몸짓으로 그것을 펼쳤다. 한 뼘 반쯤 되는 천 조각은 흰색과 푸른색이 교차하며 만들어 내는 체크무늬를 여전히 간직하고 있었다. 새로운 방문객은 그것을 호기심 어린 눈빛으로 유심히 바라보았다. 그리고 슬쩍 박사의 표정을 살폈다. 눈을 감고 있었다. 기도하는 걸까? 회상에 잠긴 것일까?

"당신이 저지른 일들이 대체 어떻게 가능했습니까?"

뮈스 박사가 눈을 떴다.

"내가 무슨 일을 했는지 당신은 모릅니다."

"나름대로 자료를 모았습니다. 당신은 히포크라테스 선서를 짓밟은 의사 그룹 중 한 명이더군요."

"하는 일에 비해 꽤 명민한 분이군요."

"당신처럼 말이지요. 그리고 당신이 역겹다는 사실을 말해
줄 기회를 놓치고 싶지 않았습니다."

"나는 살인자에게 주어지는 경멸을 받아 마땅합니다." 마치
암송하듯 그는 눈을 감고 말했다. "나는 인간에 대해, 신에 대
해 죄를 지었습니다. 신념이라는 이름으로 말이죠."

"그것을 정말 믿었습니까?"

"그렇습니다. 고백합니다.(라틴어)"

"독실함과 연민은 어디로 가고 말입니까?"

"어린아이를 죽여 본 적이 있습니까?" 뮈스 박사는 그의 눈
을 바라보았다.

"질문하는 사람은 납니다."

"그렇죠. 그러니까 어떤 느낌인지 아시리라 생각합니다."

"신체 감염의 결과를 알아보기 위해 아이의 팔에서 살을 도
리며 그들이 우는 모습을 지켜보는 것은…… 당신에게 연민
이라고는 추호도 없다는 뜻입니다."

"인간이 아니었습니다, 신부님." 뮈스 박사가 고백했다.

"그렇다면 인간이 아니고서 어떻게 뉘우치고자 하는 생각
이 들었단 말입니까?"

"모르겠습니다, 신부님. 제 큰 탓이옵니다.(라틴어)"

"당신 동료들 중 후회의 감정을 토로한 사람은 아무도 없습
니다, 부덴 박사."

"그들도 용서를 구하기에는 죄가 너무 크다는 것을 알았기
때문입니다, 신부님."

"몇몇은 자살을 택했고, 또 다른 몇몇은 도망쳤고, 또 다른

이들은 쥐새끼처럼 숨었습니다."

"저는 그들을 판단할 자격이 없습니다. 저도 그들과 같습니다, 신부님."

"하지만 당신은 유일하게 악을 바로잡고자 한 사람입니다."

"섣부른 판단을 내리지 마십시오. 제가 유일하다는 사실이 틀릴 수도 있습니다."

"증거는 충분합니다. 아, 그리고 아리베르트 보이트."

"누구요?"

그의 자제력에도 불구하고 뮈스 박사는 그 이름을 듣는 순간 몸 전체에 느껴지는 공포의 전율을 어쩔 수 없었다.

"마침내 그를 잡는 데 성공했습니다."

"그래야 마땅한 인물입니다. 오, 하느님 저를 용서하소서, 신부님, 왜냐하면 저도 그러한 취급을 받아야 마땅하기 때문입니다."

"죄의 대가를 치르게 했죠."

"제가 거기에 덧붙일 말은 없습니다. 너무 크니까요. 죄가 매우 큽니다."

"그를 붙잡은 것은 몇 년 전 일입니다. 기쁘지 않습니까?"

"저는 비천한 자입니다."(라틴어)

"그는 울며 용서를 구했습니다. 그리고 겁을 집어먹고 똥을 싸더군요."

"보이트 때문에 울지는 않을 겁니다. 하지만 자세한 설명도 그리 달갑지는 않습니다."

새로운 방문객은 한참 동안 박사를 뚫어지게 쳐다보았다.

"나는 유대인입니다." 그가 마침내 말했다. "주로 청부받은 일을 하지요, 그렇다 하더라도 내 모든 것을 바쳐 일합니다. 무슨 말인지 아시겠습니까?"

"그렇고말고요, 신부님."

"마음속 깊은 곳에서 내가 무슨 생각을 하는지 아십니까?"

콘라드 부덴은 겁에 질려 눈을 떴다. 얼어붙은 고해실의 나무 틈새를 뚫어져라 바라보는 늙은 카르투지오 수사 앞에 있는 자신을 마주하기 두려워하는 모습이었다. 앞에는 이 엘름이라는 자가 앉아서 이미 많은 고해의 무게에 찌푸려진 얼굴을 하고 그를 아래위로 훑고 있었다. 이자는 나무 틈새를 보는게 아니었다. 그의 눈을 뚫어지게 바라보았다. 뮈스는 그 눈길을 피하지 않고 말했다.

"그래요, 무슨 생각을 하시는지 압니다, 신부님. 저는 낙원에 대한 자격이 없습니다."

새로운 방문객은 조용히 그를 바라보며 놀라지 않은 척했다. 콘라드 부덴은 계속 말했다.

"그리고 당신 말이 맞습니다. 제 죄는 매우 악독해 진정한 지옥을 스스로 선택한 것이나 다름이 없습니다. 제 죄를 짊어지고 계속 사는 겁니다."

"내가 당신을 이해한다고 착각하지 마시오."

"그럴 시도조차 하지 않습니다. 저는 우리가 믿고 따른 사상이나 그러한 지옥을 만들어 낼 수 있도록 한 우리 영혼의 차가움 속에서 안식을 찾으려는 게 아닙니다. 또한 저는 어느 누구에게도 용서를 바라지 않습니다. 신에게조차 말입니다. 그저 이 지옥을 바로잡을 기회를 구할 뿐입니다."

그는 손으로 얼굴을 가리고 고통스럽습니다, 제 탓이옵니다(라틴어)라고 외쳤다. 매일같이 이 강렬한 감정을 안고 살아야 했습니다.

조용했다. 바깥에서 감미로운 고요함이 병원에 찾아들었다. 새로운 방문객은 멀리서 소리를 낮춘 텔레비전의 잡음을 들은 것 같았다. 뮈스 박사는 고통을 감추며 낮은 목소리로 말했다.

"제가 죽고 나면 신원은 비밀에 부쳐집니까? 아니면 공개되나요?"

"고객은 비밀로 하기를 원했습니다. 대가를 지불하는 사람 마음이지요."

다시 침묵이 흘렀다. 텔레비전 소리는 여전히 들렸다. 그곳에서는 다소 이상하게 들렸다. 새로운 방문객은 의자 깊숙이 기댔다.

"누가 나를 보냈는지 궁금하지 않으십니까?"

"상관없습니다. 모든 이들이 보낸 것이나 마찬가지니까요."

그리고 그는 섬세하고 다소 엄숙한 몸짓으로 두 손을 더러운 헝겊 위에 올려놓았다.

"그 천 조각은 뭡니까?" 상대가 물었다. "냅킨인가요?"

"제게도 비밀이 있습니다."

박사는 헝겊에 손을 올린 채 괜찮으시다면 저는 준비가 되었습니다라고 말했다.

"입을 벌려 주시면 더 고맙겠습니다."

콘라드 부덴은 경건하게 눈을 감고 준비되었습니다, 신부님이라고 말했다. 창밖에서 새벽을 알리는 암탉의 울음소리가 요란하게 들려왔다. 더 먼 곳에서는 텔레비전에서 호탕한 웃음소리와 박수 소리가 들렸다. 그때 오이겐 뮈스, 혹은 아르놀드 뮈스 형제로 알려진 콘라드 부덴은 성찬을 받들기 위해 입을 벌렸다. 그는 가방의 지퍼가 힘차게 열리는 소리를 들었다. 그리고 자신을 지옥으로 데려가는 금속성의 소리를 들었고, 그것을 또 하나의 속죄로 받아들였다. 그는 입을 다물지 않았다. 총알이 너무 빨리 지나가 그는 그 소리를 들을 수 없었다.

방문객은 권총을 다시 벨트에 채우고 가방에서 칼라스니코프 소총을 꺼냈다. 방을 떠나기 전 그는 마치 자신만의 의례인 듯 남자의 천 조각을 조심스럽게 접어 주머니에 넣었다. 죽은 자는 뭉개진 입을 하고 여전히 단정하게 의자에 앉아 있었다. 피는 거의 흐르지 않았다. 흰색 가운은 여전히 깨끗했다. 피를 쏟기에는 너무 늦었지 생각하며 그는 총의 안전핀을 제거하고 현장을 훼손할 준비를 했다. 텔레비전 소리가 어디에서 흘러나오는지 가늠했다. 그는 어디로 발걸음을 옮겨야 할지 이미 알고 있었다. 의사의 죽음이 주목받지 않는 게 중요했는데, 그러려면 나머지에 대한 이야기가, 아주 많은 이야기가 있어야 한다고 결정했다. 이 역시 일의 일부였다.

세계문학전집 370

나는 고백한다 2

1판 1쇄 펴냄 2020년 11월 30일
1판 4쇄 펴냄 2024년 7월 18일

지은이 자우메 카브레
옮긴이 권가람
발행인 박근섭, 박상준
펴낸곳 ㈜민음사

출판등록 1966. 5. 19. (제 16-490호)
서울특별시 강남구 도산대로1길 62(신사동) 강남출판문화센터 5층 (우편번호 06027)
대표전화 02-515-2000 팩시밀리 02-515-2007
www.minumsa.com

한국어 판 ⓒ ㈜민음사, 2020. Printed in Seoul, Korea

ISBN 978-89-374-6370-9 04800
ISBN 978-89-374-6000-5 (세트)

* 잘못 만들어진 책은 구입처에서 교환해 드립니다.

세계문학전집 목록

세계문학전집은 계속 간행됩니다.